Horst Bieber

Wrozeks Meineid

rororo

Rowohlt

rororo thriller
Herausgegeben von Bernd Jost

Originalausgabe
Veröffentlicht im Rowohlt Taschenbuch Verlag GmbH,
Reinbek bei Hamburg, Februar 1985
Redaktion Michaela Daigl
Umschlagentwurf Manfred Waller
Umschlagbild Ulrich Mack

Satz Bembo (Linotron 202)
Gesamtherstellung Clausen & Bosse, Leck
Printed in Germany
780-ISBN 3 499 42704 4

A Faint Cold Fear Thrills Through My Veins
William Shakespeare

Zu diesem Buch

Oswald Schramm wird unter seltsamen Umständen ermordet.

Joachim Wrozek, Privatdetektiv, hat unmittelbar vor dem Mord für die Ehefrau des Toten, Irene Schramm, gearbeitet und steht nun als Kronzeuge vor Gericht. Sind Irene Schramm und ihr Freund Manfred Lurwig schuldig? Das Urteil hängt von Wrozeks Beobachtungen und seinen Aussagen vor Gericht ab.

Einige Monate nach dem Prozeß wird Wrozek durch eine junge Frau, die sich als Ursula Schulte vorstellt, in mysteriöse Geschehnisse verwickelt. Plötzlich gerät er selbst in Verdacht: Die Polizei trifft ihn in einer Wohnung an, in der sich Blutspuren befinden. Seine Waffe verschwindet aus dem verschlossenen Tresor. Dafür liegen dort brisante Fotos und «heißes» Geld ... Eine Verbindung zum Fall Schramm deutet sich an. Hat Wrozek damals als Zeuge die Wahrheit gesagt? Oder hat er sich des Meineids schuldig gemacht? Ist er vielleicht sogar an dem Mord beteiligt?

Alles spricht gegen ihn. Ehe er sich versieht, steht er wieder vor Gericht. Diesmal als Angeklagter ...

Horst Bieber, Dr. phil., Jahrgang 1942, ist im Ruhrgebiet geboren. Seit 1970 ist er Journalist. Bisher hat er historische Sachbücher veröffentlicht.

In der Reihe rororo thriller liegt vor: Sackgasse (rororo 2598)

Die Hauptpersonen

Joachim Wrozek,	Privatdetektiv, steckt in Schwierigkeiten: Wer hat
Oswald Schramm	ermordet? Sind
Irene Schramm,	seine junge, schöne Frau, und ihr Freund
Manfred Lurwig	die Täter? Aber wo liegt das Motiv? Was läuft zwischen
Friedrich Allermann,	dem ehrgeizigen Oberstaatsanwalt, und
Siegfried Lavaller,	dem Staranwalt, ab? Was für eine Rolle spielt
Willy Kährlich,	der Journalist? Wieviel weiß
Nadja Rimbach,	die Freundin des Ermordeten? Wer ist
Ursula Schulte,	und was ist wahr an ihrer Geschichte? Wer könnte Interesse daran haben, Wrozek zu schaden, und warum ist
Hauptkommissar Ziegler	so schnell bereit, ihn vor Gericht zu bringen? Kann die Rechtsanwältin
Karin Hellms	ihm noch helfen?

Alle handelnden Personen, die Taten, sogar die Stadt sind frei erfunden. Nur die Verhältnisse sollen an die Bundesrepublik erinnern.

Teil I

Um 8 Uhr 30 hatte sich bereits eine beträchtliche Menschenmenge eingefunden. In der hohen, düsteren Halle summte es wie in einem Bienenkorb, die Neugierigen standen auf der Treppe links und rechts an den steinernen Geländern bis hinauf in den ersten Stock und ließen in der Mitte gerade noch eine Gasse frei. Dort, wo sich die Treppe in halber Höhe gabelte, um in zwei Flügeln weiterzusteigen, hatten sich auf dem Podest kleine Grüppchen gebildet, in denen lebhaft diskutiert wurde. Die doppelt mannsgroße Justitia schaute, griesgrämig trotz ihrer gewaltigen Augenbinde, auf den Trubel hinunter und schien nicht wenig Lust zu verspüren, Schwert und Waage in die Menge zu werfen. Zu ihren Füßen plätscherte unangemessen heiter ein Miniatur-Brunnen. Der bedrückend-feierliche Ernst, der sonst in dieser pompösen Halle lastete, war einer nervösen Spannung gewichen. Selbst die Rechtsanwälte mit den schwarzen Roben über den Armen, die immer nur paarweise auftraten, liefen gelöster als sonst die Stufen empor, eifrig nach allen Seiten blickend. Die Gesichter der Wartenden glänzten in Vorfreude.

Wrozek brummte mißvergnügt und bahnte sich eine Gasse in das Geschäftszimmer direkt neben dem Aufgang. Die Tür stand offen.

«Guten Morgen», grüßte er unnötig laut die beiden älteren Männer. «Ich bin als Zeuge geladen.»

«Guten Morgen», antwortete der eine friedlich. «Bitte das Schreiben und Ihren Personalausweis.»

Wrozek reichte beides über die Barriere und hielt dem prüfenden Blick des Beamten stand, der ihn mit dem Bild im Ausweis verglich, zufrieden nickte und auf einer vorbereiteten Liste eine Uhrzeit eintrug. Danach malte er einen prachtvollen Kringel auf das Schreiben. «Erster Stock, Zimmer 11. Der Große Saal.» Und mit einem Anflug von Humor setzte er hinzu: «Sie können ihn nicht verfehlen. Da, wo das größte Gedränge ist.»

Wrozek grinste und bemerkte, daß der Justizbeamte die Zeitung auf Seite 4 aufgeschlagen hatte. *«Mordprozeß Schramm – Wer hat geschossen?»* Seit gut einer Woche verging kein Tag, an dem nicht auf diesen Prozeß hingewiesen wurde, und Wrozek hätte gerne gewußt, ob Lavaller an dieser Sensationskampagne ganz unschuldig war. Siegfried Lavaller, Strafverteidiger und Staranwalt, Held der

Regenbogenpresse, aber auch berühmt für seinen Scharfsinn und die Rücksichtslosigkeit, mit der er sich für seine Mandanten schlug. Wenn er auftrat, versprach es turbulent zu werden. Als Wrozek zum erstenmal las, daß Lavaller Irene Schramm verteidigen würde, hatte er ein unangenehmes Ziehen im Magen registriert.

Der Beamte deutete nach oben: «Melden Sie sich an der Saaltür.»

«Vielen Dank», verabschiedete sich Wrozek höflich.

Auf der Treppe wurde er neugierig gemustert, weil er zielstrebig dem Eingang des Großen Sitzungssaales zusteuerte, aber er war sicher, daß man ihn nicht erkannte, sondern nur beneidete, weil für ihn offenbar ein Stuhl reserviert war. Im Zuschauerteil würde der Platz nämlich nur für ein Drittel der Neugierigen reichen, und die älteren, die viel Zeit hatten und die Verhandlungen regelmäßig besuchten, weil diese Unterhaltung nichts kostete, waren besonders früh gekommen. Die jüngeren würden das Nachsehen haben, hofften jedoch immer noch auf ein Wunder und harrten geduldig in den beiden Schlangen aus.

Dem Justizwachtmeister vor der hohen Flügeltür stand bereits ein leichter Schweißfilm auf der Stirn, und aus lauter Nervosität kommandierte er kurz angebunden und in unfreundlichem Ton herum, was niemanden beeindruckte. Das Gerichtsgebäude war alt und unpraktisch, mit hohen Gängen und gewölbten Decken, zu denen das fleckige, abgetretene Linoleum nicht passen wollte. Die vielen Menschen in heller, noch sommerlicher Kleidung ließen das Gebäude heute fast freundlich aussehen. An trüben Tagen konnten die an langen Metallstangen hängenden Kugellampen die Düsternis nicht vertreiben.

Die steife, kalte Pracht wirkte dann einschüchternd, trotz der unübersehbaren Zeichen von Verfall. Sie symbolisierte die Macht der Justiz, nicht die der Gerechtigkeit, und selbst Wrozek, der sich häufiger in diesem wilhelminischen Bau aufhielt als die Mehrheit der Steuerzahler, empfand noch immer ein rational nicht begründbares Unbehagen, so, als wäre er schuldig oder zumindest verdächtig, sobald er den Schritt über die Schwelle getan hatte.

Der Nervöse hüstelte: «Wrozek, Joachim, Zeuge ... Ah ja. Bitte hier entlang ... Nun machen Sie doch Platz!» herrschte er drei ältere Frauen an, die beleidigt zur Seite rückten. Aus der Schlange erklang leises Murren.

Die Tür zum Zeugenzimmer war dick. Als Wrozek sie hinter sich schloß, verstummte das lebhafte Summen schlagartig. Mehrere Köpfe drehten sich ihm zu, auf sein «Guten Morgen» ertönte unisono ein gedämpftes «Guten Tag». Die Spannung im Raum war fast mit Händen zu greifen, und die beiden billigen Blechaschenbecher, die so verbeult waren, daß sie ständig hin und her rutschten, quollen schon jetzt fast über. Zum Glück stand das Fenster weit offen. Er nickte in die Runde und suchte sich einen Platz. Viel Auswahl hatte er nicht. In dem schmalen, schlauchartigen Raum gab es zwei zerschrammte Holzbänke entlang der mit häßlich-dunkelgrüner Farbe gestrichenen Wände, einen wackligen Tisch mit unzähligen Brandspuren auf der Platte und drei Stühle. Auf dem Fensterbrett vertrocknete eine mickrige Geranie, und die Bilder der würdigen Herren unter Glas, die streng, ohne Spur eines Lächelns, an den Fotografen vorbeigeschaut hatten, verbaten sich jeden leichtfertigen Scherz.

Bis auf den pfiffigen Endvierziger mit den weit fortgeschrittenen Geheimratsecken mied jeder der Anwesenden Wrozeks Blick. Man hätte meinen können, alle hätten ein schlechtes Gewissen oder schämten sich, in solcher Umgebung angetroffen zu werden. Wrozek legte seine Zeitschriften auf den Tisch und gab dem Pfiffigen die Hand:

«Guten Morgen, Herr Ziegler.»

«Guten Morgen, Herr Wrozek. Haben Sie gut geschlafen?»

Ziegler hatte eine helle Stimme und sprach ungeduldig-schnell, er erweckte leicht den Eindruck, als interessierte ihn die Antwort auf seine Fragen überhaupt nicht, als kenne er sie bereits und nehme sie nur pro forma zur Kenntnis. Wrozek wußte, daß er damit im Verhör Verdächtige bis zur totalen Verwirrung einschüchterte.

«Es geht. Nicht besonders.»

«Aha. Lavaller liegt Ihnen im Magen?»

Der Hauptkommissar sprach den Namen wie «Lafaller» aus, eine kleine, boshafte Rache an dem bei der Kripo unbeliebten Verteidiger, der Wert auf die französische Aussprache «*Lawalé*» legte.

«Ja, der auch.» Wrozek hütete sich, den starken Mann zu spielen. Nicht, weil er Angst vor dem Leiter der Mordkommission hatte; dazu hatte er zu oft mit der Polizei zu tun. Ihm war nur klar, daß viel von seiner Aussage abhing, daß er die Schwurgerichtskammer des Landgerichts auch durch sein Auftreten überzeugen mußte. Bei den Geschworenen konnte man nicht abschätzen, was sie heraushörten und wovon sie sich später bei ihrem Urteil leiten ließen.

Ziegler grinste flüchtig und zerrte ihn am Ärmel in die entfernteste Ecke: «Es wird ein sehr knappes Rennen, Herr Wrozek.» Er sprach leise, fast flüsternd, und verbarg seine Besorgnis nicht. «Sogar verdammt knapp.»

Ziegler brach ab, als habe er schon zuviel gesagt. Wrozek hob hilflos die Schultern, weil er nicht zugeben wollte, daß die Mordanklage ihn auch beunruhigt hatte. Gestern abend, als er nicht einschlafen konnte, hatte er den Paragraphen 211 des Strafgesetzbuches noch einmal nachgelesen. So leicht war Mord nicht nachzuweisen, da mußten die Beweggründe, die Tatausführung und die verfolgten Zwecke stimmen, und aus der Zeitung wußte er, daß die Anklage, was das Motiv betraf, auf sehr wackligen Füßen stand.

Ziegler stellte ungeduldig fest: «Allermann ist für meinen Geschmack zu forsch.»

Allermann war der Leitende Oberstaatsanwalt. Wrozek hatte schon häufiger Gerüchte gehört, daß der Chef der Staatsanwaltschaft und der Leiter der Mordkommission nicht gut miteinander auskamen.

«Die beiden leugnen immer noch?» fragte er endlich, nur um das Schweigen zu brechen, und Ziegler zischte wütend: «Eisern.»

Abrupt wandte er sich ab und setzte sich, hastig nach seinen Zigaretten angelnd.

Wrozek bemühte sich um einen gleichgültigen Gesichtsausdruck. Die Gedanken des Kriminalbeamten konnte er sich Wort für Wort vorstellen: Wenn Allermann mit einer Klage, die er auf Zieglers Recherchen gründete, Schiffbruch erleiden sollte, würde der Kriminalbeamte es auszubaden haben. Unabhängig davon, was Ziegler ihm geraten haben sollte. In einer Hierarchie heimst nun mal der Obere den Ruhm und der Untergebene den Ärger ein.

Die anderen Zeugen schwiegen verbissen. An die beiden Polizisten erinnerte er sich; sie nickten ihm freundlich zu und langweilten sich weiter. Den Leichenfledderer hatte er schon öfters vor Gericht erlebt – Ordinarius für Pathologie, wie hieß er bloß noch? –, die anderen Gesichter sagten ihm nichts. Erstaunlich wenig Zeugen. Wahrscheinlich waren nicht alle gleich zum ersten Verhandlungstag geladen worden.

Als letzter erschien Hänschen Bauer, wie immer etwas atemlos und wie immer zwar pünktlich, aber stets auf die letzte Sekunde. Wrozek zwinkerte seinem Mitarbeiter spöttisch zu, doch Hänschen hatte ein dickes Fell, rief ein freundliches «Guten Morgen!» in die Runde und streckte seinem Brötchengeber die Hand hin: «Du bist früh dran, Jochen.»

Vor einigen Jahren, als Hänschen Bauer sich bei ihm vorgestellt und nach Arbeit gefragt hatte, hätte Wrozek gestutzt und überlegt, ob eine solche Bemerkung ironisch gemeint war; heute wußte er, daß Hänschen zur Ironie unfähig war. Deswegen nickte er nur und sparte sich eine Antwort, die sein Mitarbeiter auch gar nicht erwartete.

An Hänschen war alles rund, das Gesicht, das Bäuchlein, die Finger, die Augen und auch das Gemüt. Wenn er wollte, konnte er schnell, ausdauernd, zäh und sogar hart sein, aber Hänschen wollte selten. Er gehörte zur Gattung der Lebenskünstler, die mit einem Minimum an Leistung ein Maximum an Zufriedenheit erreichen.

Die elektrische Uhr über der Tür sprang mit einem häßlichen Klicken auf 8 Uhr 55, und in derselben Sekunde wurde die Tür aufgerissen. «Bitte, meine Herren», rief der Wachtmeister, und seine Stimme tremolierte vor Wichtigkeit. Ziegler blinzelte Wrozek zu: «Keller ist pünktlich.»

Paul Keller, Vorsitzender Richter der Schwurkammer, liebte, wie allgemein bekannt war, ein zügiges Verfahren. Unpünktlichkeit betrachtete er als persönliche Beleidigung. Die Journalisten bezeichneten ihn als «Scharfen Hund», was meistens respektvoll, gelegentlich aber auch schon gehässig gemeint war.

Die große Flügeltür zum Sitzungssaal stand weit offen. Trotzdem drängten sich die Zuschauer in wildem Geschiebe hinein, die Ellbogen weit abgewinkelt, und machten nur unwillig Platz für den laut schimpfenden Wachtmeister, der den Gänsemarsch der Zeugen anführte, seiner Bedeutung voll bewußt, taub gegenüber den zaghaften Protesten.

Der Große Sitzungssaal vereinte alle Scheußlichkeiten, an die sich die Justiz in Jahrzehnten gewöhnt hatte. Bis zur halben Höhe war er mit dunklem, geöltem Holz getäfelt, die Wand darüber und die Decke, die vor nicht allzulanger Zeit ihre Stuckverzierung eingebüßt hatte, weiß gekalkt. Die eine Längsseite, der Flügeltür gegenüber, zeigte nach Süden und bestand aus großen Fenstern, die den Saal an warmen Tagen in eine Sauna verwandelten, trotz der staubig-braunen Vorhänge, die jetzt noch von weiß- und schwarzgeflochtenen Kordeln zusammengehalten wurden. An der einen Schmalseite gab es drei Türen, links eine für die Angeklagten und ihre Verteidiger, rechts eine für den Staatsanwalt, in der Mitte – größer und hochgesetzt – eine für das Gericht. Über ihr, nun teilweise von der Uhr mit den vergoldeten Zeigern verdeckt, verriet eine fleckige Stelle immer noch, wo einmal das Kruzifix gehangen hatte.

Der Richtertisch war mit einem dunkelgrünen, bis auf den Boden reichenden Stoff abgedeckt und erinnerte Wrozek jedesmal an einen Pokertisch. Die Staatsanwälte hockten in einer Art Schulbank, die der Größe nach für Erstkläßler bemessen zu sein schien. Hinter ihnen, auf einem schmalen Tisch direkt unter einem Fenster, türmten sich Aktenberge. In der Lücke zwischen dem erhöhten Richtertisch und der Bank für die Ankläger stand ein bequemer, gepolsterter Stuhl vor einem modernen Stahltisch. Wrozek hatte die Protokollführerin schon öfter beobachtet, eine ältere, füllige

Frau mit einem immer heiteren Mondgesicht, die ihr Haar straff nach hinten bürstete und in einem altmodischen Knoten zusammenfaßte.

Die Anklagebank hätte aus einem Vorkriegs-Ufa-Film stammen können, ein wuchtiges Möbel, bestehend aus zwei Reihen von Klappsitzen und Klappulten, die hintere Reihe um 20 Zentimeter erhöht. Ein einsamer Stuhl, genau in der Mitte des Rechtecks aus Podest, Anklägerbank und Angeklagterbank, markierte den Zeugenstand. Zwei lange dunkle Holzbänke mit mörderisch unbequemen Rückenlehnen aus gedrechselten Stäben, die an beiden Seiten und in der Mitte je einen schmalen Durchgang frei ließen, waren für die Zeugen reserviert und dienten gleichzeitig als Absperrung zum Zuhörerteil, der inzwischen bis auf den letzten Stuhl gefüllt war.

Wrozek fragte sich, wie man es in dieser qualvollen Enge aushalten konnte. Schon jetzt war der leichte Mief zu vieler Menschen auf engem Raum zu riechen, obwohl die Oberlichter der Fenster geöffnet waren. Der Lärm des verkehrsreichen Savigny-Platzes würde alle Anwesenden zwingen, laut zu sprechen.

Die beiden Wachtmeister schlossen die Tür und schoben die Nachdrängenden zurück, der jüngere bat um Verständnis, der ältere bollerte und kollerte und ließ die Tür so laut ins Schloß krachen, daß die meisten zusammenzuckten.

Wrozek drehte sich um. Direkt hinter sich bemerkte er zum erstenmal die winzigen Tischchen, an denen – er zählte – achtzehn Journalisten saßen. Einer prüfte die Spitzen einer ganzen Batterie von Bleistiften; er würde, weil Fotografieren im Gerichtssaal verboten war, die Angeklagten zeichnen. Willy Kährlich vom *Tageblatt* winkte Wrozek vergnügt zu. Die anderen unterhielten sich zwar leise, aber so ungeniert, als säßen sie in einem Lokal. Niemand schien sich um die Angeklagten zu kümmern.

Irene Schramm sah schlecht aus. In der Untersuchungshaft hatte sie einige Pfunde verloren, und die auffallend tiefe Bräune, von der Wrozek nie mit Sicherheit hatte sagen können, ob sie von der Sonne oder aus der Tube stammte, war verschwunden. Als sie damals in sein Büro gekommen war, hatte er jenes leichte Prickeln verspürt, das attraktive und nicht gänzlich abgeneigte Frauen bei ihm auslösten. Schlank war sie nicht gewesen, aber auch nicht dick, vielleicht eine Spur mollig; auf jeden Fall etwas, das sich mit Vergnügen anfassen ließ, und ihre dunkelbraunen Augen verrieten ihm, daß sie sich dieses Eindrucks wohl bewußt war und auch prinzipiell nichts dagegen einzuwenden hatte. In dem geraden, funkelnden Blick lag damals eine heimliche Aufforderung und zugleich der spöttischironische Zweifel, daß der Betreffende den Mut aufbringen würde, der Aufforderung zu folgen. Jetzt war ihr Blick matt und stumpf, wie erloschen. Immer wieder strich sie sinnlos den Rock ihres dunkelblauen Kleides glatt.

Manfred Lurwig hatte sich besser gehalten. Er sah sogar, wenn man diese lockigen, sanft-hilflosen Große-Kinder-Typen mochte, immer noch blendend aus. Wrozek konnte sich gut vorstellen, daß viele Frauen Manni gerne bemuttern würden, auch bemuttert hatten. Seinem Äußeren nach schien er der letzte zu sein, dem man eine Gewalttat zutrauen sollte, aber der Eindruck täuschte. Wrozek hatte herumgehorcht und einige üble Geschichten von Manni und seinen Gönnerinnen erzählt bekommen. Für seine Banknachbarin hatte Manni keinen Blick übrig, obgleich sie sich alle Mühe gab, seine Aufmerksamkeit zu wecken. Statt dessen unterhielt er sich, das hübsche, weiche Gesicht in sorgenvolle Falten gelegt, mit seinem Verteidiger, Dr. Rosen, der dieses Gespräch nur widerwillig führte, hauptsächlich, um nicht klein und bedeutungslos neben seinem berühmten Kollegen Dr. Siegfried Lavaller sitzen zu müssen.

Lavaller genoß die Bewunderung des Publikums. Wrozek wußte aus der Zeitung, daß Lavaller vor wenigen Tagen seinen 55. Geburtstag gefeiert hatte, und in Gedanken räumte er neidvoll ein, daß der Anwalt wesentlich jünger wirkte. Straff und energisch, bis in die Zehenspitzen von Siegeswillen und Zuversicht erfüllt. Er hatte ein schmales Gesicht mit einer Raubvogelnase, scharfe und schnelle Augen und einen breiten Mund, der von heiterster Ausgelassenheit bis zu wilder Empörung alle Stimmungen und Launen auszudrücken vermochte. Unter die sonst noch tiefschwarzen Haare hatten sich silberne Strähnen gemischt. Trotz der frühen Stunde schimmerten seine Backen schon wieder dunkel; er gehörte zu den südländischen Typen, die sich zweimal am Tag rasieren mußten. Selbst in der Robe machte er den Eindruck eines Mannes, der sich gerne bewegt. Neben ihm wirkte Dr. Rosen schmächtig, fast ein wenig unbedarft.

Einen Moment überlegte Wrozek, wie Irene Schramm das Honorar für ihren Verteidiger aufbringen wollte.

Oberstaatsanwalt Allermann hatte das Kinn auf die gefalteten Hände gestützt und schien gegen eine Anwandlung von Schläfrigkeit zu kämpfen, was Lavaller mit einem schnellen, leicht spöttischen Lächeln registrierte. In puncto Zähigkeit waren sich Ankläger und Verteidiger bestimmt ebenbürtig, und wenn die Informationen stimmten, die Willy Kährlich aus «absolut sicherer Quelle» gezapft haben wollte, hatte Allermann bei diesem Prozeß eine Menge zu gewinnen – oder zu verlieren. Viel hing davon ab, wie Keller die Verhandlung führen würde. Wenn er duldete, daß sich Lavaller und Allermann ineinander verbissen, mußten die Fetzen fliegen. Doch von Keller war bekannt, daß er rhetorische Schaugefechte verabscheute und aus diesem Grund schon mehrfach mit Allermann aneinandergeraten war. Der junge, nervöse Mann neben ihm, Dr. Martin, blätterte in den Akten. Wahrscheinlich hatte er den Inhalt ohnehin im Kopf. Allermann brauchte immer einen Souffleur, und niemand aus der Staatsanwaltschaft ging freiwillig mit ihm (oder richtiger: unter ihm) in eine schwierige Verhandlung – behauptete Willy Kährlich.

Über Allermann wurde viel geredet und noch mehr gemunkelt. Er war ein knochentrockener Konservativer, dem die Liberalisierung des Strafrechts viel zu weit ging, der laut nach Maßnahmen gegen die Flut «überflüssiger» Prozesse rief, schnellere Verfahren und härtere Strafen forderte und den Eindruck erweckte, er wünsche «kurzen Prozeß» im wörtlichen und übertragenen Sinne. Normalerweise interessierte sich Wrozek nicht für Politik, aber er las brav die beiden örtlichen Zeitungen und wußte deswegen, daß Allermann politischen Ehrgeiz entwickelte. Angeblich rechnete er sich aus, bald in das Innen- oder Justizministerium berufen zu werden. Gegen Lavaller anzutreten und zu gewinnen, konnte seiner Karriere nur nutzen. Jedenfalls spielten Ankläger und Verteidiger liebend gern das Instrument «öffentliche Meinung»; Keller würde keinen leichten Stand haben.

Der große Zeiger rückte zitternd auf die Zwölf vor. Die Tür hinter dem Richterpodium öffnete sich schnell. Keller marschierte voran, ein großer, hagerer Mann mit einem verschlossenen Gesicht. Die Zuschauer im Saal hatten sich noch nicht richtig erhoben, als er bereits seinen Stuhl zurechtschob und ungeduldig nach links und rechts schaute. An seine linke Seite stellte sich ein älterer Richter, der gemütlich lächelte. Die Richterin rechts war jung und auffallend hübsch, selbst in der unkleidsamen Robe. Die Geschworenen konnten ihre Befangenheit nicht verbergen; der schwerfällige Mann wagte den Kopf nicht zu heben, und die mütterlich-resolute Frau blinzelte zur Decke hinauf.

«Guten Morgen. Die Sitzung ist eröffnet.» Keller saß als erster. «Ich rufe auf das Verfahren gegen Schramm, Irene, und Lurwig, Manfred.» Er hatte eine leise, aber trotzdem durchdringende Stimme, die auch in der letzten Reihe zu verstehen war. «Die beiden Angeklagten sind erschienen. Für die Verteidigung Dr. Siegfried Lavaller und Dr. Hans Rosen – ja, danke. Für die Anklage Oberstaatsanwalt Friedrich Allermann und Dr. Uwe Martin. – Ja, danke.

Als Zeugen sind für heute geladen Albrecht, Werner – Bauer, Hans ...» Im Eiltempo schnurrte er die Namen herunter; Wrozek stand als vorletzter auf, nach ihm erhob sich Hauptkommissar Ziegler. «Alle anwesend – ja, danke. Alle Beweismittel – in Ordnung. Herr Staatsanwalt? Die Herren Verteidiger? – Danke. Ich bitte die Zeugen, den Saal zu verlassen und draußen zu warten, bis sie aufgerufen werden. Danke.»

Die Uhr zeigte drei Minuten nach neun, als sich die Flügeltür hinter ihnen wieder schloß. Alle betraten das Zeugenzimmer irgendwie erleichtert. Ziegler quetschte sich neben Wrozek auf die Bank und zündete sich eine Zigarette an.

«Der Vorsitzende drückt aufs Tempo!» bemerkte er vergnügt und bot seinem Nachbarn verspätet die Schachtel an.

«Ja», murmelte Wrozek und griff zu, «aber Lavaller wird ihn bremsen. Er will sein Duell mit dem Oberstaatsanwalt.»

«Ist auch seine einzige Chance», behauptete der Hauptkommissar energisch. Diesmal antwortete Wrozek nicht, weil er anderer Meinung war.

Die Zeit verstrich elend langsam. Wrozek hätte gerne nebenan zugehört. Zuerst vernahm der Vorsitzende die Angeklagten über ihre persönlichen Verhältnisse – so stand es in der Strafprozeßordnung. Einiges hatte Wrozek inzwischen über Irene Schramm und Manfred Lurwig erfahren, aber vieles war ihm unklar geblieben, und die Aussagen der beiden hätten ihn schon interessiert. Morgen würden die Zeitungen einiges bringen, aber nicht alles, und wahrscheinlich würden sie wieder genau das auslassen, was wichtig war. Vielleicht konnte er heute abend Willy Kährlich aushorchen.

Danach verlas der Staatsanwalt die Anklageschrift. Aus Erfahrung wußte Wrozek, daß ein Nichtjurist die komplizierten Formeln und Redewendungen kaum begriff. Den Hauptvorwurf kannte er: Irene Schramm und Manfred Lurwig hatten am Abend des 1. März gemeinsam den Ehemann der Angeklagten, Oswald Schramm, mit zwei Schüssen vorsätzlich und heimtückisch, unter Ausnutzung seiner Arglosigkeit, getötet, um sich in den Besitz des Vermögens des Getöteten zu setzen, bevor Oswald Schramm durch eine Änderung seiner Nachlaßregelung seiner Frau das Gesamtvermögen entziehen konnte. Oder im Fall einer Scheidung Irene Schramm abfand. Darauf zu spekulieren verriet die «niedere Gesinnung» der beiden Angeklagten. Ehefrau und Geliebter beschlossen, den reichen und störenden Ehemann zu beseitigen – es waren Juristen notwendig, um aus diesem einfachen Tatbestand eine mit Heimtücke, Hinterlist und niederen Beweggründen versehene Angelegenheit zu machen, die überdies mit mehreren Strafandrohungen «bewehrt» war. Lavaller und Rosen würden ihren Mandanten schon verdeutlicht haben, worum es sich handelte.

Nach der Anklage konnten sich die Angeklagten zur Sache äußern – oder auch schweigen. Es kam ganz darauf an, für welche Taktik Lavaller und Rosen sich entschieden hatten.

Alle lasen inzwischen, bis auf die beiden Polizisten, die vor sich hindösten, die gefalteten Hände zwischen den Knien. Insgeheim zollte Wrozek ihnen Beifall: Außer ihm waren sie die einzigen, die gelernt hatten, wie man unvermeidliches Warten hinter sich brachte.

Endlich knackte der Lautsprecher, der erste Polizist wurde aufgerufen. Er zwinkerte Wrozek freundlich zu, als er das Zimmer verließ. Dann ging es ziemlich schnell. An Hand der Namen konnte Wrozek sich ausrechnen, wie die Staatsanwaltschaft vorging: Auffinden des schwerverletzten Schramm, Abtransport ins Krankenhaus, Operation, Todesursache. Offenbar hatten Lavaller und Rosen die beiden Schüsse als Todesursache akzeptiert und gar nicht erst versucht, die Notoperation für ihre Zwecke auszuschlachten. In den Zeitungen war mehrfach, wenn auch sehr verklausuliert, zu lesen gewesen, daß Schramm wohl hätte gerettet werden können, wenn er sofort in ein modernes Krankenhaus mit allen technischen Einrichtungen gebracht worden wäre. Allerdings war der einzig verfügbare Rettungshubschrauber damals im Einsatz gewesen, nach einem schweren Unfall auf der Autobahn.

Um 12 Uhr 30 steckte der Wachtmeister seinen Kopf in das Zeugenzimmer: «Mittagspause. Um Punkt 14 Uhr geht's weiter.»

Die Kantine im Kellergeschoß des Landgerichts war vor zwei Jahren umgebaut worden, mit durchaus geteiltem Erfolg. Zwar war sie seitdem heller und freundlicher, lockte auch mit einem größeren Angebot, aber dafür mußte man sich jetzt an einer langen, chromblitzenden Theke selbst bedienen. Und teurer war das Essen auch geworden. Wrozek und Hänschen suchten sich, mit einem Auge die schwappende Erbsensuppe beobachtend, einen Zweiertisch. Hänschen löffelte seinen Teller im Eiltempo aus; er redete nicht gerne und war überhaupt nicht beleidigt, wenn Wrozek ebenfalls schwieg. Hinterher saß er auf seinem Stuhl und sah unbekümmert in die Runde.

«Du darfst zwei Portionen Kaffee holen, lieber Hans», murmelte Wrozek, und Hänschen stand sofort auf. Ein Fremder hätte nie glauben können, daß sich Wrozek und Hänschen gut verstanden. Und sich vor allem aufeinander verlassen konnten.

Sie tranken die heiße, aber sehr dünne Brühe, rauchten und schwiegen. Der Tag war ohnehin verloren, und Warten hatten sie beide gründlich gelernt. Ihr Beruf bestand zu einem großen Teil aus Warten.

Als sie kurz vor zwei das Zeugenzimmer betraten, waren sie die einzigen; Hauptkommissar Ziegler tauchte nicht mehr auf, und das hieß: Der Nachmittag war dem Hauptzeugen vorbehalten. Ihm und vielleicht noch Hänschen, der mit einem leisen Seufzer nach einem Buch griff: *«Farbe und Form in der italienischen Renaissance»*.

«Zeuge Joachim Wrozek bitte!»

Obwohl er die ganze Zeit darauf gewartet hatte, schrak er doch leicht zusammen. Hänschen grinste und blätterte um, ohne aufzusehen.

Vor dem Richtertisch hatte sich eine kleine Versammlung gebildet, Keller sah prüfend von Lavaller und Rosen zu Allermann und Dr. Martin, beugte sich kurz zu der hübschen Richterin hinüber und wechselte einige schnelle Sätze mit ihr. Endlich bemerkte er kühl:

«Gut. Meines Wissens steht dem die StPO nicht entgegen.»

«Wir möchten den Zeugen nach der Aussage von Kommissar Ziegler noch einmal befragen können.» Rosens Stimme erinnerte leicht an das Krähen eines aufgeregten Hahnes. Allermann hüstelte spöttisch.

Inzwischen war die Sonne so weit gewandert, daß die Fensterkreuze lange Schatten auf die Richterbank warfen. Es war warm geworden und würde in den kommenden Stunden noch heißer werden. Wrozek spürte, daß mit seinem Eintritt die Spannung sprunghaft gestiegen war. Von Irene Schramm erhaschte er einen haßerfüllten Blick; Manni bemühte sich dagegen um eine gleichgültige Miene.

Keller nickte Wrozek zu, der sich hinter den Stuhl gestellt hatte: «Bitte Ihren Namen, Alter, Beruf, Anschrift.»

«Joachim Wrozek, 39 Jahre alt, von Beruf Privatdetektiv. Meine Anschrift lautet Hecklerstraße 11. Mit den beiden Angeklagten weder verwandt noch verschwägert. Wegen Eidesvergehen weder angeklagt noch bestraft.»

Der letzte Satz entlockte Keller ein winziges Schmunzeln, das aber schnell wieder verflog. «Ich muß Sie vor Ihrer Aussage darauf hinweisen, daß Sie als Zeuge verpflichtet sind, die reine Wahrheit zu sagen, nichts auszulassen und nichts hinzuzufügen. Sie müssen damit rechnen, nach Ihrer Aussage vereidigt zu werden. Eine falsche Aussage unter Eid kann mit einer hohen Freiheitsstrafe geahndet werden, aber auch mit einer wissentlich falschen Aussage ohne Vereidigung machen Sie sich strafbar.»

«Ja, das ist mir bekannt, Herr Vorsitzender.»

«Gut. Sie wissen natürlich um die Bedeutung Ihrer Aussage. Ich möchte Sie deshalb noch einmal ermahnen, sich streng an die Wahrheit zu halten.»

«Ja, Herr Vorsitzender.»

Wrozek hatte verstanden, was Keller ihm zu verstehen geben wollte: Lavaller und Rosen würden ihn gründlich und schonungslos in die Zange nehmen. Wehe, er ließ sich bei einem Widerspruch ertappen. Er würde gut daran tun, sich jedes Wort zu überlegen.

«Bitte schildern Sie mit Ihren eigenen Worten, wann und wo Sie die Angeklagten zum erstenmal gesprochen und gesehen haben.»

«Am Freitag, dem 26. Februar, rief mich gegen 11 Uhr morgens eine Frau an, die sich als Irene Schramm vorstellte. Sie wollte wissen, ob sie mich am Freitag nachmittag zwischen 15 und 16 Uhr in meinem Büro aufsuchen könne. Wir verabredeten uns auf 15 Uhr 30.»

«Die Angeklagte kam dann um halb vier Uhr in Ihr Büro?»

«Um Viertel vor vier.» Diese kleine Korrektur konnte Wrozek sich nicht verkneifen. «Anfangs druckste sie ein wenig herum, wie es alle – fast alle – neuen Kunden tun, kam dann aber schnell zur Sache. Sie vermutete, daß ihr Ehemann sie betrog, und wollte mich beauftragen, ihn das bevorstehende Wochenende über zu beobachten, und zwar rund um die Uhr. Außerdem wünschte sie, falls ihre Vermutung zutraf, den Namen und die Anschrift seiner ... hm ... Freundin zu erfahren und Beweise für seine Untreue zu bekommen.»

«War das für Sie ein ungewöhnlicher Auftrag?»

«Nein, überhaupt nicht. Solche Fälle, daß ein Ehepartner dem anderen mißtraut, sind sogar recht häufig.»

«Hatte die Angeklagte einen konkreten Anlaß, an der ehelichen Treue ihres Mannes zu zweifeln?»

«Wenn ja, dann hat sie mir diesen Grund verschwiegen. Sie drückte sich recht allgemein aus – er mache viele Überstunden im Werk, dann häufige Dienstreisen, nachlassende Aufmerksamkeit und eine zunehmende Gereiztheit in seinem Ton.»

«Sie haben den Auftrag übernommen?»

«Ja, wir haben einen schriftlichen Vertrag aufgesetzt, der die Überwachung auf den Zeitraum von Freitag nachmittag bis Sonntag abend begrenzte.»

«Warum diese Eingrenzung?» Keller schien ehrlich neugierig zu sein, obwohl er die Antwort eigentlich aus den Vernehmungsprotokollen kennen mußte.

«Wie Frau Schramm mir erklärte, hatte sie ihrem Mann angekündigt, daß sie von Freitag nachmittag bis Montag morgen eine

Freundin in Kassel besuchen werde. Sie nahm an, daß er das freie Wochenende bei seiner Geliebten verbringen werde.»

«Ah ja. Bitte weiter.»

«Anschließend fuhren wir in zwei Wagen zum Haus der Ange ... von Frau Schramm. Sie parkte ihr Auto in einer Nebenstraße und setzte sich zu mir in den Wagen. Wir warteten gemeinsam, bis Oswald Schramm erschien und vor dem Haus aus seinem Wagen stieg. Bei dieser Gelegenheit konnte sie mir ihren Mann zeigen, den ich bis dahin nicht kannte und auch noch nie gesehen hatte.»

«Die Angeklagte hat Sie dann verlassen?»

«Ja. Sobald ihr Mann ins Haus gegangen war, ging sie zu ihrem Wagen zurück. Ich habe sie dann erst wieder am folgenden Montag, am 1. März, getroffen.»

«Einen Moment bitte.» Der Vorsitzende sah fragend nach links und rechts. «Sind beide Parteien damit einverstanden, daß der Zeuge Wrozek den Rest des Freitags, den Samstag und den Sonntag überspringt?»

Allermann und Dr. Martin berieten kurz, dann sagte der Oberstaatsanwalt laut: «Einverstanden.»

«Nein.» Lavaller quälte sich aus dem engen Pult hervor und richtete sich auf: «Mit Verlaub und allem Respekt, Herr Vorsitzender, die Verteidigung ist nicht einverstanden. Sie legt ganz im Gegenteil großen Wert darauf, alle Schritte dieses wichtigen Zeugen zu erfahren. Zumal sie entschlossen ist, Herrn Wrozek nachher gründlich zu befragen.» Sein Hohn war so gut verpackt, daß Keller zwar scharf einatmete, aber keinen Tadel anbringen konnte, und deswegen nur kühl nickte:

«Bitte, Herr Verteidiger. Herr Zeuge.»

Wenn Lavaller beabsichtigt hatte, ihn aus der Ruhe zu bringen, war ihm das gründlich mißlungen. Wrozek empfand fast dankbar, daß der Anwalt den Fehdehandschuh so früh hingeworfen hatte. Das Publikum verhielt sich mucksmäuschenstill.

«An dem bewußten Freitag mußte ich bis 19 Uhr warten – vor dem Haus Schramm, Am Berenberg 7. Dann setzte sich Oswald Schramm in sein Auto und fuhr direkt in die Sanddorfer Straße. Weil wenig Verkehr herrschte, konnte ich ihm mühelos folgen. Er stellte seinen Wagen auf dem Parkplatz an der Bushaltestelle ab und ging zu Fuß zum Haus Nr. 19 auf der anderen Straßenseite. Er öffnete die Haustür mit einem Schlüssel.» Eine Frau gluckste unterdrückt. «Ich wartete eine Stunde und schlich mich dann auf die Rückseite des Hauses Nr. 19, stieg über den Zaun in den Garten und drang im Schatten der Bäume und der Hecke bis zu den rückwärtigen Fenstern vor. An der Glastür des im Parterre ganz außen liegenden Zimmers waren die Gardinen nicht vollständig vorgezogen, so daß ich Oswald Schramm und eine junge blonde Frau sehen konnte. Beide lagen nackt auf einem Bett.»

«Kannten Sie die junge Frau?» Die Nüchternheit des Vorsitzenden war nicht zu überbieten.

«Nein, tags darauf stellte ich an den Klingelschildchen fest, daß ihr Name Nadja Rimbach war.»

«Sie haben bei dieser Gelegenheit mehrere Aufnahmen gemacht. Die Bilder liegen dem Gericht vor, wir werden später darauf zurückkommen. Bitte weiter, Herr Zeuge.»

«Gegen 22 Uhr verließen Oswald Schramm und die blonde Frau, die ich mit Erlaubnis des Gerichts ab jetzt Nadja Rimbach nennen möchte –» Keller lachte lautlos auf, die hübsche Richterin zwinkerte anerkennend – «gemeinsam das Haus. In einem grünen Renault R 5 fuhren sie zu der *Gaststätte Kleinschroth* an der Bundesstraße 26, aßen dort und kehrten gegen 23 Uhr 30 zum Haus Sanddorfer Straße Nr. 19 zurück. Um Mitternacht wurde ich von meinem Mitarbeiter Hans Bauer abgelöst. Als ich ihn am Samstag um 9 Uhr 15 wieder ablöste, meldete er, daß sich im Haus nichts gerührt habe. Schramms Auto stand immer noch auf dem Parkplatz an derselben Stelle.»

«Das heißt also, daß Oswald Schramm die Nacht in dem bewußten Haus verbracht hat?»

«Ja.»

Die Richterin lächelte verstohlen, was Wrozek nicht entging. Er mußte nachher auf den Anschlagzettel neben der Tür schauen und sich ihren Namen merken.

«Gegen 11 Uhr fuhren Oswald Schramm und Nadja Rimbach zum Einkaufszentrum Grasmarkt. Dort suchten sie insgesamt fünf Geschäfte auf, zweimal konnte ich beobachten, daß Oswald Schramm zahlte, einmal bar, einmal mit Kreditkarte.»

Mit einem leisen Zucken in den Mundwinkeln wollte Keller wissen: «Wissen Sie, was er mit Kreditkarte bezahlte?»

«Nein. Aber es war ein Wäschegeschäft.»

«Ja, danke. Bitte, fahren Sie fort!»

«Anschließend aßen sie in einer Cafeteria und fuhren danach in den Grembacher Forst. Um nicht entdeckt zu werden, folgte ich ihnen nicht, sondern wartete in der Nähe des grünen Renault. Um 17 Uhr stiegen sie wieder in dieses Auto ein und fuhren zur Sanddorfer Straße Nr. 19 zurück. Gegen 22 Uhr schlich ich mich noch einmal durch den Garten bis an die Fenster des Wohnraumes. Es gelang mir, das Paar mehrfach zu fotografieren. Auf dem Couchtisch standen zwei leere Sektflaschen, Nadja Rimbach war gerade dabei ...»

«Ja, Herr Zeuge, die Bilder sind eindeutig, auf weitere Einzelheiten können wir, so glaube ich, jetzt verzichten.»

In der Stimme des Vorsitzenden schwang unüberhörbar Ärger mit, und aus dem Publikum vernahm man Seufzer der Enttäuschung. Rosen schauderte leicht, als habe er in eine Zitrone gebissen; Lavaller machte sich Notizen und schien bester Laune zu sein.

«Wie Sie wünschen, Herr Vorsitzender», stimmte Wrozek gleichmütig zu. «Gegen 23 Uhr wurde ich wieder von meinem Mitarbeiter Hans Bauer abgelöst. Am Sonntag kehrte ich um 10 Uhr zur Observation zurück. Oswald Schramm hatte das Haus in der Zwischenzeit nicht verlassen.»

«Sie haben dann, so heißt es in Ihrer Aussage, am Sonntag um 12 Uhr die Überwachung abgebrochen.»

«Ja, zu diesem Zeitpunkt hatte ich den Auftrag erfüllt.»

«Am Sonntag nachmittag haben Sie die Filme entwickelt.»

«Ja und nein.» Wrozek hob entschuldigend die Hände. «Eine Kollegin hat in meiner Gegenwart die Filme entwickelt und Abzüge hergestellt.»

«Richtig, so steht's hier auch. Sie haben jedes Positiv unmittelbar nach dem Trocknen numeriert und mit Ihrem Zeichen versehen. Warum diese Maßnahme?»

«Am Sonntag glaubte ich noch, meine Klientin benötige die Unterlagen für eine Scheidung.»

«War das Ihre persönliche Vermutung, oder hatte die Angeklagte eine mögliche Scheidung erwähnt?»

«Das war meine persönliche Vermutung. Frau Schramm hatte das Wort ‹Scheidung› nicht benutzt.»

«Ist es überhaupt in der Unterredung am Freitag nachmittag gefallen?»

«Nein, keinmal.»

«Hm. Wann haben Sie die Angeklagte das nächste Mal gesehen?»

«Am Montagvormittag. Sie erschien gegen 10 Uhr 30 in meinem Büro, wie wir es am Freitag vereinbart hatten. Ich legte ihr meinen schriftlichen Bericht vor, dann die Bilder. Sie las ihn in meiner Gegenwart und sah sich danach die Bilder an.»

«Äußerte sie sich dazu?»

«Nein. Sie lobte nur ‹gute Arbeit› oder so etwas Ähnliches.»

«Stellte sie keine Fragen? Wollte sie keine zusätzlichen Auskünfte?»

«Nein.»

Die kurze Antwort schien Keller einen Moment zu verblüffen, er fing sich jedoch rasch und sagte knapp: «Erzählen Sie bitte, was weiter geschah.»

«Ich gab Frau Schramm meine Rechnung, die sie mehrere Minuten lang prüfte. Dann zahlte sie den Betrag abzüglich der 500 Mark Vorschuß, die ich am Freitag bekommen hatte.»

«Es gab also keinerlei Probleme?»

«Nein. Sie steckte den Bericht, die Bilder und die Rechnung in einen großen festen Umschlag, um den sie mich gebeten hatte, und verabschiedete sich.»

«Was taten Sie daraufhin?» Keller fragte ungeduldig, beinahe unfreundlich, und Wrozek registrierte, daß alle eine gespannte Haltung einnahmen. Kein Zweifel, er steuerte auf die große Klippe zu.

Einen Seufzer unterdrückend, erklärte er mit fester Stimme: «Ich folgte Frau Schramm.»

«Warum, Herr Zeuge?»

Im Saal entstand ein kaum vernehmbares Raunen, das schnell wieder erstarb, doch Wrozek spürte die bohrenden Blicke in seinem Rücken. Allermann hatte die Hände so fest gefaltet, daß die Knöchel weiß hervortraten. Rosen und Lavaller zeigten grimmige Gesichter.

«Aus drei Gründen. Erstens hatte ich mich schon am Freitag und Samstag über das Verhalten von Oswald Schramm gewundert. Er gab sich überhaupt keine Mühe, seine Beziehung zu Nadja Rimbach zu verheimlichen. Aß mit ihr in einem vielbesuchten Restaurant, ging mit ihr in einem vielbesuchten Zentrum einkaufen, spazierte mit ihr in einem Ausflugsgelände, das am Wochenende – zumindest bei schönem Wetter – beinahe überlaufen ist. Das hatte mich stutzig gemacht.»

«Das müssen Sie dem Gericht näher erklären.»

«Mir wollte nicht in den Kopf, daß eine Ehefrau noch einen Privatdetektiv benötigt, wenn sich ihr Mann schon so ausgiebig mit seiner Freundin in der Öffentlichkeit zeigt.»

«Ah ja. Und die weiteren Gründe?»

«Ich hatte den starken Eindruck, daß Frau Schramm die abgebildete Nadja Rimbach bereits kannte.»

Zwei, drei Sekunden lang schienen alle – Richter, Geschworene, Zuhörer – den Atem anzuhalten. Dann schüttelte Keller ärgerlich den Kopf:

«Können Sie das begründen, Herr Zeuge?»

«Nein, Herr Vorsitzender. Es war in dem Moment mein starker persönlicher Eindruck.» Angesichts der skeptischen Gesichter vor ihm zwang Wrozek sich zu Gleichmut. «Frau Schramm war nicht die erste Frau, der ich Beweise für die Untreue ihres Mannes vorlegte. Aber sie war die erste, die sie ohne jede Überraschung – nicht einmal gekränkt, geschweige denn aufgebracht – zur Kenntnis nahm.»

«Na ja.» Die Indifferenz des Vorsitzenden war fast schon beleidigend. «Sie sagten: drei Gründe.»

«Richtig. Frau Schramm erkundigte sich zweimal, ob ich einen Durchschlag meines Berichtes und Kopien der Bilder angefertigt hätte. Das bejahte ich. Sie forderte mich nachdrücklich auf, den Durchschlag und die Zweitbilder gut aufzubewahren.»

«Das ist nicht wahr!» Irene Schramm war aufgesprungen, beide Hände zu Fäusten geballt. «Sie lügen!» Vor Erregung schrillte ihre Stimme. «Das habe ich nie . . .»

«Ruhe!» Zum erstenmal kehrte der Vorsitzende die volle Autorität heraus, das Wort knallte wie ein Peitschenhieb, unter dem sie zusammenfuhr. «Ich verbitte mir jede Unterbrechung!»

Das Gemurmel im Saal verstummte. Lavaller war herumgefahren und redete hastig auf seine Mandantin ein, griff nach ihren Armen und zog sie beinahe gewaltsam auf den Sitz zurück. Rosen schien erschrocken und wechselte hilflose Blicke mit Manni Lurwig. Keller mahnte ungehalten, nicht laut, aber bis in den letzten Winkel verständlich: «Herr Verteidiger.»

Lavaller drehte sich schnell in seiner Bank herum. Mühsam beherrscht verbeugte er sich: «Ich bitte für meine Mandantin um Entschuldigung.»

Wrozek glaubte ihm nicht. Weder er noch die Richter konnten es beweisen – aber da war eben ein abgekartetes, sorgfältig einstudiertes Intermezzo über die Bühne gegangen. Mein Gott, mit solchen Tricks arbeitete Lavaller auch! Irgendwie war Wrozek enttäuscht, daß dem berühmten Strafverteidiger nichts Originelleres eingefallen war. Ob Keller sich täuschen ließ?

Als einzige gab die Protokollführerin ihre Skepsis zu erkennen, indem sie ihren Kugelschreiber zwischen Zeige- und Mittelfinger wippen ließ. Staatsanwalt Dr. Martin ließ sie nicht aus den Augen, offensichtlich beeindruckt von dieser unzweideutigen, gleichwohl nicht zu beanstandenden Form von Ungläubigkeit. Keller ordnete ungeduldig an: «Bitte fahren Sie fort, Herr Wrozek.» Irene Schramm stützte den Kopf in beide Hände und ließ die Schultern hängen.

«Frau Schramm verließ mein Büro gegen 11 Uhr. Sie hatte ihr Auto direkt vor dem Haus abgestellt, mein Wagen stand ein Haus weiter. Ich konnte ohne Schwierigkeiten hinterherfahren; sie besitzt einen Sportwagen mit einer auffälligen, weithin sichtbaren Farbe. Von meinem Büro aus fuhr sie direkt zur Guttenbergallee Nr. 36. Das ist ein dreistöckiges Haus, in dem sechs Mietparteien wohnen. Als sie ihr Auto abschloß, stand auf dem Balkon im Parterre, links vom Eingang, ein Mann. Sie winkten sich gegenseitig zu, und Frau

Schramm wedelte dabei mit dem Umschlag, in dem mein Bericht steckte.»

«Dieser Mann war der Angeklagte Lurwig?»

«Ja. Während sie auf das Haus zuging, unterhielten sie sich offenbar. Denn sie blieb noch einen Moment stehen, beide lachten, dann verschwand er vom Balkon, und vielleicht 15 Sekunden später öffnete sie die Haustür.»

«Kannten Sie den Mann?»

«Ja und nein. Sein Gesicht kam mir bekannt vor, ich war mir sicher, ihn schon einmal gesehen zu haben, aber auf Anhieb konnte ich ihn nicht unterbringen.»

«Ist Ihnen – ja, schon recht, Herr Verteidiger», schloß Keller ungeduldig, und Rosen ließ sich wieder auf sein Klappsesselchen sinken. Wrozek wartete, innerlich amüsiert, auf den Wink des Richters.

«Auf der rechten Seite der Guttenbergallee liegt in Höhe des Hauses Nr. 36 der Christianspark. Es gelang mir, genau gegenüber dem Haus hinter der Einfriedungshecke eine Stelle zu finden, wo ich nicht zu sehen war, von der aus ich aber mit dem Feldstecher die betreffende Wohnung einsehen konnte. Das heißt, um genau zu sein: jenes Balkonzimmer, dessen Tür weit offenstand. Als ich mich – eingerichtet hatte, saß sie in einem Sessel, er stand vor ihr und las etwas, das mein Bericht zu sein schien. Nachher tranken sie sich beide zu, danach zog er sie aus dem Sessel hoch und küßte sie. Im Anschluß an diesen Kuß –» er unterdrückte ein Grinsen, als er sich bewußt wurde, in bestes Juristendeutsch zu verfallen – «zog er ihr den Pullover über den Kopf. Sie drehte sich um, damit er ihr den Verschluß des BHs aufhaken konnte. Er küßte ihren Busen, sie umarmten sich und gingen gemeinsam, eng umschlungen, aus dem Zimmer.»

«Hm.» Keller hob einen Mundwinkel, blieb aber sachlich und würdevoll. «Mehr konnten Sie nicht sehen?»

«Nein. Nach dreißig Minuten verließ ich den Park und schlug einen Bogen, um mich von rechts dem Haus Nr. 36 nähern zu können. Auf dem Klingelschild für die Wohnung Parterre links stand der Name M. Lurwig. Um sicherzugehen, suchte ich die nächste Telefonzelle und rief einen Manfred Lurwig an, der mit der Anschrift Guttenbergallee 36 eingetragen ist. Der Trick klappte besser, als ich gehofft hatte. Frau Schramm nahm ab und sagte nur ‹hallo›. Ich markierte den Erstaunten und fragte mit verstellter Stimme, ob ich mich vielleicht in der Nummer geirrt hätte, ich hätte gerne einen Manfred Lurwig gesprochen. Sie lachte und beruhigte mich, ich wäre schon richtig verbunden, müßte mich aber einen Moment gedulden, Manni käme sofort.»

«Sagte sie ‹Manni›?»

«Ja, ‹Manni›. Als sie den Namen benutzte, fiel mir auch wieder ...»

«Einen Moment, Herr Zeuge», stoppte Keller mit einem unfreundlichen Blick auf Rosen, der sich vernehmbar geräuspert hatte und die Hand hochstreckte. «Ihre Erinnerungen spielen keine Rolle. Halten Sie sich bitte an das, was tatsächlich geschehen ist.»

«Sehr wohl, Herr Vorsitzender. – Eine halbe Minute später meldete sich ein Mann mit ‹Lurwig›. Ich behauptete, ein Geschäftsmann zu sein und ihn, wie verabredet, wegen eines Termins anzurufen. Natürlich war er ziemlich erstaunt; ich erkundigte mich, ob er nicht Manfred Lurwig von der Firma Interkomm sei, und als er verneinte, entschuldigte ich mich für den Irrtum.»

«Diese Firma Interkomm existiert wahrscheinlich nicht?» Die Richterin hatte ein Lachen in den Augen.

«Das weiß ich nicht. In unserer Stadt gibt es sie jedenfalls nicht, deswegen verwende ich diesen Namen bei solchen Anrufen.»

«Soso.» Ihren Gesichtsausdruck wagte er nicht zu definieren, irgendwo zwischen Anerkennung und Tadel. Im Saal wurde gekichert.

«Bis 14 Uhr wartete ich vor Lurwigs Wohnung. Dann erschien der Ange ... Lurwig und stieg in sein Auto. Er fuhr ziemlich schnell quer durch die Stadt zur Sanddorfer Straße und hielt vor dem Haus Nr. 19.»

Die Zuschauer benötigten einige Sekunden, um diese Aussage zu verstehen, dann aber begann ein aufgeregtes Gemurmel, das zu beinahe lauten Gesprächen anschwoll. «Ruhe bitte!» fuhr Keller dazwischen; der Befehl wirkte, umgehend trat wieder eine spannungsgeladene Stille ein.

«Lurwig ging direkt ins Haus, und weil ...»

«Einen Moment. Was heißt: direkt? Benutzte er einen Schlüssel?»

«Das kann ich nicht sagen, ich war zu weit entfernt, um Einzelheiten mitzubekommen. Er könnte einen Schlüssel benutzt haben, es wäre aber auch möglich, daß die Tür offen war oder daß ihm auf sein Klingeln sofort geöffnet wurde.»

«Hm, ja.»

«Weil Lurwig seine Autotür nicht abgeschlossen hatte, nahm ich an, daß er bald wieder fortfahren würde. Deswegen blieb ich in meinem Auto sitzen. Lurwig kam nach etwa sieben Minuten wieder heraus und fuhr weiter, wieder in hohem Tempo, zur Frankfurter Straße 172. Das ist ein Hochhaus in der Neuenberg-Siedlung. Dort ließ er seinen Wagen in der zweiten Reihe auf der Fahrbahn stehen und lief eilig auf den Eingang zu. Wo er geklingelt hat, konnte ich nicht sehen. Nach fünf Minuten verließ er das Haus wieder und fuhr zur nächsten Station, zum Kehlheimer Weg. Das ist eine schmale Sackgasse in der Nähe des Güterbahnhofs Nord. Dort hinein konnte ich ihm nicht folgen und parkte deswegen nahe der Einmündung des Kehlheimer Wegs in die Hüttenstraße. Nach 25 Minuten bog Lurwig in die Hüttenstraße ein. Ich folgte seinem Wagen bis zur Tankstelle Ecke Guttenbergallee/Althammerstraße. Dort tankte er auf und ließ Ölstand und Reifendruck prüfen. Von der Tankstelle aus fuhr er direkt zu seiner Wohnung. Weil der Sportwagen von Frau Schramm an seiner alten Position stand, nahm ich an, daß sie sich noch in der Wohnung aufhielt. Ich ließ ebenfalls auftanken und stellte mich dann so, daß ich das Haus Guttenbergallee 36 unauffällig beobachten konnte.»

«Herr Zeuge.» Der Vorsitzende hob die Stimme, als wolle er jetzt keinen Widerspruch dulden, und sah auch direkt zu den Verteidigern hinüber. «Bitte erklären Sie dem Gericht, was Sie dazu brachte, dem Angeklagten Lurwig am 1. März durch die ganze Stadt zu folgen.»

Lavaller und Rosen wechselten schnelle Blicke, dann zuckten beide die Schultern. Oberstaatsanwalt Allermann ließ sich wieder in seinen Sitz zurücksinken.

Wrozek holte tief Luft: «Nachdem ich den Spitznahmen ‹Manni› gehört hatte, fiel mir wieder ein, wo ich den Angeklagten Lurwig schon einmal gesehen hatte. Und zwar hier im Landgericht. Bei einem Prozeß, in dem er wegen Unterschlagung, Urkundenfälschung, Betrug und Bruch des Heiratsversprechens angeklagt war, also wegen ...»

«Stopp!» fiel ihm Keller ins Wort. «Sie haben die Anklage korrekt wiedergegeben. Weiter bitte.»

«Ich war als Zeuge zu einem anderen Prozeß geladen, der sich verspätete, und um mir die Zeit zu vertreiben, setzte ich mich in einen anderen Saal, in dem gerade der Fall Lurwig verhandelt wurde.»

«Mein Mandant wurde in diesem Verfahren freigesprochen.» Rosens Stimme quäkte vor Empörung, und beinahe hätte er mit der Faust auf das Pult gehauen.

«Das wußte ich nicht», entgegnete Wrozek mit ausgesuchter Höflichkeit. «Ich mußte den Saal vor dem Urteil verlassen.»

Rosen blitzte ihn wütend an, schwieg aber.

«Die Tatsache, daß Irene Schramm einerseits Beweise für die Untreue ihres Ehemannes sammelte, andererseits aber ein Verhältnis mit einem Heiratsschwindler unter ...»

«Herr Zeuge.»

«Das ist eine Verleumdung!»

Keller hatte ihn scharf angefahren, aber Lavaller brüllte regelrecht, und selbst Wrozek, der die Fähigkeiten des Anwalts eher überschätzte, hätte im Augenblick nicht zu entscheiden gewagt, ob die Wut auf dessen Gesicht echt oder nur gespielt war.

«Herr Verteidiger, ich verbitte mir solche Bemerkungen.» Kellers Zorn war jedenfalls echt, und er galt Wrozek wie Lavaller gleichermaßen. «Und Sie, Herr Zeuge, unterlassen gefälligst Bewertungen, die Ihnen nicht zustehen.»

«Ich bitte um Entschuldigung», sagte Wrozek rasch.

Der Rüffel schüchterte ihn nicht ein, aber er wollte sich das Wohlwollen des Vorsitzenden nicht verscherzen. Lavaller gab nicht klein bei; er konnte kräftig austeilen, steckte aber auch klaglos weg.

«Den Ausdruck ‹Verleumdung› nehme ich mit Bedauern zurück. Aber gegen die Behauptung, meine Mandantin habe ein Verhältnis mit dem Angeklagten Lurwig unterhalten, verwahre ich mich energisch.»

Keller preßte die Lippen zusammen. «Wir haben die Aussage Ihrer Mandantin zu diesem Punkt gehört, Herr Verteidiger. Das Gericht ist durchaus in der Lage, sich ein eigenes Urteil zu bilden.»

Lavaller brachte das Kunststück fertig, gleichzeitig die Zähne zu fletschen und gewinnend zu lächeln. «Selbstverständlich, Herr Vorsitzender. Es lag mir fern, das Gericht zu belehren. Gleichwohl beharrt die Verteidigung auf ihrer Auffassung, daß der Zeuge keine bewiesenen Tatsachen, sondern unbewiesene Beobachtungen vorträgt, die geeignet sind, ein falsches Bild zu geben.»

Also darauf wollte er hinaus? dachte Wrozek. Kein Verhältnis Irene–Manni? Den Sinn der Taktik verstand er nicht. Die Richterin musterte Irene Schramm gedankenvoll.

Keller nickte: «Wir verzichten auf eine weitere Erläuterung, warum Sie dem Angeklagten an dem bewußten Montagmorgen gefolgt sind, Herr Zeuge. Bitte schildern Sie, was weiter geschah.» Der Vorsitzende beherrschte sich schon wieder perfekt.

«Bis 17 Uhr 15 wartete ich in meinem Wagen. Dann verließen Irene Schramm und Manfred Lurwig das Haus und setzten sich in seinen Wagen. Er fuhr, diesmal wesentlich langsamer. Ich folgte ihnen auf die Bundesstraße 402, die Lurwig in dem Ort Kehlenich verließ, in Richtung Grandsbach. Etwa drei Kilometer hinter Grandsbach bog der Wagen von der Landstraße nach links in eine schmale Straße ein, die sich aufwärts schlängelt. Auf halber Höhe bog der Wagen noch einmal ab, in einen besseren Waldweg. Ich blieb unten stehen, um Lurwig einen größeren Vorsprung zu lassen, konnte dann aber durch die Bäume sehen, daß die Scheinwerfer seines Wagens erloschen. Deshalb rangierte ich mein Auto von der Straße herunter, hinter ein dichtes Gebüsch, und lief den Waldweg zu Fuß hoch.»

«Wie spät war es?»

«Auf meiner Uhr 17 Uhr 55. Nach schätzungsweise 400 Metern mündete der Weg in eine große Wiese. Direkt am Waldrand, 30 oder 40 Meter rechts von dem Weg, bemerkte ich ein Haus, das zu diesem Zeitpunkt völlig dunkel war. Lurwigs Auto stand links von diesem Weg, direkt am Waldrand hinter einem Strauch. Ob Irene Schramm und Manfred Lurwig noch drinsaßen, konnte ich nicht feststellen.»

«Warum nicht?»

«Es war schon zu dunkel, und näher wollte ich nicht herangehen. Ziemlich genau um 18 Uhr 30 hörte ich, daß ein anderes Auto den Waldweg heraufkam, man konnte die Scheinwerfer auch deutlich sehen.»

«Haben Sie den Wagen erkannt?»

«Ja, als er nach rechts, auf das Haus zu, einbog. Es war der Mercedes von Oswald Schramm. Ich konnte das Kennzeichen mühelos lesen. Ein Mann stieg aus und schloß das Haus auf, schaltete die Außenbeleuchtung ein, ging noch einmal auf das Auto zu und holte vom Rücksitz eine Tüte oder Tasche. Als er das Haus wieder betrat, konnte ich Oswald Schramm genau sehen.»

«Wie weit waren Sie von der Haustür entfernt?»

«Etwa 10 Meter. Ich war im Schutz der Büsche am Waldrand so nahe wie möglich herangegangen. Schramm schloß die Tür hinter sich und knipste in mehreren Zimmern das Licht an. Etwa fünf Minuten später entdeckte ich Irene Schramm und Manfred Lurwig, die auf den Eingang zugingen und an die Tür klopften. Schramm öffnete, und ich konnte deutlich verstehen, daß er fragte: ‹Wo kommt ihr denn her?› Sie antwortete: ‹Das können wir nicht unter der Tür erklären.› Zu dritt betraten sie das Haus und schlossen die Tür hinter sich. Etwa eine Minute später fielen zwei Schüsse, direkt hintereinander.»

Obwohl Keller schon vorsorglich drohend in den Saal geblickt hatte, brach ein kleiner Tumult aus. Alles redete laut und wirr durcheinander. Unwillkürlich drehte sich Wrozek um, niemand beachtete ihn, jeder schien seinem Nachbarn die unerhörte Neuigkeit bestätigen oder sich vom Zuhörer nebenan versichern lassen zu müssen, daß er richtig gehört hatte. Ziegler rekelte sich genußvoll in der unbequemen Bank und grinste. Die Kugelschreiber der Journalisten sausten dahin; endlich hatten sie ihre Sensation, für die sie so unmenschlich früh angereist oder aus warmen Betten gestiegen waren.

«Ruhe! Zum letztenmal: Ruhe im Saal! Bei der nächsten Störung lasse ich den Saal räumen!»

Die plötzliche Stille verwirrte nicht weniger als der Lärm vorher. Die Richterin kaute auf ihrer Unterlippe, und Wrozek hätte wetten mögen, daß sie ein Lächeln unterdrückte.

«Bitte weiter, Herr Zeuge.»

«Vielleicht drei Minuten nach den beiden Schüssen verließen Irene Schramm und Manfred Lurwig das Haus, gingen zu Lurwigs Auto hinüber, wendeten und fuhren los. Ich wartete, bis der Wagen weit genug den Waldweg hinuntergefahren war, und rannte dann ins Haus. Vom Windfang aus betritt man direkt einen großen Wohnraum, und als ich die Tür öffnete, bin ich fast über Oswald Schramm gestolpert. Er lag schräg im Zimmer, auf dem Rücken, die Füße zur Tür, auf der Brust eine stark blutende Wunde. Auf dem Teppich hatte sich neben ihm bereits eine Blutlache gebildet.»

«Zu diesem Zeitpunkt lebte Schramm aber noch?»

«Ja, ich konnte sehen, daß sich seine Brust hob und senkte.»

«Haben Sie versucht, dem Verletzten zu helfen?»

«Ja und nein. Ich hatte keinen Zweifel, daß er lebensgefährlich verletzt war und aus der Brustwunde viel Blut verlor. Aber ich wußte nicht, wie ich die Blutung stoppen sollte. Weil sein Kopf auf die Seite gefallen war und Blut aus einem Mundwinkel tropfte, habe ich ein Kissen vom Sofa genommen und ihm unter den Kopf geschoben. Dabei stellte ich fest, daß er sich auf die Zunge gebissen hatte, und deswegen habe ich ihm gewaltsam die Zähne auseinandergeschoben und in den Mund gefaßt, um das Blut zu entfernen. Mehr konnte ich nicht tun.»

«Der Bericht des Notarztes bescheinigt Ihnen, daß Sie alles in Ihren Möglichkeiten Stehende unternommen haben, um Schramms Leben zu retten. Sie brauchen sich keine Vorwürfe zu machen.»

Wrozek überlegte, ob er «danke» sagen sollte, verzichtete dann aber darauf.

«Sofort danach bin ich durch alle Zimmer gelaufen, um ein Telefon zu finden, bis ich erkannte, daß es im Haus keinen Apparat gab. Dann suchte ich einige Minuten nach den Autoschlüsseln für Schramms Wagen, konnte sie aber nicht finden. Mir blieb nichts anderes übrig, als das Haus zu verlassen und den Waldweg zu meinem Auto hinunterzurennen. Ich bin nach Grandsbach zurückgefahren und habe dort, von einem Lokal aus, über Notruf die Polizei verständigt.»

«Ja, das haben wir bereits von anderen Zeugen gehört. Sie wurden angewiesen, zum Haus zurückzufahren und dort die Ankunft der Polizei abzuwarten.»

«Das habe ich getan. Zuerst kam ein Streifenwagen mit zwei Polizisten, die sich um Schramm bemühten, bis der Krankenwagen eintraf. Der Arzt ordnete an, Schramm sofort abzutransportieren. Eine halbe – eine gute halbe Stunde später erschien dann die Mordkommission.»

«Danke, Herr Zeuge. Zu diesem Komplex werden andere Zeugen einvernommen. Ich habe keine weiteren Fragen mehr.» Auf seinen fragenden Blick nach links und rechts schüttelten die Richter und Geschworenen die Köpfe.

Nach einer Höflichkeitspause erhob sich Allermann, in der Hand ein Blatt Papier, auf das sein Adlatus zahlreiche Fragen gekritzelt hatte. Sein volles Lächeln sollte wohl Ruhe und Zuversicht ausstrahlen.

«Herr Wrozek, Sie haben bei der Polizei ausgesagt, daß Sie vor dem Wochenende Ende Februar, Anfang März Oswald Schramm, Irene Schramm und Manfred Lurwig nie getroffen hatten. Ist das richtig?»

«Ja, mit der Einschränkung, daß ich Lurwig mehrere Monate vorher hier einmal im Gericht gesehen und gehört hatte.»

«Richtig. Es hat also früher nie direkte oder indirekte Kontakte oder Beziehungen zu den drei Genannten gegeben?»

«Nein.»

«War Ihnen das Ehepaar Schramm vom Namen her bekannt, bevor Sie Irene Schramm in Ihrem Büro trafen und von ihr einen Auftrag erhielten?»

«Nein.»

«Haben Sie – abgesehen von den beiden Begegnungen am Freitag und am Montag, die Sie dem Gericht geschildert haben – irgendwann mit Irene Schramm gesprochen?»

«Nein.»

«Dasselbe gilt für Oswald Schramm und Manfred Lurwig?»

«Ja.»

«Sind Sie vor den hier interessierenden Ereignissen der noch aufzurufenden Zeugin Nadja Rimbach einmal begegnet?»

«Nein.»

«Herr Wrozek, es hat eine kleine Kabbelei über die Frage gegeben, warum Sie am Montagmorgen, also am 1. März, Irene Schramm gefolgt sind. In diesem Zusammenhang würde mich interessieren, ob Sie Ärger mit der Angeklagten hatten, zum Beispiel wegen Ihres Honorars.»

«Überhaupt nicht. Frau Schramm hatte anstandslos den Vorschuß gezahlt, am Freitag, meine ich. Am Montag hat sie sich die Rechnung genau angeschaut, aber in keinem Punkt beanstandet.»

«Gut. Die Rechnung ist bei den Unterlagen. Würden Sie sagen, daß Sie ein hohes Honorar verlangt haben?»

«Nein. Ich kenne die Sätze der hiesigen Privatdetektive. Meine Forderung liegt im mittleren Drittel.»

«Sehr schön. Wie lange sind Sie schon Privatdetektiv?»

«Seit jetzt –» er mußte kurz rechnen – «fünfzehn Jahren.»

«Und selbständig seit wann?»

«Seit elf Jahren.»

«Würden Sie sich als erfolgreich bezeichnen?»

«Herr Staatsanwalt!» mahnte Keller kopfschüttelnd, und Allermann gluckste: «Ich ziehe die Frage zurück. Tragen Sie – zum Lesen etwa – eine Brille?»

«Nein.»

«Ist Ihre Sehkraft jemals untersucht worden?»

«Ja. Anläßlich dieses Falles. Die Staatsanwaltschaft bat mich, auf ihre Kosten bei einem Augenarzt einen Test machen zu lassen.» Diesmal dämpfte Keller das leise Gelächter im Saal nicht. Sogar Lavaller lachte melodisch, Allermann grinste von einem Ohr zum anderen: «Und das Ergebnis?»

«Normal. Weder kurz- noch weitsichtig, keine Schäden, keine Anomalien.»

«Sehr schön. Auch Ihr Gehör ist normal?»

«Ja.»

«Wunderbar. Dann kommen wir zum Abend des 1. März. Ich brauche Ihnen ja nicht auseinanderzusetzen, wieviel davon abhängt, ob Sie die Angeklagten an dem Waldhaus einwandfrei und zweifelsfrei erkannt haben.»

«Natürlich, das ist mir klar. Ich habe keine Zweifel, es waren Irene Schramm und Manfred Lurwig. Als sie das Haus betraten und nach den Schüssen wieder verließen, brannte die Außenbeleuchtung. Beide Male nahmen sie den Weg, der über etwa fünf, sechs Meter ausreichend von der Lampe erhellt war.

«Ein Irrtum ist ausgeschlossen?»

«Ausgeschlossen. Es waren die beiden Angeklagten.»

«Theoretisch besteht die Möglichkeit, daß sich jemand schon im Waldhaus aufhielt, als Schramm aufschloß. Können Sie dazu etwas sagen, Herr Zeuge?»

«Soweit ich das Waldhaus überblicken konnte, war es dunkel, als Schramm eintraf. Und auch später, bei der Suche nach einem Telefon, habe ich keinen Hinweis auf einen früheren – oder versteckten – Besucher gefunden.»

«Und solange Sie das Haus beobachteten, ist niemand – außer dem Ermordeten und den beiden Angeklagten – hinein- oder herausgegangen?»

«Ich habe niemanden bemerkt.»

Wrozek antwortete bedächtig, aber bestimmt. In Kellers Blick hatte sich eine prüfende Nachdenklichkeit eingeschlichen, während Allermann regelrecht aufblühte, weil sein Hauptzeuge sich so ausgezeichnet schlug.

«Wie waren die Lichtverhältnisse am Abend des 1. März?»

Absichtlich ließ er sich etwas Zeit. «Es war schon ziemlich dunkel. Das Haus stand für mich gegen den freien Horizont und war in seinen Umrissen deutlich zu erkennen.»

«Also kein Dunst oder Nebel oder ähnliches?»

«Nein.»

«Sehr gut. Dann sollten wir einen anderen Komplex behandeln. Können Sie uns etwas über die Temperatur sagen, die in dem Waldhaus herrschte?»

«Es war lausig kalt.»

«Aber die Heizung lief doch?»

«Ja, das Geräusch ist mir aufgefallen, als ich erst nach dem Telefon, dann nach den Autoschlüsseln suchte.»

«Trotzdem war es kühl?»

«Nicht kühl, sondern regelrecht kalt. Die Heizung kann noch nicht lange angestellt gewesen sein.»

«Erinnern Sie sich noch, wie der verletzte Oswald Schramm angezogen war?»

«Ja. Er trug über dem Oberhemd eine dicke Strickjacke. Sein Mantel und sein Jacket hingen im Windfang an einem Garderobenhaken.»

«Ja, danke. Herr Wrozek, wir wissen – und wir werden dazu später noch einen Zeugen hören –, daß sich Oswald Schramm am Nachmittag vor seinem Tod 25 000 Mark besorgt hat. Dieses Geld ist verschwunden. Deswegen muß ich Sie fragen: Haben Sie das Geld an sich genommen?»

«Nein.» Er konnte völlig gleichmütig antworten.

«Haben Sie überhaupt irgend etwas an sich genommen, das Oswald Schramm gehörte? Oder hat er Ihnen etwas anvertraut oder übergeben?»

«Nein, nichts.»

«Haben Sie das Geld bemerkt, als Sie nach Schramms Autoschlüsseln suchten?»

«Nein.»

«Danke, das ist eine klare Aussage. Eine letzte Frage: Sind Ihnen im Zusammenhang mit Ihrer Aussage vor diesem Gericht Vorteile versprochen oder Nachteile angedroht worden? Direkt oder indirekt?»

«Nein.» Am liebsten hätte er gelächelt: Allermann wollte für alle Fälle vorbeugen.

«Eine merkwürdige und unangebrachte Frage, Herr Oberstaatsanwalt.» Allermann wollte antworten, doch der Vorsitzende zog die Augenbrauen zusammen und winkte ungeduldig ab.

«Bitte keine peinlichen Rechtfertigungen. Die Verteidigung hat sicher noch Fragen.»

«Gewiß, Herr Vorsitzender.» Rosen stand auf, ebenfalls ein Blatt in der Hand. Ein lauernder Blick streifte Wrozek. «Herr Zeuge, ich verteidige den Angeklagten Lurwig.» Die nachfolgende Pause war rhetorisch geschickt, aber auf so simple Tricks fiel Wrozek schon lange nicht mehr herein, dazu benutzte er sie selbst zu häufig. Deswegen hielt er den Mund und nickte nur. «Sie haben hier vor Gericht sehr wirkungsvoll geschildert, wie und wohin Sie meinem Mandanten über Mittag des 1. März gefolgt sind.»

Wrozek verzog keinen Muskel. So leicht lockte man ihn nicht aufs Glatteis.

«Darf ich erfahren, welche Schlüsse Sie aus den Aktivitäten meines Mandanten gezogen haben?»

«Überhaupt keine», entgegnete er trocken.

«Wie bitte?»

«Ich sagte: Überhaupt keine.»

«Das habe ich schon verstanden, Herr Zeuge, ich bin nicht taub. Ich habe Ihre Antwort gehört, aber nicht begriffen. Möchten Sie sie nicht erläutern?»

«Ich wollte damit sagen, daß ich am 1. März, als ich Ihrem Mandanten hinterherfuhr, weder wußte, warum er die einzelnen Stationen seiner – hm – Rundfahrt aufsuchte, noch irgendeinen Schluß daraus zog oder irgendeine Vermutung daraus ableitete.»

«Soso.» Rosen war ein schlechterer Verlierer als Lavaller. «Sie haben ausgesagt, daß mein Mandant als erstes Nadja Rimbach aufgesucht hat.»

«Verzeihung, Herr Rechtsanwalt, das habe ich nicht behauptet. Ich habe ausgesagt, daß er das Haus Sanddorfer Straße Nr. 19 betreten hat. Ob er bei dieser Gelegenheit mit Nadja Rimbach gesprochen hat, ob sie überhaupt anwesend war, weiß ich nicht.»

«Richtig, ja!» Rosen biß sich auf die Lippen, als er die spöttische Miene Kellers registrierte. «Sie nehmen es immer sehr genau, nicht wahr, Herr Zeuge?»

«Ich bemühe mich.»

«Sehr lobenswert. Dann bemühen Sie doch bitte noch einmal Ihr ausgezeichnetes Gedächtnis. Sie haben ausgesagt, Manfred Lurwig und Irene Schramm seien um 17 Uhr 15 in Lurwigs Wagen gestiegen, dem Sie dann bis zum Waldhaus gefolgt sein wollen.»

«Ja.»

«Sie sind also dem Wagen – nach Ihren Zeitangaben – vierzig Minuten lang hinterhergefahren?»

«Ja.»

«Vierzig Minuten, ohne entdeckt zu werden?»

«Das vermute ich.»

«Das vermuten Sie! Mir scheint es unwahrscheinlich.»

Wrozek lächelte höflich und schwieg. Rosen, zum zweitenmal ohne Erfolg mit seiner Taktik, stieg die Röte ins Gesicht. «Ich warte auf Ihre Antwort, Herr Zeuge.»

«Sie haben mir noch keine Frage gestellt, Herr Rechtsanwalt.»

Im Saal klang verhaltene Heiterkeit durch; Wrozek achtete nicht darauf, sondern konzentrierte sich auf den sichtlich erregten Rosen. Er durfte sich von seiner Nervosität weder anstecken noch herausfordern lassen; wer wollte wissen, ob die Erregung überhaupt echt war. Die Sonne schien nun direkt auf die Richterbank, und an seinen Handflächen spürte Wrozek bereits eine unangenehme Feuchtigkeit.

«Dann frage ich Sie: Wollen Sie im Ernst behaupten, man könnte unentdeckt über vierzig Minuten – fast eine Dreiviertelstunde! – ein bestimmtes Auto verfolgen?»

«Ja, das ist möglich. Auf längeren Strecken empfiehlt es sich allerdings, zwei Wagen zur Beschattung anzusetzen, die sich über Funk verständigen und bei der Verfolgung abwechseln.»

Rosen wurde puterrot, als wolle er im nächsten Augenblick explodieren. Ein warnendes Räuspern vom Richtertisch bremste ihn im letzten Moment. «Sie behaupten also, am Montagabend, am 1. März, meinen Mandanten am Waldhaus gesehen zu haben.»

«Ja.»

«Mein Mandant bestreitet entschieden, jemals das Waldhaus aufgesucht zu haben.»

«Das ändert nichts daran, daß ich ihn dort gesehen habe.»

«Wollen Sie damit andeuten, daß mein Mandant lügt?»

«Nein.»

«Nein? Was heißt ‹nein›?»

«Nein heißt, daß ich nichts damit andeuten will, Herr Rechtsanwalt.» Langsam begann die Sache ihm Spaß zu machen.

«Wie schön. Wußten Sie, daß Frau Schramm ebenfalls bestreitet, am oder im Waldhaus gewesen zu sein?»

«Nein.»

«Was bedeutet nun dieses ‹Nein›?»

«Nein, das wußte ich nicht.»

«Aber jetzt wissen Sie es.»

«Ja.»

«Und? Was sagen Sie nun?»

«Ich verstehe Ihre Frage nicht.»

Wieder drohte Rosen zu explodieren. Er hatte sein Ziel, Wrozek zu verwirren oder aufzubringen, gründlich verfehlt.

«Ich will von Ihnen wissen, wie Sie sich den Widerspruch erklären!» bellte er Wrozek an. «Ihre Aussage steht gegen zwei andere Aussagen!»

«In der Tat.» Wrozek konnte sich den leichten Hohn nicht verkneifen, bereute ihn aber sofort, als er neben sich Kellers Hüsteln vernahm.

«Ist das alles, was Sie dazu zu sagen haben?»

«Es ist – mit allem Respekt, Herr Rechtsanwalt – nicht meine Aufgabe, Widersprüche zu erklären.»

«Es ist Ihnen doch klar, daß Sie Ihre Aussage beeiden müssen?»

«Das nehme ich an, ja.»

«Sie wissen, wie Meineid bestraft wird?»

«Wenn er nachgewiesen wird, unter Umständen mit mehreren Jahren Freiheitsstrafe.»

Rosen rang erneut um seine Beherrschung.

«Gut, Herr Zeuge. Sie haben ausgesagt, Sie hätten zur Tatzeit zwei Schüsse im Waldhaus gehört.»

«Ja.»

«Zwei Schüsse unmittelbar hintereinander.»

«In einem Abstand von vielleicht ein oder zwei Sekunden, ja.»

«Das nennen Sie unmittelbar hintereinander?»

«Ja.»

«Waren es Pistolen- oder Revolverschüsse?»

«Das weiß ich nicht.»

«Sie wollen sicher sagen, Sie wußten es damals, am 1. März, nicht?»

«Nein, Herr Rechtsanwalt, ich weiß es auch heute noch nicht.»

«Lesen Sie denn keine Zeitungen?»

«Doch, natürlich, aber in den Zeitungen gehen die Angaben auseinander, ob es ein Revolver oder eine Pistole war.»

«Aha. Verstehen Sie etwas von Waffen?»

«Ja, ein wenig.»

«Können Sie nach dem Gehör unterscheiden, ob eine Pistole oder ein Revolver abgefeuert wird?»

Dort hättest du mich gerne, dachte Wrozek belustigt. Unverändert ernst verneinte er: «Dazu fehlt mir die Erfahrung.»

«So. Mich tröstet, daß auch Sie einmal eine Unkenntnis eingestehen. Besitzen Sie eine Waffe?»

«Ja.»

«Welche Marke?»

«Eine belgische Parabellum, Kaliber 9 Millimeter. Eine Pistole mit Sieben-Schuß-Magazin.»

«Natürlich besitzen Sie einen Waffenschein dafür?»

«Selbstverständlich.»

«Trugen Sie die Waffe am Abend des 1. März bei sich?»

«Nein.»

«Oho.» Rosens Augenbrauen hoben sich gekonnt. «Sie, ein vielbeschäftigter Privatdetektiv, haben Ihre Waffe nicht mitgenommen?»

«Nein.» Wrozek lächelte ihn herzlich an.

«Nehmen Sie überhaupt einmal Ihre – wie hieß sie noch? – Ihre Parabellum mit, wenn Sie beruflich unterwegs sind?»

«Selten. Schätzungsweise zwei-, höchstens dreimal im Jahr.»

«Ach. Und wo befand sich die Waffe am Abend des 1. März – wenn Sie sich daran noch erinnern können?»

Auf die gehässige Spitze reagierte Wrozek nicht einmal mit heimlichem Ärger. «Sie lag in einem verschlossenen Stahlschrank in meinem Büro.»

«Sind Sie dessen sicher?»

«Ja.»

«Hat sich die Kriminalpolizei nach Ihrer Waffe erkundigt?»

«Ja.»

«Und was haben Sie gesagt?»

«Gar nichts. Hauptkommissar Ziegler kam in mein Büro und bat mich, meine Waffe sehen zu dürfen. Ich schloß den Stahlschrank auf, er schaute sich die Waffe an, verglich sie mit den Angaben auf meinem Waffen-Erwerbsschein und legte sie zurück. Danach teilte er mir mit, daß Schramm durch zwei Kugeln Kaliber 7,65 getötet worden sei.»

Mit dieser ausführlichen Antwort hatte Rosen nicht gerechnet, das verriet das ärgerliche Zucken seiner Hände. Fast hätte er das unschuldige Blatt Papier zerknittert; seine Miene wurde ausgesprochen tückisch: «Sie besitzen keine weitere Waffe?»

«Nein.»

«Aber Sie wüßten, wo Sie sich eine Waffe beschaffen könnten?»

«Legal oder illegal?»

Rosen blieb der Mund offenstehen. Wrozek wartete; es war gar nicht seine Absicht gewesen, den Verteidiger zu reizen, aber er mußte sich wehren, weil Rosen sein Ziel zu direkt ansteuerte. Wrozek wunderte sich, daß der Vorsitzende bisher nicht eingegriffen hatte. Auch Staatsanwalt Allermann entwickelte nach seiner Vorstellung etwas zu viel Gelassenheit.

«Lassen wir die Mätzchen, Herr Zeuge!» fuhr Rosen auf. «Ich bin fest davon überzeugt, daß Sie sich jederzeit – illegal, wohlverstanden – eine Waffe zu beschaffen wissen.»

«Einen Moment, Herr Verteidiger.» Keller schnarrte vor Ärger. «Das Gericht ist bereit, der Verteidigung einen großen Spielraum einzuräumen, zumal der Zeuge durchaus in der Lage scheint, Ihren Fragen standzuhalten. Das Gericht ist aber nicht bereit, solche Unterstellungen zu dulden. Ich hoffe, Sie haben einen Grund für Ihr Vorgehen.» Das Gemurmel im Zuschauerteil ebbte ab.

Rosen mußte, offensichtlich widerwillig, von Wrozek ablassen und sich dem Vorsitzenden erklären. «Die Verteidigung steht vor dem Problem, daß sich am Tatort neben dem Opfer ein Mann aufhielt, der nach eigener Aussage mit Waffen umgehen kann, der ein leicht begreifbares Motiv hatte, dem Getöteten von den Nachstellungen der Ehefrau zu berichten, der bisher nicht glaubhaft machen konnte, warum er unseren Mandanten ...»

Der Faustschlag dröhnte wie ein Kanonenschuß. Keller hatte sich halb aufgerichtet, bleich wie der obere Teil der Wand, und wenn ihm nicht die Würde seines Amtes in Fleisch und Blut übergegangen wäre, hätte er bestimmt das Gesetzbuch nach Rosen geworfen. Für Sekunden verharrten alle wie versteinert, dann schoß dem Vorsitzenden die Röte ins Gesicht. Obwohl er nur flüsterte, wurde er noch in der letzten Reihe verstanden: «Die Sitzung wird für fünf Minuten unterbrochen. Ich bitte die Verteidigung und die Anklage in mein Zimmer. Herr Zeuge, nehmen Sie so lange Platz.»

Richter, Geschworene, die beiden Verteidiger und die beiden Staatsanwälte drängten sich in fast unziemlicher Eile durch die hohe Tür. Wrozek setzte sich auf den Zeugenstuhl, damit er dem Publikum den Rücken zuwenden konnte. So früh hatte er Rosens Attacke nicht erwartet. Er hatte allerdings damit gerechnet, daß sie kommen würde, daß die Verteidigung ihn verdächtigen würde. Es war der erste und bestimmt noch nicht der letzte Versuch gewesen. Unter den Zuschauern herrschte offensichtlich Verwirrung. Nur die alten Schwurgerichtshasen ahnten, was sich jetzt hinter der verschlossenen Tür abspielte, aber genaue Vorstellungen hatten auch sie nicht. Über einige Vermutungen, die er aufschnappte, konnte Wrozek sich herzlich amüsieren.

Die Richter traten schneller wieder ein, als sich das Publikum erheben konnte.

«Wir setzen das Verhör fort. Bitte, Herr Zeuge. Herr Verteidiger.» Keller sprach noch abgehackter als sonst; die Richterin flüsterte der Protokollführerin etwas zu; diese nickte so heftig, daß ihr Haarknoten wippte, und blätterte zurück. Lavaller und Dr. Martin kritzelten emsig, beide ausgesprochen verstimmt.

Wenn Rosen einen geharnischten Tadel kassiert hatte, so verbarg er das ausgezeichnet. Wrozek musterte ihn höflich-gelassen.

«Herr Zeuge, Sie haben uns alle durch die Präzision Ihrer Zeitangaben beeindruckt. Haben Sie ein so ausgezeichnetes Gedächtnis?»

«Mein Gedächtnis ist durchschnittlich. Die Zeitangaben erklären sich dadurch, daß ich bei Observationen Buch führe.»

«Regelmäßig?»

«Ja.»

«Darf ich daraus schließen, daß Sie vor dieser Verhandlung noch einmal Ihre Notizen zu Rate gezogen haben?»

«Ja, das trifft zu.»

«Es handelt sich um dieselben Notizen, die Sie während Ihrer Vernehmungen durch die Polizei benutzt haben?»

«Ja.»

Einen Augenblick zögerte Rosen, dann sagte er rasch: «Mit Erlaubnis des Gerichts komme ich später noch einmal auf diesen Punkt zurück.» Allermann kniff ärgerlich die Lippen zusammen.

Rosen holte tief Luft: «Haben Sie der Polizei Ihre Unterlagen zur Verfügung gestellt, Herr Zeuge?»

«Ja, alle Unterlagen, die mein Mitarbeiter Hans Bauer und ich in der Zeit vom Freitagnachmittag bis Montagabend erarbeitet haben.»

«Freiwillig?»

«Auf eine Bitte der Kriminalpolizei hin. Nach drei Wochen erhielt ich alles zurück.»

Die Antwort schien Rosen zu enttäuschen. «Verhalten Sie sich gegenüber der Polizei immer so hilfsbereit?»

«Nein.»

«Aber in diesem Fall hatten Sie keine Hemmungen?»

«Nein. Es handelte sich um ein Verbrechen. Ich erfüllte die gesetzliche Pflicht, bei der Aufklärung zu helfen.»

«Sehr lobenswert. War das Ihr einziges Motiv?»

«Ja.»

«Wirklich? Spielte nicht auch die Überlegung eine – sagen wir: klitzekleine – Rolle, es sich mit der Polizei nicht zu verderben?»

«Nein. In diesem Fall lag es gar nicht in meiner Entscheidung, kooperativ zu sein oder die Mithilfe zu verweigern.»

«Und das wußten Sie von Anfang an?»

«Ja, schon, aber entscheidend war, daß es die Polizei auch wußte.» Sogar Rosen rang sich bei dem kurzen Gelächter ein süßsaures Grienen ab: «Drei kurze Fragen noch, Herr Zeuge. Als Sie angeblich die beiden Angeklagten in das Waldhaus hinein- und herausgehen sahen, bemerkten Sie da, daß einer der beiden eine Waffe bei sich trug?»

«Nein.»

«Sehr schön. Während Sie über das Wochenende Oswald Schramm beschatteten, haben Sie nach Ihrer Aussage zahlreiche Fotografien gemacht.»

«Ja.»

«Wie halten Sie es mit solchen Bildern gegenüber Ihren Auftraggebern?»

«Sie erhalten einen Satz Positive und die Negative. Einen zweiten Satz Positive behalte ich für meine Akten.»

«Ah ja. Und wie lange heben Sie Ihre Akten auf?»

«In der Regel fünf Jahre.»

«Löblich. Meine letzte Frage: Warum haben Sie am 1. März nicht fotografiert?»

«Dazu gab es keinen Grund. Ich führte keinen Auftrag aus, und daß ein Verbrechen geschehen würde, konnte ich nicht voraussehen.»

«Sie befriedigten also nur Ihre persönliche Neugier?»

«Wenn Sie es so formulieren wollen – ja.»

«Ich gedenke, es so zu formulieren. Oder empfinden Sie es als Vorwurf?»

«Nein, weder als Vorwurf noch als ehrenrührig.»

«Danach habe ich Sie nicht gefragt!» fuhr Rosen hoch, aber Wrozek lachte ihn an: «Dann beschränke ich mich auf ein einfaches Nein, Herr Rechtsanwalt.» Zehn Sekunden fochten sie ein stummes Duell aus, in dem Wrozek siegte. Rosen leistete sich mit dem wegwerfenden «Danke, keine Fragen mehr» einen schwachen Abgang. Lavaller feuerte seine erste Frage noch im Sitzen ab.

«Haben Sie uns über Ihre Unterhaltung mit Irene Schramm am Freitag, dem 26. Februar, die volle Wahrheit erzählt?»

Seine Stimme hatte sich völlig verändert, war metallisch-scharf, schneidend geworden, und beinahe hätte sich Wrozek überrumpeln lassen. Doch im letzten Moment bemerkte er Lavallers Fehler; der Anwalt erhob sich eine Sekunde zu früh, demonstrativ langsam, und noch demonstrativer sah Wrozek ihm dabei zu, den Kopf schräg gelegt. Er schwieg absichtlich, bis der Anwalt aus der Bank herausgetreten war, hob die Augen und antwortete, Lavaller von den Schuhspitzen bis zu den silbernen Haarsträhnen musternd, ebenso höflich wie langsam: «Alles, was ich bisher darüber ausgesagt habe, entspricht den Tatsachen.»

Nicht im mindesten verunsichert, gab Lavaller den abschätzenden Blick zurück, wobei ein ironischer Zug um seinen Mund spielte. Vieldeutig kommentierte er: «Eine sehr präzise Beschreibung bislang, Herr Zeuge. Sie erlauben, daß wir etwas länger bei dieser ersten Unterhaltung verweilen. Bitte erzählen Sie mir mit Ihren Worten, was Frau Schramm von Ihnen wünschte.»

Wrozek ahnte, worauf der Verteidiger hinauswollte. «Sie erklärte mir, sobald die erste Verlegenheit überwunden war, daß sie ihren Mann verdächtigte, eine Freundin zu haben, und ...»

«Erlauben Sie. Frau Schramm gebrauchte das Wort ‹Freundin›?»

«Ja, sie sagte ‹Freundin›.»

«Ist das in diesem Zusammenhang nicht ein ungewöhnlicher Ausdruck?»

«Er ist relativ selten.»

«Wie pflegen denn, Ihrer Erfahrung nach, Ehefrauen die tatsächlichen oder vermeintlichen Konkurrentinnen zu bezeichnen?»

«Ich kenne eine breite Palette von Bezeichnungen. Sie reicht von Flittchen, Betthase, Hure bis Entspannungshilfe.» Die leichte Unruhe im Zuschauerraum verkündete allgemeine Erheiterung.

«Diese Ausdrücke sind also mit einer gewissen Verbitterung verbunden? Oder auch Wut?» Lavaller grinste kumpelhaft.

«Ja.»

«Aber Frau Schramm war nicht verbittert oder wütend?»

«Nein. Soweit ich das beurteilen kann, war sie gelassen.»

«Aha, bemerkenswert. Hat sie Ihnen einen plausiblen Grund für diese ungewöhnliche Gelassenheit geben können?»

«Sie erzählte mir unaufgefordert, daß ihr Mann während der Ehe offenbar schon mehrere Affären gehabt habe. Doch bis jetzt habe sie nie den Versuch gemacht, die – hm – Konkurrentin festzustellen.»

«Gut. Erwähnte sie in diesem Zusammenhang, wie lange sie schon mit Oswald Schramm verheiratet sei?»

«Ja, ganz beiläufig sagte sie, daß sie vor wenigen Tagen ihren dritten Hochzeitstag gefeiert habe. Allein gefeiert.»

«Was schlossen Sie daraus?»

«Daß die Ehe gescheitert war.»

«Soso.» Lavaller lief zwei Schritte, drehte sich schwungvoll um und fragte fast fröhlich: «War das nicht ein vorschneller Schluß,

Herr Zeuge? Oder hatte meine Mandantin Ihnen noch andere Anhaltspunkte dafür gegeben?»

«Ja, das hat sie. Erstens berichtete sie, daß es die zweite Ehe ihres Mannes sei; der Altersunterschied zwischen den Eheleuten betrug, wie ich mir ausrechnete, etwa 25 Jahre. Zweitens habe sie schon bei der Eheschließung gewußt, daß ihr Mann – ich gebrauche jetzt ihre Worte – ‹kein Kind von Traurigkeit und auch keines von Einsamkeit› sei. Drittens erzählte sie sehr freimütig, daß es fast unmittelbar nach der Hochzeitsreise die ersten Kräche gegeben habe, weil sie gerne weiter arbeiten wollte, er aber darauf bestand, daß sie in der Firma kündigte und die gelangweilte Hausfrau spielte.»

«Sie benutzte in diesem Zusammenhang das Wort ‹langweilen›?»

«Ja.»

«Sie langweilte sich also in ihrer Ehe?»

«Ja, so drückte sie sich aus.»

«Aber an Scheidung dachte sie nicht?»

«Das Wort ist bei unserer Unterredung am Freitag nicht gefallen.»

«Sie betonen so eigenartig ‹am Freitag›. Ist es denn bei dem Gespräch am Montag benutzt worden?»

«Ja. Ich fragte sie direkt, ob sie das Material, das ich gesammelt hatte, für eine Scheidung benutzen wollte.»

«Wie kamen Sie zu dieser Frage?»

«Viele Eheleute glauben immer noch, daß vor Gericht ein Ehebruch die vom Gesetz verlangte Zerrüttung der Ehe beweisen könne.»

«Aha. Antwortete sie auf Ihre Frage?»

«Ja, sofort. Sie lachte und sagte, sie dächte überhaupt nicht an Scheidung.»

Mit dieser Antwort schien Lavaller äußerst zufrieden zu sein, er nickte vergnügt und fuhr im Plauderton fort: «Herr Zeuge, Sie haben vorhin ausgesagt, Frau Schramm habe die – nun, bleiben wir bei dem Ausdruck –, die Freundin ihres Mannes, also Nadja Rimbach, gekannt.»

«Nein, Herr Verteidiger.» In solche Fallen konnte man ihn schon lange nicht mehr locken. «Ich habe ausgesagt, daß ich *den Eindruck hatte,* sie kenne Nadja Rimbach bereits.»

«Richtig.» Lavaller konnte es sich leisten, für seinen Gegner einen Pluspunkt zu verbuchen. «Sie haben vollständig recht, wir wollen präzise bleiben. Aber wenn wir alles berücksichtigen, was Sie uns jetzt über die Unterhaltungen mit Frau Schramm vorgetragen haben – könnte Ihr Eindruck nicht einfach ein Mißverständnis gewesen sein, entstanden aus der Gleichgültigkeit, mit der Frau

Schramm die Bestätigung eines alten Verdachts zur Kenntnis nahm, eines Verdachts, den sie nach ihren eigenen Worten schon lange hegte?»

«Das kann ich nicht ausschließen.»

Zu seinem Erstaunen gab sich der Anwalt mit dieser ausweichenden Antwort zufrieden; Lavaller rieb sich die Hände und fuhr, listig blinzelnd, fort: «Dann lassen Sie uns den dritten von Ihnen genannten Grund, warum Sie Frau Schramm gefolgt sind, noch einmal anschneiden. Meine Mandantin widerspricht, wie Sie ja gehört haben, ganz entschieden Ihrer Behauptung, sie habe ausdrücklich von Ihnen verlangt, den Durchschlag des Berichtes und den zweiten Satz Fotos aufzuheben.»

«Ja, das habe ich gehört. Aber ich bleibe bei meiner Aussage.»

«Nun gut. Erklären Sie mir doch bitte, wie überhaupt die Rede auf den Durchschlag und die Zweitabzüge der Fotos gekommen ist.»

«Ich weise jeden Kunden darauf hin, daß ich einen Durchschlag und, falls Bilder gemacht worden sind, einen Satz Abzüge aufbewahre. Übrigens auch einen vom Kunden unterschriebenen Durchschlag des schriftlichen Auftrages.»

«Gibt es einen Grund für diese Angewohnheit?»

«Ja, zu Anfang meines Berufes ist es mir zweimal passiert, daß Kunden mit dem Material, das ich ihnen besorgt hatte, ungesetzliche Aktivitäten versucht haben, so daß ...»

«Bitte genauer. Was für Aktivitäten?»

«Einmal versuchte Erpressung und einmal Betrug im Zusammenhang mit einem Grundstücksverkauf.»

«Deswegen haben Sie Ärger mit der Justiz bekommen?»

«Nicht mit der Justiz, aber mit der Polizei. Seitdem habe ich mir angewöhnt, zu meiner eigenen Absicherung alle Unterlagen in Kopie aufzubewahren.»

«Ich verstehe. Eine sehr verständliche Vorsichtsmaßnahme. Von der Sie auch im Fall Schramm nicht abweichen wollten.»

«Nein.»

«Dann ergibt aber Ihre Aussage keinen Sinn, Frau Schramm habe Sie nachdrücklich aufgefordert, Durchschlag und Doppel gut aufzuheben.»

«Doch!» Wrozek seufzte leise, weil Lavaller nun doch den schwachen Punkt in seiner Aussage aufgespürt hatte. «Es ergab Sinn, wenn mein Material für eine Erpressung benutzt werden sollte.»

Einen Moment stutzte Lavaller, offensichtlich überrascht, schaltete dann aber schnell: «Eine Ehefrau kann den Ehemann nicht erpressen.»

«Nein, sie nicht, aber sie kann das Material einem Dritten übergeben.»

«Ah so, jetzt verstehe ich. Und dieser Dritte hätte dann einen unverfänglichen Zeugen, nämlich den Privatdetektiv Wrozek?»

«Ja.»

Auf das Geraune im Zuschauerteil hin hob Keller den Kopf; sofort wurde es wieder ruhig. Lavaller fuhr fort: «Dann war das der Grund, Irene Schramm zu verfolgen?»

«Es war die von mir gezogene Schlußfolgerung aus den drei Gründen, die ich vorgetragen habe.»

«Herr Zeuge, das ist Haarspalterei. Aus drei Anhaltspunkten zogen Sie einen Schluß, eine Befürchtung meinetwegen, und diese stellte dann den Grund dar, warum Sie Frau Schramm folgten.»

«Wenn Sie es so interpretieren möchten, widerspreche ich nicht.»

«Vielen Dank. Unterstellen wir einmal, Herr Zeuge, für die weitere Vernehmung, Sie hätten an dem bewußten Montagmorgen die Befürchtung gehegt, nolens volens einem Erpresser brauchbares Material besorgt zu haben. Wohlgemerkt, wir unterstellen das einmal. Dann hätte es doch nahegelegen, das mögliche Erpressungsopfer, also Oswald Schramm, zu warnen, nicht wahr?»

«Nein.» Diesmal mußte sich Wrozek zur Ruhe zwingen. Dieser Lavaller war gefährlich, weit gefährlicher als Rosen, der im Augenblick so blank lächelte, als habe er diese Strategie ausgeheckt. «Ich hatte keinen Grund, Oswald Schramm zu warnen, selbst dann nicht, wenn ich dieser Unterstellung zustimme. Oswald Schramm hatte einen Ehebruch begangen, daran gab es nichts zu rütteln. Welche Konsequenzen diese Tat für ihn hatte, brauchte mich nicht zu beschäftigen.»

«Wirklich nicht?»

«Nein. Er war ein erwachsener Mensch und verantwortlich für seine Taten. Außerdem hätte es ihm freigestanden, sich im Falle einer Erpressung an die Polizei zu wenden.»

«Gut, aber das ...»

«Entschuldigen Sie bitte, wenn ich Sie unterbreche, Herr Verteidiger, aber Sie selbst haben mich eben danach gefragt, ob Frau Schramm von der Untreue ihres Mannes überrascht war. Ich habe Ihnen geantwortet, daß sie im Gegenteil von sich aus mehrere vorausgegangene Affären andeutete.»

«Was wollen Sie damit sagen?»

«Das Oswald Schramm seit einiger Zeit keinen Wert mehr darauf legte, seine ... seine Seitensprünge zu verheimlichen. Anlaß zu möglichen Erpressungen hatte er also bereits früher in ausreichendem Umfang geboten.»

«Kompliment, Herr Zeuge, Sie würden einen guten Verteidiger abgeben.»

«Herr Rechtsanwalt!» Der Vorsitzende schien die Ermahnung nicht so ernst zu meinen, und Lavaller verbeugte sich lächelnd. «Gut, akzeptieren wir also, daß Sie meiner Mandantin an dem bewußten Montagmorgen aus Neugier gefolgt sind. Sie ist von Ihrem Büro direkt zur Wohnung von Manfred Lurwig gefahren, das wird nicht bestritten, das haben Sie ja auch beobachtet und ausgesagt. Meine Mandantin widerspricht allerdings energisch dem, was Sie anschließend gesehen haben wollen, dem – nun, wie umschreibe ich es dezent? –, dem Vorspiel für einen – Ihr Ausdruck gefällt mir –, für einen Seitensprung.»

Wrozek verzog keine Miene und schwieg, obwohl Lavaller eine fragende Pause einlegte.

«Sie wollen die Szene vom gegenüberliegenden Christianspark beobachtet haben. Das stimmt doch?»

«Ja.»

«Sie sagten, Sie hätten dazu einen Feldstecher benutzt.»

«Richtig, ja.»

«Dieses Fernglas haben Sie stets griffbereit in Ihrem Auto?»

«Ja.»

«Ein starkes Glas?»

«Acht mal vierzig. Es geht.»

«Hm. Sie hockten also hinter der Hecke, das Glas an den Augen. Wieviel Meter waren es – schätzungsweise – von Ihrem Standort bis in das Zimmer?»

Weil er diese Frage erwartet hatte, war er vorbereitet: «Zwischen 20 und 22 Metern.»

«Sehr gut, ich habe zwanzigeinhalb Meter nachgemessen. Wie breit ist Ihrer Schätzung nach die Glastür zum Frontbalkon, die – wie Sie behaupten – offenstand?»

«Knapp einen Meter, denke ich.»

«Perfekt. Und nun bleiben Sie dabei, daß Sie aus der Entfernung in dieser schmalen Sichtöffnung beobachten konnten, wie die beiden Angeklagten miteinander zärtlich wurden?»

«Ja.» Er wußte, daß Lavaller gerne eine längere erklärende Antwort gehört hätte, um irgendwo einhaken zu können, aber darauf wollte er sich nicht einlassen.

«Sie wurden durch nichts in Ihrer Sicht behindert? Blätter? Äste? Oder parkende, vorbeifahrende Autos? Eine wehende Gardine?»

«Nein. In den gut zwei Minuten, die ich sie im Glas beobachtete, hatte ich ungehinderte Sicht.»

«Und später?»

«Das sagte ich bereits. Sie verließen das Zimmer, so daß ich nichts mehr sehen konnte.»

«Ein ungewöhnlicher Zufall, nicht wahr, Herr Zeuge? Zwei Menschen küssen sich und ziehen sich halb aus bei einer weit offenstehenden Balkontür, gerade so weit, um an ihren Absichten keinen Zweifel zu lassen.» Er lächelte geringschätzig. «An einem kalten Tag, nicht wahr? Sonnig, aber kalt. Die beiden müssen in sehr aufgekratzter Stimmung gewesen sein.»

«Das kann ich nicht beurteilen, Herr Verteidiger.» So billig fing ihn auch Lavaller nicht, der eine lange Pause einlegte und Wrozek kühl betrachtete. Endlich räusperte er sich: «Als Sie, wie Sie behauptet haben, das Auto des Angeklagten Lurwig auf der Fahrt zum Waldhaus verfolgten – konnten Sie sich in dieser Zeit davon überzeugen, daß Irene Schramm in dem Wagen saß?»

«Nein, dazu hielt ich zu großen Abstand. Ich konnte nur mehrmals im Scheinwerferlicht entgegenkommender Autos erkennen, daß zwei Personen in dem verfolgten Wagen saßen.»

«Hat dieses verfolgte Auto unterwegs einmal gehalten?»

«Ja, mehrmals. An roten Ampeln. Außerdem einmal in Kehlenich an dem Stoppschild vor der Landstraße nach Grandsbach.»

«Hätte jemand bei diesen Halts das Auto verlassen können?»

«Die Zeit hätte gereicht. Aber niemand ist ausgestiegen.»

«Da sind Sie sicher?»

«Ja.»

Die letzten Fragen hatte Lavaller beiläufig gestellt, ohne sichtbares Interesse an den Antworten. Er lief langsam hin und her, drei Schritte nach rechts, drei Schritte nach links, und an den Wendepunkten warf er jedesmal einen kurzen Blick auf Irene Schramm, die ihn nicht aus den Augen ließ. «Wußten Sie vor dem letzten Februar-Wochenende, daß sich Irene Schramm und Manfred Lurwig kannten?»

«Nein.»

«Hat Frau Schramm jemals in Ihrer Gegenwart den Namen Manfred oder Manni Lurwig erwähnt?»

«Nein.»

Lavaller nickte ohne Überraschung, sah dann auf Rosen, der stumm eine Frage formulierte, und fuhr noch gleichmütiger fort: «Hatten Sie einmal geschäftlich mit Manfred Lurwig oder dem Autohaus Groß & Klein zu tun?»

«Nein.»

«Sagen Sie mal, Herr Wrozek, wie ist eigentlich Ihr Verhältnis zur hiesigen Kriminalpolizei?»

«Korrekt bis kühl, würde ich sagen.»

«Also keinesfalls herzlich?»

«Nein. Natürlich grüße ich die Beamten, die ich im Laufe der Zeit kennengelernt habe, und werde auch zurückgegrüßt.» Keller lachte leise, Allermann schmunzelte breit, und Lavaller schien sich glänzend zu amüsieren: «Eine prächtige Antwort. Wie mir überhaupt auffällt, daß Sie im Verhör eine gewisse Routine beweisen.»

«Ja, ich werde nicht zum erstenmal als Zeuge vernommen.»

«Na schön, ich habe vorläufig keine weiteren Fragen mehr.»

Wrozek sah zum Gericht hoch; Keller schien mit Lavallers letztem Satz nicht ganz einverstanden, zuckte aber die Achseln und sagte kühl: «Wenn ich recht verstanden habe, möchten Sie, Herr Dr. Rosen, noch Fragen stellen.»

«Ja, danke, Herr Vorsitzender.» Rosen glänzte vor Freude; und Wrozek wurde nicht schlau aus ihm. «Herr Zeuge, ich würde gerne noch einmal auf die Notizen zurückkommen, die Sie angefertigt haben und nach eigenen Angaben vor dieser Verhandlung noch einmal studiert haben. Bitte schildern Sie uns, wie diese Notizen zustande kommen.»

«Gerne. Wenn ich jemanden beschatte oder verfolge, benutze ich einen kleinen Ringblock, den ich in der Jackentasche tragen kann. Ich habe mir angewöhnt, auf jede Seite oben den Wochentag und das Datum einzutragen. Darunter schreibe ich alles auf, was ich beobachte und erfahre, wenn nötig, eben auch mit Uhrzeit.»

«Können Sie eine beliebige Eintragung zitieren?»

«Nur als Beispiel? ... Ja, natürlich. Oben steht zum Beispiel Donnerstag, 29. Februar 1984 ...» Keller grinste zum erstenmal über das ganze Gesicht. «... Darunter etwa: 10 Uhr 05 – Müller verläßt Haus Astraße X. Steigt in Taxi Nr. Y 123. 10 Uhr 15 – Ankunft B-Weg 100. Betritt Haus, öffnet mit Schlüssel. Und so weiter.»

«Danke, das reicht mir schon. Diese Notizen übertragen Sie dann in Ihre Berichte?»

«Ja, wobei ich die Eintragungen in lesbares Deutsch bringe.»

«Ich verstehe. Diese Notizblocks heben Sie längere Zeit auf?»

«Ja. Sobald ein Block voll ist, bekommt er eine laufende Nummer. Auf dem Deckkarton notiere ich das Datum der ersten und der letzten Eintragung. Dann verwahre ich ihn in meinem Aktenschrank.»

«Wie lange etwa?»

«Etwa fünf Jahre. So lange wie die anderen Unterlagen auch.»

«So daß Sie uns den Block mit Ihren Notizen über Oswald Schramm und Nadja Rimbach und die angebliche Fahrt der beiden Angeklagten am 1. März heute zeigen könnten?»

«Heute nicht», berichtigte Wrozek, heimlich amüsiert. «Der Block befindet sich in meinem Büro.»

«Hat die Kriminalpolizei diesen Block gesehen?»

«Ja. Ich habe ihn Hauptkommissar Ziegler ausgehändigt, der ihn mir nach zwei Tagen zurückgebracht hat.»

«Hat er sich Kopien angefertigt?»

«Ja, so sagte er.»

«Aha.» Rosen schien nicht ganz zufrieden zu sein, und Wrozek überlegte einen Moment, worauf der Anwalt hinauswollte.

«Sie haben hier vor Gericht trotzdem recht ausführlich aus Ihren Unterlagen mit Irene Schramm berichten können. Was hat Sie dazu befähigt?»

«Im Anschluß an meine erste Vernehmung bat mich Kommissar Ziegler, ein möglichst ausführliches Gedächtnis-Protokoll meiner beiden Unterhaltungen mit Frau Schramm anzufertigen. Das habe ich auch getan.»

«Noch am 1. März?»

«Nun ja, strenggenommen waren es schon die ersten Morgenstunden des 2. März. Ich habe beide Protokolle unterschrieben, weil sie Teil meiner ersten Aussage werden sollten.»

«Nun schön. Was Ihren Mitarbeiter Hans Bauer betrifft – Sie haben seine Angaben in Ihren Bericht für Frau Schramm übernommen?»

«Ja, aber kenntlich gemacht als Beobachtungen eines anderen.»

Widerwillig nickte Rosen: «Richtig. Dann interessieren mich die Bilder, die dem Gericht vorliegen.»

«Ich hatte im Laufe des Wochenendes fast zwei Filme verknipst. Mit den belichteten Filmen bin ich zu einer Kollegin gefahren, die ein eigenes Labor besitzt. Sie hat in meiner Gegenwart zuerst die Filme entwickelt und dann von jedem brauchbaren Negativ zwei Positive hergestellt.»

«Nicht von allen Negativen?»

«Nein, einige waren unscharf, einige unterbelichtet.»

«Aber Sie haben Frau Schramm die Negative ausgehändigt?»

«Ja.»

«Danke, ich habe keine Fragen mehr an Sie.» Rosen setzte sich, und Lavaller stand schnell auf, ein dünnes Lächeln auf den Lippen: «Herr Zeuge, sind Sie ein erfolgreicher Privatdetektiv?»

«Meinen Sie meine Aufklärungsquote oder mein Einkommen?» Wrozek konnte sich die Gegenfrage nicht verkneifen.

«Beides, Herr Wrozek.»

«Nach meiner Schätzung erfülle ich 90 Prozent aller meiner Aufträge. Und mein Einkommen ist ausreichend.»

«90 Prozent, das ist erstaunlich», lobte Lavaller sarkastisch. «Damit übertreffen Sie die Polizei.»

«Ja, weil ich mir im Gegensatz zur Polizei meine Aufträge aussuchen kann.» Hinter ihm wurde leise gelacht.

«Soll das heißen, daß Sie nicht alle Aufträge annehmen?»

«Ja.»

«Können Sie mir das näher erklären?»

«Nun, manchmal muß ich nein sagen, weil ich einfach keine Zeit habe. Dann gibt es Aufträge, die unlösbar sind, bei denen der Kunde nur sein Geld aus dem Fenster werfen würde. Und Aufträge, die mir suspekt sind, lehne ich auch ab.»

«Ein Beispiel, Herr Wrozek.»

«Ein Herr A kommt und will, daß ich die eheliche Treue eines Herrn B überprüfe. Zwischen Herrn A und Herrn B gibt es keinerlei verwandtschaftliche oder rechtliche Beziehungen, sie verkehren nicht einmal miteinander. In solchen Fällen erfinde ich einen Vorwand, um absagen zu können.»

«Sehr vernünftig. Sie handeln also nur, wenn Sie einen Auftrag haben?»

«Ja.»

«Geschieht es nicht einmal, daß Sie zufällig auf etwas stoßen, dieser Sache bis zur Klärung nachgehen und erst hinterher dafür einen Klienten suchen?»

Wrozek registrierte die Beleidigung genau, aber weil er die ganze Zeit mit einem Angriff dieser Art gerechnet hatte, blieb er gelassen.

«Nein. Das wäre ein riskantes Spiel. Stoße ich durch Zufall auf eine strafbare Handlung, muß ich sie wie jeder Bürger anzeigen. Handelt es sich um eine – hm – Unkorrektheit, die nur zivilrechtlich zu verfolgen wäre, werde ich mich hüten, entweder den Eindruck eines *agent provocateur* zu machen oder in den Verdacht zu geraten, es auf Schweigegeld abgesehen zu haben.»

«Sehr löblich», versetzte Lavaller zweideutig. «Sind Ihnen die Unterschiede zwischen Strafrecht und Zivilrecht geläufig?»

«Nur zum Teil.»

«Und wie informieren Sie sich in kritischen Fällen?»

«Durch die Lektüre der Gesetzestexte.»

«Erstaunlich. Begreifen Sie denn, was Sie lesen?»

«Wie etwa 95 Prozent der Bevölkerung nur in Grenzen.»

Allermann prustete lauthals los, bis der Vorsitzende sich mißbilligend räusperte. Lavaller hatte die Augen zu schmalen Schlitzen zusammengekniffen.

«Herr Wrozek, erlauben Sie mir, noch einmal auf das Geld zurückzukommen, das sich Oswald Schramm am Nachmittag seines

Todestages besorgt hatte. Sie bleiben dabei, es nicht genommen zu haben?»

«Ich habe es nicht genommen. Ich habe das Geld auch nicht gesehen, als ich nach den Autoschlüsseln suchte.»

«Nun ja, das ist unmißverständlich. Sie bleiben auch dabei, daß Sie meine Mandantin vor dem 26. Februar nicht kannten?»

«Ja, dabei bleibe ich.»

«Gut, Herr Wrozek. Hatten Sie für Montag, den 1. März, bereits einen Auftrag angenommen?»

«Nein.» Was sollte das nun wieder?

«Soso.» Lavaller nickte gewichtig und sagte dann überraschend: «Vielen Dank, ich habe keine Fragen mehr.»

Keller sah düster auf die Angeklagten, schüttelte stumm den Kopf und schnarrte plötzlich: «Bestehen Bedenken gegen die Vereidigung des Zeugen Wrozek? ... Herr Wrozek, bitte heben Sie die Hand ...»

Hinterher ging Wrozek zur Zeugenbank, und erst jetzt überfiel ihn die Hitze. Unter seinen Achseln war es feuchtklebrig, und die neugierigen Blicke der Zuschauer, vor allem der Journalisten, waren ihm lästig. Er wußte, daß er sich gut gehalten hatte, aber ihn beunruhigte, daß Lavaller sich so wenig Mühe gegeben hatte, seine Aussage zu erschüttern. Keller beugte sich vor.

«Angeklagter, Sie haben gehört, was der Zeuge ausgesagt hat. Bleiben Sie bei Ihrer Aussage, niemals in dem Waldhaus gewesen zu sein, in dem der Mord geschah?» Er war kurz und trotzdem verbindlich. Rosen wandte den Kopf, und Lurwig stand schnell auf; er schluckte nervös, bekannte jedoch klar und laut: «Ich bleibe dabei, Herr Vorsitzender.»

«Angeklagte?»

Auch Irene Schramm erhob sich ohne Zögern: «Ich bin am Montag, dem 1. März, nicht im Waldhaus gewesen.»

«Sie bleiben also dabei, daß Sie am Montagnachmittag bis etwa 16 Uhr in der Wohnung des Mitangeklagten Lurwig verbracht haben und dann nach Hause gefahren sind?»

«Ja, jawohl.»

«Gut. Angeklagter, ich muß Sie fragen, ob Sie weiterhin behaupten wollen, daß Sie am Montag, nachdem Frau Schramm bei Ihnen eingetroffen war, Ihre Wohnung nicht verlassen haben?»

«Ja, ich habe keinen Schritt vor die Tür gesetzt.» Manni rang nach Festigkeit, aber Wrozek gestand sich widerwillig ein, daß er seine Sache gut machte.

«Und nach 16 Uhr? Nachdem Frau Schramm fortgefahren war?»

«Auch nicht. Mit einer Ausnahne: Nach der Tagesschau bin ich zur Tankstelle gelaufen und habe dort aus dem Automaten Zigaretten gezogen.»

«Ja, das steht bereits in Ihrer ersten Aussage. Aber sonst haben Sie sich ununterbrochen in Ihrer Wohnung aufgehalten?»

«Ja, Herr Vorsitzender.»

Aus Kellers Miene war nicht abzulesen, was er dachte; der alte Fuchs hatte sein Gesicht gut unter Kontrolle.

«Dann muß ich Sie beide fragen, was Sie zu der Behauptung des Zeugen vorzubringen haben, Sie hätten sich geküßt und der Angeklagte habe Ihnen, Angeklagte, den Pullover und den BH ausgezogen?»

In seinem trockenen Tonfall klang es, als habe Lurwig ihr Feuer für die Zigarette gegeben, und selbst im Saal wurde nicht einmal leise gekichert oder geraunt.

Beide wechselten einen schnellen Blick und setzten gleichzeitig zum Sprechen an: «Das ist ...» – «Ich habe ...»

«Bitte nacheinander. Angeklagter.»

«Das stimmt nicht. Ich habe Frau Schramm nicht geküßt, ihr erst recht nicht den ... sie ... also ...»

«Gut, wir verstehen schon. Angeklagte.»

«Der Zeuge irrt sich. Vollständig.»

«Gut. Sie wollen also Ihre Aussage aufrechterhalten, daß es zwischen Ihnen nie eine intime Beziehung gegeben hat?»

«Ja!» – «Ja!» Beide bestätigten die Frage wie auf Kommando gleichzeitig.

«Danke, Sie können sich wieder setzen. Ich rufe den Zeugen Hans Bauer auf.»

Wrozek atmete gleichmäßig, um die unangenehme Wärme zu vertreiben. Hier, auf der Zeugenbank, roch er die Menschenmenge intensiver; er hätte gerne geraucht, um sich zu entspannen und das beklemmende Gefühl loszuwerden, er könne und dürfe sich nicht bewegen.

Hänschen kam mit schnellen, energischen Schritten in den Saal marschiert, und Wrozek, der seinen Mitarbeiter gut genug kannte, bemerkte sorgenvoll, daß Hänschen wütend war, wahrscheinlich stinksauer, weil er den ganzen Tag hatte warten müssen. Und wenn Hänschens Blutdruck eine bestimmte Höhe erreicht hatte, war nichts mehr auszuschließen. Offenbar ahnte auch Keller etwas, denn sofort sagte er ruhig: «Entschuldigen Sie, daß wir Sie so lange warten lassen mußten.»

«Natürlich», brummelte Hänschen und richtete sich auf.

«Danke. Dann darf ich Sie ...»

«Mein Name ist Hans Bauer, 35 Jahre alt, von Beruf Kunstmaler und Mitarbeiter der Privatdetektei Wrozek, wohnhaft in Sankstedt, Feldmark 11, mit den beiden Angeklagten weder verwandt noch verschwägert, wegen Eidesvergehen weder vorbestraft noch angeklagt.»

«Sehr gut.» Keller verschluckte ein winziges Lächeln. «Herr Zeuge, Sie haben am letzten Wochenende im Februar eine nächtliche Beobachtung vorgenommen. Es handelte sich um das Haus Sanddorfer Straße Nr. 19. Bitte erzählen Sie dem Gericht, was vorgefallen ist.»

«Gerne. Mein Boss – hm – Herr Wrozek rief mich Freitag abend an und sagte mir, daß wir einen – hm – fremdgehenden Ehemann zu überwachen hätten. Der Knabe befinde sich zur Zeit im Haus Sanddorfer Straße 19, ich sollte gegen Mitternacht dort aufkreu ... mich dort einfinden.»

«Weiter.» Keller schien seltsam ungeduldig.

«Das tat ich auch, Herr Wrozek verabschiedete sich von mir, nachdem er mir das Paar beschrieben hatte, um das es ging, und ich verbrachte dann die Nacht in meinem Auto.»

«Wachend natürlich?»

Mit Spott war Hänschen nicht beizukommen. «Dafür wurde ich bezahlt. Alle zwei Stunden machte ich eine Runde um das Haus, bemerkte aber nichts Auffälliges. Am Samstag morgen löste mein Chef mich ab.»

«Der zu beobachtende Ehemann hatte also das Haus in der Zeit nicht verlassen?»

«Nein, die Freundin auch nicht. Samstag abend mußte ich wieder antreten, nach demselben Rhythmus: Das Haus im Auge behalten und alle zwei Stunden einen Rundgang.»

«Gut, wir sind jetzt in der Nacht von Samstag, den 27. Februar, auf Sonntag, den 28. Februar. In dieser Nacht ist es zu einem Zwischenfall gekommen.»

«Na, Zwischenfall würde ich das nicht nennen», murrte Hänschen, von der strafenden Miene Kellers nicht im geringsten eingeschüchtert. «Irgendjemand kurvte um das Häuschen herum, das ist alles.»

«Bitte schildern Sie, was Sie beobachtet haben.»

«Nun, ich machte gerade wieder eine Kontrollrunde – es muß kurz vor 6 Uhr morgens gewesen sein. Runde – tja, das hieß, daß ich über einen Zaun steigen mußte, um in den Garten des Grundstücks Nr. 19 zu kommen. Der Garten ist an drei Seiten von ziemlich dichten Hecken umgeben. Sehr dicht und sehr hoch, die müßten mal wieder geschnitten werden ...»

«Bitte, Herr Zeuge», mahnte Keller ungehalten, aber Hänschen fuhr unerschütterlich fort: «... sie werfen nämlich viel Schatten. Dunkel war's ja um diese Zeit ohnehin noch, und direkt neben der Hecke pechschwarz. Ich schleiche also nichtsahnend voran, es raschelt plötzlich vor mir, instinktiv strecke ich die Arme aus und halte etwas in den Händen.»

Wrozek senkte rasch und ergeben den Kopf. Er kannte sein Hänschen und stellte sich auf das Schlimmste ein, Keller erkundigte sich nervös:

«Was hielten Sie in den Händen?»

«Das obere Vorderteil einer Frau.»

Sekunden herrschte perplexe Stille, dann gickste jemand unterdrückt, und wie auf Kommando brachen alle Zuhörer in schallendes Gelächter aus. Selbst Keller griente süßsäuerlich, aber seine schmalen Lippen verkündeten alles andere als Heiterkeit; Hänschen hatte wahrscheinlich sein harmlosestes Gesicht aufgesetzt. Nach einer halben Minute räusperte sich Keller warnend, und sofort kehrte wieder Ruhe ein.

«Also eine Frau, Herr Zeuge?»

«Ohne jeden Zweifel.»

«Haben Sie diese Frau erkannt oder deutlich sehen können?»

«Leider nein. Erstens war's finster wie im Piek As, zweitens war ich ziemlich überrascht, und drittens schaltete sie schneller als ich. Ich drückte noch mit beiden Händen zu, da knallt sie mir eine Ohrfeige, daß es nur so brummt, und weg ist sie. Die Ohrfeige hätte ich ihr gerne heimgezahlt, aber dann fiel mir ein, daß ich nicht auffallen sollte, also ließ ich sie sausen ...»

Er zuckte die Achseln; Keller musterte ihn abweisend und sagte endlich knapp: «Danke. Herr Oberstaatsanwalt.»

An Allermanns Stelle erhob sich Dr. Martin: «Herr Zeuge, wo fand dieses unfreiwillige Treffen statt?»

«Im Garten des Hauses Sanddorfer Straße Nr. 19.»

«Vom Haus aus gesehen also diesseits des Zaunes?»

«Ja, an der hinteren Hecke.»

«Sie wissen nicht, woher die Unbekannte kam und wohin sie geflüchtet ist?»

«Nein, keine Ahnung.»

«Die Unbekannte kann also – wie Sie zum Beispiel – über einen Zaun gestiegen sein?»

«Natürlich.»

«Vielen Dank.»

Lautlos lachend hob Lavaller die Hand: «Sie kann sich aber auch längere Zeit im Garten des Hauses Nr. 19 aufgehalten haben?»

«Ja, sicher.»

«Gut, Herr Zeuge. Verlassen wir das überraschende – hm – Zusammentreffen mit der – was würden Sie sagen? – wohlgerundeten? – Unbekannten.»

«Wohlgerundet», stimmte Hänschen treuherzig zu. Lavaller lächelte breit: «Ein angenehmer Schreck in der Morgenstunde.»

«Bis auf die Ohrfeige.»

«Richtig. Herr Zeuge, haben Sie vor dem hier behandelten Wochenende den ermordeten Oswald Schramm gekannt?»

«Nein, hinterher auch nicht.» Einen Moment schien Lavaller ehrlich verwirrt, und mit seinem naiven Kinderlächeln, das schon viele getäuscht hatte, fuhr Hänschen fort: «Ich habe nur zwei Nächte vor dem Haus Sanddorfer Straße Nr. 19 verbracht und dabei keinen der Beteiligten gesehen. Auch vorher und nachher nicht.»

«Das gilt auch für die beiden Angeklagten?»

«Buchstabe für Buchstabe.»

Lavaller betrachtete ihn prüfend, nickte abweisend und schloß hart: «Keine Fragen mehr.»

Hänschen Bauer wurde vereidigt; das Publikum setzte sich noch, als Keller im Eiltempo die Formalien herunterhaspelte: «Es sind keine weiteren Zeugen für heute geladen ... Die Zeugen Wrozek und Bauer können entlassen werden? ... Dann vertage ich auf morgen, 9 Uhr.» Schon halb zum Gehen gewendet, fügte er noch an: «Die Sitzung ist geschlossen.»

Das Hauptgeschäft begann in der *Eule* erst nach 21 Uhr, und dann war es ausgesprochen schwierig, überhaupt noch einen Platz zu finden. Niemand, auch Wrozek nicht, der oft hierherkam, hätte sagen können, was das Lokal so beliebt machte. Es hatte die Form eines riesigen Schlauchs, gerade breit genug für einen schmalen Gang an der Wand entlang und winzigen Tischchen mit je vier Stühlen an der anderen Wand. Dafür war der unmöglich geschnittene Raum erschreckend hoch, was wiederum den Vorteil hatte, daß der Zigarettenqualm schnell abzog. Am Eingang erweiterte sich das Lokal etwas und bot damit Platz genug für eine winzige Theke, vor die eben zwei Hocker paßten.

Willy Kährlich hockte auf seinem Stammsitz, ihm gegenüber ein junges Mädchen, das verlegen in die Runde sah und nicht wußte, wohin mit seinen Händen. Sie trug einen formlosen, grobgestrickten Pullover, der ihre Figur, wenn sie eine besaß, völlig verdeckte.

«Setz dich, du Notanker der Staatsanwaltschaft», nuschelte

Willy großzügig und wies unbestimmt in die Gegend. Wrozek lachte leise und glaubte ihm die angetrunkenen Gesten keine Sekunde. Willy vertrug mehr, als seiner Leber guttat, und Wrozek hatte ihn noch nie wirklich betrunken erlebt. Aber es gehörte zu ihrem Ritual. Betrunkene durften Gesten der Freundschaft zeigen, sie wußten ja nicht so recht, was sie taten; und beide, Wrozek wie Willy Kährlich, hätten sich eher die Zunge abgebissen als zugegeben, daß sie sich leiden konnten. Ihre Freundschaft gehörte zu den komplizierten, nie eingestandenen und oft geleugneten Beziehungen zweier Männer, die mit ihrer Einsamkeit kokettierten.

«Das ist Marlies, unsere neue Volontärin, und das ist Joachim Wrozek, Vorbild aller Privatdetektive und ein wüster Frauenheld. Hüte dich, liebe Marlies, vor seinen Annäherungsversuchen, bleibe keusch, schreibe weiterhin gute Artikel und vertrau ansonsten ganz auf Willy, den Beständigen.»

«Guten Abend», grüßte Wrozek fröhlich und beachtete ihn nicht.

«Guten Abend», gab sie zurück und senkte rasch wieder den Blick. Die beiden Männer grinsten sich an; schüchterne Menschen hatten es schwer in ihrer Gegenwart, und Marlies, höchstens Anfang Zwanzig, würde leiden müssen.

«Hast du schon geschrieben?»

Willy nickte heftig: «Groß und genialisch. Du spielst die Heldenrolle. Dein Büro wird die Menge der Ratsuchenden nicht mehr fassen können, und ich beanspruche künftig 10 Prozent deiner Einnahmen.»

«Drei Bier, drei Klare», bestellte Wrozek ungerührt. «Und du Schandfleck der schreibenden Zunft wirst mir jetzt all das genau berichten, was du nicht geschrieben hast.»

«Zu Befehl! Und was interessiert den Herrn besonders?»

«Die Aussagen zur Person. Als ich nebenan im Zeugenzimmer warten mußte.»

«Sieh mal an!» Der Journalist kicherte vergnügt und eindeutig schadenfroh. «Das dachte ich mir doch. Also Irene Schramm. Jetzt 33 Jahre alt. Zum erstenmal verheiratet. Kommt aus Schleswig-Holstein. Volksschule, dann mittlere Reife, anschließend Höhere Handelsschule oder wie man das nennt. Schreibmaschine, Stenographie, etwas kaufmännisches Rechnen, etwas Englisch. Sie hat weder den Fleiß noch die Intelligenz erfunden, scheint aber immer schon ein durchtriebenes Luderchen gewesen zu sein.»

«Nein, Herr Kährlich, das ist zu gemein.» Marlies wurde rot, brachte aber den Satz zu Ende, obwohl beide Männer sie verblüfft anstarrten. Das Küken rührte sich. Die Eierschalen noch am Pullover und schon Protestgegackere. Willy zwinkerte mehrfach und räumte dann großmütig ein:

«Okay, also nicht durchtrieben. Liebes Kind, du bist noch romantisch, du glaubst noch an das, was dir die Leute erzählen. Du mußt noch lernen, hinter den Worten ...»

«Und Sie sind ein großer Zyniker!» stellte sie fest und griff hastig nach dem Bierglas. Wrozek lachte laut heraus, erstens, weil es stimmte, und zweitens, weil Willy, der unerschütterliche Redakteur, fassungslos nach Worten rang.

«Besser, du gibst's auf, Willy. Auch dir ist bestimmt, deine Meisterin zu finden», stichelte Wrozek.

«Meisterin!» murrte Kährlich. «Blutige Anfängerin. Quillt über vor Mitleid. Welch eine Generation ist da herangewachsen! Also: Erste Stelle in Neumünster. Nach zwei Jahren neue Stelle in Hamburg. Verhältnis mit einem verheirateten Kollegen, ein uneheliches Kind, das im Alter von vier Jahren stirbt. Versuch, das Abitur nachzuholen, scheitert. Irene nimmt einen neuen Anlauf und geht nach England, Leeds, später London, arbeitet in einer Reederei. Zurück in die Bundesrepublik, verlobt sich mit einem jungen aufstrebenden Angestellten, der dann doch – so hat sie sich heute morgen ausgedrückt – lieber die Tochter des Chefs heiratet. Wechselt zu Feldner & Schramm, wird Sekretärin beim alten Schramm, entführt ihn ein Jahr danach zum Standesamt.»

«Mit anderen Worten: ein ziemlicher Pechvogel.»

«Genau das. Ein Pechvogel!» stimmte Kährlich zu und trank genußvoll. «Irgendwann ist sie dann zynisch geworden – hm, Entschuldigung, verehrte Volontärin, ich bessere mich –, irgendwann hat sie sich also entschlossen, auf die Butterseite vom Brötchen zu fallen.»

«Und dabei hat sie mit Oswald Schramm nur Margarine erwischt, was?»

Willy gluckste: «Margarine im Bett, Butter auf'm Konto. Du hast eine sehr plastische Ausdrucksweise – ach nee, stammt ja von mir. Na, wie auch immer, es war wohl für beide die große Enttäuschung.»

«Jenseits der Dreißig ist man alt genug, so etwas zu verkraften.»

«Ja und nein.» Kährlich schüttelte den Kopf. «Über ihr Elternhaus ist nicht viel gesprochen worden, sie war da zu verschlossen, aber wenn du mich fragst, dann hat sie sehr darum gekämpft, nach einem wilden Geschlingere endlich einen friedlichen Hafen zu finden.»

Marlies hatte ihr Glas leergetrunken und stellte jetzt entschieden fest: «Wenn ich so ein Bild benutzen würde, würden Sie es beim Redigieren glatt herausstreichen.»

«Du mußt erst mal Deutsch lernen, Marlies, dann darfst du auch Bilder verwenden», widersprach er gelassen.

Wrozek staunte nicht schlecht. Willy Kährlich beschäftigte sich mit einer Volontärin und gab ihr ernsthafte Ratschläge! Da mußte etwas im Busch sein. Sie grinste, überhaupt nicht beleidigt. Große Augen, ein viel zu großer Mund und dunkelbraune Drahthaare, die jedem Versuch einer Frisur spotteten. Jedenfalls verstand sie es meisterhaft, ihren Charme zu verstecken.

«Okay, es war also die große Enttäuschung. Aber warum muß sie sich dann ausgerechnet mit einer so windigen Type wie Manni einlassen?»

«Keine schlechte Frage, lieber Freund und Kupferstecher. Sie leugnet natürlich, sich mit Manni eingelassen zu haben.»

«Und? Klingt das glaubhaft?»

«Nein», erklärte Willy fest und musterte drohend seine Volontärin, die aber nur schmunzelte und den Mund hielt. «Obwohl – merkwürdig war das Verhältnis schon. Wie genau – das weiß ich nicht. Halt dich fest: Die beiden leugnen, jemals miteinander im Bett gewesen zu sein.»

«Ach nee. Ist denn Mannis Vergangenheit zur Sprache gekommen? Diese Anklage wegen Heiratsschwindelei?»

«Nur ganz beiläufig. Allermann hat sich festgelegt: diesmal keine kleinen krummen Dinger, sondern der große Hammer – Mord.»

«Was aber nicht Mannis Kragenweite ist.»

«Nein.»

«Bis jetzt nicht», warf Marlies ein, und wieder gelang es ihr, die beiden Männer zu überraschen. Die Bedienung brachte Nachschub und wechselte den überquellenden Aschenbecher aus.

«Was soll das denn heißen?» erkundigte sich Wrozek amüsiert, und zum erstenmal sah sie ihn offen an: «Ich trau dem Kerl alles zu. Er ist gemein, brutal und völlig gefühllos.»

«Albern!» knurrte Kährlich, ernsthaft aufgebracht. «Manni ist zwar ein kalter Hund, weniger intelligent als verschlagen, aber trotzdem viel zu gewitzt, um sich auf ein Vabanquespiel wie Mord einzulassen.»

«Hätte sich ein Mord denn überhaupt ausgezahlt?» Wrozek wollte verhindern, daß die beiden zu streiten begannen.

«Das schon. Es gibt kein Testament, so daß sie Alleinerbin ist. Das heißt: geworden wäre, aber ein Verwandter von Oswald Schramm hat Widerspruch eingelegt, oder wie das juristisch heißt, jedenfalls soll sie für den Mord nicht auch noch belohnt werden. Erbunwürdig oder so.»

«Und wieviel hätte sie sonst bekommen?»

«Schwer zu sagen. Ohne den Firmenanteil so drei bis vier Millionen, würde ich schätzen.»

«Na wunderbar. Und was hat der liebe Manni über sich erzählt?»

«Wenig.» Kährlich war noch immer verstimmt über seine vorlaute Schülerin. «Er ist jetzt 42 Jahre alt, hat zweimal gesessen, einmal wegen mehrfacher Körperverletzung und Diebstahls, einmal wegen – halt dich fest! –, wegen Unzucht mit einer Minderjährigen. Allermann hat immerhin soviel durchblicken lassen können, daß Manni mehrfach in den Verdacht geraten ist, seine diversen Geliebten ausgenommen zu haben, und daß es mit seinem Ruf wirklich nicht zum besten steht.»

«Sei nicht so mundfaul! Ich fiebere, etwas über Mannis Biographie zu hören.»

«Da ist nicht viel zu hören. Uneheliches Kind, Heim, später adoptiert, viel Knatsch mit dem Stiefvater. Volksschule mit zwei Ehrenrunden, dann eine Lehre als Automechaniker. Hat auf verschiedenen Dörfern im Westerwald gearbeitet, zum Schluß hat's ihn nach Pirmasens verschlagen. Meisterprüfung – jawohl, guck nicht so dämlich, Manni hat die Meisterprüfung geschafft und dann mit einem Kumpel einen eigenen Betrieb aufgemacht. Lief wohl so lala, bis er seine verborgenen Qualitäten entdeckte – Marlies, halt die Klappe! – und eine neun Jahre ältere Witwe heiratete. Die brachte einen Haufen Geld mit in die Ehe und, was viel wichtiger war, Geschäftssinn und etwas Stil. Manni hat das ganz freimütig zugegeben: Von ihr hat er eine Menge gelernt, sowohl in Sachen Finanzen wie in Sachen Manieren.»

«Was ist aus dieser wundersamen Lehrerin geworden?»

«Geschieden, nachdem er mit der Minderjährigen ins Bett gestiegen war. Na, und als Manni die schwedischen Gardinen satt hatte, war er nicht gerade arm, aber ziemlich ausgebufft.»

«Aber warum dann so ein Quatsch wie Heiratsschwindelei? Das hatte er doch gar nicht nötig?»

«Schwer zu sagen. Er hatte gelernt, Ansprüche zu stellen, und mit ehrlicher Arbeit kam er wohl nicht über die Runden. Und wenn du mich fragst – die Frauen sind Manni nachgelaufen. Er hat sich nicht um sie bemüht, sondern umgekehrt.»

«Richtig!» bemerkte Marlies laut und nickte düster.

«Danke!» gab Kährlich spitz zurück.

«Keine Ursache, Chef!» Unglaublich, dieses Wesen konnte sogar ironisch sein.

Wrozek lachte: «Ist Irene dem lieben Manni auch nachgelaufen?»

«Das weiß keiner so genau. Sie sind viel zusammengewesen, das steht fest, aber wer die treibende Kraft war, ist bis jetzt unbekannt.»

«Und was erklären die beiden Hübschen zur Tat selbst?»

«Natürlich unschuldig. Wie die Lämmchen. Sie sind nie am, geschweige denn im Waldhaus gewesen, haben nie auf Oswald geschossen, ja, sie wissen nicht einmal, wie eine Pistole aussieht. Oder ein Revolver.»

«Und wo wollen sie zur Tatzeit gewesen sein?»

«Irene hat lange, lange mit Manni beraten, was sie tun solle, angeblich ziemlich erschüttert über deinen Bericht. Das hat bis gegen 16 Uhr gedauert, in Mannis Wohnung, und von dort aus ist sie direkt in ihre große, aber ungeliebte Villa gefahren und dort den ganzen Abend und die Nacht geblieben. Manni hat nach dem Gespräch lange gegrübelt, wie der armen Irene zu helfen sei, hat dann den Fernseher angeschaltet und sich die Augen verdorben, bis er gegen 23 Uhr müde ins einsame Bett fiel.»

«Sie geben sich gegenseitig kein Alibi?»

«Nein, das ist ja das Erstaunliche. Um 16 Uhr am Montag nachmittag oder kurz danach haben sie sich getrennt und sich seitdem nicht mehr gesehen – sagen sie.»

«Merkwürdig», murmelte Wrozek. Kährlich amüsierte sich über seine Verwunderung: «Eine ganz neue Variante, was?»

Marlies verkündete: «Ohne Sie, Herr Wrozek, würde man den beiden nichts nachweisen können.»

Er wußte nicht recht, wie er ihren Tonfall deuten sollte: Spott oder Bewunderung – oder eine Warnung? Sie tranken jeder noch ein Bier und zogen Marlies auf, die sich vergeblich dagegen wehrte, bis sie selbst lachen mußte und zugab, daß sie in jeder Beziehung eine Anfängerin sei – Internat, von Nonnen geleitet, und jetzt zur «Pension» bei der ältesten, unverheirateten Schwester ihres Vaters. Die Kneipe platzte mittlerweile aus allen Nähten, die Lautstärke stieg sacht, aber stetig, und die Bedienung leistete Schwerstarbeit.

Erst auf dem Heimweg dachte Wrozek wieder an den Prozeß. Irgend etwas war faul, sogar oberfaul, aber er kam nicht dahinter, was es sein könnte.

Das Gedränge war fast noch größer als am Vortag, und als Wrozek eilig die Treppe hinauflief, vorbei an der Schlange der Wartenden, registrierte er neugierige Blicke. Schon jetzt schwitzte er leicht und war froh, als er den Verhandlungssaal betreten und sich auf einem Platz direkt hinter der Zeugenbank niedergelassen hatte. Hauptkommissar Ziegler hielt sich bereits im Saal auf und sprach mit Oberstaatsanwalt Allermann, der hämisch grinste, während sein Adlatus Dr. Martin sich eifrig Notizen machte. Die drei strahlten gute Laune aus.

Irene Schramm und Manfred Lurwig saßen schon auf der Anklagebank und steckten die Köpfe zusammen, wobei er das Wort führte und sie ihm zuhörte, gelegentlich forschende Blicke auf ihn werfend, als wüßte sie nicht, wie weit sie seinen Sätzen trauen sollte. Zumindest behandelten sie sich nicht mehr so, als seien sie Luft füreinander. Rosen las Akten, Lavaller starrte an die Decke.

Punkt 9 Uhr öffnete sich die Richtertür, Keller nickte kurz in die Runde und setzte sich rasch. «Die Sitzung ist eröffnet. Wir fahren fort in der Beweisaufnahme. Ich rufe den Zeugen Ziegler auf.»

Die Richterin hatte Wrozek entdeckt und sah ihn aufmunternd an. Er hatte den Zettel neben der Tür gelesen, aber leider waren die Vornamen der Richter nicht ausgeschrieben. Sie konnte Mercator oder Schneider heißen. Irgendwie war er überzeugt, daß sie den selteneren Namen trug.

Ziegler schnurrte die Angaben zur Person wie ein Uhrwerk herunter. Keller zeigte ein ausdrucksloses Gesicht und ließ den Hauptkommissar reden. Offensichtlich kannten sie sich.

Am 1. März war Ziegler gegen 20 Uhr 30 vom diensthabenden Kommissar angerufen worden. Bei Grandsbach sei ein Mord geschehen, das Opfer und die vermutlichen Täter lebten hier in der Stadt, er solle hinausfahren und die Ermittlungen übernehmen.

Er war also zum Tatort gefahren, hatte dort das Nötige veranlaßt und dann gegen 22 Uhr 30 in der Polizei-Dienststelle Kehlenich mit dem Zeugen Joachim Wrozek gesprochen. Wrozek habe Manfred Lurwig und Irene Schramm als die Täter bezeichnet. Nach der Schilderung des Wochenendes und der Vorgänge vom Montag habe er, Ziegler, veranlaßt, daß die Wohnung Lurwigs und das Haus der Schramm seit 3 Uhr überwacht wurden.

«Um 8 Uhr 30 wurden beide vorläufig festgenommen und getrennt verhört.»

«Waren Sie bei den ersten Vernehmungen der Angeklagten dabei?»

«Ja. Beide leugneten sofort, am Waldhaus gewesen zu sein. Nach ihren Aussagen – getrennten Aussagen – waren sie am 1. März bis etwa 16 Uhr zusammen, und zwar in der Wohnung Lurwigs. Dann sei sie in ihr Haus Am Berenberg 7 gefahren und dort geblieben, bis am nächsten Morgen die Polizei erschien. Zeugen für ihre Behauptung konnte sie nicht benennen. Lurwig behauptete, seine Wohnung am 1. März nach 16 Uhr nicht mehr verlassen zu haben, mit der einen Einschränkung, daß er einmal, kurz nach 20 Uhr, zum Zigarettenautomaten einer Tankstelle gelaufen sei, die knapp 200 Meter von seiner Wohnung entfernt liegt. Auch er konnte keine Alibi-Zeugen benennen.»

«Dies sagten die beiden Angeklagten schon bei der ersten Vernehmung aus?»

«Ja.»

«Und an dieser Aussage haben beide festgehalten?»

«Ja.»

«Ist es Ihnen gelungen, diese Aussagen zu bestätigen oder zu widerlegen?»

«Teils – teils. Wir konnten zwei Zeugen auftreiben ...»

«Einen Moment bitte!» unterbrach Lavaller nachdrücklich. «Die Verteidigung legt großen Wert darauf, daß diese Zeugen selbst aussagen; eine Vorwegnahme ihrer Schilderungen durch Kommissar Ziegler erscheint überflüssig.»

Ärgerlich runzelte Keller die Stirn, sagte aber, ohne zu zögern: «Wie Sie wünschen. Herr Ziegler, was hat die Kriminalpolizei unternommen, die Zeitangaben der damals Beschuldigten zu prüfen?»

«Nun, wir erfuhren leider erst am Mittwoch, also am 3. März, daß sich Oswald Schramm am Nachmittag vor seinem Tod eine größere Geldsumme besorgt hatte. Wir hatten die Wohn- und Büroräume der Beschuldigten schon durchsucht, nach der Tatwaffe, und durchsuchten sie nun noch einmal nach dem Geld.»

«Weder Tatwaffe noch Geld wurden bis heute gefunden?»

«Nein», erwiderte Ziegler grimmig. «Aber Waffen kann man loswerden, und Geld läßt sich verstecken; für beides hatten die Angeklagten ausreichend Zeit.»

«Dann, lieber Herr Hauptkommissar, erweist sich die Fähigkeit einer guten Kriminalpolizei darin, solche Gegenstände wiederzufinden.» Lavaller lächelte gefährlich sanft, und Keller griff sofort ein: «Bitte, Herr Verteidiger.» Lavaller zuckte die Achseln.

«Herr Zeuge, was haben die Angeklagten über ihre gegenseitigen Beziehungen ausgesagt?»

«Daß sie sich seit knapp einem Jahr kannten und in dieser Zeit gute Freunde geworden seien. Die Bekanntschaft habe übrigens Oswald Schramm vermittelt, vor dem sie nie verheimlicht hätten, daß sie sich oft trafen. Er – Oswald Schramm – habe das sogar wohlwollend zur Kenntnis genommen. Natürlich haben wir gefragt, ob eine intime Beziehung bestehe oder bestanden habe; beide haben das sofort bestritten.»

«Und sind bei diesem Bestreiten geblieben?»

«Ja, unverändert.»

Keller nickte, mit den Gedanken weit weg; auf seiner Stirn standen zwei steile Falten. Etwas schien ihm zu mißfallen, und dieser Ausdruck des Unwillens verstärkte sich noch, als er ein Blatt Papier studiert hatte, das vor ihm lag. Endlich sagte er knapp: «Vielen Dank. Herr Oberstaatsanwalt.»

«Danke, ich habe im Moment keine Fragen.»

Vor Verblüffung hielt Wrozek die Luft an. Keine Fragen? Mehr wollte die Anklage von dem Leiter der Ermittlungen nicht wissen? Auch Keller schien überrascht. Er zwinkerte zweimal, als habe er nicht richtig gehört, warf dem betont lächelnden Allermann einen undefinierbaren Blick zu und atmete dann scharf ein. «Herr Verteidiger?»

Lavaller hatte das Intermezzo interessiert betrachtet und begann eilig: «Herr Ziegler, Sie wissen, daß Irene Schramm und Manfred Lurwig bestreiten, jemals eine Waffe besessen zu haben.»

«Ja, natürlich.»

«Was haben Sie unternommen, um das Gegenteil zu beweisen?» Lavaller grinste kumpelhaft, und Wrozek konnte sich vorstellen, wie sich Ziegler darüber ärgerte.

«Wir haben uns darauf konzentriert herauszufinden, wann und wo sich der Angeklagte kurzfristig, in den 24 Stunden vor der Tat, eine Waffe besorgt haben könnte.»

«Sie haben sich auf den Angeklagten konzentriert?»

«Ja.»

Rosen schnellte hoch: «Das müssen Sie mir bitte erklären.»

«Unsere These war, daß die Tat erst geplant wurde, als Frau Schramm die Beweise für die Untreue ihres Mannes in Händen hatte. Darum wollten wir durchleuchten, wo sich der Angeklagte von Montag mittag bis zur Tatzeit aufgehalten hat.»

«Aha.» Rosen verstand es nicht, seinen Triumph zu verbergen. «Dabei haben Sie sich wahrscheinlich auf die Angaben des Zeugen Wrozek verlassen?»

«Ja», bestätigte Ziegler scharf. «Wir hatten keinen Grund, an der Korrektheit dieser Angaben zu zweifeln. Darum haben wir uns anfangs auf die drei Adressen konzentriert, die der Zeuge Wrozek genannt hat.»

«Also – in der richtigen Reihenfolge, wie ich hoffe – Sanddorfer Straße 19, Frankfurter Straße 172, Kehlheimer Weg.»

«Ja. Die erste Anschrift führte uns zu dem Namen Nadja Rimbach.»

«Halt, nicht so eilig, Herr Zeuge. Mein Mandant bestreitet, jemals das Haus Sanddorfer Straße 19 betreten zu haben oder die Zeugin Rimbach zu kennen.»

«Das weiß ich, aber das konnte uns nicht abhalten», versetzte Ziegler bissig. «Wir stellten fest, daß es im Haus Sanddorfer Straße drei Mietparteien gibt: die Zeugin Rimbach und zwei Studenten, die im ausgebauten Dachgeschoß zwei Ein-Zimmer-Wohnungen gemietet haben. Bei keiner der drei Parteien gelang es uns festzustellen, ob eine Waffe zur Verfügung stand. Auch keine Beziehung der drei Mieter zum Angeklagten Lurwig.»

«Ja, und weiter?» Das war wieder eine unnötige Antreiberei, die Rosen aber offenbar für sinnvoll hielt.

«Das Haus Frankfurter Straße ist ein Hochhaus mit 58 Mietparteien. Wir konnten nicht ermitteln, wen der Angeklagte Lurwig aufgesucht hatte.»

«Weil er nie dort gewesen ist», kommentierte Rosen höhnisch, aber Keller fuhr ihn sofort an: «Bitte, Herr Verteidiger!»

«Die für uns aussichtsreichste Adresse war der Kehlheimer Weg.»

«Ich bitte um Erläuterung, Herr Zeuge.»

Einen Moment rang Ziegler um Beherrschung, dann atmete er tief durch: «Der Kehlheimer Weg ist ein Kleingewerbegebiet, das in den letzten Jahren sehr unübersichtlich geworden ist. Eine Menge Ausländer hat sich dort niedergelassen, Türken vor allem, und sehr viele Illegale. In unserer Statistik taucht gerade dieses Gebiet besonders häufig im Zusammenhang mit Straftaten auf, Hehlerei vor allem, Einbruch, Vorbereitung von Straftaten, Rauschgift- und auch Waffenhandel.»

«Diese merkwürdige Statistik könnten Sie notfalls dem Gericht vorlegen, Herr Hauptkommissar?» Was zum Teufel war mit Rosen los? Wrozek wunderte sich: Mit diesem Hohn schuf er sich einen Feind.

«Das könnte ich jederzeit, Herr Verteidiger. Sie ist auch gar nicht schwer zu verstehen.»

Der Vorsitzende schoß einen scharfen Blick auf Ziegler, weil ihm der Spott nicht entgangen war, beschloß aber, diesen Nadelstich durchgehen zu lassen.

Rosen fuhr wütend fort: «Und? Ist es Ihnen gelungen, meinem Mandanten eine Verbindung zu diesem Verbrechensnest nachzuweisen?»

«Leider nur zwei indirekte. Wir konnten zwei Personen ausfindig machen, an die Lurwig gebrauchte Autos zu – hm, nun gut, also, denen er gebrauchte Wagen verkauft hat.»

«Aber eine Spur zu einer Waffe haben Sie nicht entdeckt?»

«Nein.»

Lavaller hatte sich in der Zwischenzeit halb sitzend an das Pult gelehnt, die Beine übereinandergeschlagen, und Rosens Manöver mit nachsichtigem Lächeln beobachtet. Nun stellte er sich gerade hin und erkundigte sich freundlich:

«Herr Ziegler, wahrscheinlich haben Sie auch meine Mandantin in der gleichen Weise überprüft. Zu welchem Ergebnis sind Sie gekommen?»

«Negativ.» Ziegler kaute an seiner Wut.

«Gestatten Sie!» Oberstaatsanwalt Allermann wirkte wie die Zuversicht in Person. «Herr Ziegler, Sie haben natürlich die beiden Autokäufer, die Lurwig dort kannte, unter die Lupe genommen?»

«Sehr gründlich sogar.»

«Mit welchem Ergebnis?»

«Einer der Käufer, ein Türke, hielt sich illegal in der Bundesrepublik auf. Bei einer Schlägerei zwischen türkischen Rechtsextremisten und Demokraten ist er vor zwei Monaten festgenommen worden. Er trug eine nicht registrierte Waffe bei sich, hatte natürlich auch keinen Waffenschein und wurde ausgewiesen und abgeschoben.»

«Also Monate nach dem 1. März?»

«Ja. Der zweite Käufer ist ein Italiener, den wir bereits dreimal vernommen haben, wegen Verdachts der Hehlerei und organisiertem Verbrechen, also Bandenbildung zur Erpressung von Schutzgeldern.»

Sehr sanft unterbrach Lavaller: «Nur vernommen? Aber nie angeklagt?»

«Zu einer Anklage reichten bis jetzt die Beweise nicht.»

«Aber diese Banden sind bewaffnet?» fragte Allermann, mit einem spöttischen Blick auf den Verteidiger.

«Ja, diese Bande ja.»

Rosen und Lavaller tuschelten miteinander, offensichtlich nicht einer Meinung, dann richtete Rosen sich auf: «Herr Zeuge, ich würde gerne von Ihnen wissen, ob sich im Zusammenhang mit dem verschwundenen Geld, das Schramm sich besorgt hatte, irgendeine neue Spur ergeben hat?»

«Nein.»

«Vielen Dank.»

Keller sagte ausdruckslos: «Bitte nehmen Sie Platz, Herr Ziegler. Wir können Sie noch nicht entlassen. Als nächste Zeugin rufe ich Nadja Rimbach auf.»

Auch Wrozek beugte sich gespannt vor, als sie den Saal betrat. Eine attraktive Blondine, energisch und selbstbewußt, eine junge Frau, die sich ihrer Haut zu wehren wußte. Kein Dummerchen und ganz bestimmt kein Angsthase – das verriet schon der böse Blick, der ihn streifte. Mit erhobenem Kopf stellte sie sich hinter den Zeugenstuhl und hielt Kellers Musterung stand. Im Publikum summte es so aufgeregt, daß sie sich kurz umdrehte und den Journalisten einen ungehaltenen Blick zuwarf. Wenn man sie aus der Nähe betrachtete, verlor sich der Eindruck einer Titelbild-Schönheit. Oswald Schramm hatte also doch die Abwechslung geliebt. Irene Schramm war eine Schöne der Dämmerung, Nadja Rimbach schien so ziemlich das genaue Gegenteil zu sein – offen und humorvoll. Irene Schramm betrachtete sie mit unverhohlener Abneigung.

Die Angaben zur Person machte sie schnell und deutlich, ließ sich von Keller über die mögliche Vereidigung belehren und erzählte anschließend ohne Umschweife. Oswald Schramm hatte sie in der Werbeagentur kennengelernt, in der sie damals noch arbeitete. Er hatte sein Interesse so deutlich gezeigt, daß sie nicht verwundert war, daß er sie zwei Tage später anrief und zum Essen einlud. Es blieb nicht bei diesem einen Treffen, sie sahen sich immer häufiger, und daraus entstand eine Affäre. Keller erwähnte das Wochenende vom 27./28. Februar; sie räumte freimütig ein, daß Wrozeks Beobachtungen zutrafen: Oswald Schramm war am Freitagabend gekommen und hatte sie am Sonntagnachmittag verlassen. Nein, das war das letzte Mal, daß sie ihn gesehen hatte. Am Montag morgen, gegen 10 Uhr 30, hatte er sie noch einmal in der Agentur angerufen.

«Gab es einen besonderen Grund für diesen Anruf?»

«Nein, nur so.» Offenbar zwinkerte sie dabei; denn Keller grinste, wurde aber schnell wieder ernst: «Frau Zeugin, ich muß Sie einige sehr private Dinge fragen. Ist zwischen Ihnen und Oswald Schramm jemals von Heirat die Rede gewesen?»

«Nein, nie. Ich wußte von Anfang an, daß er verheiratet war, und habe ihm klipp und klar gesagt, daß ich nicht zu heiraten wünschte, weder ihn noch einen anderen Mann.»

«Hat er das akzeptiert?»

«Auf Anhieb.»

«Hat er mit Ihnen einmal über seine Ehe gesprochen?»

«Mehr als einmal. Er bezeichnete seine zweite Ehe als Irrtum.» Irene Schramm zuckte zusammen und verbarg dann ihr Gesicht vor den neugierigen Blicken aus dem Publikum.

«Können Sie das Wort ‹Irrtum› näher erklären?»

«Nun, er meinte damit wohl, daß er die falsche Frau geheiratet hatte. Sie hatten nichts gemeinsam, keine Interessen, keine Hobbys, keine Freunde, sie waren, wie er es darstellte, einfach grundverschieden.»

«Hat Schramm einmal angedeutet, daß er seine Frau haßte? Oder sie verlassen wollte?»

«Nein, sie war ihm nur gleichgültig geworden.»

«Nach drei Jahren Ehe?»

«Das war mein Eindruck.»

«Frau Zeugin, hier ist davon die Rede gewesen, daß Oswald Schramm vor Ihnen schon andere außereheliche Beziehungen unterhalten habe. Können Sie uns dazu etwas sagen?»

«Nicht viel. Er hat mir gegenüber offen zugegeben, daß ich nicht die erste Freundin sei, mit der er sich tröstete, aber Namen hat er nie genannt. Und ehrlich –» sie lachte – «ich habe auch keinen Wert darauf gelegt.»

Im Saal breitete sich Heiterkeit aus. Keller schmunzelte: «Hat Oswald Schramm Ihnen gegenüber einmal seine Frau der Untreue bezichtigt?»

Präzis war die Frage ja, fand Wrozek, aber diese Formulierung ... Sie antwortete, ohne zu zögern: «Ja, mehr als einmal. Aber ich hatte den Eindruck, daß es ihn nicht mehr berührte. Sie hatten sich auseinandergelebt.»

«Nannte er Namen?»

«Nein.»

«Frau Zeugin, kennen Sie den Angeklagten Lurwig?»

«Nein.» Sie korrigierte sich: «Das heißt, ich kenne ihn nicht persönlich. Aber Owa – Entschuldigung, Herr Schramm – hatte seinen Namen häufiger erwähnt.»

«In welchem Zusammenhang?»

«Irgendwann einmal erzählte er, daß er seine Frau mit einem Manfred Lurwig bekannt gemacht habe. Mir ist entfallen, wann oder wo das war, aber seitdem, so behauptete Oswald – hm – Schramm, hockten die beiden oft zusammen.»

«Hat Oswald Schramm vermutet, daß die beiden ein Verhältnis miteinander hatten?»

«Das weiß ich nicht. Jedenfalls hat er es nie so deutlich gesagt. Und mein Eindruck war, daß es ihn gleichgültig ließ.»

«Haben Sie die Angeklagte einmal getroffen oder gesprochen?»

«Nein.»

«Frau Zeugin, ein anderer Zeuge hat ausgesagt, daß Manfred Lurwig am Mordtag, also am 1. März, Ihr Haus in der Sanddorfer Straße betreten hat.»

«Ja, das hat mich die Polizei auch schon gefragt.» Sie stöhnte leise. «Ich kann nur wiederholen, daß ich Manfred Lurwig nicht kenne. Ich habe ihn heute zum erstenmal gesehen, hier, im Gerichtssaal.»

«Besaß oder besitzt der Angeklagte Lurwig Schlüssel zu Ihrem Haus?»

«Nein. Von mir hat er keine bekommen, und ich wüßte auch nicht, von wem er welche erhalten haben sollte.»

«Gut. Wo haben Sie sich am Montag, am 1. März, nachmittags aufgehalten?»

«Bis gegen 18 Uhr in der Agentur. Dann habe ich noch ganz schnell etwas eingekauft und bin nach Hause gefahren.»

Keller nickte und blätterte zielstrebig in den Akten. «Dazu gibt es zwei Aussagen Ihrer Untermieter, daß ... Nun gut. Hat Oswald Schramm während des Wochenendes, das Sie zusammen verbracht haben, erwähnt, daß er am Montag in das sogenannte Waldhaus fahren wollte?»

«Nein, mit keinem Wort.»

«Können Sie sich vorstellen, was er dort wollte?»

«Nein.»

«Aber Sie kennen das Waldhaus?»

«Ja, ich bin mit Owa – Entschuldigung, mit Herrn Schramm – einmal dort gewesen.»

«Sie waren am 1. März nicht mit ihm dort verabredet?»

«Nein.»

«Frau Zeugin, Oswald Schramm hat sich in den letzten Stunden vor seinem Tod eine größere Summe Geld besorgt. Haben Sie eine Ahnung, wozu?»

«Nein, nicht die geringste Ahnung.»

«Hat er Ihnen das Geld irgendwie zukommen lassen? Übergeben, geschickt, überbringen lassen oder auf Ihr Konto eingezahlt?»

«Nein.»

«Danke, Frau Zeugin. Herr Oberstaatsanwalt!»

Allermann stand mit gleichgültiger Miene auf: «Frau Rimbach, mich interessiert, was Oswald Schramm Ihnen über die Beziehung seiner Frau zu Manfred Lurwig mitgeteilt hat.»

«Dazu kann ich nicht viel sagen. Bis eben auf seine Bemerkung, sie würden viel und oft zusammenhocken.»

«Verwendete er den Ausdruck ‹zusammenhocken›?»

«Ja, daran erinnere ich mich genau. Es schien ihn zu amüsieren.»

«Er war also nicht ärgerlich darüber, daß seine Frau regelmäßig mit dem Angeklagten verkehrte?»

«Nein, ganz im Gegenteil. Das war zumindest mein Eindruck.»

«Hat er sich einmal abfällig über den Angeklagten geäußert?»

«Mehr als einmal. Er nannte ihn einen Versager, richtig, so war's, er lachte, es sei doch erstaunlich, daß sich immer wieder die Versager zusammenfinden würden.»

«Mit dem anderen Versager meinte er seine Frau?»

«So hat sich das angehört.»

«Hat er Ihnen etwas über seine Frau – die Angeklagte – erzählt?»

«Nur beiläufig. Sie sei früher seine Sekretärin gewesen.»

«Aha. Sie würden also behaupten, daß sich Oswald Schramm mit der Situation abgefunden hatte?»

«Das denke ich. Zumindest in der Zeit, in der wir uns kannten. Auf der anderen Seite war Owa – Entschuldigung, Herr Schramm – kein Mensch, der sein Herz auf der Zunge trug. Und ich hatte wenig Interesse, mich mit ihm ausführlich über seine Ehe zu unterhalten.»

«Nun, das ist verständlich. Sie würden also sagen, daß sich Oswald Schramm über ein Verhältnis seiner Frau mit einem anderen Mann nicht erregt hätte?»

«Nein, dazu war sie ihm wohl schon zu gleichgültig geworden.»

«Danke, Frau Zeugin.»

Lavaller war bei den letzten Fragen sehr nachdenklich geworden, durch Allermann sichtlich irritiert, und auch Wrozek fragte sich, worauf der Oberstaatsanwalt eigentlich abzielte. Keller sah zur Verteidigung hinüber, und Rosen stand auf: «Frau Zeugin, nur um es klarzustellen: Oswald Schramm hat also meinem Mandanten Lurwig nie etwas vorgeworfen?»

«Sie meinen, mir gegenüber? Nein.»

«Hat er irgendwann geäußert, daß Manfred Lurwig etwas gegen ihn, gegen Oswald Schramm, im Schilde führte? Daß er den Angeklagten fürchtete oder daß Lurwig ihn haßte, verfolgte, bedrohte?»

«Nein, nichts dergleichen.»

«Können Sie sich überhaupt ein Motiv vorstellen, warum mein Mandant Oswald Schramm ermordet haben sollte?»

«Nein.» Ihre Haare flogen, als sie energisch den Kopf schüttelte.

Lavaller schloß sich sofort an: «Gilt das auch für Irene Schramm?»

«Ja.»

«Kein Haß, keine Drohungen?»

«Nein.»

«Also eine ausgesprochene Gleichgültigkeit auf seiten Oswald Schramms gegenüber seiner Frau Irene?»

«Ja, so würde ich es ausdrücken.»

Lavaller grinste aufmunternd: «Sie geben eine gute Zeugin ab, Frau Rimbach. Ich muß leider doch noch einmal auf Ihr letztes Wochenende mit Oswald Schramm zurückkommen. Dabei hat sich nicht nur der Zeuge Bauer im Garten Ihres Hauses herumgetrieben, sondern auch eine unbekannte Frau. Wissen Sie davon?»

«Natürlich. Die Polizei hat mich gefragt, ob ich mir vorstellen könnte, wer das gewesen sei.»

«Und? Was haben Sie geantwortet?»

«Daß ich keine Ahnung habe.»

«Vielleicht eine alte Freundin von Oswald Schramm?»

«Möglich.»

«Bei dem polizeilichen Verhör haben Sie ausgesagt, Sie hätten am Sonntag nachmittag eine junge Frau getroffen, als Sie auf dem Parkplatz dem davonfahrenden Wagen Schramms nachsahen.»

«Ja, da trat eine junge Frau an mich heran und fragte ziemlich frech und aufdringlich: ‹War das nicht Oswald Schramm?› Mir hat das nicht gefallen, ich meine, ich kannte sie ja nicht, und ihre Art gefiel mir auch nicht. Deswegen habe ich gar nicht geantwortet.»

«Ja, verständlich. Haben Sie Oswald Schramm bei Ihrem letzten Telefongespräch von dieser Begegnung erzählt?»

«Nein, ich habe nicht mehr daran gedacht. Und Owa hatte miese Laune, er knurrte wegen einer Sitzung mit dem Betriebsrat herum, und viel Zeit hatte er auch nicht.»

«Vielen Dank, Frau Zeugin.»

Nach der Vereidigung sah sie sich einen Moment unschlüssig um, bevor sie den Saal verließ, den Kopf hoch erhoben. Die hübsche Richterin schien sich für das Kleid der Zeugin zu interessieren, aber Wrozek konnte ihre Miene nicht enträtseln. Sie beugte sich zu Keller hinüber, der unzufrieden in den Akten blätterte, und flüsterte etwas, worauf er grimmig nickte. Als sie sich dann zur Anklagebank wandte, setzte sich Lavaller aufrecht hin.

«Angeklagte», begann sie ausdruckslos, «das Gericht würde gerne von Ihnen hören, welcher Art Ihre Beziehungen zu dem Angeklagten waren.»

Irene Schramm schluckte heftig: «Wir waren befreundet – gut befreundet.» Selbst aus der Entfernung konnte Wrozek sehen, daß ihre Fingerknöchel weiß waren, so fest umklammerte sie die Lehne der Bank. «Ich habe mich gelangweilt. Immer allein zu Haus. Wenn Oswald ... mein Mann abends aus der Firma kam, war er müde und wollte seine Ruhe haben ... Anfangs, ja, da sind wir noch ins Theater gegangen oder zu Bekannten. Aber später – mir ist die Decke auf den Kopf gefallen. Ich wollte ja gerne wieder arbeiten, aber das paßte ihm nicht, und den ganzen Tag zu Hause zu sitzen ...» Sie war erregt, brachte die Sätze nicht zu Ende und stotterte manchmal. «Dann hat mein Mann mir Manfred vorgestellt und ich ...»

«Sie duzten sich mit dem Angeklagten?»

«Ja, natürlich, nicht sofort, aber bald ...»

«Auch in Gegenwart Ihres Mannes?»

«Ja, ja, Oswald hatte uns doch dazu ermutigt.»

Die Richterin zog erstaunt die Augenbrauen hoch, sagte aber nichts.

«Mit Manfred bin ich dann ins Theater gegangen oder ins Konzert. Oder auch zum Essen. Mit ihm bin ich wieder unter Menschen gekommen.»

«Er war also so etwas wie Ihr ständiger Begleiter?»

«Ja, so war's.»

«Hat Ihr Mann keine Einwände erhoben?»

«Nein, er schien sogar froh, daß ihm diese ... diese Last abgenommen wurde.» Ihr plötzlich bitterer Ton wirkte seltsam überzeugend.

«Bei solch intensivem Umgang erwartet der unbeteiligte Zuschauer allerdings eine weitergehende Beziehung.»

«Die gab's aber nicht!» wehrte sich Irene Schramm beinahe aufgebracht. «Wir waren – wir sind Freunde, mehr nicht.» Lurwig sah starr geradeaus.

«Haben Sie unter diesen Umständen nie an eine Trennung oder Scheidung gedacht?»

«Manchmal schon, aber dann ...»

«Ja?» ermunterte die Richterin.

Irene Schramm warf den Kopf trotzig zurück: «Ich hatte mir nichts zuschulden kommen lassen. Deswegen wollte ich nicht ... nicht aufgeben.»

«Ja, ich verstehe. Und wie paßt Ihr Auftrag an den Zeugen Wrozek in dieses Bild?»

«Ich war wütend», gestand sie, und jedermann im Saal glaubte ihr den Zorn. «Daß Oswald mich vernachlässigte, hatte mich genug gekränkt, aber andere Frauen – nein, das wollte ich mir nicht gefallen lassen.»

«Was gedachten Sie denn zu tun?»

Irene Schramm seufzte laut: «So genau wußte ich das nicht. Darüber habe ich ja den ganzen Montag mit Manfred geredet.»

«Sind Sie zu einem Ergebnis gekommen?»

«Nein.» Ihre Lippen wurden schmal. «Wie man es auch dreht und wendet – ich hätte mich scheiden lassen müssen. Und das wollte ich nicht. *Er* hatte unsere Ehe zerstört.»

Viel Ungesagtes schwang in diesem einen Satz mit; die Richterin musterte Irene lange, bevor sie knapp fortfuhr: «Hat es Sie nicht beunruhigt, daß Ihr Mann die Nacht von Montag auf Dienstag nicht nach Hause kam?»

Die Fangfrage prallte an Irene Schramm ab. «Nein», zischte sie, «überhaupt nicht. Ich habe ihn im Bett dieser ... dieser Rimbach vermutet.»

«Warum haben Sie nicht angerufen? Oder sind hingefahren?»

«Nein. Zum Schaden noch den Spott und die Demütigung?

Nein.» Zum erstenmal erlebte Wrozek sie temperamentvoll, und Lavaller zog besorgt die Augenbrauen zusammen.

«Danke, Angeklagte. Angeklagter, mich würde interessieren, wie Sie Ihre Beziehung zu Frau Schramm umschreiben.»

Lurwig schoß hoch, wie von einer Feder emporgeschnellt: «Es war genau so, wie Irene – wie Frau Schramm gesagt hat.»

«Also eine platonische Freundschaft?»

Lurwig errötete: «Platonisch? Ich weiß nicht recht ...»

«Also eine reine Freundschaft ohne sexuelle Beziehungen?»

«Ja, genauso.»

«Immerhin dauerte Ihre Bekanntschaft – nach Ihren eigenen Aussagen fast zwölf Monate.»

«Ja, das stimmt.»

«Sie behaupten also, ein Jahr lang mit einer doch attraktiven Frau häufig zusammengewesen zu sein, ohne einen einzigen Annäherungsversuch gemacht zu haben?»

Lurwig schnappte nach Luft, zwang sich aber zur Ruhe: «Ja, das stimmt. Irene – Frau Schramm – hat mir gleich zu Anfang klipp und klar gesagt, daß sie ihrem Mann treu sei und treu bleiben wolle.»

«Was Sie akzeptiert haben?»

«Ja, sicher, notgedrungen.» Auch Wrozek lächelte über das unfreiwillige Geständnis. «Ich hab ja bald mitbekommen, daß es in der Ehe kriselte, aber ich wollte mich nicht hineindrängen. Frau Schramm – Irene – mußte sich selbst entscheiden.»

Eine kluge Antwort, fand Wrozek. Noch dazu eine, die sogar stimmen konnte. Ein Typ wie Lurwig wartete ab, bis ihm in den Schoß fiel, was er haben wollte – geduldig, ohne zu drängeln. Die Richterin überdachte die Bemerkung eine halbe Minute lang und nickte endlich knapp: «Danke.»

Keller hatte aufmerksam zugehört. Allermann stand auf: «Angeklagter, nur damit es keine Mißverständnisse gibt: Es war eine Freundschaft?»

«Ja, ja ...»

«Sie haben also keinerlei Vorteile aus Ihrer Bekanntschaft mit der Angeklagten gezogen?»

«Moment.» Rosen lachte behäbig. «Bevor mein Mandant antwortet, möchte ich das Wort ‹Vorteil› näher erklärt wissen.»

«Nun, sagen wir: Finanzielle Vorteile.»

«Aha. Bitte, Herr Lurwig.»

«Nein, finanzielle Vorteile habe ich dadurch nicht gehabt.»

«Gut, gut», schloß Keller plötzlich ungeduldig. «Keine Fragen mehr? Dann rufe ich den Zeugen Albrecht auf.»

Werner Albrecht, 42 Jahre alt, erinnerte an einen gemütlichen Teddybären. Das Herausstechendste an ihm waren seine glänzenden falschen Zähne, die etwas zu weiß ausgefallen waren. Als Beruf gab er Techniker an, gelernter Laborant, seit 14 Jahren angestellt in der Kriminaltechnischen Untersuchung, spezialisiert auf Schußwaffen. Keller versuchte auch ihn anzutreiben, aber Albrecht setzte sich mit seiner Behaglichkeit durch.

Am Vormittag des 2. März hatte er an den beiden Angeklagten zwei Tests vorgenommen, um festzustellen, ob sie mit einer Handfeuerwaffe geschossen hatten. Zuerst einen Paraffin-Test, der bei beiden negativ ausfiel. Anschließend einen Jod-Silber-Test, der ebenfalls ein negatives Ergebnis zeigte. Als nächstes untersuchte er die Hände der beiden Angeklagten auf charakteristische Schnittverletzungen und Quetschungen hin, wie sie durch den zurückfahrenden Schlitten der Waffe verursacht werden können. Auch diese Untersuchung verlief negativ.

Automatisch sah Keller zur Verteidigung hinüber, aber Lavaller winkte fröhlich ab: «Keine Fragen, Herr Vorsitzender.»

«Aber ich habe welche», warf Allermann ein, durch seinen gutgelaunten Gegner sichtlich verärgert. «Die drei zuletzt geschilderten Tests beweisen, daß weder die Angeklagte Schramm noch der Angeklagte Lurwig die Tatwaffe abgefeuert haben?»

«Nein, nein, so eindeutig kann man das nicht sagen. Fest steht nur, daß sie die Waffe nicht mit der bloßen Hand abgefeuert haben.»

«Also mit Handschuhen?»

«Ja, etwa. Oder mit Hilfe eines großen Tuchs, das die Hand bedeckte.»

«Ach, sehr interessant.»

«Nicht unbedingt», unterbrach Lavaller jovial. «Interessant wäre es nur, wenn der Zeuge Beweise dafür gefunden hätte, daß die Angeklagten tatsächlich Handschuhe oder ein Tuch benutzt haben.»

«Das kann ich natürlich nicht», äußerte Albrecht behaglich.

«Und diese Schnittwunden, nach denen Sie gesucht haben?» So schnell gab Allermann nicht auf.

«Haja, geübten Schützen passiert das nicht mehr.»

«Soso», warf Lavaller heiter dazwischen. «Und wie steht's: Sind die beiden Angeklagten geübte Schützen?»

«Das entzieht sich meiner Kenntnis.»

Allermann knurrte etwas Unverständliches vor sich hin. Laut fragte er: «Können Sie uns etwas über die verwendete Waffe und die Munition sagen?»

Wieder ließ sich Albrecht Zeit. Am Mittwoch hatte ihm der Pathologe zwei Projektile geschickt, die bei der Obduktion aus der Leiche Schramms herausoperiert worden waren.

«Mit an Sicherheit grenzender Wahrscheinlichkeit läßt sich sagen, daß beide Geschosse aus einer *Browning 7,65 light special* stammen.»

Allermann lächelte einen Moment zu lang vor sich hin, und Lavaller nutzte die Pause: «Ist diese *Browning* eine seltene Waffe?»

«Nein, sie ist sogar sehr häufig.»

«Wie begründen Sie das?»

«In der Statistik der Waffen, die bei Straftaten verwendet werden, steht die *Browning light special* an dritter Stelle.»

«Sehr interessant. Halten Sie es für schwierig, sich eine solche Waffe in dieser Stadt zu besorgen?»

«Nein, überhaupt nicht.» Albrecht war nicht aus der Ruhe zu bringen. «Wenn Sie wissen, wo Sie fragen müssen – überhaupt kein Problem.»

«Über die Frage, was ein Problem ist oder nicht, gehen Ihre und meine Ansichten wahrscheinlich auseinander, Herr Zeuge», bemerkte Lavaller trocken. «Vielen Dank.»

Allermann warf dem Verteidiger einen unfreundlichen Blick zu, bevor er sich wieder an Albrecht wandte: «Herr Zeuge, haben Sie noch andere Test vorgenommen?»

«Ja, ich habe versucht festzustellen, aus welcher Entfernung das Opfer angeschossen wurde.»

«Was meinen Sie damit?»

«Haja, wenn Schüsse aus großer Nähe abgegeben werden, schlagen sich Pulverrückstände auf der Haut beziehungsweise auf der Kleidung des Opfers nieder.» Dies war bei Schramm nicht der Fall gewesen. Albrecht hatte die Strickjacke, das Oberhemd und das Unterhemd des Toten untersucht. Bei allen drei Stücken verlief der Test negativ.

«Was bedeutet das?» fragte Lavaller laut.

«Daß die Waffe aus mehr als 110 Zentimetern Entfernung abgefeuert wurde.»

Testreihen für die verwendete Munition hätten ergeben, daß sich Schmauch – Rückstände – bis zu einer Schußentfernung von 100 Zentimetern mit neunzigprozentiger Wahrscheinlichkeit feststellen ließen.

«Aber es waren nicht unbedingt genau 110 Zentimeter? Die Entfernung kann noch wesentlich größer gewesen sein?»

«Aber natürlich.»

Der nächste Zeuge, Otto-Heinrich Müller, Kriminalobermeister, gelernter Kraftfahrzeugschlosser, in der Fahrzeug-Inspektion der Schutzpolizei tätig und seit mehreren Jahren polizeilicher Sachverständiger für Autos, erläuterte mit einer gewissen Umständlichkeit, wann, wo und wie er die drei Gipsabdrücke genommen und die Maßskizze hergestellt habe, die dem Gericht bereits vorlägen. Mit einer eilfertigen Korrektheit, die selbst dem ungeduldigen Keller ein Lächeln entlockte, entfaltete er eine Art Riesenpapier mit geschwärzten Streifen von Autoreifen, links und rechts mit prächtigen Farbmarkierungen und wuchtigen Pfeilen versehen. Die Gipsabdrücke hatte der Zeuge in der Nähe des Waldhauses abgenommen, dort, wo nach Aussagen des Zeugen Wrozek der Wagen des Angeklagten gestanden hatte. Es handelte sich eindeutig um XZX-Reifen, wie sie auch bei dem Wagen des Angeklagten aufgezogen seien. Achsabstand und Spurweite der Vertiefungen deuteten auf einen Renault 20 hin, eben jenen Wagen, den der Angeklagte fuhr. Das Muster der Gipsabdrücke stimmte mit dem Reifenmuster des untersuchten Wagens vollständig überein.

Mit nachsichtig-geringschätzigem Lächeln schob Rosen die Beweisstücke zur Seite. «Herr Zeuge, sind diese XZX-Reifen selten?»

«Nein, sie werden vom Autohersteller serienmäßig verwendet.»

«Gibt es auf den Gipsabdrücken irgendwelche einmaligen, unverwechselbare Spuren – Risse, Brüche, eingedrückte Scherben oder dergleichen?»

«Nein.»

«Gibt es solche Merkmale bei den Reifenabdrücken, die Sie angefertigt haben?»

«Nein.»

«Was Sie also mit Sicherheit sagen können, ist nur: Irgendwann hat dort am Waldrand ein Auto der Marke Renault geparkt?» Bei dieser Frage griff Rosen mit großartiger Beiläufigkeit in seine Akten und holte eine Broschüre heraus, in der – so vermutete Wrozek – Spurweiten und Achsabstände vieler Typen verzeichnet waren, und bevor Müller sich auf eine heikle Debatte über die Meßgenauigkeit von Spuren in weichem Untergrund einließ, resignierte er: «Ja, das stimmt.»

Der letzte Zeuge vor der Mittagspause, Dr. Thomas Gorsch, Mineraloge und Geologe, Beamter beim Landeskriminalamt, verfügte über eine gehörige Portion trockener Sachlichkeit. Ihm hatten zwei Bodenproben zum Vergleich vorgelegen: eine von jenem Platz, auf dem der Wagen des Angeklagten am Waldhaus gestanden hatte – gestanden haben sollte, verbesserte er freiwillig –, und eine andere, die aus den Profilrillen des Wagens herausgepult worden war. Mit viel Fachchinesisch bekundete er die Identität der Proben, worauf Lavaller freundlich grinsend aufstand: «Identität heißt in diesem Fall, daß die Proben in ihrer chemischen Zusammensetzung gleich sind?»

«Ja, richtig.»

«Handelt es sich um eine ungewöhnliche Zusammensetzung?»

«Nein.»

«Haben Sie in beiden Proben seltene Mineralien oder ausgefallene Pflanzenteile oder einmalige Kleintierreste gefunden?»

«Nein.»

«Können Sie auf Grund Ihres Fachwissens ausschließen, daß die Reste, die aus den Profilrillen gekratzt wurden, an einer anderen Stelle als der erwähnten aufgenommen wurden?»

«Nein, das kann ich nicht ausschließen.»

«Ist Ihres Wissens die Erde, die Sie zu analysieren hatten, in der näheren oder weiteren Umgebung des Waldhauses selten?»

«Nein.»

«Vielen Dank, Herr Zeuge.»

Wrozek aß wieder in der Kantine, aber das Essen schmeckte ihm nicht, Buletten und Bratkartoffeln waren ohnehin nicht sein Leibgericht, erst recht nicht aus einer Großküche; aber den Appetit hatte ihm schon der Verlauf der Verhandlung verdorben. Bis jetzt hatte sich die Anklage nicht mit Ruhm bekleckert; Lavaller und Rosen schienen eher auf dem Vormarsch als auf einem Rückzug zu sein. Außerdem irritierte ihn Allermanns Gleichgültigkeit: Alle seine Zeugen hatte er bisher seelenruhig demontieren lassen. Für eine Mordanklage waren die Beweise sehr, sehr dünn, noch dünner als diese Brühe, die sich Kaffee nannte.

Als die Wachtmeister die beiden Flügeltüren zum Sitzungssaal wieder öffneten, hatten sich weniger Neugierige eingefunden als am Morgen. Den meisten war es sicherlich langweilig geworden, weil die erhofften Sensationen ausgeblieben waren und sie die Dramatik des Prozesses gar nicht verstanden. Während Wrozek vor der Tür zum Zeugenzimmer eine letzte Zigarette rauchte, hörte er enttäuschte Kommentare über Allermann, von dem man sich mehr versprochen hatte. In diesem Punkt waren die Journalisten erfahrener. Willy Kährlich schlenderte vorbei, stieß Wrozek kräftig in die Seite und stichelte: «Na, du letzte Hoffnung des Oberstaatsanwaltes?»

«Ich hab ihm nicht geraten, auf Mord anzuklagen», entgegnete er ruhig, und Willy wackelte heftig mit dem Kopf.

Die Zuhörer unterhielten sich schon wie alte Bekannte. Im Saal war es warm, aufgewirbelter Staub kitzelte in der Nase, und die Beamten gähnten verstohlen. Wrozek wandte sich an den ältesten, der völlig erschöpft auf seinem Stuhl hing: «Entschuldigen Sie, wie heißt eigentlich die Richterin?»

«Das ist Landgerichtsrätin Mercator.»

«Vielen Dank.» ‹Mercator› gefiel ihm besser als ‹Schneider›. Der Beamte bedachte ihn mit einem verständnislosen Kopfschütteln.

Schon als die Beteiligten den Saal wieder betraten, spürte Wrozek, daß etwas in der Luft lag. Alle benahmen sich, als hätten sie sich auf eine Auseinandersetzung vorbereitet, die jetzt endlich ernst würde.

An Kriminalobermeister Hans Küchendorff fiel zuerst der riesige Vollbart auf, dann die dazu gar nicht passende hohe, fast piepsige Stimme. Man merkte ihm an, daß er ausgesprochen ungern Anzug, Hemd und Krawatte trug.

Keller machte es kurz. Am 1. März hatte Küchendorff die Spurensicherung geleitet und sowohl die erste flüchtige als auch die spätere gründliche Untersuchung des Waldhauses vorgenommen. Die meisten Spuren waren allerdings schon zerstört, als er am Tatort eintraf, teils durch den Zeugen Wrozek, dann durch den Arzt und die Sanitäter, die Oswald Schramm abtransportiert hatten.

Allermann verzichtete auf Fragen zu diesem Komplex, aber Lavaller bohrte: «Herr Zeuge, wenn ich Sie eben richtig verstanden habe, gibt es zwar eine Menge alter oder halb verwischter Fingerabdrücke, aber kaum vollständige Abdrücke, die zu einer positiven Identifizierung ausreichen.»

«Das ist richtig.»

«Können Sie an Hand der identifizierbaren Abdrücke behaupten, daß die beiden Angeklagten sich je im Waldhaus aufgehalten haben?»

«Nein.»

«Aber Abdrücke des Zeugen Wrozek haben Sie gefunden?»

«Ja, an mehreren Stellen.»

«Gut. Gibt es unter den Abdrücken, die Sie im Waldhaus abgenommen haben, einen oder mehrere zur Identifizierung geeignete Abdrücke, von denen Sie heute noch nicht wissen, wer sie hinterlassen hat?»

«Nein.»

«Vielen Dank.» Lavaller wollte sich zu Irene Schramm umdrehen, hielt aber inne, als Allermann aufstand: «Herr Zeuge, Sie haben im Waldhaus keine Abdrücke der Angeklagten gefunden. Aber an anderen Stellen?»

«Doch, natürlich. Ich habe auch die Wohnung des Angeklagten und das Haus der Angeklagten untersucht.»

«Mit welchem Ergebnis?»

Allermann trat vor den Tisch und setzte sich auf die Kante, beide Arme vor der Brust verschränkt.

«In *seiner* Wohnung habe ich Abdrücke von *ihr* und in *ihrem* Haus Abdrücke von *ihm* sichergestellt.» Küchendorff raufte sich vorsichtig den Bart und zog mehrere gefaltete Blätter aus einer Jackentasche. Lavaller nutzte die Pause.

«So verschwendet man Steuergelder», tadelte er laut und verächtlich.

Keller fixierte ihn ärgerlich: «Was meinen Sie damit?»

«Beide Angeklagten haben nie bestritten, daß sie sich wechselseitig besucht haben, daß Manfred Lurwig Irene Schramm auch dann im Schrammschen Hause aufgesucht hat, wenn der Ehemann zugegen war.»

«Richtig», bestätigte Allermann. «Der Zeuge hat auch nicht an solchen unverfänglichen Stellen gesucht.»

«Sondern?»

«Das sagt er uns am besten selbst. Herr Küchendorff.»

«Besonders habe ich mir die Schlafzimmer vorgenommen. In seinem – äh – im Schlafzimmer des Angeklagten habe ich eine ganze Zahl Abdrücke der Angeklagten gefunden, insgesamt –» er schlug die zusammengefalteten Blätter auf – «insgesamt 27. An der Innenseite der Schlafzimmertür, an der Klinke, am Oberteil des Bettes, an einem stummen Diener, der neben dem Bett steht. Einen einzelnen Abdruck am hölzernen Längsträger des Bettes – es ist ein frei im Zimmer stehendes Einzelbett. Außerdem drei Abdrücke an der Lampe über dem Spiegel im Bad.» Küchendorff unterbrach seine Rede, um sich den Bart zu kraulen.

«Die Angeklagte hat im Schrammschen Haus ein eigenes Schlafzimmer. Es ist vom Gang durch einen Vorraum getrennt, von dem drei Türen abgehen, zu einem Schrankraum oder Ankleidezimmer, zum Bad und zu einer Toilette. Die Fingerabdrücke des Angeklagten habe ich dreimal gefunden – zweimal auf einer Schranktür in dem erwähnten Ankleidezimmer, einmal an der Metallstange eines Handtuchhalters im genannten Bad.»

Danach sah er auf, ein harmloser Riese mit einer hohen Zwergenstimme, und wartete auf weitere Anweisungen. Allermann schmunzelte zufrieden, Keller musterte die Angeklagten mit ausdrucksloser Miene. Im Saal herrschte atemloses Schweigen, bis Lavaller laut seufzte und aufstand.

«Gestatten Sie, Herr Vorsitzender? – Danke. Herr Zeuge, können wir uns zuerst mit den Abdrücken des Angeklagten im Haus meiner Mandantin befassen? Ich habe hier –» er beugte sich unter die Bank und holte ein dickes Buch hervor, aus dem mehrere Papierstreifen hingen – «das Handbuch der Kriminaltechnik in der 22. Auflage. Sie kennen es?»

«Natürlich.»

«Mich interessiert das 15. Kapitel. Die Altersbestimmung von Fingerabdrücken. Speziell der Wietermanns-Hoogen-Test.»

Küchendorff schien ehrlich beeindruckt. Sein Bart bewegte sich heftig.

«Es ist doch richtig, daß Abdrücke neben Fett, zufälligen anderen Substanzen – sagen wir: Zucker von der Frühstücksmarmelade –, auch Feuchtigkeit und unter Umständen Sekrete enthalten?»

«Richtig, ja.»

«Diese Feuchtigkeit verdunstet in trockener Umgebung?»

«Ja.»

«So daß man mit Hilfe der gemessenen Feuchtigkeit das Alter der Abdrücke bestimmen kann?»

«Nein», erwiderte Küchendorff überraschend energisch. «Nicht bestimmen, dazu ist Wietermanns-Hoogen zu ungenau. Das Alter läßt sich bestenfalls abschätzen. Wenn Sie sich mit diesem Thema beschäftigt haben, wissen Sie sicherlich auch, daß der Test sehr umstritten ist. Salopp formuliert bringt er nicht mehr, als ein erfahrener Spurensicherer über den Daumen peilen kann.»

«Gut.» Lavaller lächelte erwartungsvoll. «Dann peilen Sie mal.»

Küchendorff strich sich erst wieder über seinen Bart. «Okay, die beiden Abdrücke auf den Schranktüren waren alt.»

«Schön. Und der Abdruck im Bad?»

«Dazu läßt sich gar nichts sagen. Ein Bad ist zu feucht.»

«Also trauen Sie sich nicht einmal eine Schätzung zu?»

«Nein, das wäre unseriös.»

Lavaller legte achtlos das Buch zur Seite.

«Was bleibt dann? Zwei wahrscheinlich ältere Abdrücke im Ankleidezimmer, ein vereinzelter Abdruck im Bad. Haben Sie bei Ihrer Arbeit die Schränke geöffnet?»

«Ja, sicher.»

«Können Sie mir etwas über den Inhalt der Schränke sagen?»

«Ich verstehe nicht ...»

«Hingen zum Beispiel Mäntel oder Jacken in den Schränken?»

«Ja, daran erinnere ich mich.»

«Sehr gut. Was spricht dagegen, daß die Abdrücke entstanden sind, als der Angeklagte Lurwig der Angeklagten Schramm in den Mantel half?»

«Von meiner Seite aus gar nichts!» versetzte Küchendorff gleichmütig, die Hand schon wieder im Bart versenkt.

«Und im Bad wäscht man sich auch die Hände?»

«Natürlich.»

«Ich meine, man benutzt es nicht nur, um nach einem Beischlaf zu duschen?»

«Anzunehmen.»

«Wunderbar. Verlassen wir das Haus der Angeklagten und wenden wir uns der Wohnung des Angeklagten zu, den Schlafzimmerabdrücken.» Küchendorff nickte und schmunzelte in seinen Bart hinein. «Frische Abdrücke, Herr Zeuge?»

«Ohne jeden Zweifel.»

«Nur von der Angeklagten?» Die Frage kam ganz harmlos.

«Natürlich nicht.»

«Natürlich nicht, eine dumme Frage, es ist ja das Schlafzimmer des Angeklagten, und er hat die Nacht vor seiner Festnahme in seinem Bett verbracht. Aber, Herr Zeuge –» Lavaller straffte sich, seine Stimme wurde scharf – «haben Sie Hinweise darauf gefunden, daß die Abdrücke des Angeklagten und der Angeklagten zur gleichen Zeit entstanden sind? Zum Beispiel Überlagerungen, gegenseitige Überlagerungen?»

«Nein», erwiderte Küchendorff zögernd.

«Also ist alles, was Sie auf Grund Ihrer Erkenntnisse beeiden könnten, doch nur: Meine Mandantin hat irgendwann einmal, nicht allzulange vor dem Tag Ihrer Untersuchung, auf dem Bett des Angeklagten gelegen.»

«So ist es.»

«Allein oder mit einem Mann?»

«Das kann ich nicht sagen.»

«Sehr schön, Herr Zeuge, vielen Dank, keine Fragen mehr.»

Schwungvoll drehte sich Lavaller um, und die federnde Geschmeidigkeit verriet auch dem Begriffsstutzigsten: Diesen Angriff hatte er abgeschlagen.

Keller verzog den Mund zu einer ärgerlichen Grimasse.

«Angeklagte», wandte er sich an Irene Schramm, «haben Sie auf dem Bett des Angeklagten gelegen?»

«Ja, Herr Vorsitzender.» Vor Aufregung verschluckte sie sich.

«Und wann?»

«Am Montag, als ... als ... Oswald starb.»

«Dann hat der Zeuge Wrozek doch richtig gesehen, daß Sie und der Angeklagte ...»

«Nein, nein», unterbrach sie Keller fast flehend, «so war's nicht. Ich kam zu Manni und zeigte ihm den Bericht und die Bilder von ...

von … von der Überwachung Oswalds. Mir war ziemlich schlecht, und aufgeregt war ich auch, und Manni hat einen starken Drink gemischt, also vielleicht nicht zu … aber für mich war es zuviel.» Sie verhaspelte sich und mußte tief durchatmen. «Der Alkohol stieg mir zu Kopf, und deswegen habe ich mich eine halbe Stunde hingelegt und etwas geschlafen, so war's.»

«Hm.» Keller beobachtete sie kühl.

Die Richterin hob leicht die Hand: «Was für ein Kleid trugen Sie an dem Tag?»

«Ein zweiteiliges Wollkleid. Und einen Pullover.» Sie antwortete, ohne nachzudenken, aber ihre verwirrte Miene verriet, daß sie den Sinn der Frage nicht verstand.

«Haben Sie sich im Kleid aufs Bett gelegt?»

«Nein, nein, ich habe es ausgezogen.»

«Und den Pullover?» Wrozek war sicher, daß die meisten die Falle in dieser harmlos klingenden Frage gar nicht witterten. Irene Schramm erwiderte prompt: «Den auch.»

«Danke.» Die Richterin lehnte sich zurück und schoß dem breit grinsenden Lavaller einen unfreundlichen Blick zu.

«Was haben Sie in dieser Zeit gemacht, Angeklagter?» Keller verfügte, wenn er wollte, über eine vollendete Automatenstimme: präzis, gut zu verstehen und völlig ausdruckslos.

«Was ich … was ich …» Manni stotterte. «Aufgeräumt. Kaffee gekocht. Zeitung gelesen.» Seine Aufregung verhinderte, daß diese kurze Aufzählung arrogant wirkte.

«Sie sind nicht mit der Angeklagten ins Schlafzimmer gegangen?»

«Nein, bestimmt nicht.»

«Na schön», schloß Keller kühl. Rosen und Lavaller saßen wie zwei brave Schulbuben in ihrer Bank. «Über die Vereidigung des Zeugen Küchendorff … Gut, vielen Dank, Herr Zeuge, Sie sind hiermit entlassen. Als nächsten Zeugen rufe ich Herrn Helmut Sierks.»

Helmut Sierks, Biologe, vereidigter Sachverständiger, fiel vor allem durch seinen mächtigen, völlig haarlosen und im Licht glänzenden Schädel auf. Nicht nur Wrozek mußte ein Lachen unterdrücken, als Sierks erklärte, er sei auf die Identifizierung von Haaren spezialisiert, und als Keller unwillkürlich zwinkerte, meinte der Zeuge ironisch: «Mit jedem ausgehenden Haar wuchs mein Interesse.»

«Ja», sagte Keller neutral, die Mundwinkel eingeklemmt.

«Seitdem bin ich berufungsfest.»

«Wie bitte?»

«Man hat mir noch nie vorwerfen können, ich hätte Beweismaterial verfälscht.»

Am lautesten lachte Lavaller, und Wrozek glaubte ihm die Erheiterung. Der Anwalt konnte über sich selbst lachen. Rosen dagegen wieherte hämisch, verkniffen, nicht offen. Die Mercatorin fuhr sich unwillkürlich über ihre braunen Locken und sah Wrozek kurz an.

Allermann leitete das Verhör ein, und Sierks erläuterte, daß er sich mit drei Gruppen von Haaren beschäftigt habe. Die erste stammte aus dem Beutel eines Spezialstaubsaugers, mit dem die Spurensicherung den Fußboden des Waldhauses abgesaugt hatte. Bei der zweiten Gruppe handelte es sich um Haare, die er selbst von mehreren Kleidungsstücken abgesucht hatte; die Haare der dritten Gruppe habe er ebenfalls eigenhändig abgelesen, und zwar von einem Kopfkissenbezug, laut Beschriftung auf dem Belastungsmaterial sichergestellt im Bett des Angeklagten.

«Gut», legte Allermann los, «fangen wir mit der dritten Gruppe an. Was haben Sie gefunden?»

«Zwei Sorten von Menschenhaaren. Einmal mittelbraune, relativ dünne und kurze naturkrause Haare, die sich eindeutig als Haare des Angeklagten Lurwig bestimmen ließen. Als sich später die Notwendigkeit einer Spektralanalyse ergab, stellte ich fest, daß diese – sagen wir: Kopfkissenhaare – ungewöhnlich viel Kupfer und Silber, aber besonders wenig Silizium enthalten.»

«Das müssen Sie uns näher erklären.»

«Gerne. Menschliches Haar enthält sehr viele Spurenelemente, aber in sehr unterschiedlicher Verteilung, von Mensch zu Mensch verschieden.»

«Eindeutig verschieden?» mischte sich Lavaller sanft ein. «So eindeutig etwa wie Fingerabdrücke?»

«Nein», räumte Sierks ein, «so eindeutig nicht.»

«Danke», verbeugte sich Lavaller; Allermann lächelte verschlagen: «Aber so eindeutig, daß man behaupten kann: Ein Haar A und ein Haar B stammen von demselben Menschen?»

«Ja, wenn Haardicke, Oberflächenstruktur und Pigmentdichte übereinstimmen, kann man das mit an Sicherheit grenzender Wahrscheinlichkeit behaupten.»

Wenn Allermann den Vorbehalt begriffen hatte, ließ er sich nichts anmerken.

«Und die zweite Sorte von Haaren auf dem Kopfkissen?»

«Dunkel-, fast schwarzbraun, relativ dick, mit stark spleißenden Spitzen und einer ungewöhnlichen Oberflächenstruktur. Ungewöhnlich hohe Konzentration von Blei und Mangan.»

«Diese Haare stammten von der Angeklagten?»

«Zweifelsfrei. Es gab genug Vergleichsmaterial aus dem Haus der Angeklagten.»

«Gut», nickte Allermann. «Die Verteidigung wird diese Ergebnisse ja nicht anzweifeln und sicher mit der Müdigkeit der Angeklagten am Mittag des 1. März erklären – so wie die Fingerabdrücke.»

«Sie sagen es!» stimmte Rosen zu.

«Prächtig. Kommen wir zur zweiten Gruppe, den – wenn ich so sagen darf – Staubsaugerhaaren.»

«In dem aufgesaugten Staub aus dem Waldhaus konnte ich drei Sorten von Haaren feststellen. Einmal Haare des Opfers, zweitens Haare der Angeklagten und drittens ein einzelnes Haarstück vom Kopf des Angeklagten.»

Einen Augenblick hatte Wrozek den Eindruck, als hielten alle Anwesenden den Atem an. Allermann schwieg triumphierend. Dann schwoll der Geräuschpegel im Zuschauerraum an, ein aufgeregtes, sich rasch steigerndes Geraune und Gemurmel. Keller blickte in den Saal, und sein leise drohendes «Ruhe» stellte augenblicklich wieder ein gespanntes Schweigen her. Bis Lavaller leise auflachte: «Glückwunsch, Herr Zeuge, ein gelungener Auftritt. Reduzieren wir ihn auf das Reale. Wie viele Haare des Toten haben Sie identifiziert?»

«Fünf.»

«Und von der Angeklagten?»

«Zwei.»

«Und vom Angeklagten?»

«Eines – genauer, ein Stück von 12 Millimeter Länge.»

«Na dann. Nehmen wir zuerst die Haare meiner Mandantin. Zwei Stück, sagten Sie?»

«Ja.»

«Wo diese Haare im Waldhaus lagen, können Sie nicht bestimmen?»

«Natürlich nicht.»

«Eine klare Auskunft. Sie haben später mehrere Haare von den Kleidungsstücken des Opfers abgelesen. Waren darunter –» Lavallers Stimme wurde metallisch – «auch Haare meiner Mandantin?»

«Ja», gab Sierks zu.

«Wie viele? Und von welchem Kleidungsstück?»

«Zwei, sie hatten sich in der Strickjacke verfangen, die der Tote trug.»

«Eine Strickjacke aus grober, rauher Wolle?»

«Ja.»

«Wissen Sie, wann und wo die Haare meiner Mandantin in der Wolle der Strickjacke hängenblieben?»

«Nein.»

«Gibt es einen wissenschaftlich überzeugenden Grund, der dagegen spricht, daß sich die Haare bereits Tage vor dem Mord in der Wolle der Strickjacke verfangen hatten?»

«Nein.»

«Haben Sie feststellen können, wo sich die Strickjacke vor dem Mord befand? Immer im Waldhaus? Oder hatte Oswald Schramm sie am Mordtag mitgebracht?»

«Ich weiß, daß diese Frage nicht geklärt werden konnte.» Sierks ärgerte sich, was Lavaller nicht entging.

«Können Sie ausschließen, daß die – na – Staubsaugerhaare meiner Mandantin von der Strickjacke abgefallen sind?»

«Nein, das kann ich nicht.»

«Wie schön. Wir wissen nicht, wann oder wo die Haare meiner Mandantin an die Strickjacke geraten sind, wie viele wann und warum abgefallen sind, wo die Strickjacke aufbewahrt wurde – wollen Sie, Herr Zeuge, daraus ernsthaft einen Indizienbeweis ableiten, daß sich meine Mandantin am Mordtag im Waldhaus aufgehalten hat?»

Sierks schwieg, aber Lavaller erwartete auch keine Antwort, und noch während er sich setzte, schnellte Rosen hoch.

«Herr Zeuge, befassen wir uns mit den 12 Millimetern Haar, die Sie meinem Mandanten zuordnen. Haben Sie von diesemStück eine Spektralanalyse gemacht?»

«Nein, ich habe es chromatographisch untersucht.»

«Aber auch sozusagen chemisch analysiert?»

«Ja.»

«Mit welchem Ergebnis?»

Sierks ließ die Schultern hängen. «Der Kupfer- und Silbergehalt der Probe stimmte mit den Vergleichshaaren des Angeklagten überein, der Siliziumgehalt wich signifikant ab.»

«Aha. Wie steht's mit den drei anderen Kriterien – Dicke, Pigmentdichte, Oberflächenstruktur?»

«Die Pigmentdichte stimmt überein. Die Oberflächenstruktur des Teiles war chemisch, wahrscheinlich durch schwachen Säureeinfluß, zerstört. Und für eine statistische Dickenbestimmung reichte die Länge des Teiles nicht aus.»

«Soso. Von sechs Vergleichskriterien eines abweichend, zwei nicht festzustellen – ich nenne das halbe-halbe oder eins zu eins. Für einen Indizienbeweis jedenfalls nicht ausreichend. Vielen Dank.»

Allermann und Dr. Martin steckten die Köpfe zusammen, der Jüngere schien besorgter als sein Vorgesetzter.

Die nächste Zeugin, Marianne Didzoleit, seit sieben Jahren Angestellte im Haus Schramm, warf ihrer Chefin einen mehr als unfreundlichen Blick zu, der auf der Richterbank aufmerksam registriert wurde. Keller tastete sich sehr behutsam vor, aber sie nahm ihm die Arbeit ab und erklärte schlankweg, daß sie von der zweiten Frau Schramm nie viel gehalten habe, ja, es habe öfters Streit gegeben, und sie habe auch schon daran gedacht, sich eine andere Stelle zu suchen. Aber in ihrem Alter, 53 Jahre, da überlege man sich solch einen Wechsel eben gründlich ... Natürlich könne sie sich an den 1. März erinnern, gut sogar. Eigentlich hätte die «Gnädigste» gegen Mittag von einer Reise zurückkommen sollen, aber als «die Dame» bis 5 Uhr nachmittags nicht eingetroffen war, sei sie gegangen, jawohl, nach Hause in ihre Wohnung in der Richardstraße, sie habe nicht eingesehen, warum sie über ihre Dienstzeit hinaus bleiben sollte, nur weil jemand nicht pünktlich sein wollte, was sie andererseits auch nicht mehr verwundern könne ...

Mit schmalen Lippen betrachtete der Vorsitzende die vor Rechtschaffenheit empörte Frau; die Mercatorin schmunzelte ungeniert.

Nein, der Chef, also der Herr Schramm, sei am 1. März bis 5 Uhr, als sie das Haus verließ, noch nicht aus dem Büro gekommen. Überhaupt sei er selten so früh gekommen, meistens erst gegen 7 Uhr oder so, das habe jedenfalls die Chefin mehr als einmal erwähnt. Nein, morgens habe sie ihn auch nicht mehr angetroffen. Montags sei sie immer erst gegen 11 Uhr erschienen, und da sei er schon fortgewesen. Jawohl, sie habe die Reste seines Frühstücks weggeräumt und sein Bett gemacht. Mehr wisse sie nicht von ihm.

Ja, zu dem Herrn Lurwig. Aus ihrem Mund klang der Name wie ein Schimpfwort. Natürlich habe sie gewußt, daß die «gnädige Frau» ihn häufiger traf, er habe ja auch oft genug angerufen, sie abgeholt oder spätabends nach Hause gebracht.

Allermann gab sich sehr jovial. «Frau Zeugin, Sie sagten, die beiden hätten sich oft getroffen.»

«Jawohl, oft, sehr oft sogar. Bestimmt zweimal die Woche.»

«War Herr Schramm oft dabei, wenn sich Herr Lurwig und Frau Schramm gesehen haben?»

«Nee», entgegnete sie mit tiefer Stimme. «Die waren lieber mit sich allein.» Im Saal wurde gekichert. «Aber wenn er auftauchte bei uns, war er immer scheißfreundlich zu – oh, Entschuldigung.» Sie hatte Kellers Stirnrunzeln richtig verstanden.

Rosen rieb sich die Hände, während er Marianne Didzoleit grimmig musterte. «Frau Zeugin, Sie sagten eben, Irene Schramm und Manfred Lurwig hätten sich nicht oft in Gegenwart von Oswald Schramm getroffen.»

«Das stimmt auch.»

«Hat Frau Schramm denn diese Treffen mit Manfred Lurwig vor ihrem Mann verheimlicht?»

«Nee, das nicht.» Man hörte ihr an, wie widerwillig sie diese Antwort gab, und Rosen schüttelte bedenklich den Kopf.

«Wußte Herr Schramm von der Bekanntschaft seiner Frau mit Herrn Lurwig?»

«Doch, das wußte er.»

«Hat er sich darüber aufgeregt?»

«Nee. In meiner Gegenwart jedenfalls nicht.»

«Ist Herr Lurwig nie bei Herrn Schramm zu Besuch gewesen?»

«Doch. Einmal.»

«Nur einmal?»

«Ich weiß nur von einem Mal.»

«Aber wenn ich Sie richtig verstanden habe, gehen Sie am späten Nachmittag aus dem Haus. Woher wollen Sie wissen, daß Herr Lurwig nicht abends Herrn Schramm besucht hat, und zwar mehr als einmal?»

«Das weiß ich nicht», murrte sie ärgerlich.

«Haben Sie Frau Schramm und Herrn Lurwig einmal in einer verfänglichen Situation ertappt?»

«Nee, das nicht!» platzte sie heraus. «Aber ich bin doch nicht blind, ich wußte doch, was ...»

«Moment, Frau Zeugin», unterbrach Keller ungehalten. «Sie sollen hier nur aussagen, was Sie selbst gesehen oder gehört haben. Keine Vermutungen bitte.»

«Na, was heißt hier Vermutungen, Herr Richter, ich bin doch nicht mit dem Klammerbeutel gepudert. Natürlich hatten die was miteinander, das sah doch ein Blinder mit dem Krückstock, und wenn der Chef nicht so ein vertrauensseliger Dussel gewesen wäre, hätte er auf mich gehört und dem Bürschen beizeiten das Haus verboten.» Sie schnaufte, diesmal unbeeindruckt von Kellers mahnendem Blick; Allermann verzog das Gesicht, als habe er in eine Zitrone gebissen.

Lavaller löste Rosen ab. «Frau Zeugin, ich möchte noch einmal auf den 1. März zurückkommen. Sie sagten eben, Sie hätten das Haus um 17 Uhr verlassen.»

«Jawohl, Punkt fünf.»

«Sind Sie später noch einmal zurückgekommen? Oder haben Sie versucht, im Haus anzurufen?»

«Nee, warum sollte ich?»

«Richtig, warum sollten Sie? Sie waren ja bis Punkt 17 Uhr im Haus geblieben, Ihre Dienstzeit war also zu Ende.»

Sie antwortete nicht.

«Da ergibt sich nur ein winziger Widerspruch, Frau Didzoleit. Meine Mandantin – Ihre ‹Chefin› – beharrt darauf, daß sie am 1. März gegen 16 Uhr aus der Wohnung Lurwig fortgegangen sei, um nach Hause zu fahren. Selbst wenn wir großzügig sind und annehmen, es war schon 16 Uhr 15 – mehr als 30 Minuten brauchte sie auf keinen Fall. Auch im dicksten Berufsverkehr nicht. Dann wird sie spätestens um 16 Uhr 45 in ihrem Haus eingetroffen sein. Da Sie aber erst um 17 Uhr gegangen sind, müssen Sie Frau Schramm doch noch getroffen haben.»

«Nee, hab ich nicht.»

«Seltsam, finden Sie nicht auch?»

«Nee, gar nicht so seltsam, die lügt doch das Blaue vom Himmel herunter, wenn ...»

«Na, na», tadelte Lavaller schnell, bevor Keller eingreifen konnte, «das sollten Sie vor Gericht nicht sagen. Das hört sich sehr beleidigend an. Kommen wir noch einmal auf den Montagvormittag zurück. Da sind Sie gegen 11 Uhr bei den Schramms eingetroffen.»

«Sagte ich doch schon.»

«Ja, natürlich. Niemand war da.»

«Nee, kein Aas.»

«Und viel war doch nicht zu tun – oder?» Sie linste Lavaller mißtrauisch an. «Der Chef war von Freitag bis Sonntag nachmittag weggewesen, Frau Schramm das ganze Wochenende – na, Frau Didzoleit, ein Bett machen, Geschirr spülen –»

«Nee», warf sie brummig ein, «das macht der Geschirrspüler.»

«– saugen, staubwischen, Blumen gießen: Für eine tüchtige Frau wie Sie doch ein Klacks.»

«Na ja.»

«Dann haben Sie sich was zu Mittag gekocht – also, ich wette, Sie waren mit allem um 3 Uhr fertig.»

«Zwei», berichtigte sie.

«Respekt, ich hab Sie unterschätzt. Was haben Sie dann gemacht?» Er zwinkerte ihr vertraulich zu. «Ein kleines Nickerchen?»

«Wo denken Sie hin!» fuhr sie ihn an. «Ich wollt doch in die Stadt, zu Maschmann, wegen der Kittelschürzen aus dem Sonderangebot, da konnt ich ...» Unvermittelt brach sie ab. Ganz sanft erkundigte sich Lavaller: «Und, Frau Didzoleit? Sind Sie in die Stadt gefahren?»

Sie schnaufte aufgebracht, aber als sich Keller unmißverständlich räusperte, zog sie den Kopf ein: «Ja.»

«Hat es sich gelohnt? Oder waren die besten Stücke schon weg?»

«Nein.»

«Bei Sonderangeboten muß man sich ranhalten, nicht wahr?» Sie nickte grimmig. «Aber Sie haben bis 5 Uhr gewartet?»

«Na ja, vielleicht bin ich etwas früher weggegangen», räumte sie ein, was Lavaller mit einem verständnisvollen Lächeln quittierte: «Das versteht doch jeder, Frau Didzoleit. Keine Arbeit, keiner im Haus und ein tolles Sonderangebot. Es war sehr früh ausverkauft?»

«Weiß ich nicht. Als ich kam, war noch genug da.»

«Das war so gegen fünf?»

«Ja, etwa», bestätigte sie schlecht gelaunt.

«Wie lang braucht man denn vom Schrammschen Haus bis zu Maschmann in der Stadt? Eine halbe Stunde? Oder weniger?»

«Mehr», fauchte sie. «Die Busse fahren ja nur alle zwanzig Minuten.»

«Und Ihnen ist einer vor der Nase weggefahren?»

«Ist doch immer so!» wütete sie. «Dieser dumme Schnösel von Fahrer sieht mich, eine alte Frau kann halt nicht mehr so rennen, aber meinen Sie, der wartet? Nee, der nicht. Tür zu und weg und dann noch dämlich grinsen, als er an mir vorbeifährt.»

«Trotzdem waren Sie gegen 5 Uhr bei Maschmann?»

«Sagte ich doch.»

«Dann müssen Sie kurz nach 4 Uhr das Haus der Schramms verlassen haben.»

«Kann schon sein.»

Lavaller betrachtete sie aufmerksam und setzte sich dann wortlos. Allermann und Dr. Martin bemühten sich um gleichmütige Gesichter. Marianne Didzoleit wurde nicht vereidigt, ihre Abneigung gegen die ‹Chefin› und ihre Unzuverlässigkeit waren zu offensichtlich.

Bei der nächsten Zeugin, Katrin Köhler, setzte sich Manni unwillkürlich aufrecht; Lavaller flüsterte eindringlich mit Rosen, der ein paarmal nickte, zunehmend ungeduldiger.

Katrin Köhler gab ihr Alter mit 22 Jahren an, von Beruf Kontoristin, ein zierliches Persönchen mit einem netten, aber puppenhaften Gesicht und einer dünnen Stimme, die vor Aufregung zitterte. Dr. Martin entwickelte erstaunlich viel Fingerspitzengefühl und tastete sich mit unendlicher Geduld an den Kern ihrer Aussage

Gelegenheit macht Diebe . . .

... warnt der Bankangestellte, als Schramm 25000 DM in bar abhebt. Da muß man kein erfahrener Krimileser sein, um zu spüren, daß an der Sache etwas faul ist. Denn zum Sparen ohne Gefahren nutzt man Gelegenheiten, bei denen mit Sicherheit nur Diebe leer ausgehen.

heran; unter seiner behutsamen Leitung verlor sie allmählich ihre Nervosität. Die hübsche Richterin beobachtete sie mit abweisender Strenge.

Am 1. März war Katrin 22 Jahre alt geworden, und Manni hatte ihr in der Woche zuvor versprochen, er würde zu ihrer Geburtstagsfeier kommen. Aber am Montag, gegen Mittag, rief er sie in der Firma an und entschuldigte sich: Er müsse leider absagen, aus geschäftlichen Gründen. «Doch das habe ich ihm nicht geglaubt. Im Hintergrund sprach nämlich eine Frau, sie lachte sogar. Und deswegen bin ich nach dem Büro zu ihm gefahren, in die Guttenbergallee, und hab bei ihm geschellt. Aber er hat nicht aufgemacht, er war nicht da.»

«Wie oft haben Sie denn geklingelt?»

«Bestimmt sieben-, achtmal. Immer lange. Ich hab die Klingel deutlich gehört.»

«Und wann waren Sie in der Guttenbergallee?»

«Um Viertel vor sechs.»

«Also um 17 Uhr 45. Sind Sie sicher, daß diese Zeit stimmt?»

«Ja, ganz sicher. Ich hab ein paarmal auf die Uhr geguckt, weil ich doch zu meiner Party mußte.»

«Vielen Dank, Fräulein Köhler.»

Rosen lächelte ebenfalls, als er aufstand, aber nur so ein nettes und unbedarftes Mädchen wie Katrin Köhler konnte vertrauensselig zurücklächeln. Und Rosen schlug sofort zu: «Frau Zeugin, als Sie die Stimme im Hintergrund hörten, waren Sie eifersüchtig, nicht wahr?»

«Nun ... ich weiß nicht ... ja ... etwas.»

«Hat Manfred Lurwig Ihnen gegenüber je behauptet, er sei in Sie verliebt?»

«Ich ... wie ... was?»

«Antworten Sie kurz und klar mit Ja oder Nein.»

«Nein», sagte sie leise.

«Etwas lauter bitte.»

«Nein.»

«Hat er je mit Ihnen geschlafen?» Keller runzelte ärgerlich die Stirn, ließ die Frage aber zu.

«Nein», gab sie zu, wieder kaum verständlich.

«Aber Sie hätten es gerne getan, was?»

Jetzt blieb sie stumm, und ihr Gesichtsausdruck veranlaßte Keller, sich wieder zurückzulehnen. «Haben Sie nicht in Ihrem Büro behauptet, Sie hätten ein Verhältnis mit Herrn Lurwig? ... Fräulein Köhler, sollen wir Ihre Kolleginnen dazu befragen?»

«Nein», sagte sie plötzlich mit erstickter Stimme.

«Was heißt ‹nein›?»

«Nicht die ... die Kolleginnen fragen.»

«Sie geben also zu, ein Verhältnis mit Manfred Lurwig erfunden zu haben?»

Sehr langsam nickte sie, und Rosen holte tief Luft: «Fräulein Köhler, hat jemand Sie schon einmal eine ‹notorische Lügnerin› genannt?»

«Herr Verteidiger, das geht zu weit.» Keller war ehrlich erzürnt, aber Rosen wehrte sich.

«Sobald die Zeugin wahrheitsgemäß geantwortet hat, werden Sie verstehen, warum ich diese Frage gestellt habe.»

Der Vorsitzende sah abwechselnd von Rosen zu Lavaller und willigte schließlich mit einer ärgerlichen Handbewegung ein.

«Nun, Fräulein Köhler?»

Sie schluchzte, man hörte es noch in der letzten Reihe des Saales; dann stieß sie hervor: «Mein Vater hat das gesagt, er hat mich deswegen zu Hause rausgeworfen – aber ich war bei Manni, bestimmt, ich hab die Wahrheit gesagt, ich schwör's, ich lüge nicht ...»

«Ein unschönes Beispiel», rügte Keller, und es blieb unklar, wen er damit meinte. «Angeklagter, hat die Zeugin bei Ihnen am 1. März geklingelt?»

«Nein», sagte Manni fest, «das hätte ich hören müssen.»

«Oh, du ... du ... *Lügner*!» kreischte sie auf, und plötzlich drehte sie sich um und raste aus dem Saal, so schnell, daß niemand auf die Idee kam, sie zurückzuhalten. Keller starrte ihr verdutzt nach, klappte dann verärgert die Akte zu und blaffte in Richtung Allermann: «Weniger ein juristisches als ein medizinisches Problem, Herr Oberstaatsanwalt.»

«Ganz meine Meinung», verbeugte sich Allermann.

«Ich vertage bis morgen 9 Uhr. Die Sitzung ist geschlossen.»

Willy Kährlich war nicht in der *Eule,* als Wrozek kurz vor 9 Uhr dort aufkreuzte, aber Marlies sah ihm äußerst verlegen entgegen und nickte nur stumm auf seine Frage, ob er sich zu ihr setzen dürfe.

«Wie heißen Sie eigentlich?»

«Ich heiße so, wie ich bin. Weniger, Marlies Weniger. Aber sagen Sie ruhig Marlies, sonst komme ich mir so alt vor.»

Er lachte, mehr über ihren bissigen Ton als über den Inhalt, und musterte ungeniert ihren formlosen Pullover; endlich konnte sie seinen Blick nicht länger übersehen und seufzte: «Er gefällt Ihnen nicht?»

«Nein.»

«Mir auch nicht, aber es war der erste Versuch, und jetzt hab ich keine Zeit mehr zum Stricken.»

Sehr gesprächig war sie danach nicht, aber er bekam aus ihr heraus, daß Willy ohne sie in die Verhandlung gegangen war, ja, er hatte schon geschrieben, und sie sollte ihm – Wrozek – ausrichten, daß Willy vom Verlauf des Prozesses alles andere als begeistert sei.

«Ich auch!» knurrte er und bestellte eine neue Runde.

Sie kicherte schadenfroh: «Das hat Willy auch prophezeit.»

Wie auf geheimes Kommando wechselten beide das Thema. Marlies erzählte von der Lokalredaktion; ihre Begeisterung für den Journalismus hatte sich beträchtlich abgekühlt: sehr viel Arbeit, sehr viel Routine und sehr wenig Zeit, sich gründlich über ein Thema zu informieren. Heute zum Beispiel wäre sie gerne wieder in die Verhandlung gegangen, aber es waren so viele Termine wahrzunehmen, daß Willy ablehnte. Sie war auch erst ein paar Minuten vor ihm in die *Eule* gekommen.

«Jahreshauptversammlung der Hammonia 06. Ehrennadel des Deutschen Sportbundes für den langjährigen Vorsitzenden Erich Meier-Drewitz. Sehr bedeutungsvoll. Einmütiges Ja zu einem Protestbrief an den Oberbürgermeister gegen die Kürzung des städtischen Zuschusses. Man verstehe ja, daß gespart werden müsse, aber nicht am Breitensport.»

«Marlies, Marlies, wenn ich Ihren zynischen Kommentaren lausche, könnte ich Sie glatt für Willy halten.»

«Hach, der trägt schönere Pullover.»

«Und trinkt mehr als Sie, das stimmt. Bestellen wir noch eine Runde?»

«Wenn Sie zahlen, gerne!»

«O Willy, Willy, wie schnell hast du ein nettes Mädchen verdorben.»

Der Saal war zwar voller als gestern, aber Wrozek fand ohne Mühe einen günstigen Platz. Die Reihen der Journalisten hatten sich gelichtet, doch Willy saß gähnend vor einem leeren Block und winkte Wrozek zu. Das Gericht erschien auf die Sekunde pünktlich, die Eröffnung dauerte nur Sekunden, keine halbe Minute später stand Norbert Bergen vor dem Zeugenstuhl, 35 Jahre alt, Angestellter der Industrie- und Handelsbank, ein etwas zu aufgeweckter, alerter junger Mann mit einem etwas zu eleganten Jakkett.

Dr. Martin begann mit der Vernehmung; Wrozek wunderte sich, daß Keller nicht fragte. Ja, Bergen hatte den toten Oswald Schramm gekannt. Er sei oft bei ihnen in der Filiale Kaiserplatz gewesen, na ja, vielleicht nicht ganz so oft, aber doch alle zwei Wochen wenigstens einmal. Nein, er verwalte nur das private Girokonto der Familie Schramm, mit den Geschäftskonten habe er nichts zu tun. Doch, an den 1. März könne er sich ausgezeichnet erinnern. Gegen 13 Uhr 10 an dem bewußten Montag habe Oswald Schramm angerufen und ihn – Bergen – um einen Gefallen gebeten. Erstens habe er 25000 Mark in bar benötigt, ja, in bar, möglichst große Scheine, und zweitens würde er diese Summe aller Voraussicht nach erst gegen 16 Uhr abholen können; die Filiale habe dann zwar geschlossen, aber Schramm habe ihn – Bergen – gebeten, freundlicherweise auf ihn zu warten. Er habe angegeben, daß es sich um eine dringende Angelegenheit handelte, sonst hätte er Bergen diese Mühe auch nicht zugemutet.

«Ja, dringend und persönlich, diese beiden Ausdrücke hat er benutzt.»

Er habe dann mit dem Kassierer und dem Filialchef gesprochen; beide hätten gemeint, so ganz gefiele ihnen die Sache nicht, aber ein so guter Kunde ... Wer vorgeschlagen habe, sich wenigstens die Seriennummern zu notieren, könne er nicht mehr sagen, aber er habe sich jedenfalls die Nummern der durchlaufend numerierten, ganz frischen Scheine notiert. Schramm sei erst kurz vor halb fünf gekommen ...

«Entschuldigung, damit es keine Mißverständnisse gibt: Halb fünf heißt 16 Uhr 30?»

«Ja. Herr Schramm klopfte gegen 16 Uhr 25. Ich habe dann aufgeschlossen und ihm das Geld ausgehändigt, er hat die Quittung unterschrieben, das Geld in einen Umschlag gesteckt und den in der Hand behalten.»

«Haben Sie bei dieser Gelegenheit miteinander gesprochen?»

«Ja. Er wollte sich zuerst bei mir entschuldigen, was ja gar nicht nötig war, mein Dienst dauerte ohnehin bis 17 Uhr 30, und dann sagte er zur Erklärung noch einmal, es handele sich um eine dringende Privatangelegenheit.»

«Hat er diese Angelegenheit näher erklärt?»

«Nein, das nicht.»

«Haben Sie etwas dazu bemerkt?»

«Na ja, ich weiß nicht ... Sehen Sie, Schramm ist – war ein guter Kunde, und mir stand es nicht an, ihn ... nun ... auszufragen.»

«Ich verstehe, Herr Bergen.»

«Allerdings habe ich mir erlaubt zu sagen, daß soviel Bargeld nicht ganz ungefährlich sei, Gelegenheit macht Diebe ... Sie müssen wissen, daß Herr Schramm nie viel Bargeld bei sich trug, 500, 800 Mark vielleicht, würde ich jedenfalls schätzen, und in den vier

Jahren, in denen ich sein Konto verwaltete, war es das erste Mal, daß er soviel Bargeld auf einen Schlag abhob.»

«Was antwortete Schramm?»

«Er hat nur gelacht und gemeint, er würde es nicht lange mit sich herumschleppen, es warte schon jemand ganz gierig auf diese Summe.»

«Er sagte ‹jemand›?»

«Ja, ‹jemand›. Ich wollte nicht fragen, wer ... Mir gefiel zwar dieser Ausdruck ‹gierig› nicht, aber – nun, was sollte ich tun?»

«Nein, Sie konnten nichts tun, Sie brauchen sich auch keine Vorwürfe zu machen. Wie lange dauerte Ihr Gespräch?»

«Ach, wenn's hoch kommt, drei Minuten. Ich habe ihm noch nachgesehen, als er in sein Auto stieg und fortfuhr.»

«Das war dann gegen 16 Uhr 30?»

«Ja, ziemlich genau halb fünf.»

«Vielen Dank, Herr Bergen.»

Lavaller grinste aufmunternd: «Herr Bergen, Oswald Schramm hat keine Andeutung gemacht, wem er das Geld übergeben wollte?»

«Nein, gar keine.»

«Konnten Sie der Unterhaltung entnehmen, ob es sich um eine Frau oder einen Mann handelte?»

«Nein, er gebrauchte nur das Wort ‹jemand›.»

«Vielen Dank.»

Gerhard Feldner, 54 Jahre alt, Partner des Ermordeten und «Freund», wie er traurig ergänzte, fühlte sich unbehaglich und fingerte unablässig an seiner schmalen Brille herum. Mit leiser Stimme – Keller mußte ihn mehrfach ermahnen, lauter zu sprechen – schilderte er seinen «Freund und Partner», mit dem er fast 25 Jahre zusammengearbeitet hatte. Der ganze Saal konnte hören, wie bewegt er war, und Keller blieb stumm, wenn Feldner mit unangemessen großen Worten den Toten rühmte.

Über Schramms zweite Ehe äußerte sich Feldner zurückhaltend, aber für jeden, der aufmerksam zuhörte, deutlich genug. Übereilt geheiratet – eine Frau, die nicht zu ihm paßte – eine zu junge, lebenslustige Frau, die seine Neigungen nicht teilte, ja, beinahe verabscheute. Keller setzte wieder seine ausdruckslose Miene auf. «Herr Zeuge, hier ist angedeutet worden, daß Oswald Schramm während seiner zweiten Ehe mehrfach Verhältnisse eingegangen ist.»

«Das ist leider richtig.»

«Wie muß ich dieses ‹leider› verstehen?»

«Nun, er hat daraus nie ein Geheimnis gemacht. Ich hielt diese –

ja, nun, Seitensprünge für falsch – nein, nicht angebracht, also, so kurz nach der Heirat ...»

Verwirrt stockte er, und Keller fiel rasch ein: «Wir verstehen, was Sie ausdrücken wollen. Hat Ihr Partner, wenn er schon seine außerehelichen Beziehungen nicht verheimlichte, Ihnen gegenüber Namen genannt?»

«Nein, das nun nicht.»

«Fräulein Rimbach war Ihnen also nicht bekannt?»

«Nein, ihren Namen habe ich erst aus den Zeitungen erfahren.»

«Aber Sie wußten, daß sich Oswald Schramm mit anderen Frauen traf? Zum Beispiel in diesem Waldhaus?»

«Ja, natürlich.»

«Kannten Sie die Angeklagte Irene Schramm?»

«Selbstverständlich.» Feldner seufzte. «Aber wir verstanden uns nicht sonderlich. Deswegen blieb unsere Bekanntschaft etwas – nun ja – frostig.»

«Und wie steht es mit dem Angeklagten?»

«Den habe ich einmal getroffen, und zwar – ja, richtig, im Tennisclub. Owa, also Oswald Schramm, stellte ihn mir vor. Wir haben ein paar Worte gewechselt, aber damit hatte es sich.»

«Bei dieser Vorstellung war die Angeklagte anwesend?»

«Ja, sie standen zu dritt an der Bar, Owa, Irene und Herr Lurwig.»

«War das eine zufällige Begegnung?»

«Nein, nein, den Eindruck hatte ich nicht. Sie unterhielten sich zu dritt wie alte Bekannte, als ich dazukam.»

«Hat Ihr Partner Schramm Ihnen gegenüber einmal geäußert, daß seine Frau ein Verhältnis mit Lurwig unterhalte?»

«Nein ... nein, nicht direkt.»

«Das müssen Sie dem Gericht erklären.»

«Nun, bei einer unserer Kabbeleien wegen seiner Freundinnen verteidigte sich Owa damit, Irene habe sich auch einen festen Freund angelacht, sie seien also quitt, und ich sollte deswegen aufhören, dauernd den Moralapostel zu spielen.»

«Und dieser feste Freund war der Angeklagte Lurwig?»

«Das weiß ich nicht, Herr Vorsitzender. Owa hat damals keinen Namen ausgesprochen.»

«Es hätte also auch ein anderer Mann sein können?»

Hilflos zuckte Feldner die Achseln. «Ja.»

«Mit Verlaub, Herr Vorsitzender», unterbrach Lavaller verbindlich lächelnd: «Herr Zeuge, hat Ihr Partner damals einen Beweis dafür angeführt, daß seine Frau einen festen Freund, also einen Liebhaber, hatte?»

«Nein, das hat er nicht.»

«Kann es somit sein, daß er es einfach so dahingesagt hat, um Ihre ständigen Ermahnungen und Vorhaltungen zu beenden?»

«Das ... das ist schon möglich.» Feldner stotterte ein wenig, und Allermann, gereizt durch Lavallers Intervention, fuhr dazwischen: «War es denn üblich, Herr Zeuge, daß Ihr Freund und Partner Sie täuschte oder belog?»

«Nein!» entgegnete Feldner rasch.

Keller hob die Hand: «Bitte, meine Herren, bleiben wir in der Ordnung. Herr Zeuge, hat Schramm einmal ausgedrückt, daß er sich von seiner zweiten Frau trennen möchte oder an Scheidung dachte?»

«Von Scheidung hat er zu mir nie gesprochen.» Wieder rückte Feldner seine Brille zurecht. «Aber eine Trennung hat er mehrmals erwähnt. Er meinte, das sei doch kein Leben mehr, sie würden sich zu Hause anöden, und jeder ginge doch sowieso schon seine eigenen Wege. Vielleicht wäre es besser, wenn er sich eine eigene Wohnung nähme, das große Haus bedrückte ihn schon lange.»

«Er war also fest entschlossen, sich von seiner Frau zu trennen?»

«Fest entschlossen? Nein, das würde ich nicht sagen. Er hat manchmal daran gedacht, das ja, aber fest entschlossen war er nicht.» Einen Moment suchte er nach Worten. «Es ging so auf und ab bei ihm. Mal wollte er, mal meinte er, es ließe sich auch so ertragen, und der ganze Ärger bei einer Trennung –»

«Kennen Sie den Grund für diese Stimmungswechsel?»

«Kennen ...» Feldner zögerte, räusperte sich und antwortete dann schnell: «Also, mein Eindruck war, daß es davon abhing, ob er allein war oder wieder eine Freundin gefunden hatte.»

Im Saal entstand ein leises Raunen, und Keller runzelte die Stirn. Lavaller ließ den Zeugen keinen Moment aus den Augen.

«Kommen wir zum Todestag, Herr Zeuge. Sie können sich noch an den 1. März erinnern?»

«Aber ja, den werde ich ... ja.»

«Wann haben Sie Ihren Partner morgens gesehen?»

«Kurz nach 11 Uhr. Owa kam in mein Büro, weil wir einiges besprechen mußten. Für 14 Uhr 30 war eine Konferenz mit dem Betriebsrat angesetzt, und der hatte eine lange Fragenliste mit äußerst brisanten Themenkomplexen geschickt. Wir sind die einzelnen Punkte durchgegangen, und waren damit ... halt, da war noch etwas. Kurz nach 12 Uhr – die genaue Zeit weiß ich nicht mehr – rief Owas Sekretärin bei uns an und wollte ihn sprechen, es sei sehr dringend. Er nahm den Hörer, hörte einen Moment zu und sagte dann ziemlich ärgerlich, sie solle das Gespräch zurücknehmen und in sein Büro legen, er würde rüberkommen. Nach zehn Minuten kam er zurück, sehr nachdenklich, und als ich wissen wollte, was los sei, blaffte er nur ganz kurz angebunden ‹privater Ärger!›»

«Sie wissen also nicht, wer da angerufen hatte?»

«Nein. Owa konnte Launen haben, verstehen Sie, und dann war es besser, man kümmerte sich um seine eigenen Sachen.» Keller schmunzelte verständnisvoll. «Owa knurrte nur, er müßte heute noch einmal weg und hoffte, daß es der Betriebsrat kurz machen würde.»

«Mehr hat er Ihnen nicht erzählt?»

«Nein. Ich merkte natürlich, daß etwas ihn mächtig beschäftigte, aber ich dachte mir, er wird's mir schon erzählen. Wozu es ja leider nicht mehr gekommen ist.»

Keller sah zu Allermann hinüber: «Der Anrufer ist nicht ermittelt worden?»

«Nein, Herr Vorsitzender.» Allermann hob bedauernd die Hände. «Es war ein Mann, der seinen Namen nicht nennen wollte, aber behauptete, ein guter Freund Schramms zu sein.»

«Na schön», knurrte Keller. «Herr Zeuge, Oswald Schramm ist wann aus der Firma weggegangen?»

«Ich denke, es war zehn nach vier. Oder knapp Viertel nach. Zum Schluß war er ziemlich ungeduldig.»

«Hat er angedeutet, wohin er gehen oder fahren wollte?»

«Mit keinem Wort. Er hatte es eilig und schoß sofort los.»

«Danach haben Sie ihn nicht mehr gesehen oder gesprochen?»

«Nein, Herr Vorsitzender.» Feldner schien den Tränen nahe.

Allermann erhob sich forsch. «Herr Feldner, ist Ihr Partner jemals bedroht worden?»

«Nein.» Den Sinn der Frage hatte er nicht verstanden; verwirrt starrte er den Oberstaatsanwalt an.

«Können Sie uns irgendeinen Grund nennen, warum jemand Oswald Schramm erschossen haben sollte?»

«Nein, nein.»

«Vielen Dank, das war schon alles.»

Allermann lächelte fast herzlich, worauf Lavaller vernehmlich grunzte und sich bequem vor die Bank stellte.

«Herr Zeuge, ich möchte an die letzte Frage des Herrn Oberstaatsanwaltes anknüpfen. Ihre Firma heißt Feldner & Schramm, Getriebebau. Ein großes Unternehmen?»

«Wir haben 450 Mitarbeiter.»

«Immerhin. Sie sind, wenn ich richtig informiert bin, auf Getriebe aller Art spezialisiert.»

«Ja.»

«Sie exportieren sicherlich auch.»

«Aber ja.»

«Herr Feldner, beliefern Sie auch die Rüstungsindustrie?»

«Ja.» Seine ausnahmsweise laute Antwort ging im anschwellenden Geraune fast unter. Keller wartete eine halbe Minute und klopfte dann mit dem Kugelschreiber auf die Tischplatte, um die Ruhe wiederherzustellen.

«Können Sie uns nähere Einzelheiten geben?»

«Natürlich, aber ich verstehe nicht, was ...» Er brach ab und griff wieder nach seiner Brille.

Lavaller fragte mit übertriebener Sanftmut: «Ist es nicht richtig, daß Sie einen Vertrag über die Lieferung eines hydraulischen Getriebes für eine Flak unterschrieben haben? Daß zu diesem Vertrag auch Ihr Einverständnis gehörte, alle an der Entwicklung beteiligten Mitarbeiter von – nun, sagen wir –, von den zuständigen Sicherheitsdiensten überprüfen zu lassen? Daß nach dieser Überprüfung von Ihnen verlangt wurde, einen bestimmten Ingenieur zu entlassen? Daß Sie und Oswald Schramm dieser Aufforderung gefolgt sind und daß dieser Ingenieur gedroht hat, sich an Ihnen und Schramm zu rächen? Ist das richtig, Herr Zeuge?»

Zehn Sekunden herrschte eine atemlose Stille, dann brach im Saal ein Tumult los, gegen den selbst Keller nicht ankam. Zornrot öffnete und schloß er den Mund, wie in einem Stummfilm; die Journalisten hatten sich über ihre Blocks gebeugt und schrieben in irrsinnigem Tempo. Allermann und Dr. Martin starrten sich an, wie vom Blitz getroffen.

So plötzlich, wie er begonnen hatte, endete der Lärm. Schwer atmend schoß Keller scharfe Blicke erst in den Saal, dann auf Lavaller, der maliziös die Lippen verzog. Wrozek fühlte sich regelrecht erleichtert; endlich hatte die Verteidigung die Bombe platzen lassen, endlich hatte Lavaller zugeschlagen und war damit seinem Ruf gerecht geworden.

Mit großer Mühe faßte sich Keller. «Herr Zeuge», fragte er scharf, «ist das richtig?»

«Ja, ja, ja», stammelte Feldner.

Wieder schwoll das Geraune im Saal an, doch diesmal zischte Keller rechtzeitig: «Bei der nächsten Störung lasse ich räumen!» Er kochte vor Wut, als er sich an Lavaller wandte: «Herr Verteidiger, ich schätze solche Mätzchen überhaupt nicht. Bevor Sie in Zukunft ...»

«Mit Verlaub, Herr Vorsitzender.» Spätestens jetzt begriff auch der dümmste Zuhörer im Saal, warum Lavaller solche hohen Honorare einstreichen konnte. Bei ihm mochten die einzelnen Wörter höflich klingen, obwohl der ganze Satz ein einziger Anschnauzer war; die Maske fiel: Ein Lavaller ließ sich von dem Vorsitzenden einer Schwurgerichtskammer nicht einschüchtern.

Mit beleidigender Arroganz fuhr er fort: «Es handelt sich nicht um Mätzchen. Heinz-Werner Emmring, der entlassene Ingenieur, ist seit dem 1. Juli vorigen Jahres in der Stadt Flensburg gemeldet, ich darf dem Gericht die Bescheinigung des Einwohnermeldeamtes zu den Akten überlassen.»

Rosen wühlte eilfertig in seinen Unterlagen, das Gesicht vor Begeisterung glänzend, und reichte seinem Mitstreiter ein Stück Papier, das Lavaller verächtlich auf den Richtertisch segeln ließ.

«Außerdem darf ich dem Gericht die notariell beglaubigte Kopie einer Seite aus dem Gästebuch des *Gasthauses Bricksmeier* überreichen.» Ein zweites Blatt wanderte aus den Akten zu den Richtern. «Das *Gasthaus Bricksmeier* liegt in Grandsbach; wie wir bereits gehört haben, nur wenige Kilometer vom Tatort entfernt. Aus den Eintragungen geht zweifelsfrei hervor, daß sich Heinz-Werner Emmring dort am 1. März eingetragen und das Haus am 2. März wieder verlassen hat.»

Abrupt setzte er sich, zu abrupt für die meisten Zuhörer, die atemlos seinen Sätzen gefolgt waren und nun vor Enttäuschung vernehmlich aufseufzten.

Fast eine Minute rührte sich niemand; Feldner stand verlassen, vergessen, unbeachtet vor dem Zeugenstuhl und schüttelte immer wieder ungläubig den Kopf. Oberstaatsanwalt Allermann und Dr. Martin glichen vorübergehend Salzsäulen, erstarrt, unfähig zur geringsten Reaktion. Lavaller erhob sich wieder, schwerfällig, die bellende Stimme war zu melodischer Höflichkeit abgesunken.

«Ich darf das Gericht an die Aussage des Zeugen Ziegler erinnern, daß man keine weiteren Spuren verfolgt hat. Oder existieren doch noch andere Spurenakten, Herr Oberstaatsanwalt?»

«Nein», erwiderte Allermann wie in Trance, wie eingelullt von dem sanften Ton seines Kontrahenten.

«Verbindlichen Dank für diese verbindliche Auskunft.»

Wrozek wagte kaum auszuatmen. Hatten die Journalisten überhaupt begriffen, welche Entscheidung des Bundesgerichtshofes Lavaller eben mit seinem Trick genial unterlaufen hatte? Dr. Martin verfärbte sich als erster, nachdem ihm klargeworden war, welche Schlinge sein Chef um den Hals der Staatsanwaltschaft gelegt hatte.

Keller schwieg, mit maskenhaftem Gesicht. Allein die Protokollführerin schien gelassen wie immer; die hatte wie rasend mitgeschrieben und studierte nun ausführlich die Kalkmuster an der

Decke. Feldner brach den Bann, indem er sich räusperte und Keller aus seiner Erstarrung weckte.

«Einen Moment bitte, Herr Zeuge. Herr Oberstaatsanwalt, wollen Sie antworten?»

Dr. Martin mußte seinen Nachbarn regelrecht in die Seite boxen, bevor Allermann zu sich kam. Mühsam brachte er heraus: «Ich bitte um eine Unterbrechung, Herr Vorsitzender.»

Keller preßte die Lippen zusammen, seine Backenmuskeln spielten. Dann entschied er hart: «Die Sitzung wird für dreißig Minuten unterbrochen. Der Zeuge Feldner hat sich zur Verfügung des Gerichts zu halten.»

Das sonst so feierliche Gerichtsgebäude glich einem lärmenden Kaufhaus. Selbst die Journalisten hatten etwas von ihrer blasierten Unerschütterlichkeit verloren. Als Wrozek auf ihn zusteuerte, schmunzelte Willy Kährlich: «Na, das kann ja heiter werden.»

«Hast du schon was Neues gehört?»

«Nee, abgesehen davon, daß Allermann gerade den armen Ziegler beschimpft und zur Schnecke macht.»

«Ihr tut alle so, als würde Lavallers Kaninchen den Fall grundsätzlich ändern.»

Spöttisch den Kopf wiegend, flüsterte Kährlich: «Junge, Junge, ich bin doch ein alter Hase. Oder meinetwegen ein altes Kaninchen. Dieser komische Ingenieur ist doch nur die Garnierung. Wahrscheinlich hat er sogar ein bombenfestes Alibi. Aber daß Allermann zugeben mußte, es existierten keine weiteren Spurenakten – das bringt ihn in die Klemme.»

«Fahrlässige Ermittlung?»

«Na klar doch. Gesetzlicher Auftrag der Staatsanwaltschaft: Sämtliche Umstände prüfen, die zur Belastung oder zur Entlastung der Beschuldigten dienen. Hätte ja keinen Ton sagen müssen, daß er nur dieser einen Spur nachgelaufen ist, aber im Schreck über Lavallers Bombe – Junge, Junge, das wird Ärger geben.»

Wenn Keller wütend sein sollte, war ihm jedenfalls nichts anzumerken. Allermann und Dr. Martin sahen dagegen aus, als hätten sie dreißig mehr als ungemütliche Minuten hinter sich.

«Wir fahren fort mit der Befragung des Zeugen Feldner. Herr Zeuge, bitte berichten Sie dem Gericht, was mit dem vorhin erwähnten Heinz-Werner Emmring geschehen ist.»

Feldner hatte sich von seiner Verblüffung erholt. Lauter als vorher begann er: «Es war genauso, wie Herr Dr. Lavaller es geschildert hat. Wir wurden gebeten, Herrn Emmring zu versetzen, auf einen anderen Posten, weil er – also, ich weiß nicht, ob ich das hier sagen darf, wir mußten uns verpflichten, die näheren Umstände vertraulich zu behandeln.»

Keller fuhr ihn an: «Sie stehen hier als Zeuge in einer Mordsache vor Gericht. Das Gericht interessiert nicht, was irgendwelche Verfassungsschutzbeamte oder wer auch immer von Ihnen verlangt haben. Wir erwarten eine wahrheitsgemäße Aussage.»

«Ja, Herr Richter», antwortete Feldner eingeschüchtert. «Wir sollten Emmring versetzen, ohne ihm die Gründe zu nennen, aber Emmring weigerte sich, in unser Zweigwerk nach Nürnberg zu gehen. Daraufhin haben wir ihm die Wahrheit gesagt, daß wir ... Kurz und gut, es kam zu einem fürchterlichen Krach, bei dem Emmring anfing, uns Arschkriecher und Idioten zu nennen, und als er dann mit Aschenbechern nach uns warf – er tobte wie ein Verrückter –, haben wir ihm fristlos gekündigt und Hausverbot erteilt. Dabei hat Emmring uns tatsächlich bedroht, er würde uns das alles heimzahlen, wir sollten nur aufpassen, ihm nicht im Dunkeln zu begegnen, sonst ...»

«Haben Sie diese Drohungen ernst genommen?»

«Anfangs ja, aber hinterher nicht mehr.»

«Wieso haben Sie Ihre Meinung geändert?»

«Emmring hatte sich einen Rechtsanwalt genommen, der uns mit einer Klage drohte, wenn wir nicht ... Also, wir wollten es nicht darauf ankommen lassen und haben uns geeinigt.»

«Wie sah diese Einigung aus?»

«Wir zahlten Emmring zwei Jahre sein volles Gehalt und außerdem eine Abfindung. Und in das Zeugnis haben wir geschrieben, daß er auf eigenen Wunsch und zu unserem Bedauern ausschied.»

«Aha.» Kellers Tonfall verriet soviel Abscheu, daß Feldner unter dem Vorwurf erblaßte. «Emmring war damit einverstanden?»

«Ja, er hat den Vertrag sofort unterschrieben.»

«Haben Sie ihn noch einmal gesehen oder gesprochen?»

«Nein, das wurde alles von seinem und unserem Rechtsanwalt erledigt.»

«Ist dabei die Drohung noch einmal zur Sprache gekommen?»

«Ja, doch. Emmrings Anwalt teilte uns mit, daß er sich im Auftrag seines Mandanten bei uns entschuldigen sollte, für diesen ... diesen Zwischenfall mit den Aschenbechern und mit der Drohung. Wir haben es dabei bewenden lassen.»

«Gut. Danke. Herr Oberstaatsanwalt?»

An Allermanns Stelle stand Dr. Martin auf: «Die Anklage hat keine weiteren Fragen. Sie wird Heinz-Werner Emmring als Zeugen laden.»

«Und wann?» fragte Lavaller mit unverhohlenem Hohn.

«So rasch wie möglich. Die Verteidigung war ja so freundlich, uns die Mühe der Adressenermittlung abzunehmen.»

Einen Moment schien Keller ehrlich verblüfft, daß nun auch der korrekte Dr. Martin Sarkasmus zeigte, aber dann schüttelte er nur mutlos den Kopf. Gerhard Feldner wurde vereidigt und stolperte aus dem Saal. Wrozek zögerte einen Augenblick und folgte ihm dann. Es war inzwischen unerträglich schwül geworden; er brauchte etwas Kaltes zu trinken und eine Dusche.

Am nächsten Morgen ließ das Gericht bis 9 Uhr 15 auf sich warten. Dann stürmte Keller in den Saal und schlug ein noch größeres Tempo ein; bevor die meisten Zuhörer begriffen hatten, was passierte, stand ein vielleicht fünfundvierzigjähriger, breitschultriger Mann vor dem Zeugenstuhl. Die meisten mußten noch überlegen, wer Heinz-Werner Emmring war, aber dann stieg die Spannung.

Emmring, von Beruf Ingenieur, zur Zeit wohnhaft in Flensburg, hatte eine laute Stimme, lachte gerne und schwankte zwischen Heiterkeit und Empörung darüber, daß man ihn, wenn auch auf Staatskosten, Hals über Kopf herbeigeholt hatte. Keller versuchte gar nicht erst, ihn zu beschwichtigen oder seine wütenden Kommentare zu unterbinden. Allermann grinste hämisch in Richtung Verteidigung, was Lavaller nur ziemlich gequält beantwortete. Aber erst die Blicke der hübschen Richterin machten Wrozek darauf aufmerksam, daß etwas in der Luft lag.

«Bitte fangen Sie mit Ihrem Ausscheiden aus der Firma Feldner & Schramm an.»

«Und ob, Herr Vorsitzender.»

Viel Neues berichtete er nicht. Eines Tages sei allen Mitarbeitern eröffnet worden, daß wegen eines Rüstungsauftrages eine Sicherheitsüberprüfung bevorstehe. Er habe sich nicht geweigert, erst den Fragebogen ausgefüllt und drei Wochen später auch ganz arglos ein Gespräch mit zwei Herren geführt – das Wort «Herren» klang aus seinem Mund wie ein ordinärer Fluch. Natürlich habe man auch über seine Vergangenheit gesprochen, jawohl, er sei vor acht Jahren aus der DDR geflohen, via Bulgarien, weil er in seinem volkseigenen Betrieb Schwierigkeiten bekommen habe.

«Politischer Natur?»

«Nee, nee. Ich hatte nur das Maul etwas weit aufgerissen, über die Bonzen in der Zentralen Planung, die ihre technische Ignoranz durch politische Arroganz kaschierten, und so weiter. Mit Politik hatte ich nichts am Hut, hab ich heute noch nicht. Ich wollte nur ein bißchen mehr technische Vernunft.»

Nach zwölf Monaten Schikane empfahl er sich, und weil er ein guter Ingenieur war, bekam er ohne Schwierigkeiten einen Posten bei Feldner & Schramm.

«Und dann diese Arschlöcher vom MAD und Verfassungsschutz.»

«Herr Zeuge!» tadelte Keller milde.

«Ich drück mich noch gewählt aus.»

Keller schmunzelte versteckt. DDR-Flüchtling und dann noch beteiligt am Bau von militärischem Gerät, nein, das Risiko wollten die Herren nicht tragen. Also wurde er zu einem Gespräch mit der Firmenleitung gebeten, das stürmisch begann und noch stürmischer endete.

«Sie sollen mit Aschenbechern geworfen haben.»

«Stimmt. Leider habe ich nicht getroffen, es gab nur Sachschaden.» Sein Rechtsanwalt habe sich um alles Weitere gekümmert, er sei froh gewesen, die Firma nicht mehr betreten zu müssen.

«Gut. Wie ist das nun mit den Drohungen, die Sie gegen die beiden Firmeninhaber ausgestoßen haben?»

«O je, auch das noch. Ja, ich hab den beiden gedroht, ich würd ihnen diese schäbige Tour heimzahlen. Bei diesem Gespräch war ich so wütend, daß ich am liebsten zugeschlagen hätte.»

«Sie scheinen etwas unbeherrscht.»

«Da haben Sie leider völlig recht, Herr Vorsitzender.» Wider Willen mußte Keller lachen. «Aber hinterher habe ich mich entschuldigt, das heißt, mein Rechtsanwalt hat das für mich erledigt, und die beiden Chefs haben es akzeptiert.»

«Haben Sie später noch einmal Kontakt mit Gerhard Feldner oder Oswald Schramm gehabt?»

«Ja.» Alle Blicke richteten sich gespannt auf ihn. «Zu Weihnachten bekam ich einen längeren Brief von Schramm, über den ich mich ziemlich gewundert habe.»

«Besitzen Sie dieses Schreiben noch?»

«Nein, ich hab's in den Papierkorb gefeuert.»

«Wie lautete denn der Inhalt?»

«Ach, das war Kraut und Rüben durcheinander. Zuerst entschuldigte er sich, daß man mich so behandelt habe, aber die Firma hätte in einer Zwangslage gesteckt, na, und wenn ich irgendwie Schwierigkeiten haben sollte, könnte ich mich jederzeit an ihn wenden, er würde mir gerne helfen, mit Geld und Empfehlungen und so weiter. Sie hätten mit mir einen wichtigen und guten Konstrukteur verloren, und er hätte mittlerweile Zweifel, ob die Firma richtig gehandelt habe.»

«Haben Sie auf den Brief geantwortet?»

«Nein. Es schien mir nicht der Mühe wert.»

«Danach hatten Sie keinen Kontakt mehr mit Oswald Schramm?»

«Nein.»

Keller seufzte ganz leicht: «Na schön. Dann berichten Sie uns bitte, was Sie am 1. März im *Gasthaus Bricksmeier* in Grandsbach gemacht haben.»

«Himmel hilf, auch das noch!» Emmring kratzte sich ausgiebig den Kopf, während Keller ihn musterte.

Dann fragte er laut: «Sagen Sie mal, Herr Vorsitzender, da gibt's doch so eine Bestimmung, daß man nicht aussagen muß, wenn's einen anderen schädigt? Oder so ähnlich?»

«Ja, so ähnlich», bestätigte Keller trocken, aber Wrozek hätte darauf schwören mögen, daß der Zeuge dem Vorsitzenden gefiel. «Wenn Sie mit dieser Person verwandt, verlobt oder verheiratet sind.»

«Nee, is nicht!» gab Emmring zu.

«Oder aus beruflichen Gründen.»

«Klappt bei mir wohl nicht, oder?»

«Nein.» Keller blieb grabesernst, aber sonst schmunzelten alle Juristen mehr oder minder offen. «Dann dürfen Sie schweigen, wenn Sie sich mit der Aussage selbst belasten würden.»

«Jau, das könnte hinhauen. Ist Ehebruch strafbar?»

Fast alle Köpfe senkten sich schnell, und selbst in Kellers Mundwinkeln zuckte es: «Haben Sie Gewalt oder Drohungen oder Drogen angewendet?»

«Nein, wo denken Sie hin!» empörte sich Emmring, offenbar taub für das leise, anschwellende Heiterkeitsraunen in seinem Rükken. Keller beugte sich vor: «Tja, dann kann ich Ihnen kaum helfen.»

«Mensch, verdammt, müssen Sie aber. Ich war mit einer alten Flamme in Grandsbach verabredet, fast hätte ich sie auch geheiratet, aber dann kam diese Schei ... na ja, Sie wissen schon, in der Firma dazwischen, und ich bin nach Norden abgedampft, und sie, sauer auf mich, heiratet den ersten besten, ging natürlich schief, na ja, also hin und her, wir haben uns wieder versöhnt.»

«In Grandsbach, in der Nacht vom 1. zum 2. März?»

«Na, strenggenommen schon am Abend.»

«Und den Namen dieser Frau wollen Sie nicht nennen?»

«Ungern. Da hockt dieser Journalistenhaufen, und sie hat die Scheidung eingereicht – na, Sie verstehen schon.»

«Ich geb mir Mühe!» versicherte Keller, und Wrozek bewunderte die Selbstbeherrschung des Vorsitzenden. «Nennen wir sie vorläufig mal Frau X. Wann ist Frau X am 1. März in Grandsbach eingetroffen?»

«Punkt 16 Uhr 30. Pünktlich wie die Sanduhr, aber das war sie immer schon. Zuerst haben wir Kaffee getrunken, dann einen großen Spaziergang gemacht, dann zu Abend gegessen. Und dann – na ja, vielleicht können Sie sich das denken.»

«Ich glaub schon, Herr Zeuge. Sie sind also von 16 Uhr 30 bis in die Nacht immer zusammen gewesen?»

«Ja, sogar bis zum Frühstück.»

«Und Frau X könnte das bestätigen?»

«Aber klar.»

«Gut. Wann sind Sie aus Grandsbach weggefahren?»

«Am Dienstag – na, so gegen 10 Uhr.»

«Warum haben Sie sich nicht bei der Polizei gemeldet, als Sie vom Tod Ihres früheren Chefs hörten?»

«Sie sind goldig. Wie denn? Am Dienstagabend bin ich von Frankfurt nach Benin geflogen – waren Sie schon einmal in Westafrika?»

«Nein», bedauerte Keller mit hellen Augen.

«Na, Benin – Sie haben auch nichts versäumt. Heiß und gottverlassen. Neun Wochen war ich da, nichts hab ich davon gehört, daß Schramm das Zeitliche gesegnet hat. Als gestern die Polizei bei mir aufkreuzte, bin ich aus allen Wolken gefallen.»

«Lesen Sie denn keine Zeitungen?»

«Eigentlich nie. Steht ja doch nichts Vernünftiges drin – oder?»

«Mit Ihrer Einstellung sparen Sie zumindest Geld», lobte Keller, und seine Stimme zitterte nur für den Bruchteil einer Sekunde. «Herr Oberstaatsanwalt?»

«Danke, ich habe keine Fragen.»

«Die Verteidigung?»

Lavaller zögerte, seltsam unsicher, und gab sich schließlich einen Ruck. «Herr Zeuge, kannten Sie Frau Schramm, bevor Ihnen – gekündigt wurde?»

«Na sicher, schon. Wie man eben die Frau eines Chefs kennt. Von einer Betriebsfeier her. Da hab ich sogar mal mit ihr getanzt.»

«Und Oswald Schramm? Hatten Sie viel mit ihm zu tun?»

«Nee, das nicht. Aber wir kannten uns natürlich, wenn Sie das meinen.»

«Sie waren ziemlich wütend auf ihn?»

«Und wie. Auf ihn und auf diesen Säusler Feldner.»

«Auf was – bitte?»

«Säusler. Er säuselte immer. Statt mal laut und deutlich zu sagen: *Ende der Fahnenstange!*, säuselte er. Unangenehmer Typ.»

Lavaller lächelte gedankenverloren, als müsse er sich die nächste Frage gut überlegen, aber bevor er sich entschieden hatte, fuhr Emmring laut fort: «Und diesen Schnarchhahn, diesen Lurwig, den kenne ich auch.»

Einen Moment herrschte verdutztes Schweigen, das Emmring offenbar mißverstand: «Na sicher doch. Diesen Nixon-Verschnitt, der sich immer so auf ...»

«Moment», fiel ihm Keller ins Wort. «Wie nannten Sie den Angeklagten eben?»

«Nixon-Verschnitt. Klemmt der Groschen? Richard Nixon, war mal amerikanischer Präsident, und irgendein kluger Kopf hat gesagt: ‹Würden Sie von dem ein gebrauchtes Auto kaufen?› ... Na? Fällt pfennigweise, der Groschen, was, Herr Vorsitzender? Dieser Lurwig verscherbelt doch auch second-hand-cars, nicht? Also, ich würd von ihm nicht mal einen Ersatzreifen kaufen, der ist entweder geklaut oder platzt bei der ...»

«Was fällt Ihnen ein?» schrillte Rosen los, aber Emmring war nicht zu bremsen. «Ein ganz falscher Fuffziger. Und immer hinter der schwülen Irene her, das war ja schon ...»

«Ruhe!» donnerte Keller, aber er hatte den Einsatz um eine Zehntelsekunde verpaßt; der Saal schien zu explodieren, so rapide schwoll der Geräuschpegel an. Rosen und Lavaller wurden blaß, Allermann lachte erlöst, und die hübsche Mercatorin zwinkerte so fröhlich, daß Wrozek nicht sicher war, wen sie meinte.

«Ruhe!» zischte Keller noch einmal, und diesmal gehorchte die Menge. Schlagartig trat Ruhe ein. «Herr Zeuge, noch solch eine Bemerkung, und ich verhänge eine Ordnungsstrafe.»

«Tut mir leid, Herr Richter», entschuldigte sich Emmring zerknirscht. «Ich wollte niemanden beleidigen.»

«Glauben Sie, damit könnten Sie ...» Rosen verlor die Kontrolle über seine Stimme; Keller fuhr dazwischen: «Auch Sie bitte ich um Ruhe, Herr Verteidiger. Herr Zeuge, Ihre Ausdrücke waren mehr als unpassend.»

«Ja? Ich bitte wirklich um Entschuldigung. Aber Manni ist ... der ... ja, wie soll ich ... also, der Herr Lurwig hat wirklich einen schlechten Ruf.»

«Wie wollen Sie das begründen?»

«Das hab ich von Schrammi – äh, Herrn Schramm. Der hat mir – verflixt, das hätt ich nicht sagen sollen.»

Jetzt holte Keller tief Luft: «Herr Zeuge, als Ingenieur haben Sie doch wohl gelernt, ein Problem logisch anzugehen, oder nicht?»

Emmring lachte fröhlich auf: «Da überschätzen Sie aber unsere Technischen Hochschulen – äh, natürlich.»

«Na also! Dann erzählen Sie jetzt bitte der Reihe nach, wie Sie zu diesen Urteilen gekommen sind.»

«Na, wenn Sie wollen.»

Wrozek überlegte, ob Emmring aus Berlin stammte; diese Kombination von großer Klappe und dickem Fell war andernorts eher selten.

«Es begann mit dieser Betriebsfeier, die war – Moment – Ende Januar letzten Jahres. Jau, genau dann. Wir waren damals wohl schon überprüft, aber – übrigens, Herr Vorsitzender, da unterscheiden sich die beiden deutschen Staaten – schon gut, ich bleib beim Thema, also, überprüft waren wir, aber das Ergebnis kannte ich noch nicht, und deshalb war meine Laune noch gut. Wir feierten im Saalbau, mit Weib und Anhang. Schrammi – äh, Herr Schramm – hatte seine Frau mitgebracht. Flotter Käfer, doch – nee, nee, das ist ganz lobend gemeint, Herr Vorsitzender, wirklich, auffallend flott. Ich hab ein paar Runden mit ihr übers Parkett geschoben, machte Spaß, tanzen kann sie. Na, kurz und gut, ich liefere sie wieder beim Chef ab und setze mich an meinen Platz, da fängt diese Plage von Kollegen an zu lästern. Ob ich auch für die schwüle Irene schwärmen würde – na, ich zeig denen einen Vogel, und darauf haben die mir verklickert, daß Irene früher die Sekretärin vom Chef gewesen ist. Bis sie sich den Chef geangelt hatte. Das fand ich etwas böse, ich mein, es war ja 'ne Unterstellung, aber – also, schwül sah sie schon aus. Und sie tat auch so; na schön, war ja nicht mein Bier. Kurz vor zwölf kreuzt ein neues Gesicht auf, ich denk, mich trifft der Schlag, das ist doch dieser Waldheini, dieser Schrottschrat, der mir 'nen Uraltkarren für fast neu andrehen wollte. Sie müssen wissen, Herr Vorsitzender, ich war damals nicht so ganz flüssig – na ja, also der Herr Lurwig vom Autohaus Groß & Klein, der mich übers Ohr hauen wollte, ausgerechnet mich, 'nen Ingenieur mit dem Spezialgebiet Metallkonservierung. Eine Rostlaube auf vier Rädern, die ... ich glaub, das interessiert Sie nicht so ... na, also, ich hab ihm die Meinung gegeigt und mir anderswo einen Karren besorgt. Dieser entzükkende Knabe schleicht sich also in den Saal, sieht sich um, sieht mich aber nicht, und macht sich an Irene – äh, Frau Schramm heran. Hat mich interessiert, ja, das will ich gerne zugeben, neugierig bin ich eben. Deswegen – nein, zuerst hab ich mich noch zum Chef gesetzt. Der zog gerade über Manni Lurwig her. Halbseiden, sagte er, so zuverlässig wie ein verrosteter Zeitzünder und so kreditwürdig wie ein Bankräuber. Na ja. Schrammi – äh, der Chef – hatte schon ganz nett getankt, aber so komisch das klingt, ich hatte den Eindruck, in diesem Moment war er ziemlich nüchtern. Deswegen bin ich den beiden nach, dem Manni und der Irene, als sie gemeinsam aus dem Saal verduftheten, bis in das Zimmer von der Garderobenfrau. Und was sehen meine entzündeten Augen, als ich ganz vorsichtig um die Ecke schiele? Irene hat ihr Kleid verloren, Manni seine Hose, und beide in voller Aktion. Auf der Liege. Sehr hell war's nicht, aber hell genug, und 'ne Menge eindeutigen Lärm haben die beiden auch produziert. Weil der Gentleman diskret genießt, hab ich mich zurückgezogen – also, gefallen hat's mir nicht, ich hab Schramm nicht gerade verehrt, aber daß seine Frau mit so einer Type ... na ja, *such is life.*»

Er brach so unerwartet ab, daß eine fast unnatürliche Stille eintrat. Niemand wollte etwas sagen. Keller mußte sich von dem Gehörten erholen. Rosen und Lavaller saßen wie versteinert. Wrozek unterdrückte mühsam ein lautes Gelächter: Mit Emmring hatte die Verteidigung ein klassisches Eigentor geschossen. Anscheinend war Allermann zum selben Schluß gekommen; denn er strahlte plötzlich über das ganze Gesicht.

«Sind Sie fertig?» erkundigte sich Keller endlich, und Emmring trompetete: «Jau.»

«Herr Oberstaatsanwalt?»

«Nein, danke, keine Fragen.»

«Die Verteidigung?»

«Und ob!» Es klang forsch, aber Lavallers Auftreten hatte viel von seiner früheren Sicherheit verloren. «Herr Zeuge, Ihr Gedächtnis ist erstaunlich.»

«Herzlichen Dank.» Einige Zuhörer kicherten.

«Sie erinnern sich an so viele Einzelheiten einer Betriebsfeier, die jetzt über eineinhalb Jahre zurückliegt.» Lavaller konnte nicht sehen, daß sich Manni vorbeugte und Rosen hastig etwas zuflüsterte. Irene Schramm hielt den Kopf gesenkt. «Außerdem scheinen Sie ein lebhafter, lustiger Mensch zu sein.»

«Ja, für den Hausgebrauch reicht's.»

«Wie lustig waren Sie denn auf dieser Betriebsfeier?»

«Mächtig vergnügt.»

«Sehr schön, aber eigentlich meinte ich, wieviel hatten Sie denn getrunken?»

«Zuviel. Es artete in ein wildes Besäufnis aus.»

«Kenne ich», pflichtete Lavaller bei. «Irgendwann lockert sich die Bremse, und dann geht's rapide bergab.»

«Nee, untern Tisch, aber sonst haben Sie vollkommen recht.»

«Als Sie mit meiner Mandantin tanzten, waren Sie aber noch stocknüchtern?»

«Ach nee, das würde ich nun nicht behaupten. Hatte schon einen in der Krone, aber ich ging noch grade und wußte genau, was ich sagte.»

«Wundervoll. Was haben Sie denn zu Irene Schramm gesagt?»

«Na, vor allem Komplimente. Sie hatte sie verdient, ein tolles Kleid mit einem tiefen ... hm, und außerdem wartete sie darauf.»

«Und Sie wollten meine Mandantin nicht enttäuschen? Wie hat sie auf Ihre Redensarten reagiert?»

«Na, fröhlich, es hat ihr Spaß gemacht.»

«Sie war nicht eingeschnappt?»

«Ach, woher denn! War doch nur ein Flirt, alles nicht so ernst gemeint.»

«Na schön. Nicht so ernst gemeint. Kurz vor Mitternacht erscheint also Manfred Lurwig.» Emmring nickte. «Zu dem Zeitpunkt waren Sie – was? – angeheitert?»

«Na, legen Sie ruhig noch eine Flasche drauf. Angedudelt.»

«Ihre Ausdrucksweise ist erfreulich anschaulich. Dann hat sich – so lautete Ihr Ausdruck – Manfred Lurwig an Irene Schramm ‹rangemacht›. Zu dieser Zeit haben Sie sicherlich noch etwas getrunken?»

«Nee, nee, dazu war keine Zeit mehr. Dieser Galgen ... also Lurwig ... hat nur gewartet, bis Irenes Tänzer müde wurde, wuff, hat er sie sich geschnappt, auf sie eingeredet wie ein wild gewordenes Radio, sie hat gelacht, und zack, sind sie auffällig unauffällig verschwunden, der einzige Sohn meiner Mutter hinterher.»

«Wollen Sie behaupten, daß sich Manfred Lurwig und Irene Schramm zu diesem Zeitpunkt schon kannten?»

«Und wie. Ich meine: Und ob!»

«Angetrunken, wie Sie waren, wollen Sie die beiden unbemerkt beobachtet haben?»

«Ja.»

«In einem dunklen Zimmer?»

«Nicht ganz dunkel. Vorm Fenster brannte eine Laterne.»

«In einem offenen Zimmer, in das jeden Moment einer hineinkommen konnte?»

«Der Trieb war eben stärker als die Vorsicht.»

«Herr Zeuge, ich glaube Ihnen kein Wort.»

«Das ist Ihr Problem.»

«Ich meine auch, Sie hatten viel zuviel getrunken.»

«Nee, das kam erst später.»

«Und deswegen phantasieren Sie hier.»

«Sie dürfen glauben, was Sie selig macht.»

«Danke für das freundliche Angebot. Waren Sie eigentlich am 1. März knapp bei Kasse?»

«Nee. Wieso denn das?» Nicht nur Emmring war über den plötzlichen Themenwechsel erstaunt.

«Warum haben Sie sich denn dann von Oswald Schramm 25 000 Mark geliehen?»

«Ich? Von Schrammi?»

«Er hatte es Ihnen doch angeboten, in seinem Weihnachtsbrief.»

«Sicher, aber ...»

«Mit welcher Begründung haben Sie ihn angepumpt?»

«Mit gar keiner», brauste Emmring auf, «weil ich ihn nämlich gar nicht angepumpt habe.»

«Wirklich nicht?»

«Nee. Ich hab Schrammi nicht mehr gesehen, seit man mich aus der Firma rausgeschmissen hat.»

«Das *sagen* Sie! Erst sind Sie so wütend auf Feldner und Schramm, daß Sie mit Aschenbechern werfen. Dann will Schramm Ihnen Hilfe angeboten haben – ganz aus heiterem Himmel, was? –, dann besorgt sich Oswald Schramm in aller Eile 25 000 Mark, fährt über Grandsbach in sein Waldhaus, wo er angeschossen wird, das Geld ist weg, und Sie verschwinden nach Westafrika. Und Ihr Alibi für die Tatzeit wollen Sie nicht nennen, weil die angebliche Frau angeblich verheiratet ist. Für wie dumm halten Sie mich eigentlich?»

Während Emmring nach Worten rang, legte Rosen los: «Wann haben Sie meinen Mandanten Manfred Lurwig kennengelernt? Das war doch im Dezember vor diesem Betriebsfest, nicht wahr? Können Sie sich noch erinnern, was damals passierte?»

«O ja, ganz genau.» Emmring war noch außer Fassung und hatte einen hochroten Kopf. «Dieser Drecksack wollte mir einen durch und durch verrosteten Karren andrehen. Sogar der Rahmen war schon angefressen, bißchen Rost abgeklopft und schwarze Farbe drüber, ich kenn doch diese Tricks ...»

«Alles nur Ihre unbewiesenen ...»

«Von wegen unbewiesen. Ich hab ihn aufgefordert, sich mal zu bücken und seine edlen Hände zu beschmutzen. Sagt der Kerl doch, ich sollte verduften, mit manchen Leuten könnte man eben keine Geschäfte machen, worauf ich ihm flüsterte, manchen Verbrechern sollte das Geschäftemachen besser verboten werden. Da holt dieser Schönling doch mit der Faust aus, ausgerechnet bei mir – Betriebskampfgruppe, Abteilung Nahkampf! Es hat satt gebummst, aber leider hat ein anderer Wagen eine Beule bekommen, tat mir für das Auto aufrichtig leid.»

«Dann sind Sie geflüchtet ...»

«Quatsch. Ganz langsam bin ich gegangen, aber Ihr Manni zog es vor, weiterzuschlafen. Meine Karte hatte er ja, aber irgend etwas zu unternehmen traute er sich nicht.»

«Moment, Herr Zeuge», unterbrach Keller energisch. «Ich muß Sie ernsthaft ermahnen, Ihre arg blumige Ausdrucksweise zu mäßigen. Beleidigungen werde ich nicht mehr dulden.»

«Hab verstanden, tut mir leid, aber ab und zu gehen mir die Pferde durch, besonders bei bestimmten ... hm, ja.»

«Auch am 1. März in Grandsbach?» fragte Rosen hinterhältig, doch Emmring lachte ihn aus: «Nein, da wurde ich fest am Zügel geführt.»

«Von einer Frau X.»

«Genau.»

«Wenn sie überhaupt existiert, Herr Zeuge. Mir fällt nur auf, daß Sie auf Oswald Schramm wütend waren, meinen Mandanten grundlos niedergeschlagen haben und sich auf dem Betriebsfest eine verdiente Abfuhr von Irene Schramm geholt haben.»

«Was? Was erzählen Sie da?»

«Nicht die idealen Voraussetzungen für eine glaubwürdige Aussage.»

«Also, jetzt schlägt's aber dreizehn, Sie ...»

«Herr Zeuge!» Bei Kellers Zorn zuckte selbst Emmring zusammen. «Ich verbitte mir jeden weiteren Kommentar.»

Emmring ballte die Fäuste, beherrschte sich aber, von Keller kühl betrachtet, der fast eine Minute wartete, bevor er fast im Flüsterton sagte: «Herr Zeuge, Sie sind vor der Vernehmung auf die Bedeutung des Eides hingewiesen worden. Sie verfügen aber auch, wie sich das Gericht selbst durch Augenschein vergewissern konnte, über ein gelegentlich ungezügeltes Temperament. Möchten Sie deshalb Ihre Aussage jetzt noch verändern?»

«Nein.»

«Herr Zeuge, haben Sie sich das gut überlegt?»

«Ja.»

«Nun schön. Haben Sie sich am 1. März mit Oswald Schramm getroffen?»

«Nein.»

«Hat er Ihnen Geld geliehen – meinetwegen per Brief zugeschickt?»

«Nein.»

«Herr Zeuge, mit wem waren Sie am 1. März ab 16 Uhr 30 zusammen?»

«Muß ich das sagen?»

«Ja.»

Emmring schwieg verbissen; Keller musterte ihn nachdenklich.

Im Saal wurde es plötzlich unruhig, Wrozek drehte sich um und sah eine junge Frau nach vorne kommen. Keller schaute ebenfalls in ihre Richtung, Emmring folgte seinem Blick, bemerkte die junge Frau und seufzte jämmerlich: «Tut mir leid, Monika.»

«Ist schon gut, es mußte ja sein.»

«Wer sind Sie?» fragte Keller scharf.

«Ich heiße Monika Ullrich. Heinz-Werner und ich waren am 1. März in Grandsbach zusammen.»

«Wie kommt es, daß Sie hier sind?»

«Heinz-Werner hat mich heute morgen angerufen und erzählt, daß er aussagen müsse.»

Keller griente kurz, fuhr aber gleich wieder ernst fort: «Bitte warten Sie einen Moment, Frau Ullrich. Gibt es noch Fragen an den Zeugen Emmring? – Nein? Bestehen Bedenken, den Zeugen zu vereidigen? – Nein? Dann schreiten wir zur Vereidigung.» Stühlerücken und Füßescharren. «Sie schwören bei Gott dem Allmächtigen und Allwissenden, daß Sie nach bestem Wissen die reine Wahrheit gesagt und nichts verschwiegen haben. Heben Sie die rechte Hand und sprechen Sie mir nach: ‹Ich schwöre es, so wahr mir Gott helfe›.»

«Ich schwöre es, so wahr mir Gott helfe.»

«Danke, Sie sind hiermit entlassen.»

Die Zuhörer hatten sich noch nicht wieder hingesetzt, als Keller, die beiden Staatsanwälte und die beiden Verteidiger vor dem Richtertisch eine hitzige Besprechung begannen. Keller unterbrach den Streit mit der lauten Frage: «Frau Ullrich, haben Sie zufällig einen Personalausweis dabei?»

«Ja.»

Lavaller und Rosen wandten sich wütend ab, Keller wechselte schnell mit der hübschen Richterin und dem älteren Griesgram einige Sätze, diktierte dann der Protokollführerin etwas in den Block und verkündete anschließend laut: «Beschluß: Die Zeugin Ullrich wird gehört. Frau Ullrich, treten Sie bitte vor.»

Monika Ullrich, 31 Jahre alt, hatte eine klare und helle Stimme. Sie antwortete tapfer und bestätigte Emmrings Aussage in allen Punkten. Anklage und Verteidigung verzichteten auf Fragen, und nach der Vereidigung verließ sie, den Kopf hoch erhoben, den Saal. Keller richtete einen unfreundlichen Blick auf die beiden Angeklagten.

«Wollen Sie sich zu der Aussage des Zeugen Emmring äußern?»

«Nein!» antworteten Lavaller und Rosen fast gleichzeitig.

«Dann rufe ich den Zeugen Helmut Spittler auf.»

Wrozek stand leise auf und verließ unauffällig den Saal. Die Schlacht war geschlagen. Mit ihrem Überraschungszeugen Heinz-Werner Emmring hatte die Verteidigung selbst eine böse Überraschung erlebt. Wer hatte Lavaller überhaupt auf die Idee gebracht, sich im *Gasthaus Bricksmeier* zu erkundigen? Seltsame Geschichte. Und warum hatte er den Zeugen nicht vorher befragt? Seine Aussage war doch reines Dynamit. Und die Anklage kriegte es nicht fertig, Schramms letzte 90 Minuten, zwischen Bank und Waldhaus, aufzuklären. Wrozek schloß gerade seine Autotür ab, als ihm einfiel, woher er den Namen «Spittler» kannte: Von einem Klingelschild. So hieß auch der Knabe, der neben Manni Lurwig wohnte. Pech, aber jetzt war's zu spät.

Um neun Uhr fand er sich in der *Eule* ein. Willy Kährlich und Marlies unterhielten sich lebhaft und lachten über sein neugieriges Gesicht: «Hat's noch was Neues gegeben?»

«Halb und halb», brummte Kährlich. «Lavaller und Allermann sind sich kräftig in die Wolle geraten, weil Allermann die Angeklagten hart rangenommen hat.»

«Wieso denn das?»

«Na, bis zur Aussage von diesem Emmring waren alle davon ausgegangen, daß sich Manni und die schwüle Irene – ist übrigens ein phantastischer Name, schade, daß ich den nicht zitieren darf –, daß sich die beiden Hübschen also erst ungefähr elf Monate vor dem Mord kennengelernt haben. Die Betriebsfeier lag aber noch drei Monate vor diesem Datum, und da kannten sie sich offenbar schon gut genug, um gleich zur Sache zu kommen. Allermann wollt es gerne genau wissen, Lavaller hat kraftvoll getobt. Juristischer Schlagabtausch, mächtig interessant, bis es ‹Rumms› machte und die schöne Schwüle aus der Bank kippte.»

«Ach nee.»

«Ach doch. Sah sehr echt aus. Keller hat natürlich keine Sekunde daran geglaubt, aber was sollt er machen, Lavaller wollte unterbrechen, und von wegen der beliebten Revisionsgründe mußte Keller vertagen. Irene wird nun amtsärztlich untersucht.»

«Eine Abwechslung. Wann geht die Verhandlung weiter?»

«Vorerst bis Montag unterbrochen.»

«Dann mal Prost.»

Marlies zwinkerte Wrozek zu, bevor sie trank, und Willy tadelte sie prompt: «Eine junge Dame hat nicht einen solchen Zug am Leib.»

«Sie verderben mich, Herr Kährlich.»

«Das hat dir bestimmt dieser widerliche Wrozek eingeflüstert.»

«Den widerlichen Wrozek interessiert viel mehr, warum sich Manni und Irene kein Alibi für die Mordzeit besorgt haben. Wenn sie wenigstens behaupten würden, sie seien den ganzen Montag zusammengewesen.»

«Sie konnten natürlich nicht ahnen, daß ein verrückter Privatdetektiv hinter ihnen her war und die Leiche deshalb sofort entdeckt wurde. Ohne dein Eingreifen hätte der verblichene Oswald Tage dort liegen können.»

«Sicher. Aber wenn sie darauf spekulierten, daß die Leiche erst sehr viel später entdeckt wurde – warum haben Manni und Irene dann das Licht brennen und die Heizung laufen lassen? Die Chance, daß ein Neugieriger durch das Licht angelockt wurde, war doch ziemlich groß.»

«Was weiß ich!» wehrte Kährlich ab. «Ich hab noch keinen umgebracht und mir solche Gedanken noch nicht machen müssen.»

Marlies grinste diebisch, sagte aber nichts, und Kährlich musterte sie finster: «Wolltest du etwas sagen?»

«Ich? Nein, in Ihrer Gegenwart sage ich nie etwas.»

«Das empfiehlt sich auch, liebe Volontärin. Respekt vor dem Alter.»

Mit einiger Mühe erhob sich Willy gegen 11 Uhr, stützte sich schwer auf dem Tisch ab und nuschelte: «Verdirb mir meinen Nachwuchs nicht!»

«Nein, sie bringt mir das Stricken bei.»

«Das ist gut, sehr gut. Willy liebt strickende Frauen. Also dann, ihr Wollhasen, der liebe Willy ...»

Den Rest verschluckte er und marschierte verdächtig senkrecht aus dem Lokal.

Um Mitternacht brachen sie auch auf; er hatte ihren neuen Pullover bewundert – heute gekauft, wie sie gestand – und festgestellt, daß selbst Drahthaare Charme ausstrahlen konnten. Wenn sie die Stirn runzelte, entstanden zwei tiefe Falten, die ihr ein fast gefährliches Aussehen gaben. «Treffen wir uns am Sonntag?»

«Nein», bedauerte sie, «ich hab Dienst.»

«Schade!» knurrte er, ehrlich enttäuscht, und sie lächelte verstohlen.

Den Samstag vertrödelte er, las die alten Zeitungen nach und staunte, als er sich plötzlich entdeckte: Bilder von ihm – er sah richtig ordentlich darauf aus –, von denen er nur gerne gewußt hätte, wann sie gemacht worden waren. *«Joachim Wrozek, der Kronzeuge.»* Na, prächtig. Und eine Menge persönlicher Zitate, fast ein Interview. Er konnte sich allerdings beim besten Willen nicht daran erinnern, mit einem Journalisten gesprochen zu haben, Willy Kährlich ausgenommen, aber der hatte doch wohl nicht ... Na, Schwamm drüber. Auch Hänschens Bild war verewigt, Hans Bauer, der Künstler, das würde ihn freuen, etwas Reklame konnte er gut gebrauchen. Das *Wochenblatt* prunkte mit einer Zeichnung, auf der Irene Schramm dekorativ neben der Bank auf dem Boden lag, ansonsten war der Artikel dürftig, wie bei diesem Revolver-Produkt üblich. Er bezog es nur wegen der Kolumne «Aus der Gesellschaft», viel Klatsch, viel dummes Geseire, aber manchmal doch auch für ihn eine wertvolle Information. *«Wer weint um den schönen Manni?»* Na, wer wohl?!

Am Sonntag abend rief ein guter Kunde an, für den er drei Tage hart schuftete, und am Donnerstag verschlief er seinen Wecker. Als er im Landgericht vor dem Großen Sitzungssaal stand, wollte ihn der Justizwachtmeister nicht hineinlassen – «Die Plädoyers haben schon begonnen!» – doch dann öffnete sich die Tür von innen, und Wrozek schlüpfte in den Saal.

Lavaller hatte sich vor dem Zeugenstuhl aufgestellt, seine Stimme rollte laut.

«Wir alle, die wir mit Strafprozessen zu tun haben, kennen die Gefahren menschlicher Schwächen. Geständnisse, die später widerrufen werden. Oder, noch schlimmer, die aus Eitelkeit, aus Dummheit, aus Fahrlässigkeit, manchmal auch aus Verzweiflung und unter Druck abgelegt werden. Falsche Geständnisse, unvollständige Geständnisse, Irrtümer. Ein Geständnis mag die Krönung kriminalpolizeilicher Arbeit sein, eine Art Triumph für die ermittelnden Beamten – für ein Urteil reicht es nicht aus. Ein Geständnis ohne Tatsachen, die es stützen, sollte nie Grundlage eines Urteils sein.

Meine Mandantin hat kein Geständnis abgelegt.

Indizien. Jeder Erfahrene kennt den Wert von Indizien und weiß um ihre Gefahren. Ein Indiz ist eine isolierte Tatsache, und was sie aussagt oder bedeutet, hängt davon ab, von welcher Seite, mit welcher Absicht, aus welchem Zusammenhang sie erfragt wird. Keines der hier im Prozeß vorgetragenen Indizien beweist zweifelsfrei die Schuld meiner Mandantin, weder die Fingerabdrücke in der Wohnung des Mitangeklagten noch die Haare, die im Waldhaus gefunden worden sind.

Es gibt kein materielles Indiz, das den Mordvorwurf stützt.

Das Motiv. Mord setzt voraus, daß der Mörder den Tod seines Opfers gewollt hat, daß er nicht spontan, in Wut oder Verzweiflung oder gar versehentlich den Tod des Opfers herbeigeführt hat. Wann hat meine Mandantin so etwas geplant? Mit wem? Und vor allem: warum? Die Anklage unterstellt, sie hatte ein Verhältnis mit dem Mitangeklagten Manfred Lurwig – ja, unterstellt, Herr Oberstaatsanwalt; den Beweis sind Sie schuldig geblieben, und der einzige Zeuge, der einen Ehebruch der Angeklagten beobachtet haben will, hat hier zugegeben, daß er vorher viel getrunken hatte. Alle anderen Zeugen haben nur bestätigen können, was die Verteidigung nie bestritten hat: Irene Schramm und Manfred Lurwig kannten sich gut, seit langer Zeit, sie waren viel zusammen, und zwar, hohes Gericht, mit Wissen und Billigung des Ermordeten. Oswald Schramm wußte um diese Bekanntschaft, er hat nie versucht, sie zu unterbinden, sie war ihm, wenn ich an die Zeugin Rimbach erinnern darf, gleichgültig.

Aber machen wir uns einmal die Unterstellung der Staatsanwaltschaft zu eigen, sagen wir: Irene Schramm und Manfred Lurwig hatten ein Verhältnis. Was folgt daraus? Ein Motiv für den Mord an Oswald Schramm, der seine eigenen Verhältnisse vor seiner Ehefrau nur unzulänglich verheimlichte? Welcher Ihrer Zeugen, Herr Oberstaatsanwalt, hat hier ausgesagt, daß Oswald Schramm nie und nimmer ein Verhältnis seiner Frau mit einem anderen Mann hingenommen hätte? Wenn ich die Aussagen der Zeugen Rimbach und Feldner noch richtig im Ohr habe, ging Oswald Schramm sogar davon aus, daß seine Frau sich so tröstete wie er – und es war ihm gleichgültig. Warum sollten Irene Schramm und Manfred Lurwig – ihr Verhältnis immer noch unterstellt – einen Mord an Schramm planen?

Die Anklage hat angedeutet, nur angedeutet, Herr Allermann – o ja, die Verteidigung hat diesen juristischen Eiertanz mit großem Vergnügen registriert –, daß Manfred Lurwig und Irene Schramm es auf das Vermögen des Ermordeten abgesehen hatten. Nun läßt sich vieles annehmen, aber die Anklage müßte auch Beweise dafür erbringen oder es zumindest plausibel machen, und beides ist ihr nicht gelungen. Wir alle wissen, daß auf Mord nur plädiert werden sollte, wenn ein überzeugendes, einleuchtendes Motiv vorliegt, und dieses Motiv, Herr Oberstaatsanwalt, ist uns die Anklage schuldig geblieben.

Wie sie auch vieles nicht hat erklären können. Warum ist Oswald Schramm am 1. März zum Waldhaus gefahren? Wen wollte er dort treffen? Warum hatte er sich vorher unter Aufwendung größter Mühen 25 000 Mark besorgt? Was wollte er mit dem Geld? Wo ist es geblieben? Woher stammt die Tatwaffe, wo ist sie geblieben? Woher konnten Irene Schramm und Manfred Lurwig wissen, daß sie Oswald Schramm im Waldhaus antreffen würden? Wer war die unbekannte Frau, die sich um das Haus der Zeugin Rimbach herumgetrieben hat, solange Oswald Schramm dort war? Welches Interesse hatte sie an einem Mann, der wenig später ermordet wurde? Haben Sie die nie veränderte Aussage meiner Mandantin widerlegen können, sie habe sich seit dem späten Nachmittag des 1. März allein in ihrem Haus aufgehalten?

Am Ende dieses Verfahrens gibt es mehr offene Fragen als Antworten, und das spricht entweder für unzulängliche Ermittlungen – die Sie, Herr Oberstaatsanwalt, mit Ihrer Erfahrung sicherlich nicht geduldet hätten – oder doch für die Unschuld der Angeklagten?

Nun bleibt, nach dem Geständnis, dem Motiv, den Indizien, der überzeugenden Darlegung der Tatvorbereitung und des Tatablaufs, der Zeugenbeweis.

In diesem Fall gibt es nur einen wichtigen Zeugen, und wir alle wissen, daß die Anklage mit der Aussage des Zeugen Joachim Wrozek steht und fällt. Wäre er nicht aufgetreten, hätte die Staatsanwaltschaft nicht einmal Anklage erheben können.

Befassen wir uns also mit dem Zeugen Wrozek. Er hat seine Aussage beeidet, und deswegen steht es mir nicht zu, ihn der Unwahrheit, der bewußten, irrtümlichen oder fahrlässigen Falschaussage zu zeihen. Erlaubt ist mir freilich, dennoch Zweifel zu äußern.

Der Zeuge Wrozek hat hier vor Gericht einen ausgezeichneten Eindruck hinterlassen. Ich gebe gerne zu: Auch ich habe, wie viele Menschen, teils begründete Zweifel, teils schlichte Vorurteile gegen deutsche Privatdetektive. Der Zeuge Wrozek hat sich als kompetenter, ruhiger, offenkundig zuverlässiger Zeuge erwiesen, der viele Vorurteile gegen seinen Berufsstand Lügen gestraft hat. Trotzdem: Meine Bedenken hat er nicht zerstreut. Zu viel ist mir an seiner Handlungsweise unverständlich geblieben.

Gehen wir der Reihe nach vor: Meine Mandantin sucht ihn auf, um ihm einen Auftrag zu geben, den er selbst als Routine, alltäglich, auf keinen Fall ungewöhnlich bezeichnet. Dennoch beginnt er, seiner eigenen Aussage nach, während der Erledigung dieses Auftrags Zweifel zu hegen. Oswald Schramm, so sinngemäß seine Begründung, läßt sich zu offen mit der Zeugin Nadja Rimbach in der Öffentlichkeit sehen, als daß Irene Schramm es noch nötig haben sollte, sich eines Privatdetektivs zu bedienen, um Beweise für die Untreue ihres Mannes zu erhalten. Wie kommt er dazu? Nimmt er an, alle mißtrauisch gewordenen Ehefrauen spielten selbst Privatdetektiv und spionierten ihren Männern nach? Oder hat er vielleicht einen anderen Grund gehabt, an der Ernsthaftigkeit des Auftrags, den er erhalten hatte, zu zweifeln? Auf Befragen hat er dies verneint und entsprechend beeidet.

Er zeigt – Punkt zwei – meiner Mandantin die Bilder, die er von Nadja Rimbach und Oswald Schramm geschossen hat. Die Reaktion meiner Mandantin, so wieder seine Aussage, habe ihn mißtrauisch gestimmt; Irene Schramm, so will er in diesem Moment vermutet haben, kannte Nadja Rimbach bereits. Mehr kann oder will er dazu nicht sagen: Das habe er in diesem Moment vermutet. Was hatte er erwartet: einen Tränenausbruch oder einen Wutanfall? Hat er, der in diesen Fragen erfahrene Privatdetektiv, sich nie die Frage gestellt, ob Irene Schramm die individuelle Nadja Rimbach erkannt hat oder einen Typ – jung, selbstbewußt, blond, mit äußerer Weiblichkeit nicht geizig ausgestattet –, von dem sie längst weiß, daß ihr Mann ihn bevorzugt? Er hat seine Auftraggeberin nicht danach gefragt, er ist uns deswegen auch eine überzeugende Antwort schuldig geblieben.

Punkt drei. Auf Grund eines vagen Verdachtes, den er uns nicht plausibel machen kann, ist er meiner Mandantin nachgefahren. Auf Befragen hat er es mit seiner Furcht begründet, er könnte unwissentlich einen Erpresser munitioniert haben. Ist das überzeugend? Zu dem Zeitpunkt, als er sich entschloß, meiner Mandantin nachzufahren, kannte er Manfred Lurwig noch nicht als Freund seiner Kundin Irene Schramm, das hat er ebenfalls ausgesagt und beeidet. Trotzdem fährt er ihr nach. Ein Privatdetektiv, der nach eigener Auskunft darauf angewiesen ist, hart zu arbeiten, um sein Geld zu verdienen – ein solcher Mann opfert nun einen ganzen, unbezahlten Tag, nur um einem vagen, durch nichts begründeten Verdacht nachzugehen. Oder vielleicht sollte ich genauer sagen: nachzufahren. Ist das überzeugend?

Der Zeuge Wrozek stellt fest, daß Irene Schramm zu Manfred Lurwig fährt. Nicht zu vergessen: Auf ausdrückliches Befragen hin hat der Zeuge versichert, er habe weder Irene Schramm vor dem betreffenden Auftrag gekannt noch Manfred Lurwig. Allerdings hatte er Lurwig hier vor längerer Zeit im Gerichtsgebäude als Angeklagten erlebt, und volkstümlich mag man die diversen Anklagepunkte als ‹Heiratsschwindelei› zusammenfassen. Lurwig ist damals freigesprochen worden, und zwar nicht aus Mangel an Beweisen, sondern wegen erwiesener Unschuld. Joachim Wrozek, der nach eigenen Worten sorgfältige Privatdetektiv, hat das nicht gewußt. Sein Gedächtnis reichte aus, um sich an die Anklage, nicht aber an den Freispruch zu erinnern.

Der Zeuge Wrozek stellt mit einem Trick fest, daß der von meiner Mandantin besuchte Mann Manfred Lurwig heißt. Warum er das überhaupt festgestellt hat, glaubte feststellen zu müssen, hat er für mich nicht überzeugend beantwortet. Was bewog ihn, meiner Mandantin nachzuspionieren? Warum hat er dem Angeklagten Lurwig nachspioniert? War die Information, daß sich Irene Schramm und Manfred Lurwig kannten, so alarmierend, daß sie unbezahlte und mühsame Recherchen rechtfertigte? Wenn ja, warum hat uns Wrozek diesen alarmierenden Tatbestand nicht darstellen können? Was hat er vermutet, befürchtet? Keine Antwort, mit der ich etwas anfangen könnte.

Warum ist er, wie er behauptet, den beiden Angeklagten am Abend des Mordtages nachgefahren? Er sei den Verdacht nicht losgeworden, daß Manfred Lurwig und Irene Schramm ihn zu irgendeinem finsteren Vorhaben mißbrauchen wollten? Was für ein finsteres Vorhaben? Erpressung? Nein, das bestreitet Wrozek entschieden. Schramm sei alt genug, um für die Folgen seiner ehelichen Seitensprünge einzustehen. Also keine Erpressung. Was aber dann? Welches befürchtete finstere Vorhaben kann einen Mann bewegen, sich einen ganzen Tag an die Fersen zweier ihm unbekannter Menschen zu heften? Keine Antwort. Hatte es etwas mit Oswald Schramm zu tun? Wenn er das vermutete, hat er sich mit Oswald Schramm in Verbindung gesetzt? Um ihn zu warnen und dabei seine eigene Rolle klarzustellen? Hat er es vielleicht im Waldhaus, am 1. März, getan?

Fragen über Fragen. Für meinen Geschmack zu viele Fragen, zu viele Zweifel, die nicht erst bei der Frage einsetzen, ob Joachim Wrozek tatsächlich den beiden Angeklagten bis zum Waldhaus gefolgt ist, sie dort gesehen hat. Er ist dort gewesen, allerdings. Er hat die Polizei alarmiert, er hat dort auf die Beamten gewartet. Allein. Dafür, daß die beiden Angeklagten vorher dort gewesen sind und auf Oswald Schramm geschossen haben, gab es und gibt es nur seine Aussage.

Wo sind die 25000 Mark geblieben, die sich Oswald Schramm kurz vor seinem Tod unter größter Mühe – nein, ich will mich gerne korrigieren: unter gewissen Umständen beschafft hat? Der Zeuge Wrozek hat mehrmals bestritten, das Geld an sich genommen zu haben. Aber wo ist es dann? Beide Angeklagten sind, weil ihre Wohnungen seit 3 Uhr nachts bewacht wurden, nicht in der Lage gewesen, es anderen Personen zu übergeben oder zu verstekken. Wo ist die Tatwaffe? Wer hat sie besorgt? Wo und wann?

Muß ich an dieser Stelle noch einmal den Zeugen Emmring erwähnen, um zu beweisen, daß Polizei und Staatsanwaltschaft ihrem gesetzlichen Auftrag, *be*lastende wie *ent*lastende Hinweise gleichermaßen zu sammeln, in völlig unzureichender Weise nachgekommen sind? Und von Anfang an – was Sie, Herr Oberstaatsanwalt, freundlicherweise bestätigt haben – nur einer einzigen Spur gefolgt sind?

Wie gesagt, der Zeuge Wrozek hat seine Aussage beschworen. Meine Zweifel hat er nicht ausgeräumt, dazu brauchte es mehr als eine einzige Aussage, nämlich ein Geständnis, überzeugende Indizien, ein überzeugendes Motiv, einen in seiner Logik überzeugenden Handlungsablauf. Das Gericht muß jetzt entscheiden, ob es zwei Menschen für lebenslang hinter Gitter schickt. Lebenslang – das mag heute bedeuten, fünfzehn, sechzehn Jahre. Eine endliche Zeit, aber unendlich lang für jemanden, der unschuldig seine Freiheit verloren hat. Auf jeden Fall zu viel Zeit für einen Fall, der lange und gründlich verhandelt worden ist und trotzdem am Ende mehr Zweifel und Fragen aufwirft als eindeutige Antworten bietet. *In dubio pro reo*, im Zweifel für den Angeklagten. Ich beantrage für meine Mandantin Irene Schramm Freispruch.»

Wrozek spürte tausend bohrende Blicke in seinem Rücken, als er aus dem Saal stürzte, und er wußte, daß sein Kopf glühte, vor Scham und Haß auf Lavaller.

Teil II

Die nächsten zwei Wochen lebte er praktisch auf der Autobahn und auf der Landstraße, 50, 100 oder 500 Meter vor sich die auffällig gelbroten Laster einer Spedition, auf dem Nebensitz griffbereit die Kamera mit einem lichtstarken Zoom. Ein Versicherungsauftrag, für ihn und viele andere Privatdetektive, die er nicht kannte, obwohl er sich manchmal abends, wenn er in düsteren und kalten Speisezimmern saß, umsah und überlegte, wer von den müde aussehenden Männern sein Los teilen mochte.

Kein schlechter Auftrag, aber mühevoll und langwierig. Ungewöhnlich häufig waren gerade Laster dieser Spedition gestohlen worden, an Autobahnraststätten, von Abstellplätzen neben Fernfahrerunterkünften, zweimal auch durch regelrechte Überfälle in der Dämmerung. Und immer vollbeladene Laster, bis zum Höchstgewicht bepackt mit wertvoller, nicht identifizierbarer Ware: elektrische Haushaltsgeräte, Kameras, elektronisches Material, Kosmetika und Spirituosen. Alles Sachen, die sich unauffällig verkaufen ließen. Gab jemand aus der Firma entsprechende Tips? Oder arbeiteten einzelne Fahrer mit der Bande zusammen? Die Versicherung, die für den Schaden aufkommen mußte, wollte es genau wissen.

Er knipste, wartete und beobachtete, bis seine Augen schmerzten, rief abends seinen Kontaktmann an, bekam einen neuen Lastzug zur Verfolgung angewiesen, fuhr viele Stunden. Nachts schlief er wie ein Stein, ohne einen Blick für seine tristen Zimmer und die schmuddelige Umgebung. Morgens verfluchte er seinen unschuldigen Wecker, trank dünnen Kaffee, der die Schläfrigkeit nicht vertrieb, und hatte das Gefühl, auf ewig zum Fahren, Steuern, Schalten und Bremsen verurteilt zu sein. Über Mittag wurde es besonders schlimm; er verzichtete schon freiwillig auf das Essen, weil er die Müdigkeit danach fürchtete. Dennoch kämpfte er verzweifelt mit dem Schlaf, rauchte zuviel und sehnte sich nach einem starken Whisky, den er selbst abends nicht zu trinken wagte, um morgens den verdammten Wecker nicht zu überhören.

Während des zweiten Wochenendes dachte er wieder an den Prozeß. Er hatte «seinen» Lastzug in Saarbrücken abgeliefert und mußte erst am Montag in Trier ein neues rotgelbes Gespann übernehmen. Ausnahmsweise war das kleine Hotel pieksauber und fast schon störend ruhig; er fühlte sich nach langer Zeit wieder einmal ausgeschlafen, trank in einer sonnigen Gaststube einen ausgezeichneten Kaffee, der den Namen verdiente, und erinnerte sich, daß es von Saarbrücken nach Pirmasens nur ein Katzensprung war. Wo er den Tag totschlagen wollte ...

Auf der Fensterbank lag ein Stapel alter Zeitungen, zerlesen und ein wenig zerfleddert, aber zum Glück noch vollständig. Er blätterte geduldig und fand die Meldung in der Dienstag-Ausgabe, ziemlich klein und bereits ins Vermischte abgerutscht. *«Zweimal lebenslänglich. Verteidiger kündigen Revision an.»* Das übliche Blabla, kein Hinweis auf ihn und seine Aussage. Nun ja! Vergnügt faltete er das Blatt zusammen und bestellte noch ein Kännchen Kaffee. Also schuldig. Ein Freispruch hätte nämlich auch bedeutet, daß die Richter ihn, Joachim Wrozek, als einen nicht ganz zuverlässigen Zeugen betrachtet hätten, und er konnte sich durchaus eine bessere Empfehlung für sein Büro vorstellen.

«So ist's richtig», schnaufte die dicke Wirtin. «Man sollt immer nur alte Zeitungen lesen, dann braucht man sich nicht aufzuregen, weil eh schon alles vorbei ist, gell?»

«Sie haben völlig recht!» erwiderte er ernsthaft und beschloß, Willy Kährlich diese Weisheit nicht vorzuenthalten.

Auf der Autobahn erstaunten ihn die vielen Personenwagen mit amerikanischen Kennzeichen, und bei manchen fragte er sich, ob sie wohl auch durch den deutschen TÜV mußten.

Im Telefonbuch stand tatsächlich eine «Lurwig, Christa». Er überlegte einige Minuten, schwankte und versetzte endlich seinem inneren Schweinehund einen kräftigen Tritt. Fragen kostete nichts, und mehr als rausschmeißen konnte sie ihn nicht.

Die fünfzig Jahre sah man ihr nicht an; sie hatte ein breites, etwas slawisch wirkendes Gesicht und trug die Haare straff nach hinten gebürstet, als lege sie großen Wert darauf, daß jeder sie auf den ersten Blick als strenge, gerechte Frau erkenne. Wrozek stellte sich vor, ihre Augenbrauen zogen sich zusammen, und er fügte rasch hinzu: «Ich war Zeuge in dem Prozeß gegen Ihren geschiedenen Mann.»

Eine Minute lang musterte sie ihn scharf, aber das sollte nur ihre Unschlüssigkeit verdecken. Als sie nachdenklich fragte: «Sie sind doch der Privatdetektiv, der Hauptzeuge, nicht wahr?», wußte er, daß er gewonnen hatte.

Sie kochte Kaffee und stellte in der Küche zwei Tassen auf den kleinen Frühstückstisch. Daß sie ihn in der Küche abzufertigen gedachte, verriet mehr über ihre Gefühle, als sie sich bewußt war. Andererseits – was sie über Manni erzählte, machte ihm klar, daß sie ihren Exmann immer noch haßte; überhaupt schien sie eine Frau zu sein, die Kränkungen nicht vergaß. Wrozek konnte sich gut vorstellen, daß sie alle Prozeßberichte aufmerksam und voller Schadenfreude von der ersten bis zur letzten Zeile studiert hatte.

«Ja, natürlich war die Polizei bei mir und hat sich erkundigt. Aber seit der Scheidung habe ich Manni nicht mehr gesehen, und was noch zu erledigen war, ich mein, wegen des Geldes und des Hauses, das hat alles mein Anwalt erledigt.»

«Man hat Sie also nicht aufgefordert, als Zeugin auszusagen?»

«Nein, nein.» Sie lachte rauh. «Über den Charakter des lieben Manni waren sich wohl alle einig.»

«Und mehr hätten Sie nicht aussagen können?»

«Nein, ich hab ihn seit damals aus den Augen verloren.»

«Frau Lurwig, ich weiß, es ist ein unangenehmes Thema, aber ich hätte Sie gerne nach dem Mädchen gefragt, das Manni damals verführt hat.»

«Das ist überhaupt nicht unangenehm. Vor allem irren Sie sich: Nicht Manni hat das Mädchen verführt, sondern die Kleine ihn.»

«Aber er ist doch ...»

«Ja, sicher, man hat ihn eingebuchtet. Die Kleine war ja auch erst dreizehn, als das Verhältnis begann. Aber ich kann Ihnen sagen: Sie war raffinierter als viele Dreiundzwanzigjährige. Ein regelrechtes Miststück, ein Luder, sie und Manni paßten zusammen wie Hand und Handschuh.»

«Trotzdem, ich verstehe nicht, warum er dann zu Gefängnis ohne Bewährung verurteilt wurde.»

Sie antwortete leichthin: «Da kam einiges zusammen. Manni hatte eine verhängnisvolle Vorliebe für junges Fleisch, ich war ihm wohl zu abgegriffen, und im Prozeß sind Vorfälle zur Sprache gekommen, die ihm mächtig geschadet haben. Der Richter, der Obermotz, gehörte zur alten Truppe und wollte ein Exempel statuieren, deswegen mußte Manni brummen.»

«Und was geschah mit dem Mädchen?»

«Mit Marlene? Die wurde in ein Heim gesteckt. Und offen gesagt: Bei den Familienverhältnissen konnte ihr auch nichts Besseres geschehen. Die Mutter war schon früh gestorben, der Vater soff und kümmerte sich einen Dreck um seine Kinder. Oder prügelte sie, nein, leicht haben es die Gören nicht gehabt, und Marlene wurde eben ein freches, vorwitziges Ding. Ohne Hemmungen.»

«Haben Sie eine Ahnung, was aus ihr geworden ist?

«Ich hab einiges munkeln gehört, aber Genaues weiß ich nicht. Angeblich ist sie mit sechzehn aus dem Heim gekommen und dann verschwunden, hier weiß niemand, wo sie abgeblieben ist.»

Um Zeit zu gewinnen, bot er ihr eine Zigarette an. «Halten Sie es für möglich, daß Manni und dieses Mädchen, diese Marlene, immer noch zusammen sind?»

Zwei, drei Züge lang betrachtete sie ihn schweigend, bevor sie fragte: «Wie kommen Sie darauf?»

«Aus zwei Gründen. Einmal ist in dem Prozeß mehrfach eine junge, unbekannte Frau erwähnt worden, die sich in der Nähe des später Ermordeten herumgetrieben hat. Und dann – na, also, ganz offen: Manni macht auf mich nicht den Eindruck, als hätte er die Intelligenz und Energie mit Schöpflöffeln gefressen. Ich kann mir einfach nicht vorstellen, daß er sich auf ein so riskantes Spiel wie Mord eingelassen hätte ohne jemanden im Hintergrund, der ihn dazu gebracht hat.»

Aus ihrer Miene wurde er nicht schlau, aber als sie seinen forschenden Blick bemerkte, senkte sie den Kopf. Er wartete, räusperte sich schließlich und setzte hinzu: «Natürlich habe ich keine Ahnung, ob Marlene skrupellos genug ist, einen Mord zu riskieren.»

Langsam hob sie den Kopf. «O doch», urteilte sie nachdenklich, und er wunderte sich über die beiden scharfen Falten auf ihrer Stirn. «O doch, das traue ich ihr ohne weiteres zu.»

«Wirklich?»

Sie beachtete seinen Einwurf nicht. «Als ich Manni heiratete, machte ich mir keine Illusionen. Ich war älter als er, intelligenter und auch stärker, aber nicht gerade das, was man eine Schönheit nennt. Daß Manni sich gerne bei anderen Frauen – entspannte, war kein Geheimnis. Ich hab auch sehr früh mitgekriegt, daß zwischen ihm und Marlene etwas lief ... ja, ja, Marlene war ein Nachbarskind, ich kannte sie seit Jahren, sie ging hier ein und aus. Ich hab Manni gewarnt, daß er sich mit einer Minderjährigen viel Ärger einhandeln könne, aber unternommen hab ich nichts. Bis ich eines Tages bügeln wollte, das Bügeleisen anfaßte und einen fürchterlichen Schlag bekam. Jemand hatte sorgfältig das Stromkabel blank geschabt, sehr sorgfältig sogar.»

«Manni?»

«Nein, ihn hab ich nie im Verdacht gehabt.»

«Also Marlene?»

«Vielleicht», antwortete sie zögernd. «Marlene marschierte immer auf kürzestem Weg auf ihr Ziel zu. Wirklich skrupellos. Und willensstark.»

«Was wollte sie denn damit erreichen? Daß Manni sie heiraten konnte?»

«Nein. Geld. Manni und Marlene hatten neben dem Bett noch

eine große gemeinsame Leidenschaft: rasch, ohne Arbeit, an viel Geld zu kommen.»

Ihre Bitterkeit ließ ihn frösteln, aber er hütete sich, seine Stimmung zu zeigen. Ein Familiendrama. Die wenigsten endeten vor Gericht, schließlich gab es nichts zu beweisen, und ein Urteil konnte den Haß zwischen zwei Menschen auch nicht beseitigen. Zu seiner Verblüffung lachte sie plötzlich auf: «Sie haben eine kluge Frage gestellt. Daran hatte ich noch gar nicht gedacht.»

«Woran?»

«Daß Manni und Marlene noch immer zusammen sein könnten. Aber jetzt, wo Sie's erwähnt haben, erscheint es mir gar nicht unmöglich. Nein, gar nicht. Ich sagte ja, wie Hand und Handschuh. Die beiden passen zusammen ... o nein, von Liebe ist da keine Spur, Manni liebt nur sich selbst, und Marlene weiß gar nicht, was Liebe ist. Echte Liebe, meine ich.»

«Haben Sie das alles der Polizei erzählt? Auch das mit dem Bügeleisen?»

«Nein.» Gleichmütig schüttelte sie den Kopf. «So gründlich hat mich niemand befragt.»

Seltsam, dachte er und trank den kalten Kaffee aus. Seltsam, was alles in diesem Prozeß nicht gefragt und nicht geklärt worden war. Sie hatte ihn beobachtet und fragte eifrig: «Soll ich uns noch frischen Kaffee kochen?»

«Nein, vielen Dank, ich möchte Sie nicht länger aufhalten. Nur zwei Fragen noch: Wie heißt Marlene mit Familiennamen?»

«Jokisch. Marlene Jokisch.»

«Hat sie noch Verwandte?»

«Der Vater lebt noch, in einem Heim. Oder genauer: in einer Entziehungsanstalt für unheilbare Fälle. Die Brüder sind ausgeflogen.»

«Können Sie mir Marlene beschreiben?»

Unvermittelt grinste sie verschmitzt: «Sie sagten eben: zwei Fragen noch. Das ist jetzt die dritte.»

«Ich hoffe auf Ihren Großmut.»

«Na, meinetwegen. Als ich sie zuletzt sah, war sie vierzehn, sie wird sich natürlich verändert haben. Klein, zierlich, aber mit einem mächtigen Busen. Fast rote Haare, freches Gesicht – sie starrte alle Menschen direkt an.»

Nun ja, das mochte hinkommen, obwohl solch eine Beschreibung auf viele Frauen zutraf. Eigentlich hatte er alles erfahren, was er wissen wollte, und konnte jetzt auch gehen.

«So eilig?» fragte sie, ohne ihre Enttäuschung zu verbergen.

«Ja, tut mir leid», entgegnete er lahm. In den letzten Minuten hatte es wieder zu regnen angefangen, die Küche war dämmerig, und deshalb war er sich nicht sicher, was ihr Stirnrunzeln bedeuten sollte.

Unter der Haustür drehte er sich um. «Wer hat Ihren damaligen Mann eigentlich angezeigt?»

«Marlenes Vater», erwiderte sie kurz.

«Ich denke, der war ständig besoffen und hat sich um nichts gekümmert?! Wer hat ihn denn informiert?»

Ihre Augen wurden dunkel. «Fragen Sie ihn doch selbst! Soll ich Ihnen die Adresse des Heimes heraussuchen?»

«Ach nein, so wichtig ist es nicht.» Wrozek lachte leise vor sich hin, als hinter ihm die Haustür krachend ins Schloß fiel. Nein, Christa Lurwig war keine Frau, die etwas vergeben konnte oder wollte.

Abends gönnte er sich den lang ersehnten Whisky. Die Bar machte keinen schlechten Eindruck, groß und fast hell, ohne Plüsch und rote Samtportieren. Irgendwo arbeitete wohl sogar eine Klimaanlage, denn der Rauch zog schnell ab; alle diese Bequemlichkeiten in Rechnung gestellt, war der Whisky nicht einmal zu teuer bezahlt. Nach dem zweiten Glas brach er auf.

Früher als erwartet verkündete sein Kontaktmann mürrisch: «Sie können aufhören, Herr Wrozek. Die Steuerfahnder sind wie die Heuschrecken über unsere Spedition hergefallen. Wenn da überhaupt was war, läuft jetzt gar nichts mehr. Schicken Sie mir Ihre Unterlagen und die Rechnung.»

«Gut, mach ich. Auf Wiederhören.»

Es war schon dunkel, aber um Mitternacht konnte er in seinem eigenen Bett liegen. Zum erstenmal seit vierzehn Tagen steuerte er vergnügt auf die Autobahn und lachte laut, als er einen rotgelben Lastzug mit Vollgas überholte.

Am nächsten Morgen schlief er aus und trudelte erst am frühen Nachmittag im Büro ein. Der gewaltige Ziegelbau aus den zwanziger Jahren hatte schon bessere Zeiten gesehen. Er hatte den Krieg überstanden, die sechziger Jahre mit ständig neuen Mietern und ewigen Umbauten überlebt und nun seit zehn Jahren an Attraktivität verloren. Im Treppenhaus pflegte es zu riechen, fast jeden Tag nach etwas anderem, aber ausnahmslos unangenehm. Seit mehreren Monaten waren zwei der drei Aufzüge außer Betrieb, was Wrozek allerdings nicht störte, weil er im ersten Stock saß – hinterer Querflügel, Hoflage. Auf seinem Flur existierten ein Schreib- und Übersetzungsbüro; eine Immobilien-Maklerin, die ihm einmal sehr nahegestanden hatte, bis der Ehemann unerwartet auftauchte;

ein Steuerberater; ein «Verein für Gewerbetreue» – mindestens einmal pro Monat nahm er sich fest vor herauszufinden, was die beiden glatzköpfigen und sauertöpfischen Junggesellen eigentlich trieben, vergaß es aber regelmäßig wieder –; und die «Privatdetektei Joachim Wrozek».

Sein Büro war nichts Besonderes: ein winziger Vorraum, eine fensterlose Abstellkammer, in der er seine alten Akten aufbewahrte, eine Toilette und ein großes schlauchförmiges Zimmer, das nur zwei Fenster zum Hof besaß und deswegen nur an Hochsommertagen wirklich hell war, dafür aber angenehm ruhig. Hänschen, der Kunstmaler ohne Kunden, hatte seine Pinsel für eine ausnahmsweise verdienstvolle Sache geschwungen und alles, was nur Farbe anzunehmen in der Lage war, gestrichen oder lackiert, in hellen Pastellfarben, auf denen Wrozek bestanden hatte. Von Hansi Bauer stammten auch die Kunstzeitschriften, die wie zufällig auf dem kleinen Tischchen zwischen den zwei winzigen Ledersesseln lagen. Gut ein Drittel des Raumes hatten sie abgetrennt, mit einer unverschämt teuer aussehenden Schrankwand, die Wrozek ausgesprochen günstig ersteigert hatte. Hänschen hatte ihn auf die Auktion geschleift, wie Hänschen überhaupt erstaunlich gut wußte, wo und wie und wann man etwas preisgünstig erstehen konnte. Wrozek vermutete, daß sein Mitarbeiter seine Nase in viele Geschäfte steckte, wollte es aber so genau gar nicht wissen.

Die Tür in der Schrankwand führte in den kleinen Raum, den Hänschen als Teeküche eingerichtet hatte, allerdings nur zur Hälfte. Die andere Hälfte diente als Lagerraum für seine unverkäuflichen Kunstwerke, und da Hänschen erst den Mund aufmachte, wenn es sich gar nicht mehr vermeiden ließ, erriet Wrozek oft nur an dem frischen Farbengeruch, daß sein Künstler nachts oder frühmorgens wieder einmal im Büro gewesen war, um das Lager mit einem weiteren Stück aufzustocken. Auf eine Kontrolle der Kunstbestände verzichtete er lieber; beim ersten Versuch hatte es ihn geschüttelt.

Ganz entkam er dem Künstler aber nicht. Vielleicht hatte er Hänschens Renovierungsfähigkeiten zu überschwänglich gelobt, oder sein fester freier Mitarbeiter wollte ihn testen: Eines Morgens hing jedenfalls links von der Tür «Kreisender Übergang» – Gelb, Rosa, Orange, Rot und Violett in sich überschneidenden Kreisen; man bekam vom Hinsehen einen Drehwurm – und rechts «Stürzende Kanten», grün-türkis-blaue Würfel, die offenbar alle sieben oder mehr Flächen besaßen und Wrozeks Sinn für Ordnung über Gebühr strapazierten. Trotzdem hatte er nur tief Luft geholt und dem gespannt wartenden Künstler zugenickt: «Prachtvoll, Hänschen, vielen Dank.»

«Gefällt's dir wirklich?» fragte der eifrig, und Wrozek erlaubte sich eine ganz winzige Ironie: «Und wie!»

Nach Büro sah nur der graue Stahlschrank aus, in dem er Wertsachen, Ausweise, Geld und Pistole samt Munition aufbewahrte. Die einzigen Schlüssel trug er ständig bei sich, was Hänschen genau wußte, aber nie erwähnte: Wrozek war ihm für soviel Takt dankbar.

An der Klinke baumelte noch das Schild «Wegen Urlaub geschlossen», und weil er keine Lust verspürte, irgend etwas Vernünftiges zu tun, ließ er es hängen. Als er ausgerechnet hatte, was er der Versicherung in Rechnung stellen konnte, begann er vergnügt zu pfeifen. Um 5 Uhr klingelte es, einmal und sehr viel länger gleich danach ein zweites Mal. Verwundert stand er auf und ging zur Tür, das Schild war eigentlich groß genug. Die Klingel schrillte zum drittenmal, dann noch ein viertes Mal, als er bereits ungehalten die Tür aufriß. Welcher Idiot ...

Nadja Rimbach glühte ihn an, vor Zorn hochrot und schwer atmend, bis er schließlich trocken bemerkte: «Was verschafft mir die Ehre Ihres Besuches?»

Am liebsten wäre sie ihm wohl ins Gesicht gesprungen, sie krallte schon die Finger, doch dann nahm sie sich zusammen und stieß hervor: «Darf man den Urlaub stören?»

«Sie dürfen. Kommen Sie herein.»

Er mußte zur Seite springen, als sie an ihm vorbeirauschte. Mit hochgezogenen Augenbrauen beobachtete er, wie sie sich in den Besucherstuhl fallen ließ und die Handtasche mit unnötiger Wucht auf seinen Schreibtisch knallte. Junge, Junge, da kochte jemand vor Wut. Von oben herab musterte er sie ironisch: «Sie sehen ganz so aus, als könnten Sie einen Cognac vertragen.»

«Das ist das Mindeste, was Sie mir schulden.»

«Wirklich?» Während er Gläser und die Flasche holte, lachte er leise in sich hinein. Temperamentvolle Blondinen waren selten, und ärgern konnte sie ihn nicht, dazu brauchte es sehr viel mehr. Übrigens stand ihr der Zorn nicht schlecht, und deswegen goß er schmunzelnd ein: «Auf Ihr Wohl!»

«Danke!» sagte sie patzig, entspannte sich aber und trank auf einen Schluck aus. Danach entschlüpfte ihr ein langgedehntes «Ahhh», und weil er seine Heiterkeit nicht verbergen konnte, setzte sie rasch hinzu: «Den konnte ich gebrauchen.»

«Aus einem bestimmten Grund?»

«Ja, aus einem bestimmten Grund. Er hat zwei Beine, eine Glatze, einen Schmierbauch und dicke Wurstfinger. Außerdem heißt er noch Karl-August. Kennen Sie ihn zufällig? Das Schweinchen hat sein Geschäft im dritten Stock.»

«Nein, kenne ich nicht.»

«Na, da haben Sie auch nichts versäumt. Eine Sekretärin sucht er, sagte er wenigstens, aber meine Stenokenntnisse interessierten ihn nicht sehr, das sei bei mir doch nebensächlich, meinte er, und ich hätte sicherlich andere Qualitäten, wenn er das mal so formulieren dürfe.»

«Oh», machte er flach und beobachtete sie scharf.

«Ja, oh, oh, oh. Die arbeitslose Berufsgeliebte. Am liebsten hätte ich ... Und dann las ich Ihr Schild unten.»

«Ich hab schon verstanden!» ergänzte er trocken. «Es lagen Ohrfeigen in der Luft. Mein Glück, daß ich nicht sofort an die Tür gegangen bin, nicht wahr?»

«Auf diese bewundernswert richtige Schlußfolgerung hin dürfen Sie mir noch einen einschenken.»

Es blieb nicht bei dem zweiten Cognac, sie trank hastig. Wrozek hörte schweigend zu. Schuldig fühlte er sich nicht die Spur, sie war alt genug, um die Konsequenzen ihres Tuns zu ertragen, und den Vorwurf, ohne ihn und seine Neugier wäre doch alles gutgegangen, hatte er zu oft vernommen, um ihn noch zu beachten. Sicher, sie konnte einem schon leid tun. In der Agentur gekündigt. Umgezogen in ein möbliertes Zimmer. Bewerbungen geschrieben und Absagen erhalten. Der bei aller aufgesetzten Heiterkeit bittere Unterton verriet ihm, daß dieser Abstieg sie getroffen hatte. Dann endlich bei einer Firma untergekommen, offiziell als Stenotypistin, in Wahrheit als Mädchen für alles und speziell für die Kaffeeküche. Karl-August mit den unruhigen Wurstfingern war nur eine von vielen Demütigungen gewesen.

Zwischendurch wollte sie wissen, ob die Detektei Wrozek nicht eine tüchtige, bescheidene Sekretärin benötige, und er stellte seine Lage bewußt trüber dar, als sie war, worauf sie kläglich lächelte und das Thema nicht mehr anschnitt.

Als sie verstummte, sah er sie voll an: «Ich denke, wir sollten diesen unerfreulichen Tag etwas erfreulicher beschließen. Was halten Sie davon, wenn ich Sie zum Essen einlade?»

«Sehr viel», stimmte sie ohne Zögern zu, «erstens habe ich Hunger, und zweitens fürchte ich mich vor einem langen, einsamen Abend.»

«Gegen beides sollten wir etwas unternehmen.»

Weil sie viel Zeit hatten, fuhr er nach Merten in den *Silbernen Hammer*, und während der Fahrt entspannte sie sich, der schmale Mund wurde weicher, ihre Hände ruhiger, und die Zornesfalten verschwanden von ihrer Stirn. Trotz des Cognacs steckte sie noch bis oben hin voller Erbitterung über ihn, über ihre Lage, über Männer wie Karl-August, aber allmählich beruhigte sie sich. Wrozek schwieg und ließ sie nicht merken, daß er sie beobachtete.

Wochentags war der *Silberne Hammer* zwar auch gut besucht, aber es machte wenigstens keine Mühe, einen Platz zu bekommen. Der Ober wies ihnen einen Zweiertisch in einer Fensternische zu, wofürWrozek mit ernster Freundlichkeit dankte, obwohl der gute Mann sich irrte: Intime Zweisamkeit war nicht erwünscht. Ihr schnelles Lächeln verriet ihm, daß sie ihn durchschaut hatte, und als er übertrieben gleichgültig die Achseln zuckte, murmelte sie: «Männer halten immer zusammen.»

Sie ließen sich Zeit mit dem Essen. Langsam kam ein Gespräch auf, nicht sehr flüssig oder lebhaft, aber verlegene Pausen blieben ihnen erspart. Nur manchmal stockte sie unvermittelt und sah an ihm vorbei, und in diesen Momenten hätte er viel für ihre Gedanken gegeben. Daß sie ihn für ihre mißliche Lage verantwortlich machte, wußte er, aber er dachte nicht daran, sich zu entschuldigen oder seinen Beruf zu rechtfertigen. Von einem gewissen Alter an war jeder Mensch für seine Taten allein haftbar, und dieses Alter hatte sie schon lange erreicht. Was sie erzählte, interessierte ihn nicht wirklich; zu deutlich war herauszuhören, daß sie sich jedes Wort überlegte. Doch weil Sprache verräterisch ist und er gelernt hatte, auf unausgesprochene Sätze zu hören, wurde ihm klar, daß sie vor allem von ihren Freunden und Freundinnen enttäuscht war: Man hatte sie, sobald der «Skandal» ruchbar geworden war, wie eine heiße Kartoffel fallen lassen. Er hätte ihr sagen können, daß sie kein Einzelfall war, die doppelte Moral forderte immer wieder Opfer – erlaubt war alles, man durfte sich nur nicht erwischen lassen. Doch gleichzeitig war er sicher, daß sie seinen Trost nicht wünschte.

Unvermittelt erwähnte sie die Firma, in der sie jetzt arbeitete: «Die reinste Ausbeutung. Aber keiner wagt aufzumucken.» Er verzog keine Miene. Natürlich hatte sie gemeint: Und ich Oberschaf lasse mir das alles gefallen!

Nach zwei Stunden brachen sie auf. Als er den Motor angelassen hatte, entschuldigte die sich plötzlich: «Ich habe Sie ziemlich gelangweilt, nicht wahr?»

«Nein», antwortete er ruhig. «Sie haben Kummer, ich habe Ihnen zugehört, und wenn Ihnen das etwas genutzt hat, war es ein erfolgreicher Abend.»

«Viel hat es nicht genutzt!» versetzte sie heftig. «Wissen Sie, was mich am meisten bedrückt? Sobald mich jemand scharf ansieht, frage ich mich: Um Himmels willen, weiß der oder weiß die auch schon, wer ich bin? Die Geliebte eines ermordeten Mannes?»

«Damit werden Sie noch einige Zeit leben müssen. Nicht sehr lange, die Menschen vergessen rasch, aber zwei, drei Monate wird es schon noch dauern.»

«Das sind drei Monate zuviel.»

«Nein, die Zeit läßt sich ertragen. Es gibt Schlimmeres, und wenn Sie Freunde hätten, würden die Ihnen auch sagen, daß Ihre Situation im Moment ärgerlich ist, meinetwegen auch peinlich, aber daß sie vorübergeht. Ihr Problem ist, daß Sie einsam sind und es nicht zugeben wollen.»

«Wie kommen Sie dazu ...»

«Sie haben es mir eben beim Essen selbst erzählt.»

Sie verstummte, aber er hatte das Gefühl, als sei sie nicht böse, sondern nachdenklich geworden. Deswegen wartete er ab. So ganz traute er ihr nicht; eigentlich hatte sie auf ihn den Eindruck einer selbstbewußten, intelligenten Frau gemacht, die mit einer solchen Situation spielend fertig werden könnte. Ihre seelischen Probleme verwunderten ihn – um nicht zu sagen: stimmten ihn mißtrauisch. Gut, der Verlust einer angenehmen, gut bezahlten Stelle war ärgerlich, noch mehr, daß sie das Häuschen in der Sanddorfer Straße verlassen mußte. Trotzdem schien sie nicht am Boden zerstört zu sein, sondern eher verärgert als verzweifelt. Und er verspürte keinerlei Lust, das Opfer ihres Ärgers zu werden. Deswegen verkniff er sich jede Äußerung, die sie als Flirt oder Annäherungsversuch auslegen konnte. An ihrer Stelle hätte er auch nicht einen so engen Pullover angezogen, wenn sie sich bei einem neuen Arbeitgeber vorstellen wollte; damit mußte man Mißverständnisse provozieren.

«Am meisten haben Sie mir mit Ihrer Aussage geschadet, Manfred Lurwig sei bei mir im Haus gewesen», gestand sie plötzlich.

Erstaunt musterte er sie von der Seite, und sie nickte heftig: «Ja, mein Chef hatte schlechte Erfahrungen mit Manni gemacht. Was da genau vorgefallen ist, weiß ich leider nicht, aber ich hab's so verstanden, als hätte Manni ihn einmal kräftig aufs Kreuz gelegt.»

«Das ist mir neu», sagte er langsam.

«Soll ich Ihnen noch etwas verraten? Ich fürchte, es war keine rein geschäftliche Beziehung. Der fromme Josef – mein ältlicher Ex-Brötchengeber – hat eine ungeheuer häßliche, frigide und eifersüchtige Frau. Bei ihm herrscht – unverblümt gesagt – ein permanenter sexueller Notstand. Offenbar hat er eines Tages endlich einen Seitensprung gewagt, und Manni wurde Zeuge.»

«Erpressung?»

«Gut möglich. Oder halten Sie Manni für hasenrein?»

«Nein», räumte er ein. «Harmlos ist Manni bestimmt nicht. Ich halte ihn für einen ausgekochten Schwindler, der sich dabei noch nicht hat erwischen lassen. Aber Erpressung – das ist sozusagen eine Stufe höher auf der Leiter.»

«Nicht unbedingt», widersprach sie düster. «Was meinen Sie, was ich an Formen sanfter Erpressung schon erlebt habe. Die Agentur lädt die Kunden ein, kaltes Büffet, viel zu trinken, und einige hübsche, nicht unbedingt klösterliche junge Damen. Es wird laut und fröhlich und etwas ausgelassen, man spült seine Hemmungen mit Whisky weg, und am nächsten Tag weiß jeder eine ganze Menge vom anderen. Oh, schauen Sie mich nicht so erstaunt an, niemand gebraucht deutliche Worte, niemand macht eine Anspielung, so plump läuft das nicht. Jeder weiß, was der andere weiß – so geht das.»

Weil er gerade einen Laster überholen wollte, konzentrierte er sich auf den Verkehr und wischte schwungvoll in eine äußerst knappe Lücke. Sie schnaufte aufgebracht: «Und dann hat der fromme Josef die Stirn, mir eine Predigt zu halten: Mit Kunden anzubandeln verstoße gegen die Prinzipien des Geschäfts. Dabei hat Owa mit der Agentur gar nicht abgeschlossen.»

«Dann hätte man Ihnen auch nicht gekündigt», kommentierte er trocken, und sie lachte bitter auf: «Genau das macht mich ja so wild. Ein Auftrag von Feldner & Schramm, und man hätte mich auf Händen getragen.»

«Warum hat sich Oswald Schramm überhaupt in die Agentur verirrt? Für industrielle Getriebe braucht man doch keine Werbeagentur – oder irre ich?»

«Nein, nein, mit Feldner & Schramm hatte das auch nichts zu tun. Owa hatte eine Spielzeugfabrik im Oberschwäbischen gekauft – das heißt, um genau zu sein, er war dort Teilhaber geworden, und diese Firma krebste ziemlich herum. Deswegen hat er mit der Agentur verhandelt.»

«So war das», sagte er geistesabwesend. Vor der Bismarckbrücke gab es den üblichen Stau. Seit sechs Monaten wurde nun schon an dieser Brücke gearbeitet, aber immer, wenn er dort entlangfuhr, sah er nur zwei, höchstens drei Arbeiter, die viel Zeit zu haben schienen. Und warum die zweite Spur auf beiden Seiten gesperrt werden mußte, war ihm unergründlich. Im Schrittempo schoben sich die Autos voran, das Einfädeln nach dem Reißverschlußsystem kostete elend viel Zeit. Rechts neben ihm rollte ein dicker amerikanischer Straßenkreuzer, der Fahrer, jung, aufgeblasen und Playboy bis zur Haartolle, starrte immer wieder zu ihnen herüber, er verschlang sie förmlich mit den Augen und ließ sich von Wrozeks wütender Grimasse nicht im mindesten beeindrucken. Schließlich gab Wrozek Gas und quetschte sich nach rechts in eine

Lücke, so daß der Playboy bremsen mußte und wütend hupte; Nadja kicherte und tadelte fröhlich: «Wie kommen Sie eigentlich dazu, meine Verehrer so schlecht zu behandeln?»

«Ich hab sein schönes Auto geschont.»

«Ja, das schon, aber seinem Selbstbewußtsein haben Sie einen schlimmen Kratzer verpaßt.»

«Er wird es überleben.»

«Hoffen wir es.»

Er lächelte verstohlen. Ihre Laune war umgesprungen wie der Wind, und er amüsierte sich über sich selbst, als er sich eingestand, daß ihr düsterer Welt-Untergangs-Schmerz ihn allmählich gelangweilt hatte.

«Mein Prachtdomizil», sagte sie, indem sie auf ein sechsstöckiges, altersgraues Haus deutete, und schüttelte sich. Eine Empfehlung war diese Bismarckstraße wirklich nicht, laut und trostlos staubig. Im Zuge der autogerechten Stadtplanung hatte man vor vier oder fünf Jahren auch die Bäume links und rechts gefällt, um dort Parkstreifen anzulegen. Dies war dann wieder, im Zuge der menschengerechten Stadtplanung, korrigiert worden; alle 50 Meter wurde ein Parkplatz geopfert und ein mickriges Bäumchen gepflanzt, das sich müde an die drei ringsum eingesetzten Holzpfosten lehnte, ohne die es wahrscheinlich längst umgefahren worden wäre.

«Wenn Sie wollen, koche ich uns noch einen Kaffee.»

«Kaffee ist gut, ein Whisky wäre besser», murmelte er.

«Damit kann ich leider nicht dienen.»

«Aber ich – wenn Sie wollen.»

«Meinem Ruf kann nichts mehr schaden!» gab sie heiter zurück.

«Meine Angebote sind auch schon begeisterter aufgenommen worden.»

«Das glaub ich Ihnen aufs Wort. Aber ich nehme an, daß Sie diese Frauen auch erst hinterher fotografiert haben.»

Er schoß ihr einen bösen Blick zu, dem sie ungerührt standhielt, die Augenbrauen spöttisch hochgezogen, bis er wider Willen grinsen mußte: «Mein Blitzlicht ist leer.»

«Natürlich. Und einen Film müßten Sie auch erst noch kaufen, das Objektiv ist verschmiert und überhaupt ... Also, ich nehme die Einladung zu einem Whisky dankbar, begeistert und aufgeregt an.»

«Hoffentlich gibt's noch Eis im Kühlschrank.»

Während er die Wohnungstür aufschloß, beglückwünschte er sich heimlich, daß er aufgeräumt und geputzt hatte, und prompt bemerkte sie: «Für eine Junggesellenwohnung erstaunlich ordentlich.»

«Meine Putzfrau gibt sich Mühe.»

«Schwindeln Sie nicht. Wie ich Sie einschätze, erlauben Sie keiner Fremden, Ihr Allerheiligstes zu verändern.»

«Dann nehmen Sie bitte vorsichtig Platz, damit kein Staub aufgewirbelt wird.»

Leise vor sich hinpfeifend, schleppte er Eis, Whisky und Soda ins Wohnzimmer, stellte Gläser und Aschenbecher auf und spürte, daß sie ihn die ganze Zeit über beobachtete.

«Bourbon oder Scotch?» fragte er gespielt beflissen.

Zu seiner Verwunderung entschied sie sich für Bourbon, verdünnte ihn nur unwesentlich und hob das Glas: «Auf Karl-August, dem ich ein phantastisches Abendessen und einen netten Abend verdanke.»

«Möge er sich seine Wurstfinger in allen Türen klemmen.»

Es blieb nicht bei einem Whisky, aber es war nicht der Alkohol, der sie vergnügt stimmte; sie vertrug eine Menge. Und jetzt erzählte sie auch offen von der Agentur, vom frommen Josef, von erfreulichen und unerfreulichen Kunden, meist humorvoll und gelegentlich auch zynisch. Sie hatte viel erlebt, man konnte ihr kaum noch etwas vormachen. Die Schule abgebrochen, weil ihr ein seriöser älterer Herr mit silberweißen Haaren die große Mannequin-Karriere versprach. Aufnahmen, erste Erfolge, der Promotor verlangte sein Honorar; Ohrfeigen und Krach. Die vorzuführende Garderobe wurde immer spärlicher und durchsichtiger, sie nannte sich zwar noch «Mannequin», fand sich aber immer häufiger als «Fotomodell» wieder. Ernüchterung, Enttäuschung, Aufbegehren. Ende der Laufbahn, Schreibmaschine und Stenographie, dann ein Glückstreffer, Sekretärin in einer Foto-Agentur. Sie konnte ihre Erfahrungen verwerten, wurde bald die rechte Hand eines begabten, hart arbeitenden Fotografen, mit dem sie auf der Fahrt zu einem Aufnahmetermin verunglückte. Er war auf der Stelle tot, sie verbrachte mehrere Monate im Krankenhaus und ein halbes Jahr in einer Rehabilitationsklinik, bis sie wieder ohne Krücke laufen konnte. Zehn Kilo zugelegt, aber die Bohnenstangen-Modelle waren ohnehin aus der Mode gekommen. Mehrere Jobs, zwischendurch immer wieder arbeitslos, dann vom frommen Josef eingestellt, gegen den Willen der frigiden Magdalene, die sie mit unbegründeter Eifersucht verfolgte. Dann hatte sie Oswald Schramm kennengelernt – «und den Rest kennen Sie ja schon».

«Sie sollten heiraten.»

«Schicken Sie den Richtigen vorbei, und ich werde mir Ihre Empfehlung gut überlegen.»

«Sie sind wählerisch.»

«Und ob. Nur um versorgt zu sein – nein, danke. Ich kann mich selbst ernähren.» Sie zwinkerte ihm über das Glas zu. «Prost. Ihr Bourbon ist gut, er schmeckt nach mehr.»

«Ich werde die Reserveflasche opfern.»

«Ihre zweite gute Tat heute.»

«Mein Heiligenschein wächst schon, was?»

«Er beginnt zu leuchten, wenn Sie das meinen. Obwohl Sie mir verflixt unheilig vorkommen.»

«Noch habe ich Sie nicht belästigt.»

«Das wird schon noch kommen.»

«Ich bin nicht scharf auf Ohrfeigen.»

«Wer spricht denn von Ohrfeigen?»

Er sah sie lange an, doch sie lächelte die ganze Zeit, und als er aufstand und zur Couch hinüberging, rückte sie zur Seite. Ihre Lippen waren heiß und weich, doch plötzlich stieß sie ihn sanft zurück. Ihr Gesicht war ernst geworden, ihre Augen ließen ihn nicht los, bis er beide Hände um ihre Hüften legte und sie an sich zog.

Später, als er ihren Rock aufhaken wollte, wehrte sie ihn ab: «Nein, bitte nicht, Jochen.»

Erstaunt hielt er inne, und sie sagte traurig: «Ich bin keine Frau zum Ausziehen.»

«Bei deiner Figur?» Er war verwirrt, fast gekränkt, und strich unnötig fest über ihren Busen. Sie hielt seine Hände fest: «Glaub mir, ich weiß es.»

«Nein!» widersprach er trotzig, aber sie stand auf und lächelte mit zitternden Lippen: «Nachher. Komm jetzt, aber mach kein Licht im Schlafzimmer.»

Durch die angelehnte Schlafzimmertür fiel ein schmaler Lichtstreifen, genug, um ihren hellen Körper neben sich zu ahnen, aber zu wenig, ihren Widerstand zu verstehen; doch dann glitten seine Hände auf ihre Hüften und spürten die rauhen Wülste und Narben. Wie erschrocken atmete sie heftig ein und hielt die Luft an; erst als er sie küßte, ließ ihre Anspannung nach.

«Adriens Erbschaft», flüsterte sie.

«Wer ist Adrien?»

«Er war. Der Fotograf, von dem ich dir erzählt habe. Mit dem ich verunglückt bin. Beckenbruch und das linke Bein dreimal gebrochen. Operiert und nochmals operiert. Erfolgreich, nach den Maßstäben der Ärzte. Aber ich kann keinen Bikini tragen.»

«So schlimm?»

«Schlimmer», antwortete sie bitter. «Ich habe schon erlebt, daß Männer von der Bettkante aufgesprungen und geflüchtet sind.»

«Aber doch nur auf der einen Seite? Auf der anderen fühle ich keine Narben.»

«Danke», lachte sie trotzig. «Nur die linke Seite ist unansehnlich.»

«Die rechte dafür umso ansehnlicher», unterbrach er sie bestimmt. «Und den Rest finde ich auch sehr passabel.» Statt einer Antwort schmiegte sie sich an ihn. –

Irgendwann wachte er auf und brauchte einen Moment, um sich zu besinnen. Neben sich hörte er tiefe und gleichmäßige Atemzüge. Seine Zunge klebte am Gaumen. Bier und Bourbon, beides reichlich genossen, dazu ziemlich viel geraucht – noch brummte sein Kopf nicht, aber aus Erfahrung erkannte er, daß ein veritabler Kater heranschlich. Leise rollte er aus dem Bett und schloß geräuschlos die Schlafzimmertür hinter sich.

Im Wohnzimmer stank es nach kaltem Rauch. Er riß die Balkontür weit auf, atmete ein paarmal tief durch und fragte sich, ob er ohne Alkohol mit ihr geschlafen hätte. Während seine Tabletten sich sprudelnd und zischend im Wasser auflösten, beobachtete er die Silhouette der Stadt. Am Horizont war schon ein breiter heller Streifen zu erkennen, fahles Licht kroch zwischen den schwarzen Häusern hervor. Dunkel gefiel ihm diese Stadt besser als unter strahlender Sonne, die ihre Häßlichkeit bloßlegte.

Das letzte Mal hatte er eine Anhalterin mit in seine Wohnung genommen, die ihn hinterher pausenlos beschimpfte, bis er sie unsanft vor die Tür setzte. Verrückte Welt. Er gähnte, zu müde, wieder ins Bett zu gehen, trank sein salziges Gebräu und starrte, ohne etwas wahrzunehmen, auf die Straße hinunter, bis er fröstelte.

In der Zwischenzeit hatte sie die Bettdecke zur Seite gestrampelt. Schön war ihre linke Seite wirklich nicht, er konnte gut verstehen, daß sie nicht ins Schwimmbad ging, aber so schlimm, wie sie tat, war es auch nicht. Eine Frau mit mehr Selbstbewußtsein würde es leichter ertragen: einen wunderschönen Körper mit einer häßlichen Stelle. Viele würden mit ihr tauschen wollen. Sie murmelte etwas Unverständliches, als er vorsichtig unter seine Decke kroch.

Ein angenehmer Traum weckte ihn; es war hell, fast unanständig hell, und er mußte blinzeln. Dann schnupperte er: Kaffee, da dampfte ein starker Kaffee. Genau das, was er brauchte, obwohl er den Kater heute nacht in die Flucht geschlagen hatte. Aber wer kochte hier Kaffee? Das Telefon klingelte, und bevor er sich entschieden hatte, ob er aufstehen sollte, lief jemand eilig zum Apparat: «Ja, bitte? ... Nein, nein, Sie sind richtig ... einen Moment, ich muß nachsehen ...»

«Ich bin schon wach», brummte er vergnügt, als sie den Kopf ins Zimmer steckte.

«Ein Herr Kährlich ... oh, erst einmal guten Morgen.»

«Guten Morgen, Nadja. Der liebe Willy, ja, ich komme schon. Wie spät ist es eigentlich?»

«Gleich elf.»

«Du meine Güte.» Mühsam quälte er sich aus dem Bett, sie grinste ihn breit an und verschwand in der Küche, ehe ihm eine passende Bemerkung einfiel.

Willy Kährlich legte gleich los: «Wer war denn das?»

«Eine Frau.»

«Für andersherum hab ich dich auch nie gehalten. Keinen Namen? Die Stimme kam mir so bekannt vor.»

«Diskretion Ehrensache, du alter Lüstling. Was ist los?»

«Ich hab dich bei der Urteilsverkündung vermißt.»

«Da war ich noch auf Achse. Aber ich hab's gelesen, zweimal lebenslänglich.»

«Nee», korrigierte Willy schadenfroh, «jeder nur einmal lebenslang hinter Gitter. Doch ich vermisse in deiner Stimme ein gewisses Bedauern.»

«Worüber?»

«Daß zwei hübsche Menschen für wer weiß wie viele Jahre hinter Mauern schmachten müssen.»

«Haha. Willy, ich bin sogar ganz glücklich über das Urteil. Stell dir mal vor: Wenn das Gericht sie freigesprochen hätte, nach dem Prinzip ‹Im Zweifel für den Angeklagten›, hätte es doch von mir geheißen, ah ja, Joachim Wrozek, der phantasiereiche Privatdetektiv. Nicht ganz zuverlässig, die Schwurgerichtskammer damals hat ihm jedenfalls nicht geglaubt – oder wenigstens nicht hundertprozentig. Verstehst du?»

«Doch, ja», räumte Willy nach einer langen Pause ein, «ja, da hast du wohl recht. Na klar, das ist ein Argument, daran hab ich noch nicht gedacht.»

«Tu doch nicht so, als würdest du überhaupt einmal denken! Hast du mit Lavaller oder Rosen gesprochen?»

«Ja und nein. Lavaller ist gleich nach dem Urteil abgedampft. Und Rosen hat nur mächtig herumgeschimpft, das sei eine Schande und Pervertierung des 261 StPO, wie ...»

«Halt, halt, langsam für die Ungebildeten. 261 – was?»

«Paragraph 261 der Strafprozeßordnung, mein lieber Junge. Lautet wörtlich: *Über das Ergebnis der Beweisaufnahme entscheidet das Gericht nach seiner freien, aus dem Inbegriff der Verhandlung geschöpften Überzeugung.*»

«Im Lesen hast du schöne Fortschritte gemacht, lieber Willy. Im Klartext: Frei nach Schnauze der Richter.»

«Du hast's erfaßt. Freie Beweiswürdigung oder: Über die Allmacht der Richter.»

«Das stammt aber nicht von dir.»

«Du meinst, das ist zu intellektuell? Ja, stammt von Rosen, der sich mächtig aufplusterte, aber zwei Stunden später – halt dich fest, lieber Freund und Kupferstecher – ganz kleinlaut in der Redaktion anrief und mich inständig anflehte, das nicht zu drucken.»

«Kann ich gut verstehen. So eine Gerichtsbeschimpfung führt ganz schnell zu einem Standesverfahren. Mit anderen Worten: Rosen hatte fest auf Freispruch gehofft.»

«Er und Lavaller. Und bei der Gelegenheit rutschte ihm eine merkwürdige Bemerkung heraus, die ich nicht kapiert habe: ‹Deswegen haben wir ja so aufs Tempo gedrückt.› Verstehst du das?»

«Nee», log er nachdenklich. «Keine Ahnung.»

«Schade. Na dann, einen schönen Tag. Und herzliche Grüße an ... wie hieß sie noch gleich?»

«Willy!» mahnte er. «Doch nicht diese Anfängertricks! Ich werde ihr deine Grüße ausrichten.»

Kährlich kicherte, nicht im mindesten beleidigt, und hängte ein.

Ein paar Sekunden starrte Wrozek in die Luft. Ihm war eine vage Idee gekommen, als Willy Kährlich den Ausspruch Rosens zitierte, aber er kam nicht darauf, was es war, und weil es nicht so wichtig schien, schüttelte er unwillig den Kopf und vergaß es.

Sein Bademantel war viel zu groß für Nadja, und als er sie küßte, genoß er erfreuliche Einblicke.

«Bitte Platz zu nehmen, der Herr, das Frühstücksei ist schon im Anmarsch.»

«Perfekte Bedienung.»

Für zwei Personen war der Tisch in der Küche sehr klein, aber wenn er seinen Stuhl herumdrehte und sich mit dem Rücken an die Wand lehnte, hatte er genug Platz für seine Beine. Und Hunger verspürte er auch.

«Gut geschlafen?»

«Wie ein Murmeltier. Bei dieser himmlischen Ruhe.»

«Ja, gesegnet sei die Erfindung der Sackgassen.»

Sie lächelte, aber dahinter verbarg sich etwas, was er nicht begriff. Als er sie neugierig musterte, tat sie so, als bemerkte sie seine Blicke nicht, und während sie wie ein altes Ehepaar in friedlichem

Schweigen frühstückten, ging ihm auf, daß sie sich nicht einfach verabschieden wollte. Nicht geschminkt und nur flüchtig gekämmt, sah sie jung und sehr verletzlich aus, kein Mädchen, das man nach einer Nacht einfach wegschickte. Oder das sich wegschicken ließ.

«Gesegnet sei übrigens auch die Erfindung der Doppelbetten», murmelte sie plötzlich. «Wie kommt ein Junggeselle an ein Doppelbett?»

Er mußte lachen, sie errötete und schnappte sich hastig sein Zigarettenpäckchen. «Nadja, Nadja, du hast Sorgen.»

«Man kann ja nie wissen», brachte sie hervor, und ihre Verlegenheit wollte kein Ende nehmen.

Also berichtete er von Hänschen, dem verkannten Genie und begabten Zwischenhändler. Hänschen hatte ihn auf den Totalausverkauf aufmerksam gemacht, hatte mit scharfem Blick ein fast vollwertiges Schlafzimmer entdeckt, die Schadstellen über Gebühr herausgestrichen und den Preis wie ein Roßtäuscher heruntergehandelt. Bis dahin hatte er geglaubt, er sei ein ganz ordentlicher Geschäftsmann, aber sein Mitarbeiter belehrte ihn eines Besseren, und deswegen stand er halb erstaunt, halb resigniert schweigend dabei.

«Was soll ich mit einem Schlafzimmer?!» hatte er Hänschen angefahren, als der Filialleiter erschöpft und erledigt davonschlich.

«Warte nur ab! Das paßt genau in dein Zimmer, und diese Wäschekommode kann ich gut gebrauchen.»

So kam es auch. Hänschen baute das Schlafzimmer auf, entführte die Kommode, und Wrozek hätte sich lieber die Zunge abgebissen als zugegeben, daß ihm die neue Einrichtung gefiel.

«So gerät ein gelernter Junggeselle an ein komplettes Schlafzimmer.»

«Die Matratze auf meiner Seite war aber gar nicht mehr hart.»

«Ich schlafe abwechselnd Fenster- und Türseite.»

«Man muß seine Sachen schonen, nicht wahr?»

«Richtig, für solche Gelegenheiten wie heute nacht.»

Plötzlich seufzte sie: «Eine Gelegenheit, das ist das treffende Wort.»

«Ob es nur eine Gelegenheit war, ist längst noch nicht entschieden.»

Unschlüssig spielte sie mit ihrer Zigarette im Aschenbecher, schob die Asche sorgfältig zusammen, verteilte sie dann wieder und sah endlich auf, als das Schweigen zu lange dauerte. Zum erstenmal stellte er fest, daß sie wunderschöne, tiefblaue Augen hatte.

«Mit meinem Selbstbewußtsein ist's eben nicht weit her», flüsterte sie.

«Und warum nicht?»

«Wegen ... seit diesem verdammten Unfall.»

Den Unfall selbst hatte sie schnell hingenommen, Unfälle passierten, ihr Bruder war mit dem Motorrad tödlich verunglückt, ihre beste Schulfreundin beim Fensterputzen von der Leiter gestürzt. Viel schlimmer waren die Folgen. Adrien van Meeken, genialisch unordentlich und großzügig, hatte wieder einmal vergessen, die Versicherungen für das Auto zu bezahlen; die Mahnungen und das Kündigungsschreiben der Gesellschaft fanden sich später unter seinen Papieren. Und weil ein Genie sich nicht mit so ordinären Dingen wie Krankenkasse und Sozialversicherung abgibt, hatte sie praktisch auf Honorarbasis für ihn gearbeitet – mit der Konsequenz, daß ihr zuerst das Krankenhaus und anschließend die Rehabilitationsklinik Rechnungen präsentierten, vor denen sie verzweifelte.

Adriens ehemalige Versicherung zeigte sich großzügig, allerdings nach den Maßstäben einer Versicherung. Die Schlußsumme wurde nach unten abgerundet und in einen langfristigen, zinsgünstigen Kredit umgewandelt.

«Wirklich, sie waren anständig, Jochen, das muß man zugeben. Ich hätte ja auch alles bequem abstottern können, wenn ich nur einen vernünftigen Job gefunden hätte.»

Über anständige Versicherungen hatte er andere Vorstellungen, die er aber lieber für sich behielt. Wahrscheinlich war der Ablauf der Haftpflichtversicherung nicht rechtzeitig an das Kraftfahrzeugamt gemeldet worden, deswegen der «Anstand», aber das spielte jetzt keine Rolle mehr.

«Warum hast du keinen ordentlichen Job gefunden?»

«Wegen des verfluchten Beines. Aus der Klinik haben sie mich praktisch rausgeschmissen, ich könnt jetzt wieder laufen. Konnte ich auch, aber mit welchen Schmerzen. Manchmal war's so schlimm, daß ich mich nicht rühren konnte. Und weißt du, was Arbeitgeber mit Sekretärinnen machen, die immer wieder fehlen oder vorzeitig nach Hause fahren müssen?»

«Sie trennen sich von ihnen, mit größtem Bedauern, aber schnell.»

«Du hast genau die richtige Arbeitgebermentalität. Sicher weißt du auch, was die anderen Chefs machen, wenn man sich vorstellt?»

«Sie wollen wissen, warum man so häufig die Stelle wechselt.»

«Bravo. Und jetzt noch die Lösung des Rätsels, wo solche wechselhaften Geschöpfe enden?»

«Beim Sozialamt.»

«Treffer, lieber Jochen. Keinen festen Job, keinen festen Freund, aber feste Schulden.» Sie setzte sich auf und zerrte an dem unschuldigen Bademantelgürtel, als wolle sie damit gewissen Leuten die Gurgel zuziehen.

«Aber bei deiner Agentur lief doch alles gut – oder?»

«Nein, nein, die Agentur war das erste Wunder, das ich erlebte. Der fromme Josef – okay, nachher entpuppte er sich als Stinktier – war wirklich fromm, nahm Rücksicht, hetzte mich nicht und hatte Geduld, wenn's mal nicht so lief, wie er sich das wünschte. Und weil ich im Krankenhaus viele kluge Bücher studiert habe, weiß ich natürlich, daß meine Schmerzen seltener wurden, weil ich Erfolge hatte.»

«Und das zweite Wunder?»

«Das hieß Oswald Schramm.» Sie legte den Kopf schräg: «Bist du sehr eifersüchtig, oder darf ich in deiner Küche von meinem früheren Liebhaber erzählen?»

«Du darfst, liebe Nadja.»

«Danke. Owa hat sich meine Narben angesehen, die Ärzte als Stümper bezeichnet und dann die ganze Geschichte hören wollen.»

«Wie hat er sie aufgenommen?»

«Indem er meine restlichen Schulden bei der Versicherung bezahlt hat.»

Nachdenklich sah er sie an, ihre Stimme hatte sehr fest geklungen, und er versuchte sich vorzustellen, was Owas Großzügigkeit für sie bedeutet hatte.

Als ob sie seine Gedanken erraten hätte, fuhr sie leise und eindringlich fort: «Liebster, was immer du jetzt denkst – es ist falsch. Das Geld war wichtig für mich, o ja, das leugne ich nicht. Aber etwas anderes war viel wichtiger: Zum erstenmal hatte ich keine Schulden mehr, war ich raus aus diesem Schraubstock. Eine feste Stelle, ein gutes Gehalt, sogar ein eigenes Haus, auch wenn es nur eine bessere Puppenstube war, keine finanziellen Sorgen. Einen Freund, der kein Mitleid heuchelte, der auch dann blieb, als ich ihm sagen mußte, daß ich ihn nicht liebte. Der nie versucht hat, mich mit seinem Geld zu kaufen, der mich so nahm, wie ich war, der mir meine Selbständigkeit ließ.»

«Ja», sagte er ausdruckslos und hätte ihr am liebsten den Bademantel weggerissen.

«Hört sich verrückt an, nicht wahr? Trotzdem ganz einfach: Er war ein reicher, einsamer alter Mann, der seine erste Frau nie vergessen und dann überstürzt die zweite, die falsche, geheiratet hatte. Irene hätte das Himmelreich auf Erden haben können, wenn sie ihm nicht so brutal und dumm gezeigt hätte, daß sie ihn nur wegen seines Geldes genommen hatte.»

«Ihr scheint viel über Irene gesprochen zu haben.»

«Und ob! Sie hat ihn sehr beschäftigt – nein, das stimmt nicht, in Wahrheit hat ihn nur die Frage beschäftigt, wie er so einen Mißgriff tun konnte. Er wäre sie gerne losgeworden, lieber heute als morgen!»

«So?» fragte er gespannt. Im Prozeß hatte sie es anders dargestellt.

«O ja. Aber bei aller Abneigung und Erbitterung konnte er nicht über seinen Schatten springen. Er wollte einfach nicht, daß sie für ihr Verhalten auch noch finanziell belohnt wurde.»

Was bei einer Scheidung, so überlegte er, wohl der Fall gewesen wäre. Eine junge mittellose Frau und ein reicher alter Mann. Eine geradezu klassische Konstellation, er hatte viele Kunden aus dieser Kategorie.

«Wie paßt denn Manni Lurwig in dieses Bild?» erkundigte er sich endlich.

Sie kicherte: «Überhaupt nicht. Owa wußte, daß Irene mit Manni Lurwig herumzog, er hatte die beiden sogar miteinander bekanntgemacht, aber daß sie sich regelrecht anfreunden würden, hatte er wohl nicht erwartet.»

«Warum eigentlich nicht?» widersprach er nachdenklich. «Manni sieht gut aus, kann sehr charmant sein, liebt die Frauen – warum also nicht?»

«Ach, da hatte Owa typisch als Geschäftsmann geurteilt. Er hielt nicht viel von Manni, im Gegenteil. Manni hatte einen schlechten Ruf, galt als durchtrieben oder halbseiden und wurde im Club wohl nur geduldet, weil man keinen Grund fand, ihn rauszuschmeißen. Verdient hätte er es allerdings.»

«Woher willst du das wissen?»

Zu seiner Verwunderung wurde sie ernst, fast besorgt: «Ich hatte schon früher von Manni gehört, im Krankenhaus. Da lag eine junge Frau im Nebenbett, wir haben uns etwas angefreundet. Sie hatte zwei Rippen gebrochen und einen Arm kaputt, na ja, Prellungen und einige Zähne weniger ...»

«Sie war verhauen worden?»

«Ja, von einem gewissen Manfred Lurwig, mit Spitznamen Manni.»

«Und? Hat sie keine Anzeige erstattet?»

«Nein. Sie hatte schlicht und einfach Angst vor Manni. Hinterher zappelte sie vor Nervosität, weil sie mir überhaupt etwas von Manni verraten hatte, und ich mußte ihr hoch und heilig versprechen, darüber auf ewig zu schweigen.»

«Das hättest du Oswald Schramm aber ruhig unterjubeln können.»

«Vielleicht», gab sie zu, unruhig und sichtlich verlegen. «Aber Owa schien gar nicht böse zu sein, daß Irene mit Manni herumzog, weißt du, er war richtig verblüfft, als Manni immer häufiger in Irenes Begleitung auftauchte, auch in Owas Haus, und immer so tat, als habe er kein Verhältnis mit Irene und könne deswegen seelenruhig im Haus des Ehemannes ein und aus gehen.»

«Und da hast du natürlich geglaubt, Owa würde es nichts ausmachen, wenn Irene eine Abreibung von Manni beziehen würde.»

«Du bist ein altes Ekel», rief sie erbost aus, schauspielerte aber so schlecht, daß er sie auslachte: «Durchschaut, liebe Nadja.»

Einen Augenblick lang schien sie richtig wütend werden zu wollen, stemmte die Fäuste auf den Tisch und richtete sich halb auf. Dabei öffnete sich wieder der Bademantel, er legte den Kopf schräg und schielte so betont in den Ausschnitt, daß sie sich wieder zurücksinken ließ und hilflos den Kopf schüttelte: «Gegen dich ist wohl kein Kraut gewachsen, was?»

«Noch nicht. Hat sich Owa denn nie über Manni Lurwig informiert?»

Zunächst war sie verblüfft, wie schnell er zum Thema zurückkehrte, dann kniff sie gekonnt ein Auge zu und meinte listig: «Worüber sollte sich Owa informieren?»

«Nun, vernünftigerweise über Mannis Ruf.»

«Hat er auch.» Ihr Seufzer war nicht von schlechten Eltern. «Ohne Schnörkel – Owa war sich nie sicher, ob die beiden nun miteinander schliefen oder nicht. Manches sprach dafür, vieles dagegen.»

«Was sprach denn dagegen?»

«Ich glaub, in erster Linie die Selbstverständlichkeit, mit der Manni immer wieder in Owas Haus kam und sich überhaupt nicht so verhielt, als müßte er dem Hausherrn gegenüber ein schlechtes Gewissen haben.»

«Das schafft man auch mit Dreistigkeit. Wie stand's mit Mannis Finanzen?»

«Schlecht, nein, gut.»

«Beides geht nicht, Liebste.»

Sie streckte ihm die Zunge heraus. «Doch. Dem Autohaus Groß & Klein ging's mies, aber Manni war gut bei Kasse.»

«Unter anderem wohl dank Irene!» brummte er, und zu seiner Überraschung stimmte sie zu: «Genau. Sie hat ihrem Manni jeden Monat eine bestimmte Summe zugesteckt. Das Bettgeld, wie Owa immer spottete.»

«Owa wußte, daß sein Weib Irene ihren – hm – Freund finanzierte?»

«Sicher. In Gelddingen konnte man Owa wenig verheimlichen.»

Auch das hätte sie beim Prozeß ruhig aussagen können, fand er, statt sich wie die drei Äffchen zu verhalten: Nichts gesehen, nichts gehört, nichts gesagt. Irgendwo mußte die Bekanntschaft mit Irene Schramm für Manni doch einen Sinn ergeben haben, entweder im Bett – was, wenn überhaupt, so selten und heimlich geschehen war, daß sie es mit einigem Erfolg vor Gericht leugnen konnten – oder auf Mannis Bankkonto. Was ihm auch ähnlicher sah! Damit stellte sich allerdings die Frage: Wo waren Mannis Reichtümer geblieben? Die Kripo hatte sie nicht aufgestöbert, sonst wäre das im Prozeß zur Sprache gekommen.

«Du machst ein Gesicht wie ein Stier, der Sodbrennen hat.»

«Danke für den hübschen Vergleich.» Trotzdem mußte er schmunzeln, und als ihr klar wurde, wie zweideutig ihre Worte geklungen hatten, errötete sie schon wieder und griff hastig nach der Kaffeekanne. Warum wurde sie so oft verlegen?

Wahrscheinlich spürte sie seinen forschenden Blick. Denn plötzlich holte sie tief Luft: «An dem bewußten Freitag, als Irene dich auf meine ... auf unsere Spur ... als du uns beobachtet hast, hatte Owa eine Menge zu erzählen. Er war richtig aufgekratzt, Irene sei nämlich für mehrere Tage zu einer Freundin nach Kassel gefahren – angeblich, in Wahrheit treffe sie sich mit ihrem alten Freund.»

«Woher wollte er das wissen?» Die viel wichtigere Frage, warum sie das alles bei ihrer Aussage verschwiegen habe, wagte er gar nicht zu stellen; ihre Angst war fast körperlich zu spüren. Oder war es keine Angst? Was hatten die beiden scharfen Linien an den Mundwinkeln zu bedeuten?

«Von Manni. Der war am Abend vorher bei Owa aufgekreuzt und hatte mit ihm ein langes Gespräch unter vier Augen geführt. So ein richtiges Männergespräch – ‹alter Junge, jetzt mal ganz offen und ehrlich›.» Den kumpelhaften Tonfall imitierte sie hervorragend, aber Wrozek war nicht nach Lachen zumute: «Nadja, weißt du, was du da sagst?»

Sie nickte stumm, mit weit aufgerissenen Augen, und er lehnte sich müde zurück. Ob es im juristischen Sinn schon ein Meineid war, konnte er nicht beurteilen; jedenfalls hatte sie nicht die volle Wahrheit ausgesagt. Vielleicht aus Angst vor Mannis Gewalttätigkeit, vielleicht aus dem instinktiven Bemühen, nicht noch tiefer in einen Mordfall verwickelt zu werden, vielleicht aus Feigheit, aus simpler und schlichter Feigheit. Viel Mut schien sie nie besessen zu haben, und den kläglichen Rest hatte man ihr abgekauft.

«Okay, erzähl weiter.»

Sie mied seinen Blick. «Owa und Manni haben also ein klärendes Gespräch geführt. Manni hat wohl ganz offen zugegeben, daß seine enge Bekanntschaft mit Irene durchaus falsche Schlüsse nahelege, aber Owa müsse ihm einfach glauben, daß zwischen ihm und Irene nichts vorgefallen sei.»

«Hat Manni diese erstaunliche Behauptung irgendwie begründet?»

«Ja. Irene habe angeblich schon lange einen anderen Freund, einen festen Geliebten, und zwar kenne sie den Knaben noch aus der Zeit vor ihrer Ehe mit Owa. Er – Manni – sei es jetzt leid, als Irenes Alibi gegenüber Owa mißbraucht zu werden, und wolle nun reinen Tisch machen.»

«Soviel Ehrenhaftigkeit kann ich mir bei Manni schlecht vorstellen.»

«Ich auch», stimmte sie bedrückt zu. «Ich hab Owa gewarnt, ich würd diesem Manni nicht trauen, aber Owa ... Jochen, Owa war ganz aus dem Häuschen. Manni hatte nämlich behauptet, Irenes Verhältnis habe schon vor der Hochzeit bestanden und sei nie unterbrochen worden, die beiden hätten sich nie getrennt. Und Owa wurde ganz zappelig, weil das irgend etwas mit der Scheidung zu tun haben muß.»

«Nein», berichtigte er sorgenvoll, «nicht mit der Scheidung, sondern mit dem sogenannten Versorgungsausgleich. Es gibt Urteile, daß der ältere Ehemann nichts zahlen muß, wenn nachgewiesen ist, daß seine junge Frau ihn praktisch dauernd betrogen hat. Wenn sie ihn also nur wegen seines Geldes geheiratet hat. Und ein alter Freund, mit dem sie vor der Hochzeitsnacht und in der Nacht danach ...»

Er brach ab und hätte sie am liebsten mit beiden Fäusten durchgeschüttelt. Warum hatte sie das alles verschwiegen? Warum nur?

Unvermittelt erklärte sie leise: «Ich hab mich mit Owa gefreut, weil ich wußte, daß er es nie übers Herz gebracht hätte, Irene noch gutes Geld nachzuwerfen. Nicht wegen des Geldes, das hätte Owa nicht berührt. Sondern wegen des Prinzips. Untreue sollte sich nicht auszahlen, das hat er immer wieder gesagt.»

«Außer Mannis Wort hattet ihr nicht den geringsten Beweis», sagte er hart und stand auf. «Manni log ja schon, wenn ihn jemand nach der Uhrzeit fragte. Mir vorzustellen, Manni könne selbstlos aufrichtig gewesen sein, übersteigt meine Fähigkeiten.»

«Aber Manni kannte doch den Freund ...»

«Woher weißt du das?» unterbrach er sie unfreundlich, und als sie zusammenzuckte, hätte er gerne auf seinen Triumph verzichtet. Ein alter Mann mit einer verbohrten Idee von Gerechtigkeit, und eine junge Frau, die nur zu gerne glauben wollte, was ihrem Freund nutzte. Kinder, genau die Sorte von Menschen, die sich ein Typ wie Manni zum Opfer aussuchte. Er wollte gar nichts mehr hören und verfluchte einmal mehr den Alkoholdunst der vergangenen Nacht. Ohne Bier und Bourbon ...

«Bist du mir jetzt böse?»

Trotz seiner Erregung tat ihm ihre Frage weh. Sie brauchte Hilfe oder wenigstens Verständnis, und es war nicht ihre Schuld, daß er beides, auch nach ihrer gemeinsamen Nacht, nicht bieten konnte. Er war wieder einmal mit seinen Entschlüssen zu schnell gewesen.

«Nein», sagte er endlich, «ich bin dir nicht böse. Ich glaube, du hast einen Fehler gemacht, als du diese Einzelheiten vor Gericht nicht erzählt hast, aber die beiden sind ja auch so verurteilt worden. Schau, Nadie, Manni ist wirklich ein notorischer Lügner. Natürlich hat er ein Verhältnis mit Irene gehabt, natürlich haben die beiden den Ehemann aus dem Weg räumen wollen, weil sie an sein Geld wollten. Alles andere ist und war Schmus – oder Teil eines Plans, den wir nicht kennen.»

Sie senkte rasch den Kopf, und er hätte gerne gewußt, was sie in diesem Moment dachte. Andererseits – sein Bedarf an Aufrichtigkeit und Geständnissen war für heute gedeckt.

«Ich geh unter die Dusche.»

«Nimmst du mich mit?»

Unwillkürlich mußte er lachen: «Ich hab's mit den Wechselbädern. Schön heiß und eisig kalt.»

«Das hab ich schon gemerkt. Ich werd mich daran gewöhnen – wenn du es mir erlaubst.»

Jetzt wich sie seinem Blick nicht aus, und nach einer langen Minute spürte er, daß ein Lächeln in seine Mundwinkel kroch: «Nadie, Nadie, hoffentlich bereust du es nicht eines Tages.»

In den nächsten Wochen kam sie häufiger zu ihm in die Wohnung, manchmal blieb sie über Nacht, meistens ging sie gegen 11 Uhr, und er versuchte nie, sie zurückzuhalten oder zum Bleiben zu überreden. Sie war eine gutaussehende Frau, nach der man sich auf der Straße umdrehte, aber abends, wenn sie schweigend im Sessel hing, registrierte er besorgt die dunklen Ringe unter ihren Augen. Von ihrer Arbeit erzählte sie nicht viel, aber aus dem Wenigen reimte er sich zusammen, daß sie schuften und gegen die Kollegen kämpfen mußte. Sie schlief schlecht, und mehr als einmal wachte er auf und fand das Bett neben sich leer; sie saß dann in der Küche, rauchte langsam und starrte ins Leere, bis er sie anstieß und in die Gegenwart zurückholte.

«Warum schmeißt du den Bettel nicht hin?» fragte er einmal. «Es muß doch noch andere Stellen geben.»

«Bestimmt», antwortete sie scharf, «aber nicht für mich.»

«Dann zieh in eine andere Stadt.»

«Willst du mich los sein?»

«Blödsinn!» knurrte er und nahm ihr die Whiskyflasche weg. Wenn sie wütend war und ihn anblitzte, gefiel sie ihm viel besser.

Was sie für ihn empfand, wußte er nicht. Wahrscheinlich brauchte sie einfach jemanden, mit dem sie sich wortlos verstand und vor dem sie kein Theater spielen mußte, doch binden wollte sie sich wohl nicht, und er wäre auch keine Bindung eingegangen. In seinem Leben fehlte der Platz für feste Bindungen, und er nahm an, daß es ihr genauso erging. Zärtlichkeit hatte er längst verlernt.

Hänschen Bauer kam eines Abends zufällig bei ihm vorbei, schluckte beeindruckt und sah sie mit großen Augen an, bis ihm einfiel, wer sie war.

«Oh», machte er verlegen, «oh, oh ...»

«Dauert das noch lange, mit diesem Oh-oh-oh?»

«Nein», krächzte er, «ich bin schon fertig. Guten Abend, Fräulein Rimbach.»

Wrozek amüsierte sich königlich. Hänschen saß ganz vorne auf der Sesselkante und konnte seinen Blick nicht von ihr losreißen, sie spielte mit ihm und ließ ihn an der Leine zappeln. Das war kein Flirt mehr, da gewährte eine Königin ihrem Untertan die Gunst, sie anhimmeln zu dürfen. Und Hänschen gehorchte auf das Winken ihres kleinen Fingers, verschüttete den Rest seines Bieres, als er aufstand, und stolperte wie ein Betrunkener aus dem Zimmer.

«Blattschuß», kommentierte Wrozek trocken, als die Wohnungstür krachend ins Schloß gefallen war, aber sie lächelte nur: «Man schießt nicht auf Jährlinge.»

«Sie sind nicht so zäh wie Zwölfender.»

«Aber dafür ist auch weniger dran.»

Entgegen seinen heimlichen Befürchtungen lief das Geschäft gut. Der Prozeß samt der Publicity hatte ihm nicht geschadet, im Gegenteil, er mußte so viele Aufträge ablehnen wie nie zuvor.

Hänschen war, von Nadja inspiriert, in die quasi-gegenständliche Phase seines Schaffens eingetreten und versuchte sich an Porträts, die Wrozek kalte Schauder über den Rücken jagten, so daß er kein schlechtes Gewissen verspürte, wenn er Hänschen am Malen hinderte und auf nächtliche Überwachungstouren schickte.

«Das schöne Morgenlicht, ich brauche doch Morgenlicht!» jammerte Hänschen regelmäßig; aber brutal, um das Lachen zu unterdrücken, konterte Wrozek: «Dein Atelierfenster geht nach Norden, du kannst zu jeder Tageszeit malen.»

«Und wann soll ich schlafen?»

Nadja verriet ihm eines Abends, daß sich Hänschen bei ihr gemeldet habe, unter dem Arm eine Flasche Champagner, auf der noch das Preisschildchen klebte, mit einem riesigen Blumenstrauß und blutroten Ohren.

«Ich soll ihm Modell sitzen. Was sagst du nun, lieber Jochen?»

«Nichts. Aber du brauchst starke Nerven, um das zu vertragen, was er aus dir machen wird.»

«Ich glaub, ich riskier's trotzdem.»

Er lächelte, obwohl ihre Bereitschaft ihn ein wenig ärgerte, und noch mehr ärgerte ihn, daß sie seine Verstimmung spürte.

Danach wurde ihr Verhältnis noch lockerer. Einmal fand er, als er um Mitternacht völlig erschöpft nach Hause kam, hinter der Wohnungstür einen Zettel auf dem Boden: «Habe dich leider nicht angetroffen. Gruß, Nadja.» Am nächsten Morgen rief er sie in der Firma an, aber sie bedauerte, keine Zeit zu haben, und etwas an ihrem Ton störte ihn so sehr, daß er keinen zweiten Versuch unternahm.

Wenn er vor sich selber ehrlich war, vermißte er Nadja auch nicht besonders.

Zwei Tage arbeitete er für Karin Hellms, ihres Zeichens Rechtsanwältin, und berechnete ihr einen Vorzugspreis. Einmal mochte er die kleine, lebhafte Frau mit den kurzen aschblonden Haaren gut leiden, zum anderen schusterte sie ihm regelmäßig Aufträge zu, und drittens spielte er mit Vergnügen die ihm zugefallene Rolle im Ehekrieg der Hellms. Denn Alexander Hellms, steif und verträumt, hielt überhaupt nichts von Strafverteidigung; er war spezialisiert auf Urheberrechtsfragen und verdiente damit eine Stange mehr Geld als seine Frau. Wrozek duzte Karin und siezte den Ehemann, was Alexander, aus der Höhe von zwei Metern mit blauen Augen herabschauend, stets aufs neue voll ungläubigen Staunens zur Kenntnis nahm. Wenn man die beiden zusammen antraf, stritten sie sich; das heißt, Karin griff an, und Alexander wehrte sich, aber natürlich hielten die beiden wie Pech und Schwefel zusammen.

Danach erhielt er einen besonders verrückten Auftrag von einem Juwelier: Leibwächter für drei Mannequins, die neben seinem antiquierten Schmuck auch noch moderne Kleider vorführten. Wrozek staunte nicht schlecht. Zum Glück fragte ihn niemand nach seiner

Meinung. Die Kleider fand er scheußlich, den Schmuck leidlich und die drei Damen ganz passabel, zumal die Sorge um die wertvollen Klunker einen prächtigen Vorwand bot, sich stets in ihrer Nähe aufzuhalten, was er auch ausgiebig wahrnahm. Die drei Damen, berufsbedingt nicht übermäßig prüde während der Arbeit, schien das nicht allzusehr zu stören.

Der Saal roch nach staubigem Samt und war proppenvoll, Mittelalter bis Antike, man trank Mokka oder deutschen «Champagner», klatschte und brach in kollektives «Ah, oh, schön» aus. Nur der Juwelier zappelte ewig und überall, stolperte den hart schuftenden Mannequins vor den Füßen herum, wurde wütend angezischt und verzog sich mit glühendroten Ohren. Wrozek lachte pausenlos in sich hinein und hätte allein für das Vergnügen sogar auf das Honorar verzichtet.

Dem alten Mann stand der Schweiß auf der Stirn, als er die Kassetten wieder in seinem Geschäftssafe verstaute, und vor lauter Erleichterung hätte er fast vergessen, die Alarmanlage wieder einzuschalten. Mit todernstem Gesicht quittierte Wrozek das Honorar, schüttelte eine feuchte Hand und prustete erst los, als er auf der Straße stand. Ausnahmsweise regnete es nicht, und er freute sich auf einen Spaziergang.

Gegen 9 Uhr fand er sich auf dem Savignyplatz. Rechts war das Gerichtsgebäude bis auf wenige Fenster dunkel, im Präsidium links brannte noch sehr viel Licht, und ganz dunkel würde es dort nie werden. Für Ärzte und Polizisten hörte die Arbeit nie auf. Er machte kehrt und marschierte auf die *Lange Theke* zu.

Früher hatte das Lokal *Zum fröhlichen Meineid* geheißen, sehr zur Verbitterung der Richter, die auf der anderen Seite des Platzes Recht sprachen. Immer wieder hatte man versucht, den Wirt zur Namensänderung zu zwingen, doch der hartnäckige Alte hatte alle Prozesse vor eben jenem Gericht gewonnen, dessen Mitglieder am *Fröhlichen Meineid* Anstoß nahmen. Den letzten in einer Januarwoche 1933; danach wurde er nicht mehr angezeigt, weil es kein Kneipenschild *Zum fröhlichen Meineid* mehr gab. Die SA-Leute hatten sich keine Mühe gegeben, ihre Gesichter zu verbergen, aber da kein Kläger mehr auftrat, brauchten auch keine Richter zu urteilen. Ein alter Obermeister mit eisengrauem Haar hatte Wrozek vor Jahren diese Geschichte erzählt, umständlich und weitschweifig, er hatte gelangweilt mit halbem Ohr zugehört und erst sehr viel später begriffen, was der pensionierte Knabe ihm mitteilen wollte.

Zu seinem großen Erstaunen hockte Dr. Martin an der Theke und starrte mit leicht geröteten Augen in ein volles Bierglas, als verheiße der weiße Schaum die Lösung eines schweren Problems.

Es war selten, daß sich jemand vom Gericht oder von der Staatsanwaltschaft in diese Kneipe verirrte, die sich nach Dienstschluß fest in der Hand der Kripo befand. «Fremde» ekelte man zwar nicht heraus, sah sie aber scheel an, und Wrozek rechnete es sich als Verdienst an, daß er inzwischen mit freundlicher Gleichgültigkeit behandelt wurde. Die Wirtin war die Tochter eines Polizisten, hatte einen Polizisten geheiratet, der vor zwei Jahren beim Baden ertrunken war, und die einzige Tochter, die manchmal abends aushalf, war ebenfalls mit einem Polizisten verheiratet. Und nun ein zart angedudelter Staatsanwalt Dr. Martin.

Wrozek schwang sich auf den Hocker neben Martin und grüßte betont freundlich: «Einen schönen guten Abend, Herr Dr. Martin.»

Sichtlich verwirrt zwinkerte Martin ihn an und brauchte zwei lange Sekunden, bis der Groschen fiel: «'nen guten Abend, Herr Wrozek.» Er grinste stolz, weil ihm der Name wieder eingefallen war, und Wrozek nickte anerkennend: «Lange nicht mehr gesehen.»

«Nee, kann man wohl sagen.»

Fast eine Stunde quatschten sie ziellos hin und her. Martin hatte einen in der Krone, daran bestand kein Zweifel, aber er war nicht betrunken und blieb auch trotz der Biere, die sie noch gemeinsam vernichteten, auf der schmalen Grenze zwischen angeheitert und weggetreten. Was er sagte, wußte er ganz genau, nur die übliche Hemmung, solche Wahrheiten auszusprechen, war mit dem Bier davongeschwommen. Auf gewaltigen Umwegen landete er endlich bei Allermann, bei seinem Chef, beim Leitenden Oberstaatsanwalt.

«Frrr ... Verzeihung, Friedrich Allermann.»

«Ein ziemlicher Brocken», stimmte Wrozek zu, vergnügt, weil Martin den Grund seiner Kneipenhockerei enthüllte.

«Das dürfen Sie vorwärts und rückwärts jodeln. Ein *Kotzbrocken*, um noch genauer zu sein.»

«Ehrgeizig – hab ich mir sagen lassen.»

«Auch das. Haben Sie schon gehört, daß er in die Politik will?»

Wrozek lachte: «Alter Hut. Er peilt das Justizministerium an.»

«Ja, richtig!» Martin kicherte bösartig, und Wrozek verkniff sich ein Schmunzeln über die wahren Abgründe von Abneigung, die sich in den beiden winzigen Wörtchen aufgetan hatten. «Aber da ist er mächtig gestolpert – Sie lesen nicht zufällig die Juristischen Monatshefte?»

«Nein, das ist mir zu hoch.»

«Quatsch, zu hoch. Gepflegte Seicherei, sollte ... Na, is ja auch wurscht. Ich muß mal was ausholen ...»

«Trinken wir noch eins?»

«Immer. Also. Paragraph 46 Strafgesetzbuch: ‹Die Schuld des Täters ist Grundlage für die Zumessung der Strafe.› Und weiter: ‹Bei der Zumessung wägt das Gericht die Umstände, die für und gegen den Täter sprechen, gegeneinander ab.› Heißt es.»

«Ja, schon», warf Wrozek verständnislos ein, doch Martin stoppte ihn mit erhobener Hand und feierlichem Gesicht: «Aber 211 schreibt klipp und klar vor: ‹Der Mörder wird mit lebenslanger Freiheitsstrafe bestraft.› Lebenslang, ohne Wenn und Aber. Wer Mörder ist, muß für immer in den Kahn.» Den letzten Satz nuschelte er großzügig und verfehlte mit dem Ellbogen Wrozeks Bierglas nur um Millimeter; Wrozek brachte erst sein Glas in Sicherheit und fragte dann ärgerlich: «Wo steckt denn da der Widerspruch?»

«Na, Mensch, mein Lieber, Mord ist doch nicht gleich Mord!» Martin schien richtig empört, Wrozek hatte ihn noch nie so temperamentvoll erlebt. «Nehmen wir mal Ihre Mörder, den Lurwig und die Schramm ...»

«Na, na, *meine Mörder*!» protestierte er, aber der junge Staatsanwalt war nicht mehr zu bremsen. «Ihre Mörder. Motiv: Geldgier. Glatter Fall von niederer Gesinnung. Lebenslänglich, ganz gerecht, auch mit 46: ‹Umstände für und gegen.› Aber –» mahnend hob er den Zeigefinger – «dazu der Fall Wilhelm.»

«Nie gehört», wehrte Wrozek mürrisch ab und betrachtete die junge Kellnerin, die ein Riesentablett vollud.

«Wilhelm, 55 Jahre alt, Landarbeiter und Säufer. Wenn er kräftig getankt hatte, prügelte er seine Frau blutig und vergewaltigte die Tochter. Manchmal auch andersherum. Liebenswerter Mensch. Die armen Weiber fürchteten ihn wie den Leibhaftigen, bis sie ihm schließlich Schlaftabletten in den Schnaps taten und ihn abmurksten. Während er schnarchte. Mit einem Küchenmesser, extra geschärft. Klarer Fall von Mord – lebenslänglich. Oder?» Wrozek sah ihn aufmerksam an, Martin war richtig aufgebracht: «Geht doch nicht! Auch bei Mord muß 46 greifen – abwägen. Das Gericht muß doch abwägen können.»

«Kann es ...»

«Den 211 muß man ändern. Geht nicht anders.»

«Aber wofür gibt's diese Sachverständigen für Seele und so?»

Martin beachtete ihn nicht: «Und weil die in Bonn nicht ran wollen, hat der BGH ein schönes Urteil gefällt.»

«Wer oder was ist der BGH?»

«Bundesgerichtshof.»

Über soviel Unkenntnis war Martin einen Moment ehrlich entsetzt, Wrozek grinste kläglich, und der Staatsanwalt verzieh großmütig: «Schönes Urteil. Ging um die berühmte Heimtücke. Da hat ein Türke ... Na, kurz und gut, war Mord, aber die Richter haben gesagt, die Tat sei nicht besonders verwerflich. Haben nämlich abgewogen, für und gegen. Ganz, wie es sein sollte.»

«Dann versteh ich Ihre Empörung erst recht nicht. Wenn das Oberste Gericht so etwas erlaubt, können die anderen Gerichte das doch auch tun – oder?»

«Ja, ja, is schon richtig. Aber nun der Frrr ... also, mein Chef. Hat einen tollen Aufsatz geschrieben. Gegen das BGH-Urteil. Aufweichung der Rechtsprechung, Systemabweichung. Wüste Beschimpfung, so mit Schaum vorm Mund.»

«Vor der Feder», korrigierte Wrozek trocken, und Martin mußte so lachen, daß er sich heftig verschluckte: «Schaum vor der Feder – das is gut. Das is mir heute nicht eingefallen.»

«Haben Sie sich über den Aufsatz gestritten?»

«Und wie. Daß Allermann konservativ ist, weiß ich ja. Aber reaktionär – nee, das muß doch nicht sein.»

Wrozek ging ein Licht auf: «Ach, und Sie meinen, dieser Aufsatz könne seinen politischen Ambitionen geschadet haben?»

«Ja, sicher. Gott sei Dank. Der als Justizminister ... Wissen Sie, wie die Kritiker die Staatsanwaltschaft nennen?»

«Nein, keine Ahnung.»

«Die Kavallerie der Justiz – dumm, aber schneidig.»

«Was Allermann mit seiner Urteilsschelte wieder einmal bewiesen hat.»

«Er sieht das anders.» Martin gluckste vor Vergnügen, und Wrozek beobachtete ihn nachdenklich von der Seite. Verwunderlich war es eigentlich nicht, daß sich auch in der Staatsanwaltschaft die Jüngeren mit den Älteren stritten, als Außenstehender hörte man nur seltener davon, und von Jura verstand er eben herzlich wenig.

«Wo kommen Sie denn her?» erkundigte sich Martin, noch immer fröhlich, und Wrozek antwortete tiefernst: «Ich hab drei attraktiven Frauen beim Umziehen zugeschaut.»

«Ihren Job möchte ich haben!»

An einem Donnerstag, Punkt 17 Uhr 05, verlor Wrozek sein Verfolgungsobjekt aus den Augen. Oder genauer: Er wurde überaus fachmännisch abgehängt. Der kleine, irgendwie gehetzt aussehende Mann, der sich auf dem Weg in die Innenstadt an seine Aktenmappe geklammert hatte wie der Ertrinkende an den Strohhalm, war nach unschlüssigem Auf und Ab in der Gildehofpassage plötzlich zielstrebig in das Kaufhaus Klinger gestürmt. Bis zu diesem Moment war sich Wrozek sicher, daß sein Objekt noch keinen Verdacht geschöpft hatte, der Tempowechsel mußte andere Gründe haben, wahrscheinlich stand das Treffen unmittelbar bevor. Der Kleine sauste die Rolltreppe zum ersten Stock – Herren-Oberbekleidung – hoch, bog sofort nach rechts ab und verschwand hinter der Tür zu den Kundentoiletten.

Wrozek bezog Position hinter einem Ständer mit dunklen Regenmänteln, betrieb intensiv Preisvergleiche, wimmelte einen herbeieilenden Verkäufer höflich, aber energisch ab und wurde nach 10 Minuten – nun von zwei Verkäufern halb mißtrauisch, halb vorwurfsvoll angestarrt – unruhig. Wo blieb der Kleine? Wenn dessen Chef recht hatte, befanden sich in der Aktenmappe mehrere technische Zeichnungen, die der Konkurrenz einiges Geld wert sein mußten.

Auf Umwegen, vorbei an scheußlichen Freizeitjacken, erreichte er die Tür, öffnete sie – und stand auf einem schmalen Gang, vor ihm die Tür zur Herrentoilette, 10 Meter rechts eine weitere Tür zum Treppenhaus. Leise vor sich hinfluchend, nahm er denselben Weg hinunter zum Ausgang; der harmlose Kleine, ob gewarnt oder nur aus Prinzip vorsichtig, hatte ihn in bester Profi-Manier abgeschüttelt. Daraus durfte er zwar den Schluß ziehen, daß der Verdächtige in der Tat ein schlechtes Gewissen hatte und wohl wirklich etwas Ungesetzliches plante, aber sein Auftrag hatte eigentlich gelautet festzustellen, wem von der Konkurrenz der Kleine die Pläne aushändigte.

Es nieselte leicht aus einem tiefen, schmutziggrauen Himmel, ein Wetter, das jetzt genau seiner Stimmung entsprach. Verbiestert und unschlüssig, was er nun unternehmen sollte, schlich er die Passage entlang und stoppte voller Begeisterung vor dem Kino im Gildehof: *‹Zeugin der Anklage›*. Einer seiner Lieblingsfilme, den er bestimmt schon fünfmal gesehen hatte und den er nun ein sechstes Mal anschauen wollte. Zum Teufel mit unangenehmen Chefs, die ihren Konstrukteuren mißtrauten, mit dem Knaben konnte er sich morgen immer noch herumärgern.

Obwohl der Film erst um 18 Uhr begann, hatte sich vor der einzigen Kasse bereits eine lange Schlange gebildet. Elend langsam rückte er vorwärts. Hinter ihm erhob sich plötzlich wütender Protest, Gekeife, dann erhielt er einen mächtigen Stoß in den Rücken, stolperte nach vorne und gab die Bewegung an den Rücken der vor ihm stehenden Frau weiter. Fast hätte er laut aufgelacht: Auch sie stolperte, rempelte ihren Vordermann an, und der Stoß pflanzte sich fort wie in einer umstürzenden Reihe hochkant gestellter Dominosteine, bis der Mann an der Spitze der Schlange mit einem dumpfen Schlag gegen das Glas der Kasse knallte.

Doch da hatte sie sich schon umgedreht und blitzte ihn zornig an. «Entschuldigung», murmelte er, mühsam das Lachen unterdrükkend, «ich bin auch gestoßen worden.»

«Ah ja?» fauchte sie. «Können Sie nicht besser aufpassen?»

«Ich sagte doch, ich bin ...» Er brach ab – irgendwoher kannte er die Frau –, und im selben Moment wurde sie auch unsicher. Eine Sekunde lang musterten sie sich intensiv-verlegen, dann funkte es gleichzeitig bei ihnen.

«Herr Wrozek!» – «Frau Mercator!»

Die hübsche Richterin aus dem Prozeß Schramm, die ihm damals schon so gut gefallen hatte. Er besann sich als erster und streckte ihr die Hand hin: «Nehmen Sie Nachhilfeunterricht?»

«Wie bitte?» staunte sie, begriff aber sofort und lachte so fröhlich los, daß sich die anderen vor und hinter ihnen, die noch immer stritten, neugierig umwandten. Wrozeks Laune hob sich schlagartig, und auch die Richterin schien nicht böse zu sein, daß er sich neben sie stellte.

Die Kassiererin, griesgrämig und wortkarg, schob ihm zwei Karten für die letzte Reihe Parkett zu, die er bezahlte, obwohl Frau Mercator protestierte. Als sie sich setzten, gestand sie ihm:

«Das ist mein Alptraum – Einzelrichter und dann aus heiterem Himmel eine Zeugin, die alles über den Haufen wirft.»

«Gibt's denn so was überhaupt im deutschen Strafprozeß?»

«So extrem nicht, aber was meinen Sie, was vor deutschen Gerichten gelogen wird.»

«Vor der Ehe und nach der Jagd auch.»

Sie konnte ungeheuer blanke Augen machen: «Woher wissen Sie das?»

«Berufsgeheimnis.»

«Wir sollten unsere Kenntnisse zusammenlegen.»

«Himmel hilf! Geben Sie den Angeklagten doch eine Chance!»

Der Film fesselte ihn wie beim erstenmal, und ihr schien es nicht anders zu gehen; er hörte sie seufzen und den Atem anhalten. Als das Licht anging, atmeten beide schwer aus, wie auf Kommando, und breit schmunzelnd schlug er vor: «Dagegen hilft nur ein Wein.»

«Meinen Sie?»

«Ich weiß es.»

«Dann überzeugen Sie mich.»

Er musterte sie kurz und unauffällig.

Sie trug einen dunkelbraunen Hosenanzug und, wie er mit einem schnellen Blick feststellte, weder einen Ehe- noch einen Verlobungsring. Als ob sie seine Gedanken erraten hätte, erkundigte sie sich scheinheilig-besorgt:

«Schadet es Ihrem Ruf nicht, mit einer Person der dritten Gewalt zusammen gesehen zu werden?»

«Es kann meinem Renommee nur nützen.»

«Das bleibt abzuwarten.»

Im *Alten Fischerhaus* fanden sie sogar noch einen Zweiertisch direkt am Fenster. Über den Wein stritten sie sich, sie bestand auf einem Macon, und er strich die Fahne: «Ich unterwerfe mich Ihrem Urteil, obwohl – der Angeklagte hat immer das letzte Wort.»

«Reine Formsache, Angeklagter.»

Nicht einen Augenblick kam Verlegenheit auf. Sie lachte tatsächlich gerne, ganz wie er vermutet hatte, aber sie besaß echten Humor und darüber hinaus eine seltene Ironie, mit der sie großzügig umging; sie konnte aber auch Spott einstecken, und langsam glitten sie in einen Wettkampf miteinander, der ihm Spaß machte. Sobald sie einen Treffer anbrachte, funkelten ihre Augen, und ihre langen braunen Locken flogen, wenn sie den Kopf schüttelte. Das gedämpfte Licht und die Kerzen auf den Tischen schufen eine seltsam vertrauliche Atmosphäre, und mehr als einmal mußte er sich ermahnen, ihren mit Spott gewürzten Flirt nicht ernst zu nehmen. Der Wein war schwer und stieg ihm rasch zu Kopf, das Lokal hatte sich bis auf den letzten Platz gefüllt, und die vielen Stimmen ringsum summten angenehm. Als hätten sie sich verabredet, vermied sie, von ihrer Arbeit zu erzählen, und er erwähnte seinen Job nur beiläufig. Dafür zogen sie eine Menge Leute durch den Kakao, stritten sich über Politik und Kunst – zu seiner maßlosen Verblüffung hatte sie im Zusammenhang mit Malerei sogar schon von Hänschen Bauer gehört, den sie als Künstler im Gegensatz zu Wrozek schätzte – und landeten bei der Emanzipations-Bewegung.

Vielleicht war es der Rotwein, vielleicht die Stimmung, jedenfalls vertraute sie ihm plötzlich an, daß sich der Mann, mit dem sie zusammengelebt hatte, zwei Wochen zuvor höflich und endgültig verabschiedet habe. Einen Moment runzelte er unwillig die Stirn, weil er hinter dem heiteren Ton Traurigkeit zu vernehmen glaubte, aber sie fing sich sofort wieder. «Männer haben ihre Koffer eben schneller gepackt. Daran wird die ganze Emanzipation scheitern.»

«Koffer? – Wohl kaum. Reisetaschen – das stimmt.»

«Ein bemerkenswerter Unterschied.»

«Für beide Seiten.»

«Diese Weisheit sollten wir mit einem letzten Schluck befeuchten.»

«Müssen Sie noch Auto fahren?»

Sie kicherte vergnügt: «Nein, einige wenige Dinge kann ich mir in meinem Beruf nicht leisten, und dazu gehört auch Alkohol am Steuer.»

«Dann werde ich Sie nach Hause bringen – vorausgesetzt, Sie vertrauen meiner Fahrtüchtigkeit.» Er winkte dem Ober.

Später protestierte sie nur schwach, als er die Rechnung bezahlte.

Vor ihrer Haustür kramte sie in ihrer Handtasche und hielt ihm eine Visitenkarte hin: «Rufen Sie mich einmal an? Ich würde mich freuen.»

«Gerne. Vielen Dank für den netten Abend.»

«Ich muß mich bei Ihnen bedanken, Herr Wrozek.»

Sie hielt seine Hand den Bruchteil einer Sekunde länger als notwendig, und das schnelle, warme Lächeln vergaß er auf der ganzen Heimfahrt nicht.

Das Telefon klingelte, als er seine Wohnungstür aufschloß, und mit langen Schritten stürzte er ins Wohnzimmer:

«Wrozek.»

«Hier ist Nadja. Bist du endlich eingetrudelt?»

Ihr ungeduldiger, fast scharfer Ton störte ihn, und deswegen antwortete er patzig: «Gerade eben.»

«Ich hab schon seit Stunden versucht, dich zu erreichen.»

«Ich war im Kino. Und anschließend im *Alten Fischerhaus*.»

«Was machst denn du im *Fischerhaus*?»

«Ich habe vor dem Kino jemanden getroffen.» Er antwortete halb gereizt, halb verwundert; diese Ausfragerei war sonst nicht ihre Art.

«Wen denn?»

«Eine Frau.»

Danach schwieg sie sehr lange, und er wartete verärgert, bis sie leise sagte:

«Ja, dann ... Ich wollte dir nur sagen, daß ich mir eine neue Wohnung angesehen habe. Draußen in Schottenheim, direkt am Wald.»

«Schottenheim? Das ist ja am Ende der Welt.»

«Für mich nicht, nicht mehr. Ich habe nämlich auch eine neue Stelle, bei Köhler und Landmann.»

«Was?»

«Ja, nächsten Montag fang ich dort an. Es ging alles holterdiepolter, und mein ekelhafter Boß war gar nicht böse, daß ich fristlos kündigen wollte.»

«Herzlichen Glückwunsch, Nadja.»

«Danke», sagte sie, merkwürdig bedrückt. «Ich hätte gerne mit dir ...»

«Ja?» ermunterte er sie.

«Wir müssen ... Jochen, wer war die Frau heute abend?»

«Verdammt, Nadja!» explodierte er. «Wir sind nicht miteinander verheiratet. Das geht dich nichts an, oder glaubst du, ich müßte dir Rechenschaft ablegen, wenn ich einmal ...»

Das Telefon klickte, sie hatte aufgelegt. Wütend donnerte er den Hörer auf die Gabel. Was bildete sie sich eigentlich ein? Irgendwo war ja wohl eine Grenze!

Am nächsten Morgen, als er sich beruhigt hatte, rief er sie im Büro an, aber sie wollte nicht mit ihm sprechen, und fast noch wütender als am Abend zuvor gab er es auf.

Den Rest des Tages und den ganzen Samstag verbrachte er mit einer elend langweiligen Überwachung; die junge Frau rührte sich nicht aus dem Haus und empfing auch keinen Besuch. Es war kalt und regnerisch, kein Wetter, um einen Hund vor die Tür zu schicken, und der Ehemann vergnügte sich wahrscheinlich gerade mit seiner Freundin, während er sich Finger und Zehen abfror und die Ehefrau offenbar den ganzen Tag vor dem Fernseher hockte. Manchmal verfluchte er seinen Job aus ganzem Herzen.

Am Sonntag trödelte er herum und zögerte, die hübsche Richterin anzurufen, teils aus Scheu davor, sich einen Korb einzuhandeln, teils aus dem Wissen heraus, daß sie mehr von ihm fordern würde als eine flüchtige Bekanntschaft – wenn es überhaupt zu einem zweiten Treffen kommen sollte. Doch am Nachmittag, als ein kalter, böiger Wind schwere Regentropfen gegen die Fenster schleuderte, überwand er sich.

«Dem Himmel sei Dank!» jubelte sie. «Gerade habe ich an Sie denken müssen.»

«Wie komme ich zu dieser Ehre?» frotzelte er. Es tat ihm gut, ihre Stimme zu hören.

«Ob das eine Ehre ist, steht noch sehr dahin. Ich lese nämlich gerade Akten, übermorgen beginnt doch der Prozeß gegen die beiden Grottkis.»

«Bei Raubmord denken Sie also an mich.»

«Und immer dann, wenn mein Magen knurrt. Was halten Sie von einer riesigen Pizza nach einem köstlichen Salat mit Eiern, Tomaten, Thunfisch, Sardellen, Mortadella und frischen Kräutern?»

«Sie haben die Oliven vergessen. Wenn Sie die noch in den Salat praktizieren können, bin ich dabei.»

«Sehr fein. In einer halben Stunde bei mir? Ich muß mir nur noch die Ärmelschoner ausziehen.»

Als er sie abholte, stand sie schon unter der Haustür, frierend, in einen knöchellangen Regenmantel gewickelt, die Kapuze tief in die

Stirn gezogen, und lachte ihn so fröhlich an, daß er sich heimlich einen Trottel schimpfte, weil er sich vor dem Anruf gefürchtet hatte. Unglaublich, daß dieses hübsche Mädchen in zwei Tagen über zwei Raubmörder zu Gericht sitzen sollte. Der Regen war inzwischen in eine wahre Sintflut übergegangen.

Das Lokal war klein, verwinkelt und überfüllt. Der massige Italiener hinter der Theke strahlte, als sie eintraten, und ruderte heftig mit den Armen:

«Welche Ehre, welches Vergnügen. Kommen Sie, kommen Sie, Signora Richterin, was kann ich für Sie tun?»

Wrozek fühlte sich herzlich überflüssig, von allen Seiten kamen die Gäste des Lokals auf seine Begleiterin zugestürzt und wollten ihr unbedingt begeistert die Hand schütteln, wobei südländisch laut und ausgiebig parliert wurde; er geriet im Gedränge immer mehr in den Hintergrund, und wenn sie sich nicht nach ihm umgedreht hätte, wäre er glatt rückwärts auf die Straße geschoben worden.

Sie bekamen ihren Einzeltisch, den besten, in einer abgetrennten Nische; die drei Italiener räumten lachend die Plätze, im Handumdrehen war das rot-weiß-karierte Tischtuch ausgewechselt, ein Windlicht mit einer neuen Kerze tauchte aus dem Nichts auf, Gläser, Teller, Besteck; Wrozek kam gar nicht dazu, ihr aus dem Mantel zu helfen, das besorgten gleich vier Männer, die sich um die Ehre stritten, und als sie endlich allein gelassen wurden, staunte er sie an:

«Wie machen Sie das?»

«Ich? Oh, das ist ganz einfach. Mario – der Wirt – sollte einen deutschen Kollegen mit dem Messer niedergestochen haben, zwei Deutsche wollten es beschwören, aber mir gefiel der Eifer dieser Zeugen nicht, und deswegen habe ich etwas nachgebohrt, bis sich ihre Aussagen verhedderten – nun, kurz und gut, Mario wurde freigesprochen.»

Respektvoll nickte er: «Und jetzt verstoßen Sie gegen das Gesetz, indem Sie dafür geldwerte Vorteile annehmen?»

«Sie!» Es sollte empört klingen, aber sie mußte vorher schon lachen, und Wrozek erhaschte mehrere heiter-verständnisvolle Blicke der Gäste, die sie nicht aus den Augen ließen, in keiner Weise verlegen, daß sie beim Beobachten ertappt wurden. Sie bestellte, Marios dunkelbraune Augen glänzten, und Wrozek gestand sich ein, daß er seine Dankbarkeit nie so offen und ehrlich würde zeigen können.

Der Salat und die Pizza übertrafen seine Erwartungen. Sie tranken einen trockenen, erdig schmeckenden Weißwein, den er noch nie probiert hatte, und irgendwann, als Mario die dritte Karaffe gebracht hatte, duzten sie sich wie selbstverständlich. Sie hieß Ingrid, Ingrid Mercator.

«Aber Joachim hört sich so feierlich an, ich wette, du wirst überall Jochen genannt.»

«Sehr scharfsinnig, Frau Richterin, du wirst noch Karriere machen.»

Ihre Augenbrauen wuchsen in die Höhe, er streichelte schnell über ihre schmale Hand, und sie zog sie nicht zurück.

Diesmal erzählte er, was er trieb, womit er sein Geld verdiente, und sie hörte aufmerksam zu, ehrlich interessiert an dem so wenig heldenhaften Alltag eines Privatdetektivs, schüttelte leicht den Kopf, wenn er sich selbst verspottete, und grämte sich provozierend unernst über seine Fehlschläge. Unversehens waren sie beim Mordprozeß Schramm angelangt, ihr Blick wurde nachdenklich, eine Spur abweisend. Trotzdem riskierte er einen Vorstoß: «In der Verhandlung ist vieles nicht zur Sprache gekommen.»

«Nein», gab sie zu.

«Vor allem das Motiv nicht ... halt, nun kraus nicht die Stirn, ich weiß, daß die Beratungen vertraulich sind.»

«Sagte der Spion und knipste eifrig. Nein, das Motiv war nicht strittig. Irene Schramm und Manfred Lurwig hatten ein Verhältnis, aber das mußten sie natürlich leugnen, sonst wäre das Motiv offenkundig gewesen.»

«Du meinst, Irene wollte den ganzen Kuchen und nicht nur einen Teil des Vermögens?»

«Wer weiß, ob sie überhaupt einen Teil bekommen hätte. Sie hatte vor der Ehe gearbeitet, sie hatte während der Ehe den Wunsch geäußert, wieder zu arbeiten, sie konnte also selbst für ihren Lebensunterhalt sorgen. Wahrscheinlich hätte Oswald Schramm ihr nur eine kleine monatliche Zahlung leisten müssen – nun schau nicht so zweifelnd, du weißt doch, bei Gott und den deutschen Gerichten ist alles möglich.»

«Nestbeschmutzerin!» murmelte er, sie streckte ihm die Zunge heraus, er trat ihr auf den Fuß und fuhr hartnäckig fort: «Okay, du Auge des Gesetzes ...»

«... ein hübsches Auge?»

«Das schönste, das mir je begegnet ist. Aber lenk jetzt nicht ab: Warum, zum Teufel, haben sich Irene Schramm und Manfred Lurwig, wenn sie schon entschlossen waren, den störenden Oswald zu beseitigen, nicht ein Alibi für den Mordabend gezimmert? Sie hätten doch nur sagen müssen, sie seien den ganzen Abend zusammen gewesen. Warum behauptet sie, nach Hause gefahren zu sein, in ein leeres Haus, und warum behauptet er, den Abend allein in seiner Wohnung verbracht zu haben?»

Ihr Gesicht wurde ernst. «Das ist der wunde Punkt. Die beiden müssen einfach etwas geplant haben, aber das ging dann schief, weil du ihnen dazwischengefunkt hast. Und hinterher haben sie sich nicht getraut, dieses Schein-Alibi zu benutzen.»

«Möglich», stimmte er zu, nicht ganz überzeugt.

«Nicht nur möglich, sondern sehr wahrscheinlich, mein lieber Privatdetektiv. Und wenn du mich fragst, dann hat diese Nadja Rimbach in dem ganzen Fall eine längst noch nicht aufgeklärte Rolle gespielt.»

Unwillkürlich zuckte er zusammen, was ihr natürlich nicht entging, und leise lachend kniff sie ihn in den Handrücken:

«Registriere ich da einen Widerspruch?»

«In der Tat.»

«Ist der sachlich begründet oder hat er etwas mit der Anziehungskraft langer blonder Haare zu tun?»

«Mit letzterem», gestand er widerstrebend, worauf sie ihn direkt ansah:

«Hast du sie noch einmal wiedergesehen?»

«Ja.» Er holte tief Luft. «Mehrmals sogar.»

Ihr Mund verzog sich zu einem winzigen Schmunzeln, bevor sie streng urteilte: «Du bist ein ziemlicher Filou, mein lieber Detektiv.»

«Das ist eine Art Berufskrankheit.»

Als sie zurückfuhren, regnete es immer noch, der Wind war stärker geworden und rüttelte das Auto durch. Schweigend stiegen sie vor ihrem Haus aus; während er den Wagen abschloß, lief sie eilig unter das Vordach. Hinter ihm klappte eine Autotür, eine Männerstimme rief: «Ingrid», sie fuhr herum und erstarrte. Der andere Mann stürzte auf sie zu und nahm sie in die Arme, Wrozek zögerte einen Moment, doch als er sah, daß sie die Arme um den Hals des anderen legte, griff er schwerfällig in die Manteltasche, holte die Autoschlüssel heraus und schloß wieder auf, stieg ein und versuchte, das leichte Ziehen in der Brust nicht zu spüren.

Sie setzte sich neben ihn und starrte wie er durch die verschleierte Windschutzscheibe nach vorn.

«Es tut mir leid, Jochen. Aber er ist zurückgekommen.»

«Mit einer Reisetasche oder mit einem Koffer?»

«Mit vielen Koffern. Zu vielen, um sie schnell wieder einzupakken.»

«Ja», sagte er flach. «Viel Glück, Ingrid.»

«Danke, Jochen. Leb wohl!»

Langsam fuhr er durch die menschenleeren Straßen. Die Laternen spiegelten sich, grotesk verzerrt, in den vom Wind gekräuselten Pfützen. Trotz der weit aufgedrehten Heizung fröstelte er. Vor seinem Haus stand er eine halbe Minute unschlüssig neben dem Auto, bis ihm der Regen hinten in den Kragen rann, dann drehte er sich um und marschierte mit langen Schritten auf die Eckkneipe zu, um den Fall Schramm endgültig zu ersäufen.

Am nächsten Morgen trödelte er herum; er war hundemüde, weil er zu wenig geschlafen hatte, sein Schädel brummte nur schwach, obwohl er eine Menge getrunken hatte, erst den erdigen Weißwein, dann Bier und zum Schluß noch Whisky. Geraucht hatte er auch zuviel, er hustete ausgiebig, schnitt sich im Spiegel eine wütende Grimasse. Rotunterlaufene Augen, Magenschmerzen, Gähnkrämpfe, Druck auf der Lunge. Und draußen wurde es nicht richtig hell, es nieselte schon wieder leicht aus einem grauen, niedrigen Himmel, alles versprach einen prachtvollen Tag. Mit unnötiger Energie hebelte er einen Kronkorken von der Bierflasche, das Ding rollte natürlich unter den Schrank, der Biergeruch widerte ihn an, aber Kater wollten früh bekämpft sein.

Er trank zuviel in letzter Zeit, er wußte es selbst, aber abends war der Durst stets größer als die Einsicht, und gestern erst recht.

Zur Strafe für seine alkoholische Entgleisung fuhr er ins Büro, und als er den Büroschlüssel aus der Jackentasche zerrte, löste sich aus dem Halbdunkel des Korridors eine Gestalt.

«Herr Wrozek?»

«Ja, der bin ich», entgegnete er kurz. Es fiel ihm schwer, freundlich zu bleiben.

«Guten ... guten Tag. Ich heiße Schulte, Ursula Schulte. Ich ... ich hätte Sie gerne gesprochen ... wenn Sie Zeit haben.»

Die klägliche Stimme paßte zu dem Mädchen, und trotz seiner schlechten Laune verspürte er fast Mitleid mit ihr. Sie mochte um die Zwanzig sein, ein kleines, form- und figurloses Persönchen, das unter der Last des dicken, unkleidsamen Wintermantels fast zusammenzubrechen drohte. Ein breites Gesicht mit zwei häßlichen Hamsterbäckchen, bleich und nichtssagend, helle, aber jetzt gerötete Augen von verwaschenem Blau hinter einer schrecklichen Drahtbrille mit kreisrunden Gläsern. Die langen Haare waren unter der regendunklen Mütze hervorgerutscht und hingen ihr zottelig über den Schultern.

«Natürlich», sagte er beruhigend. «Warten Sie schon lange?»

Sie nickte ängstlich, als fürchtete sie, ihn damit zu beleidigen, und er seufzte leise. Ein Problemfall, zehn zu eins, daß ihm da ein Problemfall bevorstand.

«Tut mir leid, ich habe mich heute morgen verspätet. Verschlafen, um ganz genau zu sein. Kommen Sie doch bitte.»

Er half ihr aus dem Mantel, und sie wagte nicht, ihn offen anzusehen. Unter dem Mantel trug sie einen langen, grauschwarzen Schottenrock, der ihre Farblosigkeit noch unterstrich, und einen viel zu weiten, dicken Rollkragenpullover. Kein Lippenstift, kein Nagellack, kein Schmuck bis auf zwei billige Plastikarmringe. Als sie im Besucherstuhl Platz genommen hatte, drehte sie sofort den Kopf zur Seite und faltete beide Hände über einer winzigen Tasche aus Kunstleder. Für ihre Größe wog sie zuviel.

«Möchten Sie etwas trinken?»

«Nein ... nein ... danke. Vielen Dank.»

«Was kann ich für Sie tun, Fräulein Schulte?»

Wie er befürchtet hatte, antwortete sie nicht. Während er sie scharf musterte, bemerkte er, daß sie lautlos zu weinen begonnen hatte.

«Haben Sie Kummer?»

Sie nickte kaum merklich, ihr Kopf sank tiefer.

«Wollen Sie darüber sprechen?»

Plötzlich schluchzte sie laut auf: «Ich bekomme ein Kind.»

Weil er so etwas erwartet hatte, fragte er ruhig: «Wie alt sind Sie?»

«Zwanzig», stieß sie heraus. Volljährig nach dem Gesetz, aber in Wirklichkeit ein hilfloses Kind. Sie hob den Kopf und wischte sich mit dem Handrücken die Tränen weg:

«Er ... er ... der Vater ist ... er hat mich belogen.»

«Wie meinen Sie das?»

«Er hat gesagt, er würde in Nürnberg wohnen. Aber da wohnt er nicht, da kennt ihn keiner.»

«Sie müssen mir schon alles der Reihe nach erzählen, Fräulein Schulte.»

Ganz mit ihrer Verzweiflung beschäftigt, hatte sie seinen Einwurf überhört.

«Aber ich habe nicht viel Geld. Ich habe ...» Sie zerrte an ihrer Handtasche und zog ein schmales Päckchen heraus. «Ich habe nur 400 Mark, das ist alles, was ...»

«Ganz ruhig.» Er hob die Hand. «Über Geld reden wir später. Jetzt erzählen Sie erst einmal ganz von vorn.»

«Ja, ja, ich will ...»

Man konnte richtig sehen, wie sie sich zur Ruhe zwang, und als sie ihre Tränen hinuntergeschluckt und sich die Nase geputzt hatte, konnte sie ihre Geschichte verständlich vortragen. Eine kleine, bittere, jämmerliche Alltagsgeschichte, und trotzdem zu groß für dieses Kind vor ihm. Vor zwei Jahren, gleich nach ihrem 18. Geburtstag, war sie von zu Hause weggezogen, gegen den Willen ihrer Eltern, die ihr tief verbittert das Schlimmste prophezeiten. Die ersten Monate in der Stadt waren auch schlimm, sie war einsam, die Arbeit monoton, und die winzige Wohnung, die sie sich leisten konnte, bedrückte sie. Dann freundete sie sich mit einigen Mädchen ihres Alters an, und mit der Clique ging sie eines Abends in das *Moonlight*. Nein, einen Freund hatte sie nicht, aber an dem Abend geschah das Wunder, auf das sie wohl gehofft hatte: Ein Mann kümmerte sich um sie, tanzte nur mit ihr, obwohl ihre Freundinnen doch viel hübscher waren. Das sagte sie freilich nicht, aber Wrozek reimte es sich zusammen. Er hieß Harald Kunze, war 35 Jahre alt und Vertreter für eine Kosmetik-Firma. Alle zwei Wochen hatte er in der Stadt zu tun, und er wollte sie wiedersehen. Beim nächstenmal lud er sie zum Essen ein, dann gingen sie tanzen, tranken Sekt, und er verbrachte die Nacht in ihrer Wohnung. Vier Monate lang trafen sie sich alle vierzehn Tage, immer am Wochenende, er schenkte ihr Parfüm und Seife und Lippenstifte, fuhr mit ihr ins Grüne und liebte sie. Vor drei Wochen hatte sie dann angefangen, sich Sorgen zu machen, und die Frauenärztin bestätigte ihr schließlich, daß sie schwanger war, an einem Dienstag nach ihrem letzten Wochenende.

«Da habe ich ihm gleich geschrieben.»

Natürlich war sie in Panik geraten, und als sie einen zerknitterten Briefumschlag aus ihrer Handtasche zog, ahnte er schon, was er lesen würde: *«Empfänger unter dieser Anschrift nicht bekannt.»* Ein verwischter Stempel, eine unleserliche Unterschrift, mit schwarzem Kugelschreiber hingekrakelt, ein Datum. Ein zweiter Stempel *«Nachsendeantrag Postamt 1»*, in Blau daneben: *«Nicht gestellt»*, ein dritter Stempel: *«Zurück an Absender»*.

Ihr Gesicht war jetzt weiß, so blutleer, daß er fürchtete, sie würde gleich aus dem Stuhl fallen.

«Am Freitag habe ich diesen Brief bekommen.»

Ein Geschäftsbogen der Firma Rinova-Kosmetik, mit der Maschine geschrieben, unterzeichnet von einem «Herbert Kunze».

> *Sehr verehrtes Fräulein Schulte,*
> *Ihr an Harald Kunze – in unserer Firma – gerichteter Brief wurde mir auf den Schreibtisch gelegt, weil ich der einzige Rinova-Mitarbeiter namens Kunze bin. Zwar habe ich den nicht zutreffenden Vornamen bemerkt, aber an einen Irrtum des Schreibers geglaubt, wie er leicht passieren kann. Deswegen habe ich den nicht für mich bestimmten Brief gelesen. Dafür bitte ich Sie um Entschuldigung und Verständnis.*

Der Inhalt Ihres Briefes hat mich veranlaßt, Nachforschungen im Hause anzustellen. Zu meinem großen Bedauern muß ich Ihnen mitteilen, daß wir keinen Mitarbeiter namens Harald Kunze beschäftigen, auch noch nie beschäftigt haben. Außerdem setzen wir keine Außendienst-Mitarbeiter ein, die regelmäßig ein Wochenende außerhalb ihres Heimatortes verbringen müssen. Ich fürchte, daß Harald Kunze Sie, was seinen Arbeitsplatz betrifft, getäuscht hat.

Trotzdem hoffe und wünsche ich mit Ihnen, sehr verehrtes Fräulein Schulte, daß sich Ihre Sorgen bald und glücklich verflüchtigen.

Mit freundlichen Grüßen Ihr Herbert Kunze.

Gestelzt, aber unmißverständlich. Schweren Herzens faltete er das Blatt wieder zusammen.

«Harald ist nicht mehr gekommen?»

«Nein», flüsterte sie.

«Haben Sie an Ihrem letzten gemeinsamen Wochenende angedeutet, daß Sie schwanger sein könnten?»

Stumm nickte sie und sah rasch wieder auf den Boden. Klar, Harald Kunze, oder wie er heißen mochte, hatte nach dem ersten Verdacht die Kurve gekratzt, und daß er von Anfang an einen wahrscheinlich falschen Namen benutzt, eine falsche Adresse angegeben und sich als Vertreter einer weit entfernten Firma vorgestellt hatte, bewies nur zu deutlich, daß er diese Masche nicht zum erstenmal geritten war.

«Was wollen Sie jetzt machen?»

«Ich weiß nicht», entgegnete sie einfach. «Ich muß erst mit Harald sprechen.»

Offenbar war sie wirklich so naiv, und die Mischung aus Angst und Vertrauen stimmte ihn mitleidig.

«Haben Sie ein Bild von Harald?»

«Zwei», antwortete sie schnell und sah ihn hoffnungsvoll an. «Können Sie Harald finden?»

Wider besseres Wissen knurrte er: «Ich will's versuchen, aber erwarten Sie nicht zuviel von mir.»

Die beiden Fotos zeigten einen kräftigen, stämmigen Burschen mit dunklen lockigen Haaren, der verwegen in die Kamera lachte und sich wohl für unwiderstehlich hielt. Beide Bilder waren an einem Waldrand aufgenommen; auf dem ersten stützte er sich mit weit ausgestreckten Armen gegen einen Baum, als wolle er ihn am Umstürzen hindern, und drehte den Kopf zur Seite; auf dem zweiten stand er neben einer Bank, einen Fuß auf die Sitzfläche gestellt, und schien aus vollem Herzen zu lachen: für ein einsames Mädchen vom Dorf vielleicht die Verkörperung eines Mannes, der gut verdiente, weit in der Welt herumkam und jetzt seine wahre Liebe getroffen hatte.

«Was wissen Sie noch von Harald?»

Sie wurde fast lebhaft, als sie mit ihren Informationen heraussprudelte, und um ihr Vertrauen einzuflößen, schrieb er mit, obwohl er von Anfang an wußte, daß nichts, aber auch gar nichts dabei herauskommen würde. «Harald Kunze» hatte sich mit geübtem Auge ein dummes kleines Mädchen aufgegabelt, ein Essen und eine Flasche Sekt spendiert und dafür kostenloses Logis und ein kostenloses Bettvergnügen eingehandelt. Er wäre schön blöd gewesen, ihr mehr als Lügen und verlogene Liebesschwüre auf die Nase zu binden. Und blöd war er nicht gewesen, ganz im Gegenteil: Jedesmal fuhr er ein anderes Auto, mal einen Firmenwagen, mal einen Leihwagen, mal den Wagen eines Freundes, weil sein Auto gerade repariert wurde – hatte Harald gesagt. Nicht ein einziges Kennzeichen hatte sie behalten, es war zum Auswachsen mit ihr, doch er beherrschte sich:

«Ob Ihre Freundinnen mir etwas über Harald berichten können?»

Erschrocken fuhr sie hoch: «Bitte nicht, ich will nicht, daß sie ... also ... sie haben gleich gesagt, daß ... nein, bitte nicht.»

«Okay, ich verstehe», beschwichtigte er. «Lassen wir Ihre Freundinnen also aus dem Spiel. Hat Harald Ihnen mal etwas geschenkt – außer Seife und Parfüm – oder etwas in Ihrer Wohnung vergessen?»

«Seine Sachen», sagte sie schnell. «Seine Sachen sind noch bei mir.»

«Wenigstens etwas», atmete er auf. «Wo wohnen Sie, Fräulein Schulte?»

«Im Gremser Weg 30. Im fünften Stock.»

«Arbeiten Sie?»

«Ich bin heute nicht hingegangen.»

«Ja, ich verstehe, aber bei welcher Firma sind sie angestellt?»

«In der Kaufhalle an der Remscheider Straße. Ich bin Verkäuferin, in der Feinkost-Abteilung.»

Ihr Stolz tat ihm weh, deswegen griff er rasch nach seinen Zigaretten. «Und wie soll es weitergehen – ich meine, wenn wir Harald nicht finden?»

Ihre Blicke irrten umher, sie faltete und streckte pausenlos ihre Hände, und an den runden Schultern erkannte er, daß sich ihr ganzer Körper verkrampfte.

«Können Sie nicht zu Ihren Eltern zurück?»

«Mit einem Kind?» Sie lachte bitter auf, und er wagte nicht, die nächste, die naheliegende Frage zu stellen, ob sie das Kind bekommen wollte. Wäre sie etwas cleverer und etwas weniger verletzlich gewesen, hätte er ihr eine Adresse nennen können, aber bei diesem vollkommen verwirrten Mädchen riskierte er nicht einmal eine Andeutung.

«Was würde es denn ... denn kosten, Harald zu suchen?» Sie schluckte. «Ich habe ... habe nicht ... nicht viel Geld.»

Jetzt war sie blutrot, und barscher, als er eigentlich wollte, entschied er:

«Behalten Sie Ihr Geld! Wir fahren jetzt in Ihre Wohnung, ich höre mich etwas um, und wenn ich etwas erfahre, was lohnt, reden wir später über mein Honorar. Machen Sie sich deswegen keine Sorgen.»

Sie öffnete den Mund, aber wie er vermutet hatte, konnte sie nicht widersprechen. Mädchen wie sie waren von Natur, aber noch mehr von Erziehung aus dazu verurteilt zu gehorchen, ausgenutzt zu werden und teuer dafür zu bezahlen. Er hätte den Eltern gern einige unfreundliche Takte gesagt.

Aber als sie das Geld erwähnt hatte, fiel ihm ein, daß er bei seiner Kneipentour gestern hatte anschreiben lassen müssen, weil Mario gut, sehr gut sogar, aber nicht ganz billig gewesen war. Er holte seinen Schlüsselbund aus der Jackentasche, schloß den Stahlschrank auf und holte die Kasse heraus. Sie zog scharf den Atem ein, erstaunt wandte er sich ihr zu, und sie brachte hervor: «Der ... der Revolver. Er hat mich erschreckt.»

«Keine Angst», beruhigte er, «ich nehme sie nicht mit.»

«Ich dachte ... wegen Harald.»

«Nein», seufzte er in komischer Verzweiflung und klappte den Deckel der Kasse wieder zu. «Ich werde nicht auf Harald schießen. Übrigens ist es kein Revolver, sondern eine Pistole.»

Zögernd nickte sie und sah ihm mit großen Augen zu, während er sorgfältig alles versperrte. Als er ihr in den Mantel half, spürte er, daß sie zitterte.

Auf der Fahrt in den Gremser Weg, eine schmale Gasse jenseits des Flusses, hockte sie still und in sich zusammengesunken auf dem Nebensitz, den Kopf abgewendet. Er wußte, daß sie von ihrer Häßlichkeit überzeugt war, und diese Überzeugung machte sie tatsächlich häßlich. Es regnete noch immer dünn und gleichmäßig, alles troff inzwischen vor Nässe. Seine schlechte Laune kämpfte heftig gegen sein Mitleid. Ohne Ingrid, das gestand er sich ein, als sie vor einer Ampel ewig warten mußten, würde er sich nicht um dieses unglückliche Geschöpf kümmern. Joachim Wrozek und das Selbstmitleid. Der Pfadfinder und die tägliche gute Tat. Albern, aber nun saß er hier und wütete wortlos gegen den verdammten Fahrschüler vor ihm, der zum zweitenmal den Motor abwürgte.

Das Haus Nr. 30 zeugte von einem geschäftstüchtigen Eigentümer: sechs Stockwerke und 29 Klingelknöpfe, also auf jeder Etage fünf Puppenstuben für Menschen, die hundertprozentig klaustrophobie-frei sein mußten. Der Aufzug – Wrozek staunte nicht schlecht über diesen Komfort – war nur für vier Personen zugelassen; zwei warteten schon unten und warfen unfreundliche Blicke auf ihn und seine Begleiterin. Niemand grüßte, was ihn nicht verwunderte; in solchen Häusern entwickelten sich keine Nachbarschaften, die meisten wußten wahrscheinlich gar nicht, wer neben ihnen wohnte. Irgendwo wummerte eine Stereo-Anlage, er spürte Schlagzeug und Baß in der Magengrube. Die eine der beiden Frauen musterte ihn jetzt ungeniert, und er hätte jede Wette darauf angenommen, daß sie einen steuerfreien Beruf ausübte.

Von der Wohnung war er angetan – zwei winzige Zimmer, eine noch kleinere Küche und ein Bad, in dem er sich kaum umdrehen konnte, ohne etwas zu Boden zu reißen, aber farbenfroh eingerichtet und bis in den letzten Winkel sauber und ordentlich. Stumm räumte sie eine Vase mit Plastikblumen weg, klappte den Deckel der auf alt getrimmten Truhe auf und trat zurück. Ein ganzes Warenlager hatte sich angesammelt – Parfüm, Seifen, Cremes, Lippenstifte, Nagellack, ausnahmslos Werbegeschenke der Firma Rinova-Kosmetik. Zwei bunte Kopftücher, noch gefaltet und in ihrer verschlossenen Original-Plastikhülle: überreicht von ihrem Kosmetik-Spezialisten.

«Benutzen Sie diese Sachen nicht?» fragte er leise, und sie schüttelte den Kopf. Nur für alle Fälle nahm er einige Teile heraus und studierte sie von allen Seiten, aber nirgendwo fand er eine Zahl oder einen Hinweis auf den Verteiler. Freund Harald mochte kein Vertreter der Firma Rinova sein, aber diese Sachen hatte er einem echten Vertreter weggenommen oder abgekauft.

«Zeigen Sie mir noch Haralds Sachen?»

Eine Strickjacke, ohne Marken- oder Herstellerzeichen. Ein schmutziges Oberhemd, Kragenweite 40, am linken Ärmel so eingerissen, daß das Flicken nicht mehr lohnte. Eine Zahnbürste und ein billiger Plastik-Wegwerf-Rasierer, wie ihn nur Leute benutzten, die ihren Trockenrasierer vergessen hatten. Ein zerfleddertes Taschenbuch ‹*Die Königin des Hafens*›. Kein Name. Zwecklos, mit diesen Anhaltspunkten auch nur eine Stunde an den Fall zu hängen, aber dann beging Wrozek den Fehler, sie anzusehen, und als er ihr vollkommen verängstigtes Gesicht bemerkte, hörte er sich zu seinem eigenen Erstaunen brummen:

«Ich nehme die beiden Bilder mit und erkundige mich mal. Sind Sie heute den ganzen Tag hier zu erreichen?»

«Ja, ich warte ... nein, ich muß mich krank schreiben lassen. In der Firma sind ... sind sie sehr streng.»

«Gut, machen Sie das, und dann warten Sie hier auf mich.»

Sie nickte wieder stumm, und im Aufzug schimpfte er sich einen sentimentalen Trottel.

Die beiden nächsten Stunden klapperte er Pensionen und kleine Hotels ab. Vertreter mußten rechnen, so üppig waren ihre Tagegelder und Übernachtungs-Pauschalen nicht, und wenn sich irgendwo ein kleines Haus durch Sauberkeit, Ruhe und zivile Preise auszeichnete, sprach sich das in der reisenden Zunft schnell herum. Einige Inhaber kannte er, und die gaben ihm ohne weiteres Auskunft:

«Nein, tut mir leid, Herr Wrozek, nie gesehen.»

«Können Sie mir einen Tip geben, wo ich noch fragen sollte?»

Er bekam mehrere Adressen, wurde telefonisch angekündigt und fuhr los, erhielt neue Namen und Anschriften. Aber überall dasselbe Ergebnis:

«Nein, an diesen Mann kann ich mich nicht erinnern.»

Einmal stand ein älterer Glatzkopf neben ihm, der gerade zahlen wollte, und ließ sich die Bilder zeigen. Nachdem er sie lange studiert hatte, murmelte er:

«Tja, ich will mich nicht festlegen, aber dieser Knabe ist mal in dieser Gegend gereist ... Nein, keine Ahnung, für wen. Oder wie er heißt.»

Eine weitere Stunde verschwendete er auf günstig gelegene Lokale; die Kellner und Bedienungen waren beschäftigt und hatten wenig Lust, lange nachzudenken. Wrozek erhoffte sich auch nicht viel von diesem Versuch. Der falsche Harald hätte schon irgendwo Stammkunde sein müssen, damit man sich an ihn erinnerte.

In der *Bahnhofsschänke* pirschte er sich an einen Tisch mit fünf Männern heran, die ihre Musterkoffer wie Hinweisschilder neben sich stehen hatten und offenbar etwas Erfreuliches feierten; Wrozek mußte ein Bier und einen Klaren annehmen und seine Geschichte erzählen, während die Bilder die Runde machten. Der Jüngste, ein Hellblonder mit einer starken Brille, stutzte, überlegte und meinte schließlich zögernd:

«Den hab ich schon mal gesehen, auch mit einem Musterkoffer. Doch, ja. War aber noch ziemlich neu in der Branche, und für meinen Geschmack etwas zu forsch.»

Gespannt beugte Wrozek sich vor, doch der Brillenträger seufzte: «Nein, mehr kann ich Ihnen nicht sagen.»

In der Zwischenzeit hatte der Wirt die Bilder noch einmal in die Hand genommen, und plötzlich erzählte er aufgeregt: «Ganz recht, Peter, den Kerl haben wir schon mal getroffen. Da hatte er aber noch 'nen Bart. Oder so was. Und wenn ich nicht völlig irre, wollte der unbedingt mit uns pokern – weißt du noch, du hattest gerade deinen neuen Wagen zu Klump gefahren und warst ziemlich knapp bei Kasse.»

«Richtig, ja, genau. Der Pokerfritze. Aber das ist schon Jahre her. Der machte in Zeitschriften. Oder in Lexika?»

Dankend lehnte er die zweite Runde ab und verdrückte sich. Zeitschriften oder Lexika – das war noch komplizierter als Kosmetika, und durch die diversen Pokerlokale der Stadt zu ziehen verkniff er sich: Erstens hätte er zwei Tage damit zubringen können, und zweitens wußte er genau, daß man ihm dort die Tür vor der Nase zuschlagen würde. Poker war illegales Glücksspiel, und das mindeste, was die Spieler dort erwarteten, war Anonymität und Schutz vor neugierigen Fragen.

Als er in das Haus trat, mußte er grinsen. Vor dem Aufzug stand ein Paar, der Mann wandte eilig den Kopf ab, aber die Rothaarige, die ihn beim ersten Zusammentreffen ganz ungeniert gemustert hatte, warf ihm einen gehässigen und zugleich warnenden Blick zu, und danach hatte er keinen Zweifel mehr an ihrer Profession. Sie stiegen im zweiten Stock aus, und während der Mann schon in das schützende Halbdunkel des Flures davonhastete, warf sie Wrozek noch einen Blick aus schmal zusammengekniffenen Augen zu, was er mit dem harmlosesten Gesicht der Welt quittierte.

Ursula Schulte schien sich die ganze Zeit über nicht von ihrem Platz gerührt zu haben, und er ließ sich neben ihr nieder, damit sie ihn nicht ansehen mußte:

«Ich habe nichts erreicht, Ihr Harald scheint ein berufsmäßiger Pokerspieler zu sein, der von Stadt zu Stadt reist und harmlose Spieler ausnimmt. In diesem Gewerbe empfiehlt es sich, seinen wahren Namen geheimzuhalten und keine Spuren zu hinterlassen. Ich fürchte, er hat Sie ausgenutzt und sich davongemacht, als Sie eine Schwangerschaft andeuteten. Irgendwann hat er einem echten Vertreter den Musterkoffer abgeluchst und den Inhalt benutzt, Ihnen etwas vorzumachen.»

Langsam und tief atmete sie, stand dann plötzlich auf und schlurfte in die Küche. Dort hörte er sie mit Geschirr und Dosen klappern. Bald roch es nach Kaffee, sie kam zurück, deckte den

Tisch, holte den Kaffeetopf, schenkte ein und setzte sich auf die andere Seite des kleinen, niedrigen Tisches, alles stumm und in bedrückender Lautlosigkeit. Als sie endlich flüsterte: «Was soll ich jetzt tun?», hatte er Mühe, sie zu verstehen.

«Schreiben Sie Ihren Eltern die Wahrheit und fahren Sie nach Hause. Sie brauchen jetzt einen Menschen, der sich um Sie kümmert.»

Es war die Wahrheit – allein würde sie nicht fertig werden. Sie schwieg, und er wartete geduldig. Die Wohnung war unerträglich überheizt, trotzdem schien sie zu frieren, sie zitterte. Ihm wurde es zu warm, er mußte die Jacke ausziehen und über eine Sessellehne hängen. Auf ihrer Stirn bemerkte er dicke Schweißtropfen. Beunruhigt starrte er sie an. Ihr Zittern hatte sich verstärkt, ihre Zähne klapperten, die Hände zuckten, endlich stieß sie kaum vernehmbar hervor: «Meine Tabletten ... im Badezimmer ... Ein Glas Wasser – bitte.»

Jetzt schüttelte es sie förmlich, und erschrocken stürzte er in das winzige Bad. Wo waren diese Tabletten? Fieberhaft suchte er die Ablage ab, dann das Schränkchen über dem Waschbecken, zwei Metallröhrchen, welches war nun das richtige? – ein Glas Wasser. Völlig verkrampft hing sie halb über der Seitenlehne, die Augen voller Tränen, die Anfälle warfen sie hin und her.

«Welche Tabletten?»

«Das ... das ... blaue ...»

Das blaue Röhrchen. Natürlich fiel ihm der Schraubverschluß zu Boden, er schüttelte verzweifelt die Hülse. Leer, keine einzige Tablette. Vor Schmerzen begann sie zu stöhnen, ihr Gesicht verzerrte sich, Schaumbläschen traten auf ihre Lippen.

«Apotheke», keuchte sie, «Apotheke ... gleich unten.»

Er begriff sofort, sein Portemonnaie steckte in der Hosentasche, er schnappte sich das Röhrchen, raste die Stufen hinunter, auf den Fahrstuhl wollte er nicht warten, drei Stufen auf einmal, und erst als er aus der Haustür stürzte, bemerkte er, daß er in der Eile nicht einmal sein Jackett angezogen hatte. Bis zur Einmündung in die Bärenallee war er bis auf die Haut durchnäßt. Nach Luft japsend, taumelte er in die Apotheke, stieß die Kunden zur Seite: «Schnell!»

Die Apothekerin machte Schwierigkeiten: «Das ist ein verschreibungspflichtiges Medikament. Haben Sie kein Rezept?»

Er schrie sie an, sie wich zurück, die Kunden standen wie gelähmt. Ein älterer Weißkittel erschien, Wrozek riß sich zusammen: «Ja, genau, sie hat einen schweren Krampf, ja, sie bringt das Rezept vorbei!»

Er begann wieder zu brüllen, der Alte, eingeschüchtert von seiner Aufregung, gab ihm das Röhrchen, er wartete nicht auf das Wechselgeld, stürmte die Gasse zurück und hastete die Treppe hoch, seine Lungen stachen.

Sie lag jetzt auf dem Sofa, die Beine bis an den Bauch gezogen, und wimmerte. Er hatte Mühe, ihr eine Tablette zwischen die fest zusammengebissenen Zähne zu schieben und sie zum Schlucken zu zwingen, doch schließlich trank sie einen Schluck.

Zehn bange Minuten betrachtete er sie, und endlich entspannte sie sich. Das Zittern ließ nach, und fast zärtlich wischte er ihr den Schweiß von der Stirn.

«Danke», hauchte sie, «vielen Dank.»

Eine Viertelstunde später konnte sie aufstehen. «Die Angst – und das Kind – und der Kaffee», stammelte sie, und weil er ahnte, daß sie sich schämte, antwortete er nur: «Ja.»

«Ganz selten – ich hab's schon lange nicht mehr ... Ohne Sie ...»

«Schon gut», schnitt er ihr den Satz ab. «Kann ich noch etwas für Sie tun?»

«Nein», dankte sie tonlos. «Ich fahre nach Hause.»

«Soll ich Sie zu Ihren Eltern bringen?»

«Nein, Sie haben schon genug ... Oh, die Briefe.»

«Welche Briefe?»

«Von ... wegen ... Harald.» Sie jammerte, aber nur eine Sekunde lang, dann verfiel sie wieder in diesen müden, hoffnungslosen Ton. «Ich habe die Briefe bei Ihnen vergessen.»

Ach ja, die Briefe. Irgend jemanden würde sie ihren Eltern ja als den Vater ihres Kindes benennen müssen. Mit staksigen Bewegungen packte sie eine kleine Reisetasche, dann fuhr er mit ihr ins Büro zurück, fand sogar, was ihm nur einmal im Jahr glückte, einen Parkplatz direkt vor dem Eingang unter der Laterne. Sie nahm ihre Tasche mit hinauf.

«Nein, vielen Dank, ich kann den Bus zum Bahnhof nehmen ... Nein, bestimmt nicht ... Ich ... ich ... möchte allein sein.»

Die Briefe lagen noch auf seinem Schreibtisch, sie steckte sie sorgfältig weg, langsam, als sei ihr das ganze Elend erst jetzt klargeworden, dann stolperte sie mit tränenblinden Augen aus dem Büro. Er hätte diesem Harald mit Vergnügen den Hals umdrehen können. Und das nicht nur wegen eines arbeitsreichen Tages ohne Honorar.

Hänschen Bauer hockte am nächsten Morgen schon im Büro, natürlich im Sessel hinter dem Schreibtisch, und las eine Kunstzeitschrift. Ohne den Blick zu heben, stand er auf, deutete auf einen kleinen Stapel Notizzettel und murmelte:

«Du bist spät dran heute. Ich geh jetzt.»

Nur ein Künstler konnte das Kunststück fertigbringen, lesend das Zimmer zu verlassen, ohne anzustoßen, und dabei sogar die Türen leise zuschließen. Wrozek holte tief Luft und schnappte sich die Zettel, grinste, als er den obersten gelesen hatte, und griff nach dem Telefon.

«Herr Wrozek? Gott sei Dank, daß Sie endlich anrufen. Susi ist schon wieder weggelaufen. Herr Wrozek, Sie müssen uns einfach helfen.»

«Natürlich, gnädige Frau, ich komme sofort.»

Von Ingrid Mercator las er nur in der Zeitung. Der Prozeß gegen die beiden Grottkis machte Schlagzeilen, hauptsächlich wegen der schauerlichen Brutalität, mit der die Brüder erst den Hund des Nachtwächters geschlachtet und dann den alten Mann zu Tode geprügelt hatten, um anschließend in aller Gemütsruhe die wertvollsten Stücke aus dem Leihhaus zusammenzupacken. Vor der Tür waren sie der Polizei in die Arme gelaufen, hatten noch wild um sich geschossen, zum Glück aber nicht getroffen. Beide waren vorbestraft, und beiden war, obwohl sie wegen Gewalttätigkeit verurteilt worden waren, die Strafe zur Bewährung ausgesetzt worden. Die Journalisten regten sich – zu Recht, wie Wrozek fand – über diese verhängnisvolle Milde auf.

Am Heiligabend packte er in aller Herrgottsfrühe einen kleinen Koffer und fuhr zu seiner Mutter. Ihm hätte es nichts ausgemacht, die Feiertage allein zu verbringen, aber sie legte großen Wert auf ein Familienfest. Im stillen war er davon überzeugt, daß die Meinung der Dorfnachbarn da eine größere Rolle spielte als die Zuneigung zum ältesten Sohn. Mit seinem Bruder hatte er sich nie gut verstanden, und seine Schwester war ihm gleichgültig geworden. Der Schwager fiel ihm sogar ausgesprochen auf die Nerven, ein aufgeblasener Oberstudienrat, der alles besser wußte und seine vier eingeschüchterten Kinder wie ein Feldwebel herumkommandierte. Auch diesmal kam keine Minute Gemütlichkeit auf, er langweilte sich von Herzen.

Am ersten Feiertag gingen sie nachmittags spazieren; hier oben lag Schnee, und die Kinder hätten viel lieber gerodelt oder eine Schneeballschlacht veranstaltet, als brav hinter der Oma herzumarschieren. Sein Schwager hielt sich neben ihm und richtete es so ein, daß sie zurückblieben; Wrozek beobachtete das Manöver mit amüsierter Gleichgültigkeit.

«Hör mal, Jochen, ich möchte dich um etwas bitten.» Selbst jetzt klang es eher wie ein Befehl.

«Ja, und was?»

«Ich sitze in der Klemme, ich ... wir haben uns mit dem Haus übernommen.»

Er zog die Augenbrauen hoch, was der Schwager nicht bemerkte, weil er angestrengt auf seine Stiefelspitzen starrte.

«Wir hatten geplant, daß ... aber jetzt hat Helga die Halbtagsstelle nicht bekommen, so daß ...»

Er brach ab, als müsse er nicht mehr erklären. Wrozek kannte das Haus, es war riesig, und nur ein kompletter Idiot konnte sich bei einem Oberstudienratsgehalt solch einen Bau leisten.

«Kannst du ... kannst du mir nicht mit ein paar tausend Mark aushelfen?»

Fast erheitert versetzte er: «Nein!»

Der Schwager blieb abrupt stehen, so knapp hatte er sich die Ablehnung nicht gedacht.

«Was heißt ‹nein›?» fragte er scharf, und Wrozek schmunzelte breit:

«Nein heißt, daß ich erstens das Geld nicht habe und es zweitens dir nicht leihen würde, auch wenn ich es hätte.»

«Du ... das ist ...»

«Reg dich ab! Von mir kriegst du keinen Pfennig. Und wenn du Mutter anbettelst, handelst du dir eine Menge Ärger ein, nämlich mit mir.»

Den Rest des Spazierganges bummelte er ungestört hinter der Gruppe drein. Am nächsten Morgen, gleich nach dem Frühstück, verabschiedete er sich; Schwester und Schwager ließen sich nicht sehen.

Nachmittags saß er schon wieder im Büro und begann mit der «großen Aufräume», wie er es nannte. Obwohl er stolz darauf war, seine Akten und Bücher stets auf dem laufenden zu halten, sammelte sich doch während eines Jahres eine Menge überflüssigen Papiers an, das er Blatt für Blatt sichtete, bevor es in den großen Pappkarton wanderte, den er sich dafür mitgebracht hatte. Die Überweisungen für seine Versicherungen, seine Zeitschriften und Zeitungen, die Unterlagen für den Steuerberater, Berichte und Rundschreiben, private Briefe und Notizzettel – es war immer mehr zu erledigen und wegzuwerfen, als er sich vorstellte.

Gegen halb vier hatte einmal das Telefon geklingelt, aber nachdem er sich gemeldet hatte, kicherte eine Frau nervös: «Falsch verbunden, entschuldigen Sie bitte.» Im Hintergrund dudelte das Radio leise, und als er das Licht angeschaltet hatte, war es fast gemütlich.

Kurz nach 19 Uhr – im Radio lief noch der Wetterbericht – läutete das Telefon erneut. Einen Moment zögerte er, nahm dann aber doch ab:

«Wrozek.»

Die Frauenstimme überschlug sich fast vor Aufregung: «Herr Wrozek, ich habe ... Hier ist Ursula Schulte, erinnern Sie sich noch ... Ach, entschuldigen Sie, guten Abend, Herr Wrozek, ich habe Harald gesehen, gerade eben, bitte, können Sie kommen, ganz rasch, ja? Harald ist wieder da ...»

Er brauchte ein paar Sekunden, um sich zu besinnen. Ursula Schulte und Harald? Dann fiel es ihm wieder ein: das schwangere Mädchen, das von dem berufsmäßigen Kartenspieler verführt und verlassen worden war.

«... Ich habe ihn gerade gesehen, vor zwei Minuten, ganz sicher, das war Harald ...»

«Stop!» unterbrach er sie. «Wo sind Sie jetzt?»

Vor Aufregung stotterte sie regelrecht: «In einer Telefonzelle. Vor dem Apollo-Kino, am Neuen Markt. Ich wollte ins Kino, und da ... und da... Er ist drüben in die Sauna gegangen, neben dem Teppichhaus ... Christina heißt die Sauna, aber ich trau mich nicht ...»

«Jetzt lassen Sie mich mal einen Moment nachdenken!» unterbrach er das Gestammel, und gehorsam verstummte sie sofort. Neuer Markt – das war draußen in der Oststadt. Mit dem Wagen würde er selbst heute, am zweiten Weihnachtstag, gut 35 Minuten brauchen. Andererseits – die Sauna dürfte wohl geschlossen haben, selbst diese Masseusen pflegten Weihnachten nicht zu arbeiten, und das bedeutete wohl, daß dort eine zünftige Pokerrunde stattfand. Ohne Frauen! Er hatte also Zeit.

«Okay», seufzte er endlich, «ich komme. Warten Sie neben der Telefonzelle und unternehmen Sie nichts, bis ich dort bin.»

«Vielen, vielen Dank, ich bin Ihnen ja so dankbar ...»

«Schon gut», brummte er. «Bis gleich.»

Wenn er schon niemanden beschenkt hatte, seine Neffen und Nichten ausgenommen, konnte er der Kleinen wenigstens einen Gefallen tun. Die gute Tat der Woche. Er schloß sorgfältig hinter sich ab.

Auf dem Neuen Markt herrschte erstaunlich viel Verkehr, er mußte sogar einmal um das Viereck herumfahren, um einen Parkplatz zu finden. Beim Abschließen sah er auf die Uhr: fast 45 Minuten Fahrt.

Die Telefonzelle vor dem Kino war leer, weit und breit keine Ursula Schulte. Erstaunt sah er sich um. Dann lief er die Straße nach beiden Seiten auf und ab, vielleicht hatte sie sich irgendwo untergestellt. Zwei Teenager rempelten ihn an und kicherten begeistert über seinen zerkauten Fluch. Keine Spur von Ursula Schulte. Zehn Minuten blieb er neben der Telefonzelle stehen, zunehmend unruhiger. Wenn sie sich irgendwo hingesetzt hatte, weil sie in ihrem Zustand nicht mehr so lange auf den Beinen sein konnte, mußte sie ihn doch längst bemerkt haben.

Der Eingang zur Sauna gegenüber lag im Dunkeln; allerdings brannte drinnen eine einzelne, matte Lampe, die ganz schwach durch die Glastür schimmerte, kaum sichtbar, weil sich das Licht der Straßenbeleuchtung auf dem Glas widerspiegelte. Kurz entschlossen lief er über die Straße, klingelte und rüttelte an der Klinke.

Irgendwo weit drinnen schlug eine Glocke an, sehr leise, dann bemerkte er einen Schatten, ein Mann kam an die Tür, schloß auf und fauchte ihn schon durch den Spalt an:

«Mensch, später konntest ... Oh. Wir haben geschlossen.» Ein breiter, massiger Mann mit einer schiefen Boxernase.

«Ich weiß. Haben Sie vor ein paar Minuten ein junges Mädchen hereingelassen? Anfang Zwanzig, ziemlich klein?»

Schon während er hastig auf den Kleiderschrank einredete, wußte er, daß er keine Antwort bekommen würde.

«Verdufte!» bollerte der Riese los und knallte die Tür ins Schloß, Schlüssel rasselten, der Schatten entfernte sich nach hinten.

Unschlüssig sah er sich um. Eigentlich war nicht anzunehmen, daß der unfreundliche Typ Ursula hereingelassen hatte; wohin war sie also gegangen? War Harald – weil ihm die Pokerrunde nicht gefiel oder er nicht zugelassen wurde – schnell wieder herausgekommen? War sie ihm doch gefolgt, hatte sie ihn angesprochen? Zum Teufel mit seiner Gutmütigkeit.

Leise vor sich hinfluchend, stieg er wieder ins Auto und fuhr los. Zum Gremser Weg mußte er wieder die halbe Stadt durchqueren, immerhin lag er näher als sein Büro, und irgendwann würde sie ja wohl wieder in ihre Wohnung zurückkehren. Mit der Rückkehr zu ihren Eltern hatte es also auch nicht geklappt.

Seine Laune war auf den Nullpunkt abgesunken, als er den Gremser Weg bis zum letzten Winkel vollgeparkt fand und erst in der Parallelstraße seinen Wagen abstellen konnte. Eine winzige Lücke, in die er sich mit schlechtem Gewissen hineinquetschte; der Knabe hinter ihm würde nicht herauskönnen. Ohne Kratzer wenigstens nicht.

Das Apartmenthaus schien wie ausgestorben; bis auf zwei Fenster zur Straße war alles dunkel. Er klingelte bei Schulte, vier- und fünfmal, aber niemand öffnete. Ärgerlich drehte er sich um und zuckte zusammen. Lautlos tauchte ein Mann neben ihm auf, den Mantelkragen hochgeschlagen, den Hut weit nach vorn ins Gesicht gezogen. Wie ein Gangster aus einem drittklassigen Film, dachte er belustigt – und im selben Moment fiel der Groschen: Natürlich, der Herr wünschte nicht erkannt zu werden, er mochte seine guten Gründe haben. Ohne ein Wort schloß der Fremde auf.

«Danke», murmelte Wrozek verschwörerisch, «hab meine Schlüssel vergessen!»

Das undeutliche Brummen konnte ‹bitte› heißen. In der Halle beschleunigte der Freier, nahm zwei Stufen auf einmal und verschwand so rasch wie nur möglich um die nächste Ecke. Um ihm Zeit zu lassen, drückte Wrozek auf den Rufknopf des Fahrstuhls, der aus dem Keller hochsummte.

Auf dem schmalen Gang im fünften Stock brannte nur eine einsame, mehr als schwache Glühbirne, offenbar sparte der Hauswirt, wo er nur konnte. Doch dann verspürte Wrozek einen kalten Luftzug; alarmiert starrte er auf die nur angelehnte Wohnungstür. Dahinter brannte Licht. Leise ging er darauf zu, klopfte.

«Fräulein Schulte?» rief er halblaut.

Keine Antwort. Er klopfte noch einmal, dann stieß er vorsichtig die Tür auf. Sofort quoll ihm eine betäubend schwere, süßliche Duftwolke entgegen. Irgend jemand hatte den im Flur auf dem Boden liegenden Flakon zertreten, die Scherben glitzerten drohend.

«Fräulein Schulte?» rief er noch einmal, drängend und unruhig.

Und dann bemerkte er die dunkel-feuchten Flecken auf dem Boden, eine ganze Kette von der Wohnzimmertür bis zur Fußmatte, auf der er stand.

Er atmete tief durch. Warum hatte das dumme Mädchen nicht auf ihn gewartet? Er wäre mit Harald fertig geworden, mit solchen Typen mußte man Fraktur reden, sofort; notfalls ohne Warnung zuschlagen, weil Gewalt das einzige war, das sie verstanden und respektierten. Aber ein kleines, schwangeres Mädchen ...

Behutsam, um nicht in die Blutstropfen zu treten, ging er zur Wohnzimmertür. Wie er befürchtet hatte! Die beiden Sessel waren umgefallen, der kleine Couchtisch lehnte schräg an einem der Sessel, die karierte Decke war hinuntergerutscht. Direkt hinter der Tür wieder ein Blutfleck. Ein verbogenes, zertrampeltes Brillengestell, ein Glas in tausend Stücke gesprungen. Eine Bierflasche war auf die Couch gekollert und ausgelaufen, der Biergestank mischte sich widerlich mit dem Parfüm-Duft.

Zwei, drei Minuten bewegte er sich nicht. Harald war also aus dem Pokerclub herausgekommen, sie hatte ihn angesprochen, und weil er sich keine Szene auf offener Straße leisten konnte, war er mitgegangen – zu einer ruhigen Aussprache bei einem Bier! Aber einen Mann wie Harald durfte man nicht mit einem Kind belästigen ... Na ja, das hatte er wohl unmißverständlich ausgedrückt! Und sie war in panischem Schrecken davongestürzt, so daß ... Nur zur Kontrolle hob er den Deckel der Truhe an: kein Stück Rinova-Seife, Rinova-Kosmetik, keine Rinova-Seidenschals mehr. Das überraschte ihn nicht, er hatte es nicht anders erwartet. Harald war ein gewiefter Hund. Wohin mochte sie geflohen sein? Ohne Brille, wahrscheinlich mit blutender Nase. Ob sie überhaupt noch Geld hatte, sich irgendwo zu verstecken?

Nachdenklich ging er ins Schlafzimmer. Selbst das zerrissene Hemd, die Strickjacke und den Behelfsrasierer hatte er mitgenommen, aus dem Schrank gezerrt, rücksichtslos, ihre Kleider waren von den Bügeln gerutscht ...

Plötzlich hörte Wrozek schnelle, schwere Schritte hinter sich, er fuhr erschrocken zusammen. Die Wohnungstür knallte an die Wand, ein Riese erschien unter der Tür, die Pistole in der Hand:

«Hände hoch! Polizei! Umdrehen – an die Wand mit beiden Händen. Schnell.»

«Los, los, los.» Eine zweite Stimme, genauso unfreundlich kurz. Oder war es Angst?

«Was ist denn ...»

«Keine Fragen, los!» unterbrach ihn der erste, und diesmal gehorchte er wortlos. Zwei Hände tasteten ihn fachkundig ab, vom Hals bis zu den Füßen, schnell und schmerzhaft. Bloß kein Risiko eingehen.

«Umdrehen!»

Beide steckten ihre Waffen weg, ließen ihn aber keinen Moment aus den Augen, zwei knochenharte Typen, bedrohlich trotz der Uniformen.

«Wer sind Sie? Was machen Sie hier?»

«Ich heiße Joachim Wrozek. Ich bin Privatdetektiv und habe für die Mieterin dieser Wohnung gearbeitet.»

«Können Sie sich ausweisen?»

«Ja, natürlich.» Er griff nach seiner Brieftasche.

«Halt! Langsam bewegen!»

Die Brieftasche wurde ihm weggerissen und aufgeklappt. Der Riese, der ältere der beiden, fischte den Personalausweis heraus, betrachtete ihn eingehend, verglich das Bild; der andere starrte ihn drohend an, als erwarte er jeden Moment eine falsche Bewegung, die ihm einen Grund bieten würde, mit der schon geballten Faust zuzuschlagen.

«Sieh dich mal um!» befahl der Ältere.

«Können Sie mir nicht sagen, was los ist?» fragte Wrozek, langsam aufgebracht. Doch beide schwiegen feindselig, dann verdrückte sich der Jüngere, kam aber schon nach einer halben Minute zurück, vor Zorn schwer atmend: «Blutflecken. Eine zertretene Brille. Die haben miteinander gekämpft.»

«Ah ja. Ruf die Kripo an. Die sollen die Spurensicherung mitbringen.»

«Okay.» Der Jüngere verschwand wieder.

«Setzen Sie sich ... Halten Sie den Mund und warten Sie auf die Kollegen.»

Auf dem Bett sitzend, verbrachte er die ungemütlichsten dreißig Minuten seines Lebens. Der jüngere Beamte hatte wohl vom Streifenwagen aus angerufen, kam dann sofort zurück und postierte sich auf dem schmalen Flur, so daß er ins Schlafzimmer sehen konnte. Beide sprachen kein Wort, und Wrozek versuchte gar nicht erst, sie nach dem Grund ihres merkwürdigen Benehmens zu fragen. Oder warum sie in der Wohnung erschienen waren. Er hätte gerne geraucht, aber er wollte den beiden Finsterlingen nicht die Möglichkeit verschaffen, ihm auch das zu verbieten.

Endlich Schritte auf der Treppe, Stimmengewirr. Eine ganze Meute stürmte in die kleine Wohnung, allen voran Hauptkommissar Ziegler. Die Streifenpolizisten nahmen unwillkürlich Haltung an, aber Ziegler beachtete sie nicht.

«Herr Wrozek», begrüßte er ihn erstaunt. «Was ist denn hier los?»

«Das würde ich auch gerne wissen.»

«Wir haben ihn dabei ertappt, wie er den Kleiderschrank durchsuchte.»

Die Antworten kamen gleichzeitig, Ziegler runzelte ärgerlich die Stirn und wollte den Älteren schon antönen, besann sich aber und dankte knapp:

«Gut, warten Sie bitte einen Moment.»

«Z'Bef'hl.»

Hackenklappen, Hände an die Mützen – Wrozek war sich nicht sicher, ob die Polizisten es ernst meinten oder auf diese Art nur ihren – dienstlich unangreifbaren – Hohn ausdrücken wollten. Mehrere Männer schleppten schwere Taschen herein, Kameras und Blitzlichter, drüben wurde laut gelacht, die Wohnung schien aus den Nähten zu platzen.

«Entschuldigen Sie mich bitte eine Sekunde!»

Ohne eine Antwort abzuwarten, verschwand Ziegler im Wohnzimmer; Wrozek hörte seine helle, nervöse Stimme, die aber plötzlich absank, als sei ihm eingefallen, daß im Schlafzimmer jedes Wort zu verstehen war. Dann schoß Ziegler wieder ins Schlafzimmer, warf die Tür krachend ins Schloß und fingerte hastig ein Zigarettenpäckchen aus der Jackentasche.

«Schöne Bescherung!» murrte er und bot Wrozek eine an.

«Fröhliche Weihnachten», erwiderte Wrozek trocken.

«Kein Gedanke daran. Wie sind Sie denn hierhergekommen?»

«Mich würde viel mehr interessieren, warum die beiden Typen mich wie einen auf frischer Tat Ertappten behandelt haben.»

Ziegler biß sich auf die Lippen und gab dann zu: «Wir sind alarmiert worden, daß hier in der Wohnung zweimal geschossen worden ist.»

«Was?» Wrozek fiel der Unterkiefer herab.

«Eine hysterische Frau. Schüsse. Und vorher großes Gerumpel.»

«Wer ist hysterisch?»

«Die Frau, die angerufen hat.»

«Ach du meine Güte», sagte Wrozek langsam. «Das arme Mädchen.»

«Was heißt das?»

«Das ist eine lange Geschichte.»

Weil er aber wußte, daß Ziegler es trotzdem genau wissen wollte, und zwar sofort, erzählte er von Ursula Schulte und Harald Kunze, seiner Suche nach dem so eilig verdufteten Kartenprofi, ihrem Anruf heute abend, der vergeblichen Fahrt zum Neuen Markt, der offenstehenden Wohnung, den beiden Beamten, die ihn hier im Schlafzimmer überrascht hatten. Ziegler machte sich keine Notizen, doch Wrozek wußte, daß der Kommissar keine Einzelheit vergessen würde. Zwischendurch suchten sie gemeinsam nach einem Aschenbecher, Ziegler holte aus der Küche eine Untertasse, die er auf den weißen Zottelteppich stellte. Mit dem breiten Bett und dem Kleiderschrank war das kleine Zimmer schon überfüllt, und der hohe Spiegel wirkte deplaciert.

«Verrückt!» kommentierte Ziegler zum Schluß und starrte Wrozek einen Moment so verärgert an, als sei der für alle Schwierigkeiten verantwortlich. «Was Verrückteres konnten Sie sich wohl nicht ausdenken?»

«Nee.»

«Dann wollen wir ...»

Die Tür wurde aufgerissen, ein kleiner Dicker mit wallendem Vollbart steckte den Kopf herein: «Können wir jetzt in dieses Zimmer, Chef?»

Ziegler schien über die Unterbrechung nicht böse zu sein: «Immer. Wir wollten ohnehin verschwinden.»

Wrozek nahm ihn im Auto mit; unterwegs rauchte Ziegler pausenlos und grübelte. Wrozek wunderte sich ein wenig über die ungewohnte Schweigsamkeit seines Fahrgastes. Erst vor dem Präsidium tauchte Ziegler aus seinen Gedanken auf:

«Das gibt eine lange Nacht.»

«Wieso?»

«Zwei Schüsse. Ein verschwundenes Mädchen. Ein Kartenprofi mit falschem Namen. Blut. Ein Kampf.»

«Ich würd auch lieber ins Bett gehen.»

Zwei Stunden später hatte er die Hoffnung aufgegeben, in dieser Nacht noch sein Bett zu sehen. Ziegler hatte ihn im Vernehmungszimmer abgesetzt, Kaffee und neue Zigaretten organisiert und ihn dann mit einem flüchtigen «Tut mir leid, aber es wird noch etwas dauern» allein gelassen.

Allmählich füllte sich das Kommissariat, immer neue Beamte erschienen, grüßten kurz und sausten wieder davon. Gegen 11 Uhr herrschte Hochbetrieb, alle Lampen brannten, Telefone klingelten, und ab und zu hörte Wrozek die nervöse Stimme des Hauptkommissars, der wild herumkommandierte. Einmal schien er im Nebenzimmer zu sitzen und lautstark zu streiten; die Stimme des anderen Mannes kam Wrozek bekannt vor, aber er kam nicht darauf, wer sich gegen Zieglers heftige Vorwürfe verteidigte. Immer dann, wenn beide im Eifer des Gefechtes die Stimmen hoben, fiel ihnen wohl wieder ein, daß jemand im Nebenraum hockte; prompt fuhren sie in verminderter Lautstärke fort. Außer sinnlosen Wortfetzen verstand er nichts.

Der Kaffee wurde kalt, er hatte zuviel geraucht und begann sich zu langweilen. Das Zimmer war häßlich: ein wackliger Tisch mit vier Stühlen, ein weiterer kleiner Tisch direkt unter dem Fenster mit einem Rollenstuhl, auf der Fensterbank ein verdurstender Weihnachtsstern. Neben der Tür ein leerer Rollenschrank, offen, mit völlig verstaubten Fächern. An der Wand ein drei Jahre alter Kalender, zuletzt im Juli abgerissen. Die junge Dame auf dem Bild schien Mühe zu haben, ihren sehr knappen Bikini an den kritischen Stellen festzuhalten, die Mühe entlockte ihr ein neckisches Lächeln, dessen Wirkung freilich unter dem nachträglich mit Kuli hinzugefügten Damenbart sichtlich litt. Auf dem Fußboden wellte sich das Linoleum. Die drei Aschenbecher sahen aus, als seien sie aus drei verschiedenen Lokalen geklaut, und als Papierkorb diente eine verbeulte Waschmitteltonne aus Pappe. Wer hier saß und auf seine Vernehmung wartete, sollte wissen, daß es ernst war. Oder ernst würde.

Schließlich versammelten sich mehrere Beamte in dem Raum. Eine junge Frau, die heftig gähnte und nach Punsch duftete; sie nahm am Katzentisch Platz und breitete Aktendeckel, Stenoblöcke und Bleistifte vor sich aus. Ein junger Mann stellte ein Tonband auf. Neben Ziegler ließ sich ein eisengrauer Hüne nieder, der sich kurz mit «Christians» vorgestellt hatte und dann schwieg, ab und zu jedoch mehr unverbindlich als freundlich vor sich hinlächelte. Wrozek kannte ihn nicht.

«Tut mir leid», legte Ziegler los. «Aber fürs Protokoll müssen Sie die ganze Geschichte noch einmal erzählen.»

Er stöhnte leise, spulte aber den Fall Ursula Schulte noch einmal Wort für Wort herunter – für das Protokoll, aber mehr noch für Ziegler, der regungslos zuhörte und jeden Widerspruch sofort registiert hätte. Der junge Mann schien vollauf mit der Bedienung des Tonbandes beschäftigt, Christians sah ausdruckslos an Wrozek vorbei. Die junge Frau gähnte immer häufiger, ihr Bleistift tanzte. Zweiter Weihnachtstag abends, drei Männer und eine Kriminalbeamtin mit der Aufnahme eines Protokolls beschäftigt, ein Kommissariat auf Hochtouren, und das alles für einen Fall! Wrozek hätte gerne Fragen gestellt, statt zu erzählen.

«Danke, Herr Wrozek», sagte Ziegler zum Schluß höflich, «das war eine klare Schilderung. Sie meinen also, es sei dieser Harald Kunze gewesen?»

«Vermutlich. Es ist doch naheliegend.»

«Ja, sicher!» stimmte der Kommissar zu, aber er klang nicht sehr überzeugt. Christians und die junge Frau standen auf und gingen mit einem flüchtig gemurmelten «Wiedersehen». Der junge Mann, so diensteifrig und ungeschickt, wie es nur ein frischgebackener Kriminalassistent sein konnte, baute das Tonband ab und knallte voller Wucht gegen den Türrahmen, fand die Klinke und schmetterte die Tür hinter sich zu, daß die Aschenbecher auf dem Tisch leise schepperten. Ziegler hatte die Augen geschlossen, aber es war keine Müdigkeit; denn seine Stimme war hellwach:

«Eine verrückte Geschichte.»

«Ja, kann man sagen.»

«Vor allem völlig undurchsichtig.»

Wrozek sah ihn aufmerksam an: «Was meinen Sie damit?»

«Ihre Rolle.»

«Meine Rolle?»

Ziegler hatte plötzlich schmale Lippen: «Ja. Es sieht Ihnen doch gar nicht ähnlich, ohne Honorar zu arbeiten, nur aus Nächstenliebe. Zudem für ein Mädchen, das Sie vorher nie gesehen haben wollen.»

«Leisten Sie sich nie den Luxus, etwas Verrücktes zu tun?»

«In meinem Beruf?» Ziegler grinste, aber Wrozek zuckte nur die Schultern und schwieg. Der Kommissar beugte sich vor: «Kennen Sie dieses Haus Gremser Weg 30 näher?» Seine Stimme war scharf geworden.

«Nein, ich sagte doch schon, ich bin nur zweimal dort gewesen, an dem bewußten Montag, mit Ursula Schulte, und heute abend.»

«Montag, 26. November – das Datum ist sicher?»

«Ja.»

«Hm. Wir kennen das Haus besser.»

«Wer ist ‹wir›?»

«Die Kollegen von der Sitte.»

«Ach nee.» Dann fielen ihm die Frauen ein, die er bei seinem ersten Besuch unten vor dem Fahrstuhl getroffen hatte, und er nickte nachdenklich: «Das kann hinhauen.»

«Ist Ihnen das nicht merkwürdig vorgekommen, daß eine kleine, harmlose Verkäuferin in so einer Bude wohnt?»

«Jetzt – schon. Aber damals habe ich nicht darauf geachtet.»

«Soso. Nun ja. In der Schulte-Wohnung haben wir übrigens etwas Interessantes entdeckt. Im Schlafzimmer. Einen Einwegspiegel – Sie erinnern sich doch an diesen großen Spiegel zwischen Kleiderschrank und Türwand?»

«Ja. Aber ein Einwegspiegel?»

«Ein Einwegspiegel. Profiarbeit. Auf der anderen Seite der Wand, im Wohnzimmer, steht ein Schrank. Aus der Rückwand ist ein Stück herausgeschnitten, und wissen Sie, was hinter diesem Ausschnitt ist? Ein Durchbruch in der Wand. Und können Sie sich vorstellen, was im Schlafzimmer vor diesem Durchbruch hängt? Ja, genau, dieser Spiegel. Und was sieht man vom Wohnzimmerschrank aus durch den Spiegel? Das Bett, natürlich, in voller Breite. Soll ich Ihnen jetzt noch verraten, was wir außerdem im Wohnzimmerschrank entdeckt haben? Eine Metallhalterung, und unser Fachmann schwört Stein und Bein, daß in diese Halterung eine Kamera mit Motorfilmtransport paßt. Was sagen Sie nun?»

Fassungslos schüttelte Wrozek den Kopf: «Gewerbsmäßige Erpressung? Ursula Schulte? Dieses unscheinbare Dickerchen? Nein, nie!»

«Unscheinbares Dickerchen?!» wiederholte Ziegler halb spöttisch, halb mürrisch. «Wir sind natürlich mit unseren Erkundigungen noch nicht fertig, aber bis jetzt haben wir noch keinen Hausbewohner gefunden, der eine Mieterin namens Ursula Schulte kennt, die Ihrer Beschreibung entspricht.»

Wrozek stemmte beide Hände auf die Tischkante. «Herr Ziegler, was soll das alles? Was geht hier vor?»

Er hatte Mühe, die Betäubung abzuschütteln, die ihn ergriff und zu lähmen drohte. Statt zu antworten, drehte sich der Kommissar zum Katzentisch um und fischte einen schmalen Aktendeckel aus dem Stapel heraus. Wortlos schob er ihn über den Tisch. Drei Blätter lagen darin, drei Kopien von zwei Briefen. Der obere trug den Briefkopf von Dr. Siegfried Lavaller, Rechtsanwalt, und war an den Leitenden Oberstaatsanwalt Friedrich Allermann gerichtet:

«Lieber Herr Allermann,
das beiliegende Pamphlet ist mir heute mit der Post auf den Schreibtisch geflattert. Wir sind uns wohl einig, was von anonymen Schreiben zu halten ist, aber der Form und Vorsicht halber wollte ich es Ihnen zur Kenntnis bringen.
Mit freundlichen Grüßen Ihr S. Lavaller.»

Auf den beiden folgenden Seiten hatte sich jemand mit der Schreibmaschine abgemüht. Viele Tippfehler, vieles durchgeixt, aber nirgendwo eine Korrektur oder Verbesserung. Laut Eingangsstempel war der Brief am 14. Dezember im Büro Lavaller eingetroffen.

«Sehr geehrter Herr Rechtsanwalt Dr. Lavaller,
bitte entschuldigen Sie, wenn ich nach reiflichem Überlegen meinen Namen nicht nenne und Ihnen anonym schreibe, obwohl ich weiß, daß Sie mit anonymen Briefen wenig anfangen können. Bitte entschuldigen Sie auch die vielen Tippfehler, aber diesen Brief konnte ich schlecht meiner Sekretärin diktieren, und das Risiko, daß Sie oder die Polizei meine Handschrift irgendwie identifizieren, will ich nicht eingehen.

Ich habe vor vielen Jahren geschäftlich mit Oswald Schramm zu tun gehabt und deswegen die Zeitungsberichte über den Prozeß gegen seine zweite Frau und ihren Liebhaber aufmerksam verfolgt. Beide kenne ich nicht, um keine Mißverständnisse aufkommen zu lassen, aber den wichtigsten Zeugen, diesen Privatdetektiv Joachim Wrozek, kenne ich besser, als mir lieb ist. Und wenn die Presseberichte nicht irreführend oder falsch waren, dann hätte man ohne die Aussage dieses Wrozek den beiden Angeklagten den Mord nicht nachweisen können. Ich habe Grund, an der Ehrlichkeit Wrozeks zu zweifeln. Vor einigen Jahren verschuldete ich einen Autounfall, bei dem meine Frau schwer verletzt wurde. Sie ist seitdem querschnittsgelähmt, und wir führen seitdem keine Ehe mehr.

Einige Jahre nach diesem Unfall – genauer möchte ich nicht werden – habe ich an einem Kongreß teilgenommen und eine junge Frau kennengelernt, mit der ich mich gut verstand, wenn ich es so ausdrücken darf. Nach zwei Tagen haben wir uns in aller Freundschaft getrennt. Vielleicht eine Woche später hielt mich auf dem Parkplatz meiner Firma ein Mann an und forderte mich auf, mir acht Fotografien anzusehen. Sie zeigten mich und die erwähnte junge Frau in einer eindeutigen Situation. Ohne Umschweife verlangte er 2000 Mark für jedes Negativ, wollte mir aber nur sieben verkaufen; das achte werde er zur Sicherheit zurückbehalten, damit ich nicht, wie er sich ausdrückte, ‹auf dumme Gedanken› käme. Er gab mir eine Woche Bedenkzeit, andernfalls werde er die Bilder meiner Frau zuschicken. Notgedrungen ging ich auf die Erpressung ein. Acht Tage darauf, wieder auf dem Parkplatz, übergab er mir sieben Negative und noch einmal das achte Bild – zur Warnung, wie er sagte. Seitdem habe ich nichts mehr von ihm gehört, ich kenne seinen Namen auch nicht. Aber in den Zeitungen war dieser Joachim Wrozek abgebildet, und ich bin sicher, Wrozek hat mich damals erpreßt.

Mir ist natürlich klar, daß mein Brief nur ein Hinweis sein kann, und ich will auch nicht verschweigen, daß auf meiner Seite Rachsucht mitspielt. Alles weitere liegt nun bei Ihnen. N. N.»

Einen Moment glaubte Wrozek, der Raum drehte sich um ihn, dann begann er wild zu lachen, so, als sei er nur der Zeuge einer absurd-lächerlichen Szene.

«N. N. Anonym. Rachsucht. Nehmen Sie das etwa ernst?»

Ziegler verzog keine Miene. «Bis heute nicht. Aber jetzt – Ihre Geschichte mit dieser Ursula Schulte gefällt mir nicht.»

Sein Verstand begriff wohl, was der Kommissar gesagt hatte, aber etwas anderes in ihm weigerte sich, Zieglers Worte zu akzeptieren. Wrozek merkte nicht, daß er heiter lächelte, wie über einen guten Witz. Das war doch alles lächerlich. Gleich mußte es klick machen und das verrückte Theater aufhören. Wie der Knopf, mit dem man den Fernseher ausschaltete. Doch Zieglers nächste Worte trafen ihn wie ein Schlag:

«Wir haben die beiden Kugeln gefunden. Eine ist völlig deformiert, die andere ist aber so gut erhalten, daß wir sie zur Identifizierung benutzen können.»

«Ja, und?» Seine Zunge fühlte sich seltsam schwer und taub an. In seinem Kopf dröhnte es jetzt pausenlos.

«Kaliber 9 Millimeter. Sie haben doch eine Neun-Millimeter-Parabellum, nicht wahr?»

Irgendwie hatte er diese Frage vorausgeahnt. Logisch, diese Frage mußte ja kommen, ganz logisch, albern zwar, aber folgerichtig. Ziegler wartete seine Antwort nicht ab.

«Unmittelbar nach den Schüssen sind wir alarmiert worden. Die Streife hat – na, sagen wir, knapp sechs Minuten gebraucht und Sie geschnappt, als Sie noch im Schlafzimmer den Kleiderschrank durchwühlten. Viel Zeit hatten Sie also nicht, Ihre Waffe zu verstecken, irgendwo im Haus, im Hof oder in Ihrem Wagen. Wir suchen sie immer noch.»

Wrozek rang nach Luft. Wenn er nur dieses verdammte Dröhnen in seinem Kopf abstellen könnte! Mühsam brachte er endlich heraus:

«Da werden Sie auch lange suchen müssen.»

«So! Wirklich? Und warum?»

«Weil ich sie nicht mitgenommen habe. Und erst recht nicht damit geschossen habe.»

«Wo liegt sie dann?»

«Im Büro. Im Stahlschrank. Wo sie immer liegt.»

Eine halbe Minute starrte Ziegler Löcher in die Luft und kaute auf seinen Lippen. Das Bikini-Mädchen grinste auf sie herunter. Alle zehn Sekunden knackte die Heizung scharf und durchdringend, die Luft war heiß und staubig-trocken. Wrozek zwang sich, gleichmäßig zu atmen, um den Anfall von Panik niederzukämpfen, und das Dröhnen hinter seiner Stirn ließ tatsächlich nach. Wie spät war es eigentlich?

«In Ihrem Stahlschrank? Sind Sie sicher?»

«Ja, natürlich bin ich sicher.» Plötzlich schöpfte er wieder Hoffnung, weil Ziegler nachdenklich geworden war. Nein: *zweifelnd* – zweifelnd, das war es; Ziegler war unsicher geworden.

«Wer hat Schlüssel zu diesem Stahlschrank?»

«Nur ich.»

«Niemand sonst?»

«Nein, niemand.»

«Und Ihr Mitarbeiter? Dieser Bauer?»

«Nein, Hänschen Bauer hat auch keinen Schlüssel.»

«Hm.» Zieglers Stirn glättete sich. «Das könnte ... Knapp wäre es ja ... Das könnte ...»

Er griff nach einem leeren Blatt Papier und schrieb hastig, bevor er sich räusperte und fragte: «Wären Sie bereit, mit uns in Ihr Büro zu fahren? Damit wir uns vergewissern können, daß die Waffe in Ihrem Schrank liegt? Jetzt, sofort?»

Ihm schwindelte vor Erleichterung: «Natürlich.»

«Wären Sie auch bereit, uns die Erlaubnis zur Durchsuchung Ihres Autos zu geben? Und Ihrer Räume? Sie verstehen, ich hab keinen Durchsuchungsbeschluß für Ihr Auto oder Ihr Büro, auch die Richter wollen gern Weihnachten feiern, und mit Gefahr im Verzug ...» Den Rest des Satzes schluckte er ärgerlich hinunter, als habe er schon zuviel ausgeplaudert, und brüllte los: «Christians! Ingrid!»

Der Eisengraue und die junge Frau, die das Stenogramm aufgenommen hatte, schienen im Nebenzimmer nur auf das Stichwort gewartet zu haben; die Tür öffnete sich sofort.

«Herr Wrozek, würden Sie bitte wiederholen, daß Sie uns die Durchsuchung Ihres Autos und Ihrer Räume erlauben?»

Draußen wehte ein böiger Wind. Ein junger Beamter mit wallender Mähne fuhr das Auto auf den Hinterhof, unter ein Glasdach, und schaltete dann mehrere Neonröhren an. Im kalkweißen Licht, das tiefschwarze Schatten warf, gingen drei Männer gründlich und systematisch vor. Wrozek beobachtete sie geistesabwesend. Ihm war kalt, er fror, doch die Kälte steckte in ihm, denn eigentlich war es für Dezember viel zu warm.

«Nichts», meldete einer der Kriminalbeamten.

«Na, dann wollen wir mal!» knurrte Ziegler und zertrat die erst halb gerauchte Zigarette.

Das Bürohaus war bedrohlich dunkel. Wrozek schloß die Eingangstür auf und tastete nach dem Lichtschalter; die Lampen flakkerten. Ihre Schritte dröhnten auf den Fliesen, Ziegler und Christians nahmen von dem Echo keine Notiz, die junge Frau jedoch ging unwillkürlich schneller; sie schien froh zu sein, als Wrozek die Bürotür aufgesperrt hatte und ihnen ein Schwall verbrauchter und verqualmter, aber warmer Luft entgegenschlug. Ziegler betrachtete den «Kreisenden Übergang», dann die «Stürzenden Kanten», schüttelte sich und murmelte fragend: «Hänschen Bauer?»

«Ja, mein Hauskünstler.»

«Man kann sich an vieles gewöhnen, nicht wahr?»

«Man kann, wenn man muß ...»

Alle drei ließen ihn nicht aus den Augen, als er den Stahlschrank aufschloß und die Tür aufzog: «Bitte, da ...»

Eine unendlich lange Zeit verstrich, bis Ziegler ganz sanft fragte: «Wo ist sie?»

Wrozek antwortete nicht. Wie blind starrte er auf das leere Fach, in dem er seine Pistole und die Schachtel mit der Munition aufbewahrte.

«Wo ist Ihre Pistole, Herr Wrozek?»

Stumm nickte er sinnlos vor sich hin, spürte nicht einmal, daß Ziegler ihm die Schlüssel aus der Hand nahm und ihn dann zur Seite schob. In seinen Ohren rauschte es, gar nicht einmal unangenehm, und er betrachtete die beiden Männer wie durch einen Schleier. Zum zweitenmal an diesem Abend packte ihn das Gefühl, über einen Rand in einen Abgrund zu stürzen, nicht schnell, nein, im Zeitlupentempo, als könne er fliegen. Ziegler und Christians räumten den Stahlschrank aus, langsam und methodisch, wie sie es gelernt hatten, die junge Frau – wie hieß sie bloß noch? Richtig: Ingrid – saß an seinem Schreibtisch und stenographierte. Plötzlich sagte Ziegler etwas, er verstand es nicht, obwohl er sich Mühe gab, zwei Hände schüttelten ihn: «Was ist das für Geld?»

«Geld?» Seine Kassette stand aufgeklappt auf dem Schreibtisch, Ziegler wedelte mit einem Bündel Geldscheinen vor seiner Nase hin und her.

«Woher haben Sie dieses Geld?»

«Geld?»

«Diese 25000 Mark!»

Fast hätte er gelacht. «Ich habe keine 25000 Mark.»

«Das hier sind 25 Tausend-Mark-Scheine.»

«Nein.»

«Herrgott, schauen Sie doch hin! 25000 Mark.»

«Nein.»

«Woher haben Sie dieses Geld?»

«Ich weiß es nicht!» antwortete er hilflos. Warum mußte dieser Ziegler so bösartig kichern?

«Kennen Sie wenigstens dieses Bild?»

Es bereitete ihm Mühe, etwas zu erkennen. Eine hübsche Frau, aber schamlos, sie war bis zur Taille nackt. Nein, nicht hübsch, verlockend, sie lächelte verlockend, als verspräche sie alles.

«Lesen Sie vor!»

Wenn dieser Ziegler bloß nicht so schreien würde! Was sollte er vorlesen? Die Schrift auf dem Bild? *«Meinem Geliebten auf ewig. Irene.»* Irene? Er kannte keine Irene, nein, und er hatte auch nie so ein Bild besessen, von keiner seiner Freundinnen! Und eine «Irene» hatte er nie getroffen, nein, bestimmt nicht, und überhaupt hatte ihm nie eine Frau ein solches Bild geschenkt. Doch vertraut kam sie ihm schon vor. Woher bloß? Dieses Rauschen in seinen Ohren, wenn nur dieses Rauschen endlich aufhören würde.

«Das ist Irene Schramm. Eine Angeklagte, die Sie, wie Sie unter Eid ausgesagt haben, nie vorher gesehen haben. Und das hier sind 25000 Mark, genau die Summe, die Oswald Schramm bei sich trug, als er ermordet wurde, und die seitdem verschwunden ist.»

Trotz Zieglers drängendem Ton schwieg er. Das ging ihn doch alles nichts an; was hatte er, Joachim Wrozek, damit zu schaffen?

«Herr Wrozek, ich warte auf eine Erklärung.»

Wrozek hörte sich plötzlich aufbrausen:

«Lassen Sie mich doch in Ruhe!»

Was hatte diese dumme Gans die ganze Zeit über so eifrig zu stenographieren?

«Herr Wrozek, kennen Sie diese Negative?»

Abwesend antwortete er: «Nein.»

«Herr Wrozek, hören Sie mir eigentlich zu? Auf allen diesen Negativen sind ein Mann und eine Frau abgebildet. Im Bett. Erinnern Sie sich an den anonymen Brief, den Sie eben gelesen haben? In dem Sie beschuldigt werden, ein Erpresser zu sein, der mit einer jungen Frau zusammenarbeitet?»

Er träumte, das *mußte* ein Traum sein. Wahrscheinlich war er an seinem Schreibtisch eingeschlafen, und gleich würde er aufwachen.

«Herr Wrozek, ich glaube, Sie sollten besser Ihren Rechtsanwalt anrufen.»

Dieser Ziegler war schon ein komischer Kauz! Erzählte lauter Blödsinn und verlangte dann auch noch, mitten in der Nacht einen Rechtsanwalt anzurufen. Das Kichern in ihm wurde übermächtig.

Teil III

Zimmer 202 war ein kleiner Verhandlungsraum, etwa halb so groß wie der Große Sitzungssaal ein Stockwerk tiefer, und fast dankbar stellte Wrozek fest, daß sich nur ein gutes Dutzend Zuhörer eingefunden hatte. Keiner beachtete ihn, auch dann nicht, als er auf Karin Hellms zuging, die bereits in voller Montur, wie sie ihre Robe respektlos zu nennen pflegte, neben der Tür stand und nervös rauchte. Ihr Rücken verdeckte den Kasten mit den Ankündigungen.

«Na, gut geschlafen?» fragte sie betont gleichgültig, aber er hatte keine Lust, Theater zu spielen:

«Nein, sehr schlecht.»

«Ich auch!» gab sie zu. Sie grinsten sich an – zwei Krieger vor einer Schlacht, die nach menschlichem Ermessen schlimm ausgehen würde, die aber geschlagen werden mußte. Es war unangenehm kalt und zugig auf dem Flur, selbst für April ein ausgesprochen unfreundliches Wetter. Irgendwo mußte ein Fenster offenstehen. Das Muster der Fliesen war im Laufe der Jahre zu einem Graurosa verblaßt; die Kugellampe direkt vor der Tür hatte einen häßlichen Sprung.

Er nahm eine Zigarette; sie schien etwas sagen zu wollen, schluckte es aber wieder hinunter. Was zu besprechen war, hatten sie hundertmal durchgekaut, und einen neuen Gesichtspunkt, einen Ausweg hatten sie nicht gefunden.

Die Anklage lautete «Schwerer Diebstahl» und «Meineid». Diebstahl, weil er die 25000 Mark genommen haben sollte; schwerer Diebstahl, weil er dabei «die Hilflosigkeit eines anderen», nämlich des schwerverletzten Oswald Schramm, ausgenutzt habe. Meineid, weil er auf nachdrückliches Befragen im Schramm-Prozeß geleugnet habe, das Geld zu besitzen, und diese Aussage beeidete. Als Karin ihm den Paragraphen 243 des Strafgesetzbuches vorlas, mußte er schlucken: Von drei Monaten bis zu zehn Jahren konnte er allein wegen des Geldes bekommen; «Freiheitsstrafe nicht unter einem Jahr» sah Paragraph 154 für Meineid vor.

«Paß auf, bei meinem Pech macht das zusammen elf Jahre und einen Monat», knurrte er. «Manni Lurwig, Irene Schramm und ich werden noch am selben Tag aus dem Gefängnis entlassen.»

«Da irrst du dich aber gewaltig!» widersprach sie bedrückt. «Wenn du wegen Meineids verurteilt wirst, sind Manni und Irene lange vor dir draußen.»

«Was?»

Sie hatten in ihrem Büro gesessen und Wein getrunken, gegen den Durst, gegen die trübe Stimmung, gegen ihre Ratlosigkeit.

«Ja, sicher, dann gibt's eine Wiederaufnahme ...»

«Ich versteh nur Bahnhof.»

Sie seufzte: «Lieber Mandant, ich denke, du liest abends, wenn du nicht einschlafen kannst, in der Strafprozeßordnung.»

«Eben. Um rasch einzuschlafen.»

«Quatschkopf! Also, kostenlos ein wenig Nachhilfe: Gegen die meisten Urteile kann man Berufung einlegen. Dann wird in zweiter Instanz noch einmal der Fall verhandelt, mit Zeugen und Beweisaufnahme. Der erste Prozeß wird quasi wiederholt. Kapiert?»

«Bei dieser Dozentin!»

«Quatsch ... du bist albern. – Wir Juristen sagen: Es gibt eine zweite Tatsachen-Instanz.»

«Soweit Rechtsprechung und Tatsachen etwas miteinander zu tun haben, verehrte Verteidigerin.»

«Geschenkt. Zu den Ausnahmen, für die man nicht einfach eine Berufung verlangen kann, gehört unter anderem ein Mordprozeß. Da gibt es in der Regel nur eine Tatsachen-Instanz, und die entscheidet endgültig.»

Um ihr eine Freude zu machen, bemerkte er trocken: «Wie gut, daß wir keine Todesstrafe haben.»

«Jochen?! Seit wann bist du ein Liberaler?»

«Geschenkt!»

«Gegen ein Urteil in einem Mordprozeß kann man im Wege der Revision vorgehen. Man legt nach dem Urteil Revision ein, wenn man als Verteidiger glaubhaft vortragen kann, daß dem Angeklagten im Verfahren Unrecht geschehen ist. Ich stelle zum Beispiel den Antrag, einen Entlastungszeugen vorzuladen, und das Gericht schmettert den Antrag ab. Oder einer der Richter hat verschwiegen, daß er mit dem Opfer verwandt war. Alles klar?»

«Alles klar. Revision gründet auf der Verletzung formalen Rechts.»

Sie zwinkerte zweimal, bevor sie mißtrauisch die Stimme senkte: «Du schläfst nicht *immer* gleich über der Lektüre ein?»

«Nein, Süße, ich muß ja selbst dabei immer an dich denken. Also: Lavaller hat Revision versucht. Die wird verworfen, und damit ist das Urteil rechtskräftig.»

«So ist es. Gegen ein rechtskräftiges Urteil nach Paragraph 211 des Strafgesetzbuches, also wegen Mordes, kann man dann nur im Wege der Wiederaufnahme angehen. Und die wird sehr restriktiv gehandhabt – hier, lies selbst, Paragraph 359 Strafprozeßordnung ... Ziffer zwei ...»

«... wenn der Zeuge oder Sachverständige sich bei einem zuungunsten des Verurteilten abgelegten Zeugnis oder abgegebenen Gutachten einer vorsätzlichen oder fahrlässigen Verletzung der Eidespflicht ...»

«... und so weiter und so weiter. Na, und daß du weiß Gott zuungunsten von Manni Lurwig und Irene Schramm ausgesagt hast, dürfte selbst dir bekannt sein. Und dem Kollegen Lavaller auch, wie ...»

«Mensch, Karin!» fiel er ihr aufgeregt ins Wort. «Das ist das Motiv!»

«Welches Motiv?»

«Für diese ganze verrückte Geschichte. Schau mal, ich hab das Geld nicht genommen, ich wußte ja nicht einmal, daß Schramm so viel Geld bei sich hatte. Woher denn auch?! Also habe ich die 25 000 Mark auch nicht in meinen Stahlschrank gelegt. Ich habe das Bild von Irene Schramm nie vorher gesehen, auch diese Erpressungsbilder nicht. Die drei Sachen hat mir jemand in den Schrank praktiziert, um mir einen Meineid anzuhängen, damit Manni und Irene freikommen. Denn die würden doch wohl freigesprochen, wenn ich wegen Meineids verurteilt werde?»

«Anzunehmen, ja.»

«Okay, dann haben wir das Motiv.»

«Aber wer ...»

«Mensch, Karin ...»

«Ich bin zwar ein Mensch, aber viel lieber eine Frau.»

«Gut, gut, also, Frau, laß uns doch mal logisch vorgehen. Wo begann der Schlamassel, in dem ich jetzt stecke?»

«Im Gremser Weg Nr. 30, fünfter Stock.»

«Richtig, in der Wohnung einer jungen Frau, die sich mir als Ursula Schulte vorgestellt hat. Dort soll ich zwei Schüsse aus meiner Pistole abgefeuert und Ursula Schulte verwundet haben. Die ist dann geflohen oder entkommen – die Kripo will sich noch nicht so recht festlegen –, ich hab die Pistole angeblich versteckt, um dann in aller Ruhe die Wohnung filzen zu können. Bis mich die beiden Bullen überraschten, weil eine Hausbewohnerin die Polizei wegen der Schüsse alarmierte.»

«Und du bleibst dabei, daß du am zweiten Weihnachtstag deine Pistole nicht angerührt hast.»

«So ist es. Wer mir die Bilder und das Geld in meinen Stahlschrank gelegt hat, hat auch die Pistole herausgenommen und im Gremser Weg benutzt.»

«Und die Munition», ergänzte sie ernsthaft, aber mit funkelnden Augen.

«Richtig. Und wo findet sich die Pistole wieder?»

«Im Gremser Weg Nr. 30. In einer Aschentonne auf dem Hof.» Sie trank einen großen Schluck und sagte dann fröhlich: «Aber die Munition ist weg.»

«Den Verlust könnte ich noch verkraften. Wer wohnt aber im ...»

«Deine Ursula Schulte.»

«*Meine*, also, das ist ... Na, Schwamm drüber. Ursula Schulte, oder wie das Aas richtig heißen mag, hat mir den Schlamassel eingebrockt.»

«Gut, das klingt logisch. Aber warum hat sie das getan?»

«Weil sie die Komplizin oder Freundin oder Geliebte oder was weiß ich von Manni Lurwig ist.»

«Das ist, mit Verlaub, eine kühne Schlußfolgerung.»

«Überhaupt nicht. Überleg doch mal – einer hat dem sterbenden Oswald Schramm die 25000 Mark abgenommen. Wenn wir die Ambulanz und das Krankenhaus ausschließen, bleiben drei Täter übrig – ich, Manni und Irene. Ich war's nicht, also müssen es Manni und Irene gewesen sein. Aber die beiden müssen das Geld unmittelbar nach der Tat einem Dritten ...»

«... einer Dritten!» verbesserte sie zwinkernd.

«... oder einer Dritten übergeben haben. Denn noch in der Nacht hat die Polizei mit der Überwachung von Mannis Wohnung und Irenes Haus begonnen. Und gleich am frühen Morgen wurden beide festgenommen.»

Vor Erleichterung begannen sie laut zu lachen. Die Tür schwang auf, und zwei Meter Alexander schoben sich durch die Öffnung. Wie üblich sagte er nichts, sondern sah mit grenzenloser Freundlichkeit auf seine Frau hinunter, hörte sich geduldig an, welche Theorie sie und ihr Mandant eben entwickelt hatten, lächelte versonnen und wiegte endlich sein Haupt, so bedächtig wie bedenklich. Was er dachte, war ihm beim besten Willen nicht anzusehen, und deswegen war Wrozek maßlos überrascht, als Alexander plötzlich murmelte:

«So einfach? Der Mord war Anfang März, die Verhandlung schon im September – du bist zu optimistisch, Karin!»

Sprach's, drehte sich um und verließ das Zimmer – lautlos und langsam. Karin preßte die Lippen zusammen, und als Wrozek sagte: «Jetzt brauchen wir nur noch diese Ursula Schulte zu finden!», antwortete sie zerstreut, mit den Gedanken weit weg:

«Das darf Hauptkommissar Ziegler für uns erledigen.»

Doch Ziegler grinste nur höhnisch. Nicht eine Sekunde schien er Wrozeks Geschichte ernst zu nehmen, äußerte sich herablassend über «zuviel Phantasie» und «Ablenkungsmanöver» und spielte mit seinem Kugelschreiber.

Bei einer späteren Vernehmung räumte er zwar ein, daß sie nach «Ursula Schulte» fahndeten, aber nicht, um sie als Mannis Komplizin durch die Mühle zu drehen, sondern als Zeugin für eine Anklage wegen Mordversuchs. Er sah das nämlich ganz anders: «Ursula Schulte» war die Frau auf den Erpressungsbildern – diskrete Anspielung auf den anonymen Brief an Lavaller und ein sehr deutlicher Hinweis auf die Vorrichtung für die Spiegelkamera in der Wohnung Gremser Weg 30, fünfter Stock –, und das saubere Pärchen Wrozek-«Schulte» hatte sich am zweiten Weihnachtstag gestritten. Vielleicht um Geld, vielleicht wollte sie einen größeren Anteil, vielleicht weigerte sie sich, einen bestimmten Kunden zu «übernehmen». Wie auch immer: Er – Wrozek – hatte daraufhin auf seine Partnerin geballert, sie auch verwundet – Blutflecken! –, sie hatte türmen können und hielt sich nun versteckt, weil sie keine Lust verspürte, sich eine Anklage wegen Erpressung an den Hals zu holen. Oder von Wrozek endgültig zum Schweigen gebracht zu werden.

«Na, das beweisen Sie mal!» hatte Wrozek trocken kommentiert, worauf Ziegler die Zähne fletschte: «Keine Sorge, ich bin schon dabei.»

Und das war er, aber ohne Erfolg. «Ursula Schulte» blieb wie vom Erdboden verschluckt. Trotzdem begann Wrozek den Hauptkommissar zu fürchten. Ziegler hatte sich seltsam, unerklärlich verändert. Wenn er mit Wrozek sprach, überschlug er sich vor Heiterkeit, doch diese heimliche Freude galt nicht dem Verdächtigen, ja, manchmal hatte Wrozek den Eindruck, als sei er dem Kommissar völlig gleichgültig geworden. Ob schuldig oder nicht interessierte Ziegler offenbar nicht die Spur; ja, er moserte nicht einmal, als Hänschen Bauer von der Polizei ertappt wurde, während er sich – unter Verwendung eines gefälschten Dienstausweises – als Kriminalbeamter ausgab. Nicht einmal Anzeige wurde erstattet. Ziegler freute sich nur.

Mit der gleichen Freude verkündete er Wrozek, daß die Anklage «Mordversuch» nicht weiterverfolgt werde, weil man das «Opfer» nicht finden könne. Wenig später war auch von «Erpressung» nicht mehr die Rede; anscheinend bereitete es große Schwierigkeiten, die Männer auf den eindeutig-zweideutigen Bildern zu identifizieren. Oder die Polizei wollte jene Skandale und Ehekräche nicht provozieren, die durch Zahlungen bislang vermieden worden waren.

Und die Frau war bemerkenswerterweise auf allen Fotos nicht zu erkennen, so daß auch diese Spur im Sande verlief.

Hatte er Irene Schramm vor dem Mordtag gekannt, wie das aufgefundene Bild nahelegte? Unbekümmert, mit einer Offenheit, die Wrozek verunsicherte, plauderte Ziegler aus, daß Irene Schramm jede Aussage dazu verweigere – und Zeugen für eine frühere Bekanntschaft Irene Schramm / Joachim Wrozek habe er bisher nicht aufgetrieben. Immer wieder zerbrachen Karin und er sich den Kopf, was Ziegler mit seiner unerklärlichen Offenheit eigentlich im Schilde führe. Hatte er noch etwas in der Hinterhand? Karin quälte sich mit dieser Unsicherheit herum, aber Wrozek paßte: Er wußte es einfach nicht.

Die Untersuchung endete also schließlich mit einer Anklageschrift «Schwerer Diebstahl» und «Meineid», aber sie machten sich keine Illusionen. Wenn sie mit seiner «Ursula Schulte»-Geschichte vor Gericht operieren wollten, würde alles zur Sprache kommen – der «Mordversuch» im Gremser Weg, die Erpressungsbilder samt der Halterung für die Kamera hinter dem Spiegel, Irenes Widmung auf dem blanken Busen: Mit seiner Verteidigung legte er sich selbst die Schlinge der Unglaubwürdigkeit um den Hals. Ohne es auszusprechen, wußten sie beide, daß sie in einer perfekten Zwickmühle steckten.

Die Zigaretten schmeckten nicht, die Zuschauer starrten jetzt doch zu ihnen herüber, und Wrozek spürte in allen Knochen, daß er trotz der Schlaftablette den größten Teil der Nacht wach gelegen hatte. Ein alter Justizbeamter schlurfte heran und schloß umständlich die Tür auf.

«Hüte dich vor Untersberg!» murmelte sie. «Er sieht aus wie ein geistig unterbelichtetes Honigkuchenpferd, aber er hört verdammt genau hin.»

«Das hast du mir schon dreimal geraten.»

Sie beachtete seinen Einwurf nicht: «Siehst du den Schlanken dahinten, neben der Bank? Grauer Anzug mit Weste, Geheimratsekken, Goldbrille?»

Der Schlanke stieß gerade mit einer kurvenreichen Blondine zusammen, entschuldigte sich formvollendet, und die Kleine warf ihm einen koketten Blick zu. Ein flotter Käfer. Wrozek seufzte: «Ja, was ist mit ihm?»

«Der Juniorpartner von Lavaller.»

«Aha.» Er atmete tief durch. «Die Wölfe sammeln sich zum Heulen.»

«Ja. Ich würde gerne wissen, ob er Untersberg angezeigt hat, daß er zuhören will. Würde ich wirklich ... Na, stürzen wir uns in die Schlacht.»

Verglichen mit dem Großen Sitzungssaal war Zimmer 202 fast intim klein. Für die fünf Richter der Großen Strafkammer war ein langer Tisch aufgestellt, ohne Decke oder Verkleidung. Auch Staatsanwalt und Verteidigung mußten sich mit normalen Tischen begnügen, die Stühle hatten breite Holzarmlehnen und waren mit dunkelgrünem Leder bezogen. Ein einzelner Holzstuhl markierte den Zeugenstand. Der hintere Teil des Raumes erinnerte stark an eine Kirche – breite, massive Holzbänke für die Zuschauer, die sehr hart saßen und mit den Knien an die Vorderwände stießen.

Staatsanwalt Knittel war ein verschrumpelter Endvierziger, der trotz seiner flinken Augen den Eindruck von Langeweile um sich verbreitete; der Ehering war zu breit für seine kleine Hand. Wrozek hatte noch nie einen so schräg sitzenden Krawattenknoten gesehen.

Die Zeugen und die Richter betraten gleichzeitig den Sitzungsraum. Untersberg – stämmig, breitschultrig und rundgesichtig – strahlte nach links, nach rechts und trompetete dann ein herzliches «Guten Morgen» in den Raum. Um den Kaspereindruck zu vervollständigen, fehlte nur noch die Frage: «Seid ihr alle da?» Eröffnung, Zeugenaufruf und Ermahnung gingen allerdings im Eiltempo über die Bühne. Ein junges Mädchen mit einem altmodischen Pferdeschwanz führte das Protokoll; Untersberg hatte ihr aufmunternd zugelächelt, was sie dankbar und errötend quittierte. Die beiden Richter langweilten sich hinter Mienen dienstlichen Interesses; der ältere Schöffe wagte nicht, direkt zur Anklagebank hinüberzusehen; die Schöffin – vielleicht Anfang Dreißig – machte einen lebhaften und intelligenten Eindruck; sie lächelte offen, als Wrozek ihren musternden Blick erwiderte.

«Tja, dann wollen wir mal die Angaben des Angeklagten zur Person hören. Bitte.»

Wrozek stand auf; Karin hatte ihn gewarnt, daß Untersberg großen Wert auf Formen lege.

«Sie heißen also Joachim Wrozek, geboren am ...»

Nicht ungeschickt, dachte er, Untersberg wollte ihm die Schau nehmen, und während er sprach, hörte der Vorsitzende so aufmerksam zu, als habe er die Angaben noch nie in den Akten gelesen.

«... mein Vater hatte einen kleinen Hof, fast am Stadtrand von Kulmbach ... nein, nein, nur gepachtet, die Eltern waren aus Oberschlesien geflüchtet. Der Hof war allerdings zu klein, mein Vater arbeitete deshalb tagsüber auf dem Bau, und meine Mutter hat sich um die Wirtschaft gekümmert.»

«Wirtschaft?»

«Die Arbeit auf dem Feld.»

«Ah, so, ja.»

«Später, als wir Kinder groß genug waren, mußten wir mit anpacken.»

«Sie haben noch Geschwister?»

«Ja, einen jüngeren Bruder und eine jüngere Schwester. Ich als Ältester mußte aber am meisten ran, das stand fest.»

«Sie haben die Volksschule und anschließend die Mittelschule besucht.»

«Ja, ich bin bis zur mittleren Reife gekommen. Vater hätte wohl gerne gesehen, wenn ich den Hof weitergeführt hätte, aber zwei Jahre, bevor ich die Schule verließ, wollte der Eigentümer den Pachtvertrag nicht verlängern. Das Land wurde verkauft, an einen Bauunternehmer. Die Eltern zogen fort, ich habe in Bayreuth eine Banklehre angefangen.»

«Da waren Sie – Moment mal – sechzehn Jahre alt.»

«Nein, achtzehn. Durch die Flucht war ich zwei Jahre zu spät eingeschult worden.»

«So war das.» Untersberg zwinkerte vergnügt, als sei ein wichtiges Problem gelöst. «Sie haben die Banklehre abgeschlossen?»

«Ja. Kurz danach wurde ich volljährig und konnte aus dem Heim ausziehen. Die Bank versetzte mich zuerst nach Regensburg, für zwei Jahre, dann für ein Jahr nach Nürnberg.»

«Zu dieser Zeit waren Sie also auf dem besten Wege, ein etablierter Bankkaufmann zu werden.»

«Schon, obwohl mir die Arbeit wenig Spaß machte. Sehr trokken, wenig abwechslungsreich. In Nürnberg gab es dann Ärger, weil ein jüngerer Kollege zu einer Korrespondenzbank nach Den Haag versetzt wurde. Ich hatte mich auch um den Posten beworben, wurde aber mit Gründen abgelehnt, die mich nicht überzeugten. Daraufhin habe ich gekündigt.»

Untersberg verzog ganz kurz das Gesicht, als schmerze ein Bakkenzahn, sagte aber nichts.

«Nach der Bank bin ich zu einer Wirtschaftsdetektei gegangen. Die Arbeit dort hat mir sehr viel Spaß gemacht, ich habe eine Menge verdient, auch viel gelernt und bin weit herumgekommen.»

«Aber das war keine – wie soll man sagen? – Lebensstellung?»

«Es hätte durchaus eine werden können, der Ausdruck ‹Detektei› führt etwas in die Irre, ein großer Teil der Arbeit wird am Schreibtisch erledigt, wir hatten viele Kollegen jenseits der Fünfzig. Nein, ich bin dort weggegangen, weil ich eine Frau kennengelernt hatte. Wir wollten heiraten, sie hatte aber ein Haushaltswarengeschäft hier in der Stadt an der Bahnhofsstraße, das sie nicht aufgeben wollte. Deswegen habe ich mich hier selbständig gemacht.»

«Ja, ich verstehe. Aber in Ihren Papieren steht doch ledig?»

«Meine Verlobte ist eine Woche vor der Hochzeit mit dem Auto tödlich verunglückt.»

Untersberg nickte, für Sekunden hatte das Strahlen einem Ausdruck von Mitleid Platz gemacht. Wrozek wischte sich unauffällig die feuchten Handflächen an den Hosenbeinen ab.

«Seitdem sind Sie selbständiger Privatdetektiv?»

«Ja.»

«Das Gericht kann sich, um ehrlich zu sein, die Arbeit eines Privatdetektivs schwer vorstellen.»

«Herr Vorsitzender, in erster Linie ist es Arbeit. Ich suche verschwundene Kinder und Personen, beobachte Baustellen und Lagerhäuser, kontrolliere Mitarbeiter, die der Untreue oder Unterschlagung verdächtigt werden. Oder sich krank gemeldet haben und schwarzarbeiten. Ich erkundige mich nach dem Lebenswandel von Bewerbern – befriedige private Neugier.» Er schmunzelte, obwohl es ihm schwerfiel. «Ich leiste keine Polizeiarbeit, wie oft angenommen wird.»

«Ganz recht», murmelte Untersberg diplomatisch, «keine Polizeiarbeit. Wie steht es mit Ihren Einnahmen?»

«Unregelmäßig – wie bei jedem Selbständigen. Es gibt Monate, in denen ich Aufträge ablehnen muß, andere wiederum, in denen ich Däumchen drehe. Ich muß schon rechnen.»

«Aber im Schnitt kommen Sie gut über die Runden?»

«Ja, doch. Wenn ich die Versicherungen, Mieten und laufenden Unkosten bezahlt habe, bleiben mir etwa 3000 Mark im Monat.»

«Netto?» Zum erstenmal verriet Untersberg echtes Interesse, und im Zuschauerteil wurde gekichert.

«Na ja, so ungefähr. Ich muß natürlich viel zurücklegen für die Steuer, die sehr saftig zulangt, und für meine Betriebsmittel. Für Autos zum Beispiel. Ich fahre sehr viel, praktisch ist alle zwei Jahre ein neuer Wagen fällig.»

«Aha. Aber generell kann man sagen, daß Sie hinkommen?»

«Ja.»

«Gut, dann ... Bitte?»

Die Schöffin hatte die Hand gehoben, weil sie eine Frage stellen wollte; recht ungnädig, was sie aber nicht beeindruckte, stimmte Untersberg zu.

«Herr Wrozek, wie ist Ihr Verhältnis zur Polizei? Sie leisten zwar keine Polizeiarbeit, kommen aber doch wohl häufiger mit der Polizei in Kontakt?»

«Natürlich, ja. Ich glaube, ich habe ein ganz gutes Verhältnis zur Polizei. Oder sagen wir besser: ein korrektes Verhältnis.»

«Danke.»

«Sind Sie fertig? Aha. Vorstrafen – erledigt sich, keine Eintragung, was ... hm – ja, schon recht, Frau Verteidigerin.»

Karin ließ sich wieder zurücksinken, und Staatsanwalt Knittel zupfte ausdauernd an seinem linken Ohrläppchen. Wrozek schwieg, etwas verwirrt, weil er das erste Scharmützel, das offenbar stattgefunden hatte, nicht begriff.

«Noch Fragen zur Person? Nein. Danke, Angeklagter. – Wir kommen dann zur Verlesung der Anklage.»

Wrozek setzte sich leise und schaltete ab. Was Knittel im silbenverschluckenden Presto vortrug, kannte er fast auswendig. Nur einmal lächelte er, als Knittel das Wörtchen «indem» betonte, begleitet von einem tiefen Atemzug. Karin hatte ihm die hohe Kunst der «Indem»-Sätze erläutert: «indem» er dem sterbenden Oswald Schramm, unter Ausnutzung von dessen Hilflosigkeit, das Geld entwendete; «indem» er, trotz mehrfacher Befragung, dies unter Eid leugnete – «Ich verweise auf das dem Gericht vorliegende Protokoll ...»

Kein Wort von den Erpressungsbildern, kein Wort zu dem Bild von Irene Schramm, das in seinem Stahlschrank gefunden worden war. Schwerer Diebstahl und Meineid sozusagen nur in einem Fall. Mit Mühe unterdrückte er einen Gähnkrampf.

«Angeklagter, wollen Sie sich zur Sache äußern?» Untersbergs sonorer Bariton riß ihn aus seiner dumpfen Müdigkeit, und lauter, als nötig, antwortete er: «Ja!»

«Dann schildern Sie einmal mit Ihren Worten, was sich am 1. März vorigen Jahres abgespielt hat.»

So ausführlich wie nötig, aber so knapp wie möglich – er hatte diesen Teil immer wieder mit Karin geprobt – erzählte er, was sich am letzten Februar-Wochenende und am 1. März ereignet hatte. Fünf unbewegliche Gesichter waren ihm zugewandt, und obwohl Karin ihn darauf vorbereitet hatte, fiel es ihm schwer, die höfliche Skepsis in den Mienen seiner fünf Richter zu ertragen.

«Gut, danke, Angeklagter. Nun ist aber unbestritten, daß die 25000 Mark, die sich Oswald Schramm besorgt hatte und zum Zeitpunkt seiner Ermordung bei sich trug, in Ihrem Stahlschrank gefunden wurden. Wir werden die nötigen Zeugen dazu später hören. Wie erklären Sie das?»

«Das Geld ist mir untergeschoben worden. Von derselben Person, die bei dieser Gelegenheit meine Pistole entwendet und in der Wohnung Gremser Weg Nr. 30, fünfter Stock, zwei Schüsse abgegeben hat.»

«Und wer soll das gewesen sein?»

«Eine junge Frau, die sich mir am Montag, dem 26. November, unter dem Namen ‹Ursula Schulte› vorgestellt hat.»

Ganz leise schien Untersberg jetzt doch zu seufzen, aber unverändert freundlich forderte er ihn auf:

«Bitte, erzählen Sie uns Ihre Geschichte.» Mit einer Handbewegung, die Resignation und Ärger verriet, schob er die Akten zur Seite. Der Angeklagte durfte sich nun mal zur Sache äußern, das stand in der Strafprozeßordnung, und wenn auf diesem Wege eine zeitraubende Baron-von-Münchhausen-Version in das Verfahren eingeführt wurde, ließ sich das eben nicht ändern.

Und Wrozek ersparte ihm nichts. Schritt für Schritt erzählte er, wie er Ursula Schulte kennengelernt hatte, was er am 26. November und dann wieder am 26. Dezember, am zweiten Weihnachtstag, unternommen hatte, was er vermutete. Die Protokollführerin schrieb wie eine Wilde, und wenn sie auf dem Block ein volles Blatt umschlug, wippte ihr Pferdeschwanz auf und ab. Das Publikum hörte gebannt zu.

Als er fertig war, sah Untersberg ihn nachdenklich an; Knittel richtete sich auf und fragte hämisch:

«Diese seltsame Geschichte können Sie auch beweisen, Angeklagter?»

Karin war schneller als er: «Ich dachte bisher immer, Herr Staatsanwalt, die Anklage müsse einen Schuldbeweis führen. Hat sich die Beweislast inzwischen verkehrt?»

«Bitte, bitte!» flehte Untersberg, ehrlich erschrocken. «Keine Polemik, wenn ich bitten darf!» Seine Hände flatterten über dem Tisch.

«Gerne», stimmte Karin zu und schmunzelte breit; Knittel schluckte wütend.

«Gut, sehr gut. Angeklagter, wir haben Ihre Einlassung zur Sache gehört ... Keine weiteren Fragen, das ist schön. Wir treten dann in die Beweisaufnahme ein. Wünscht eine der Parteien ...? Nein, wunderbar. – In diesem Fall handelt es sich um zwei zeitlich getrennte Komplexe, einmal um das, was am 1. März vorigen Jahres in dem sogenannten Waldhaus geschehen ist – ahem, geschehen sein soll, und zweitens um die Umstände, die zur Auffindung des Geldes am 26. Dezember geführt haben.» Knittel nickte gewichtig, bis er Karins verächtlichen Blick spürte. «Mit dem Einverständnis beider Parteien würde ich den 1. März zuerst behandeln ... Gut? Dann rufe ich den Zeugen Ziegler auf.»

«Diese Höflichkeit», knurrte Karin leise. «Traue nie einem erfahrenen Vorsitzenden, er könnte schlau sein.»

Wrozek sah sie verständnislos an, aber sie hatte schon wieder eine ernsthafte Miene aufgesetzt.

Ziegler kam mit schnellen Schritten hereinmarschiert und vermied es, in Richtung Anklagebank zu sehen. Um seinen Mund hatten sich zwei tiefe Falten eingegraben, die Müdigkeit und noch mehr Überdruß verkündeten. Die üblichen Angaben leierte er mit verächtlicher Routine herunter, Untersberg verzichtete auf die Zeugenbelehrung: «Tja, Herr Ziegler, wie war das nun am 1. März vorigen Jahres?»

Am 1. März war er von der Kriminalbereitschaft angerufen worden; bei Grandsbach sei ein Mord geschehen, das Opfer und die beiden von einem Zeugen benannten Täter wohnten hier in der Stadt, er solle den Staatsanwalt anrufen. Um 20 Uhr 30 sei er losgefahren, zuerst zur Polizeistation Grandsbach, von dort zum Tatort und dann zurück zur Kriminalaußenstelle in Kehlenich.

«Dort konnte ich gegen 22 Uhr 30 mit dem Angeklagten sprechen.»

«Der in seiner Aussage Manfred Lurwig und Irene Schramm als die Täter bezeichnete?»

«Ja.»

«Herr Ziegler, hat der Angeklagte bei diesem ersten Gespräch Angaben darüber gemacht, wie lange er sich allein mit dem verwundeten Oswald Schramm im Waldhaus aufgehalten hat?»

«Ja. Er hat geschildert, wie er versuchte, dem Verwundeten zu helfen. Dann hat er sich nach einem Telefon umgesehen, anschließend die Autoschlüssel für den Wagen Schramms gesucht...»

«... die, wie ich dem Protokoll entnehme, später unter dem Verwundeten gefunden wurden.»

«Ja, beim Abtransport. – Nach seiner Aussage mußte er den Berg hinunterlaufen, zu seinem dort versteckten Wagen. Die Polizeistation Grandsbach war schon geschlossen, er hat dann von einer Kneipe aus Polizei und Rettungswagen alarmiert und ist sofort wieder ins Waldhaus zurückgefahren. Nach seiner Schätzung traf der erste Streifenwagen acht bis neun Minuten nach ihm ein.»

«So daß er sich insgesamt – bei zwei Gelegenheiten – wenigstens eine Viertelstunde allein mit dem verletzten Oswald Schramm im Waldhaus aufgehalten hat?»

Ziegler zuckte die Achseln: «So ungefähr.»

«Ist der Angeklagte bei den ersten Vernehmungen nach dem Geld gefragt worden?»

«Nein, nein, da wußten wir ja noch gar nicht, daß Oswald Schramm 25000 Mark bei sich hatte. Das haben wir erst am darauffolgenden Mittwoch, also am 3. März, erfahren.»

«Wie haben Sie das erfahren?»

«Nun ja, der Mord geschah am Montag abend. Am Dienstag hat die Pressestelle eine Meldung herausgegeben, daß der Fabrikant Oswald Schramm ermordet worden sei. Das stand am Mittwoch in den Zeitungen, und am Mittwoch vormittag rief mich ein Norbert Bergen an, von der Industrie- und Handelsbank. Ich bin zu ihm in die Bank gefahren, und er hat mir von den 25 000 Mark erzählt.»

«Sie haben doch sicher versucht, den Angeklagten wegen des Geldes zu befragen?»

«Schon, aber nicht sofort. Wir nahmen an, daß Lurwig und die Schramm das Geld mitgenommen hatten. Aber beide leugneten weiterhin, im Waldhaus gewesen zu sein. Wir haben am Mittwoch und Donnerstag die Wohnungen und Geschäftsräume der beiden Verhafteten auf den Kopf gestellt, allerdings nicht allein wegen des Geldes, sondern wir wollten in erster Linie die Tatwaffe haben.»

«Die nie gefunden wurde?»

«Nein», gab Ziegler zu, hörbar verärgert.

«Und wann wurde der Angeklagte zum verschwundenen Geld vernommen?»

«Am Freitag nachmittag. Also am 5. März.»

«Was hat er damals ausgesagt?»

«Daß er weder etwas von dem Geld gewußt noch es an sich genommen habe.»

«Haben Sie ihm geglaubt?»

Karin richtete sich halb auf, als wolle sie eingreifen, verzichtete dann aber, weil Ziegler prompt antwortete:

«Natürlich. Damals hatte ich keinerlei Grund, an der Aufrichtigkeit des Zeugen ... des Angeklagten zu zweifeln. Wir wußten ja noch nicht einmal, wo Schramm die zwei Stunden zwischen seinem Besuch bei der Bank und seinem Eintreffen am Waldhaus verbracht hatte. Schramm konnte in dieser Zeit alles mögliche mit dem Geld angestellt haben.»

«Aber 25 000 Mark – ist Ihnen nie der Gedanke an Raubmord gekommen?»

«Raubmord durch wen, Herr Vorsitzender?» Ziegler verbarg seine Erheiterung nur unvollkommen, und Untersberg hüstelte verlegen. «Wenn Manfred Lurwig und Irene Schramm das Geld genommen hatten, veränderte sich unter Umständen das Motiv, aber nicht die Tat. Selbstverständlich haben wir auch überlegt, ob der Angeklagte das Geld gestohlen habe. Er hätte es zufällig finden können, zum Beispiel bei der Suche nach den Autoschlüsseln.»

«Und was hat Sie bewogen, diese Spur nicht weiter zu verfolgen?»

«Zwei Überlegungen. Erstens Wrozeks Verhalten am Mordabend, als er alles in seinen Kräften Stehende tat, um Schramms Leben zu retten. Er hätte ja nur – ob mit oder ohne Geld – fortzufahren brauchen, und Schramms Leiche wäre irgendwann später entdeckt worden. Und dann ...»

«Nun ja», räumte Untersberg ein, «das klingt ... Und die zweite Überlegung?»

Bis jetzt hatte Knittel noch kein Wort gesagt; er schien ganz zufrieden, daß Untersberg ihm die Arbeit abnahm.

«Wrozeks Ausbildung. Ich wußte, daß er in einer Bank gelernt hatte. Deswegen wäre ihm aufgefallen, daß es sich um druckfrische Geldscheine mit fortlaufender Numerierung handelte, mit anderen Worten um Geld, das kurz zuvor von einer Bank geholt worden war, die aller Voraussicht nach die Seriennummern notiert hatte.»

«Sozusagen heißes Geld!» ergänzte Untersberg; Ziegler zuckte nur schmerzhaft zusammen, nickte dann jedoch zustimmend.

«Haben Sie herausgefunden, wofür sich Schramm diese Summe besorgt hatte?»

«Nein. Gegenüber seinem Firmenpartner Feldner und dem Bankangestellten Bergen hatte er zwar angedeutet, er müsse eine dringende persönliche Angelegenheit erledigen, was aber genau und mit wem – da tappen wir nach wie vor im dunkeln.»

«Gestatten Sie?» Knittels Stimme überschlug sich fast, und Untersberg stimmte belustigt zu. «Herr Ziegler, ist Ihnen damals der Gedanke gekommen, bei der von Schramm erwähnten persönlichen Angelegenheit könne es sich um ein Treffen Schramms mit dem Angeklagten Wrozek handeln?»

«Warum denn das?» Alle, bis auf Knittel, registrierten Zieglers abweisenden Ton.

«Nun, denkbar wäre doch, daß Wrozek Schramm etwas verkaufen wollte, zum Beispiel die Information, daß Schramms Frau den Ehemann durch einen Privatdetektiv überwachen ließ?»

«Sehr intelligent, Herr Staatsanwalt.» Karin lächelte hämisch. «Nachdem mein Mandant am Vormittag den Beweis für Schramms eheliche Untreue an Irene Schramm übergeben hatte, wollte er am Nachmittag den Ehemann davor warnen?»

Schon bei dem Wort «intelligent» hatte Untersberg drohend die Stirn gerunzelt, jetzt räusperte er sich nachdrücklich:

«Bitte, ich bitte doch sehr ... Herr Zeuge?!»

«Wenn Wrozek mit Schramm im Waldhaus verabredet war und ihn dann im Verlauf einer Auseinandersetzung angeschossen hatte – warum alarmierte er dann die Polizei?»

«Vielleicht wollte er besonders schlau sein», murmelte Knittel noch, bevor er sich wieder setzte und intensiv die Risse in der Decke zu studieren begann.

«Gestatten Sie, Herr Vorsitzender?» Karin meldete sich so schüchtern, daß Untersberg seinen Ohren nicht trauen wollte. Nervös und wohlwollend wedelte er mit beiden Händen umher. «Herr Ziegler, können wir die Zeiten etwas genauer festlegen? Die Bank schloß am Montag, dem 1. März, um 15 Uhr 30, Oswald Schramm erschien dort gegen 16 Uhr 25.»

«Ja, das ist richtig.»

«Der Zeuge Bergen, der auf Schramm gewartet hatte, händigte das Geld aus. Die Männer unterhielten sich kurz, darauf fuhr Schramm mit unbekanntem Ziel los. Etwa um 16 Uhr 30.»

«Ja.»

«Laut Aussage meines Mandanten im Prozeß Lurwig / Schramm traf Oswald Schramm gegen 18 Uhr 30 im sogenannten Waldhaus ein und wurde zwischen fünf und sieben Minuten später erschossen. Oder genauer: angeschossen. Gibt es – aus medizinischer oder kriminalpolizeilicher Sicht – einen Grund, an diesen Zeitangaben zu zweifeln?»

«Nein.»

«Von 16 Uhr 30 bis 18 Uhr 30 sind es zwei Stunden. Rechnen wir – 45 Minuten Fahrzeit von der Bank zum Waldhaus ...»

«Das ist sehr großzügig kalkuliert. 30 Minuten, würde ich denken.»

«Dann verbleiben eineinhalb Stunden, in denen Oswald Schramm das Geld einer bislang unbekannten Person ausgehändigt haben kann.»

«Ja.»

«Gibt es überhaupt einen Hinweis darauf, daß Schramm das Geld noch bei sich trug, als er am Waldhaus eintraf?»

«Nein.»

«Aber es gibt auch keinen Beweis für das Gegenteil?» warf Knittel ein.

«Nein.» Ziegler schien sich über seine eigenen kurzen Antworten zu amüsieren, und Untersberg unterbrach sein Strahlen für einen scharfen Blick auf den Zeugen. Karin grinste breit, Knittel fühlte sich getroffen und erkundigte sich unnötig scharf:

«Als Sie das erste Mal den Angeklagten nach dem Geld befragten – wie reagierte er darauf?»

«Er war überrascht, daß Schramm mit soviel Bargeld durch die Gegend gondelte.»

«Haben Sie ihn direkt gefragt, ob er dem verwundeten Schramm das Geld abgenommen habe?»

«Ja, direkt. Er verneinte ohne Zögern.»

Knittel war nicht zufrieden, aber bevor er sich zu einer neuen Frage entschließen konnte, griff Untersberg ein:

«Herr Ziegler, wie steht's mit den beiden damals Verhafteten? Was haben die ausgesagt?»

«Oh je.» Unwillkürlich seufzte er. «Manfred Lurwig und Irene Schramm behaupteten steif und fest, am 1. März die Stadt nicht verlassen zu haben. Folglich waren sie auch nicht am Waldhaus, folglich konnten sie das Geld nicht genommen haben. Und natürlich wußten sie auch nicht, daß sich Oswald Schramm am Nachmittag 25 000 Mark besorgt hatte.»

«An dieser Aussage haben beide festgehalten?»

«Unverändert, auch im Prozeß.»

«Gut. Hat Irene Schramm niemals eine Vermutung geäußert, wofür ihr Mann diese Summe gebraucht haben könnte?»

«Nein. Sie sagte nur sinngemäß, ihrem Mann sei alles zuzutrauen, und sie hätte es längst aufgegeben, sich um seine Geschäfte zu kümmern.»

«Was hat Manfred Lurwig dazu gemeint?»

«Zu dem Geld? – Gar nichts. Er hatte nicht einmal eine Vermutung, was Oswald Schramm geplant haben könnte.»

«Na, das wär's dann!» schloß Untersberg befriedigt. «Wenn es keine weiteren Fragen gibt, würde ich diesen Komplex gerne verlassen ... keine Fragen, sehr schön. – Wir kämen dann zur Verlesung des Protokolls aus der Verhandlung gegen Lurwig und Schramm ...»

«Herr Vorsitzender», unterbrach Karin gelangweilt, «ich denke, wir können uns die Zeit sparen. Mein Mandant bestreitet nicht, daß er als Zeuge im Prozeß mehrfach befragt wurde, ob er das Geld an sich genommen habe, daß er dies mehrfach verneint und seine Aussage beeidet hat. Nach ausreichender Belehrung über die möglichen Folgen eines Meineids.»

«Vielen Dank, Frau Dr. Hellms. Das Protokoll hat ...? Ja, sehr schön. – Dann wenden wir uns den Ereignissen des 26. Dezember zu. Herr Ziegler!»

«Am zweiten Weihnachtstag hatte ich Bereitschaftsdienst und wurde gegen 20 Uhr 40 vom Kommissar vom Dienst angerufen, im Haus Gremser Weg Nr. 30 sei geschossen worden. Es gebe Blutspuren, ein Verdächtiger werde am Tatort festgehalten. Ich bin hingefahren und habe dort den Angeklagten angetroffen.»

«Was hat er Ihnen bei dieser Gelegenheit erzählt?»

«Er sei kurz nach 19 Uhr von einer gewissen Ursula Schulte angerufen und zum Neuen Markt bestellt worden. Sie habe dort einen gewissen Harald Kunze zufällig wiedergesehen, einen Mann, mit dem sie früher einmal befreundet gewesen sei, der sie aber verlassen habe, als sie von ihm schwanger geworden sei. Wie Wrozek mir sagte, hatte er diesen Harald Kunze früher gesucht, im Auftrag von Ursula Schulte, aber nicht gefunden.»

«Diese vergebliche Suche fand am 26. November statt?»

«Ja, so lautete seine Aussage. Am zweiten Weihnachtstag fuhr er nun zum Neuen Markt, traf aber Ursula Schulte nicht am vereinbarten Treffpunkt an, wartete und fuhr dann in die Wohnung der Schulte, Gremser Weg 30, weil er vermutete, sie habe Kunze angesprochen und zu einer Aussprache zwingen wollen. Auf ein Klingeln des Angeklagten meldete sich niemand, ein Besucher ließ ihn aber ins Haus. Im fünften Stock fand er die Wohnungstür der Schulte nur angelehnt. Er sei hineingegangen, habe Blutflecken und Zeichen einer tätlichen Auseinandersetzung entdeckt und sich nach Beweisen umgesehen, daß Harald Kunze an diesem Abend in der Wohnung gewesen sei. Dabei hätten ihn zwei Polizisten überrascht, die nach ...»

«Halt, halt, Herr Zeuge, darauf kommen wir noch zu sprechen. Mit dieser Geschichte von Ursula Schulte und Harald Kunze erklärte er also seine Anwesenheit im Gremser Weg 30?»

«Ja. Wir sind später zusammen ins Präsidium gefahren und haben dort noch in der Nacht ein ausführliches Protokoll aufgenommen.»

«Richtig, wir haben es in den Akten.» Untersberg zwinkerte einmal. «Für den Abend des zweiten Weihnachtstages ein ungewöhnlich ausführliches Protokoll, doch ja ... Hm. Nun ... Das Protokoll weicht nicht von seiner ersten Aussage Ihnen gegenüber ab?»

«Nein, der Angeklagte ist auch später bei dieser Aussage geblieben.»

«Ohne jede Einschränkung oder Korrektur?»

«Ohne eine Änderung.»

«Gut. Dann berichten Sie dem Gericht bitte, wie es zur Auffindung des Geldes im Büro des Angeklagten kam.»

«Tja, ich hatte von Anfang an gewisse Zweifel. Das Haus Gremser Weg Nr. 30 hat einen sehr schlechten Ruf. Mich wunderte, daß dort eine kleine, recht naive Verkäuferin wohnen sollte. Dann war mir aufgefallen, daß der Angeklagte am 26. November – als er Harald Kunze suchte – nach seinen eigenen Angaben ohne Honorar gearbeitet hatte. Mir kam der Verdacht, er könne diese Ursula Schulte besser kennen, als er mir gegenüber zugab. Und schließlich diese Geschichte mit den beiden Schüssen ...»

«Ah ja, dieser Anruf!»

«Der Notruf war um 20 Uhr 25 von einer Frau alarmiert worden. Im Gremser Weg 30 würde geschossen. Zwei Schüsse. Deswegen wurde ja die Streife geschickt, die Wrozek überraschte.»

«Das geht mir alles etwas zu schnell», protestierte Karin gelassen, worauf Untersberg eilig versicherte:

«Wir werden natürlich die einzelnen Zeugen nachher hören. Das Gericht möchte aber den Zeugen zusammenhängend berichten lassen.» Staatsanwalt Knittel grinste hämisch.

«Na schön», gab Karin nach, und Wrozek staunte über ihren verächtlichen Tonfall.

«Also, Herr Zeuge.»

«Während Wrozek im Präsidium war, fanden die Leute von der Spurensicherung tatsächlich zwei Geschosse. Beide Kaliber 9 Millimeter. Weil ich wußte, daß Wro ... der Angeklagte eine Parabellum 9 Millimeter besaß, und weil mich der Gedanke nicht losließ, er könne in enger Beziehung zu dieser Ursula Schulte stehen, fragte ich ihn direkt, ob er geschossen habe. Er verneinte und behauptete, seine Waffe liege in seinem Büro, in einem verschlossenen Stahlschrank, zu dem nur er Schlüssel besitze. Daraufhin fragte ich ihn, ob er einverstanden sei, wenn wir uns sofort davon überzeugten.»

«Was hat Sie dazu bewogen?»

Ziegler warf einen schnellen Blick auf Karin und seufzte vernehmlich. «Der Zeitfaktor. Der Notruf ging um 20 Uhr 25 und 30 Sekunden ein. Laut Aussage der Anruferin waren die Schüsse ‹gerade eben› gefallen – sagen wir eineinhalb Minuten vorher. Also 20 Uhr 24. Die Streife traf um 20 Uhr 31 ein und stellte zwei Minuten später den Angeklagten. 20 Uhr 33. Das hieß für mich: Wenn der Angeklagte geschossen hatte, waren ihm nur neun Minuten geblieben, die Waffe zu verstecken – ach so, ich muß hinzufügen, daß die Streife ihn sofort nach einer Waffe durchsucht und keine gefunden hatte. Neun Minuten waren auf jeden Fall zu wenig, um vom Gremser Weg in das Büro des Angeklagten und zurück zu fahren.»

«Das leuchtet ein. War der Angeklagte einverstanden?»

«Ja. Mit seiner Erlaubnis durchsuchten wir zuerst sein Auto – in dem er die Waffe hätte verstecken können –, ohne Ergebnis, dann sind wir in sein Büro gefahren, wo er uns den Stahlschrank öffnete. Die Pistole lag nicht drin.»

Niemand auf der Richterbank zeigte Überraschung, nur im Zuschauerteil erklangen zaghafte «Ohs» und «Ahs». Untersberg beugte sich vor:

«Herr Ziegler, um jedes Mißverständnis auszuschließen: Der Stahlschrank war verschlossen?»

«Ja. Der Stahlschrank und die Bürotür waren versperrt, Wro ... der Angeklagte schloß sie mit seinen Schlüsseln auf.»

«Und schon damals, am 26. Dezember, stellte er auf Befragen fest, daß nur er Schlüssel zu diesem Stahlschrank besaß?»

«Ja, ganz unmißverständlich: Nur er hatte Schlüssel für diesen Stahlschrank.»

Gespannt sah Untersberg zu Wrozek hinüber: «Angeklagter, Sie bleiben auch heute dabei, daß nur Sie Schlüssel zum Schrank besitzen?»

Tief Luft holend, stand er auf: «Nein.»

«Wie soll ich das verstehen?» Untersberg schüttelte überrascht den Kopf, hielt aber inne, als Wrozek mit fester Stimme sagte:

«Ich besitze den einzigen regulären Schlüssel zu meinem Büroschrank. Eine andere Person besitzt illegal angefertigte Nachschlüssel.»

«Ach Gott, nun geht das schon ...» stöhnte Knittel unnötig laut, kam aber nicht weit.

«Sparen Sie sich Ihr Theater fürs Plädoyer auf!» herrschte Karin ihn an, so wütend, daß der Staatsanwalt verstummte. Untersberg mischte sich ein, sanft, aber mit gefährlichem, unverkennbar warnendem Unterton:

«Frau Dr. Hellms, ich glaube, das ging etwas zu weit.»

«Dann bitte ich um Entschuldigung», entgegnete sie gleichgültig, den Blick auf Knittel gerichtet, der sich wütend auf die Lippen biß. Einen Moment zögerte Untersberg, ob er sich diese offenkundige Mißachtung gefallen lassen solle, entschied dann aber, sich zufrieden zu geben: «Angeklagter, noch einmal zur Klarstellung: Sie behaupten also, daß eine unbekannte Person sich Nachschlüssel für Ihren Stahlschrank angefertigt hat?»

«Ja. Für den Stahlschrank, für die darin aufbewahrte Geldkassette und für meine Bürotür.»

Unverhohlen skeptisch erkundigte sich der Vorsitzende: «Und wer soll das getan haben?»

«Die junge Frau, sie sich mir als Ursula Schulte vorgestellt hat.»

«Ah ja. Und wann hatte sie Gelegenheit dazu?»

«Das habe ich dem Gericht bereits geschildert. Am 26. November, als ich Ursula Schulte kennenlernte, war ich am Nachmittag in ihrer Wohnung im Gremser Weg. Dabei bekam sie einen Krampfanfall, gegen den sie Tabletten schlucken wollte, aber das Röhrchen war leer. Weil ich fürchtete, ihr könne etwas zustoßen, bin ich Hals über Kopf zur nächsten Apotheke gerannt, um dieses Medikament zu besorgen. Dabei habe ich meine Jacke in der Wohnung zurückgelassen, und in der Jackentasche befanden sich alle meine

Schlüssel. Sie hatte ausreichend Zeit, um sich Abdrücke aller Schlüssel anzufertigen oder die Seriennummern zu notieren.»

«Na ja.» Trotz seines strahlenden Lächelns hatte Untersberg kein Wort geglaubt. «Wenn ich recht unterrichtet bin, benötigt man eine bestimmte Abdruckmasse, um saubere Konturen zu kriegen. Solche Masse hat man normalerweise nicht bei sich.»

«Nein, natürlich nicht. Aber Ursula Schulte hatte mehrere Stunden Zeit, sich die nötigen Utensilien zu beschaffen.»

«Sie meinen, zwischen dem Besuch in Ihrem Büro und dem späteren Treffen im Gremser Weg?»

«Ja.»

«Das würde aber bedeuten, daß sie sich bei dem Aufenthalt in Ihrem Büro schon einen Plan gemacht hatte.»

«Nicht unbedingt. Sie hat gesehen, wie ich den Stahlschrank aufschloß, dann die Kassette, um Geld herauszunehmen. Sie hat die Pistole bemerkt, und dabei ist ihr wahrscheinlich eine Idee gekommen.»

«Soso, na ja, schön.» Untersberg war nicht überzeugt. Ganz unerwartet schaltete sich Knittel ein: «Herr Ziegler, haben Sie später untersuchen lassen, ob die Schlösser an Bürotür, Schrank und Kassette beschädigt waren?»

«Ja, das ist geschehen. Es gab keinerlei Anzeichen für eine gewaltsame Öffnung, auch keine Kratzspuren, wie sie manchmal bei der Benutzung von Universal-Dietrichen entstehen.»

«Danke.» Knittel lächelte breit, aber er war ein schlechter Schauspieler, und Karin betrachtete ihn fast mitleidig; Untersberg verfolgte das stumme Intermezzo mit sorgenumwölkter Stirn, bevor er sich wieder an Ziegler wandte: «Herr Zeuge, was geschah dann?»

«Nun, der Angeklagte schien wie gelähmt, völlig geistesabwesend, nicht ansprechbar. Deswegen untersuchte ich den Inhalt des Stahlschrankes ...»

«... nicht ganz korrekt – oder, Herr Hauptkommissar?» Karin war aufgestanden, die Sanftmut in Person, aber die Krallen schon geschärft.

«Doch. Der Angeklagte hatte mir vor Zeugen die Durchsuchung seines Autos und der von ihm benutzten Räume gestattet.»

«Um eine Pistole zu finden.»

«Das war der Anlaß, aber seine Erlaubnis beschränkte sich nicht auf die Pistole.»

«Das ist Ihre Auslegung.»

«Ihr Mandant hatte seine Zustimmung in keiner Weise an Bedingungen geknüpft.»

«Weil Sie ihn getäuscht haben.»

«Nein.»

«Und zwar durch Unterlassung getäuscht.»

«Nein. Ich habe ihn um eine pauschale Durchsuchungserlaubnis gebeten, ohne Wenn und Aber.»

«Jedoch gleichzeitig mit einem richterlichen Beschluß gedroht.»

«Erstens habe ich nicht *gedroht*, und zweitens kennt Ihr Mandant polizeiliche Arbeit gut genug, um selbst zu wissen, daß ich jederzeit einen richterlichen Beschluß bekommen hätte.»

«Das ist Ihre Interpretation. Mit den Verdachtsmomenten vom 26. Dezember hätten Sie nach dem Buchstaben des Gesetztes keinen Beschluß bekommen.»

«Das ist jetzt Ihre Interpretation.»

«O nein.» Sie lachte spöttisch. «Sie haben sogar angedeutet, Sie könnten sich auf ‹Gefahr im Verzug› stützen.»

«Nein. Ich habe vielmehr zu verstehen gegeben, daß dieser Weg eben *nicht* in Frage komme.»

«Und ich bleibe dabei, daß Sie meinen Mandanten arglistig getäuscht haben.»

Plötzlich brauste Ziegler auf: «Wollen Sie mir etwa unterstellen, ich hätte Beweismaterial auf ungesetzlichem Weg beschafft?»

Gelassen musterte sie ihn von Kopf bis Fuß, bevor sie trocken entgegnete: «Ich wollte nur festhalten, daß sich schon zu Beginn der Ermittlungen Zweifel an der Korrektheit Ihres Vorgehens ergeben.»

«Bei Ihnen, aber nur bei Ihnen!» giftete Knittel los, und seine Stimme war nahe daran, sich vor Zorn zu überschlagen.

«Einen Moment bitte!» griff Untersberg ein, der den Dialog mit glänzenden Augen verfolgt hatte. «Keinen Streit. Frau Dr. Hellms, Sie haben Ihre Zweifel ausgedrückt. Das Gericht teilt sie nicht. Andererseits hat das Gericht sehr wohl verstanden, daß Ihr Mandant am 26. Dezember keinen Versuch unternommen hat, die Durchsuchung seiner Räume zu verhindern oder zu verzögern.»

«Weil er nichts zu verbergen hatte.»

«Weil er wußte, daß ihm nichts anderes übrigblieb.»

Karin und Knittel hatten gleichzeitig reagiert. Für Sekunden knisterte es vor Spannung, und beide schienen entschlossen, die Gegenseite zu übertrumpfen.

«Bitte, ja?!» donnerte Untersberg los, und schwer um Beherrschung ringend, starrten Karin und Knittel sich an. «Noch befrage ich den Zeugen Ziegler. Herr Ziegler, wie ging's weiter?»

Immer noch heftig atmend, wandte Ziegler sich wieder der Richterbank zu: «Im Stahlschrank stand unter anderem eine verschlossene Geldkassette. Ich schloß sie auf ...»

«Woher hatten Sie den Schlüssel?» Karin konnte überraschend laut werden. «Hatten Sie vorher um Erlaubnis gefragt?»

«Nein, habe ich nicht.» Ziegler beherrschte sich mühsam. «Die Erlaubnis leitete ich aus Wrozeks pauschaler Einwilligung ab, seine Räume zu durchsuchen.»

«Eine großzügige Ableitung. Und die Schlüssel der Kassette?»

Einen Moment zögerte der Hauptkommissar, seine Backenmuskeln spielten.

«Wenn ich Sie eben recht verstanden habe, hatte doch mein Mandant den Schrank aufgeschlossen?»

«Ja. Er hielt den Schlüsselbund immer noch in der Hand. Ich nahm den Bund ...» In Erwartung ihres Einwurfes stockte er, doch sie grinste ihn nur breit an. «Ich nahm den Bund», wiederholte er unnötig laut, «und schloß die Kassette auf.»

«Gut», sagte Untersberg unerwartet. «Was haben Sie in der Kassette gefunden?»

«Einen Briefumschlag, nicht zugeklebt, mit der Aufschrift 25 000 Mark.»

«Diesen Umschlag?» Der Vorsitzende wedelte mit einem Stück braunem Papier.

«Ja, dieser. Direkt unter dem Briefumschlag lag eine Fotografie, farbig, etwa 12 mal 18 Zentimeter groß.»

«Diese hier?» Untersberg hob eine Zellophantüte mit einem Bild hoch.

«Ja.» Ziegler hatte gar nicht hingesehen. «Es handelte sich um die Aufnahme einer Frau ...»

«Technisch nennt man das wohl einen Halbakt», erläuterte Untersberg, der das Bild mit sichtlichem Wohlwollen betrachtete, bevor er es nach links weiterreichte.

«... ich brauchte einen Moment, bis es bei mir funkte, aber dann erkannte ich in der Frau Irene Schramm, die Mitangeklagte im Mordprozeß Schramm.»

Gegen Schluß des Satzes mußte er die Stimme erheben, weil im Saal ein aufgeregtes Gemurmel losbrach.

«Ja, und weiter, Herr Zeuge?» ermunterte Untersberg, mit falscher Freundlichkeit in den Saal strahlend.

«Quer über den Bu ... hm, den unteren Teil des Bildes war handschriftlich geschrieben: ‹Meinem Geliebten auf ewig, Irene.› Irene Schramm war aber am Morgen nach dem Mord festgenommen worden, sie mußte dieses Bild also vor dem Mord übergeben haben. Wro ... der Angeklagte hatte aber stets ausgesagt, er sei Irene Schramm am Freitag vor dem Mord überhaupt zum erstenmal begegnet.»

«Deswegen wurden Sie mißtrauisch?» Soufflierte Knittel zufrieden.

«Ja, das Bild brachte mich auf die Idee, bei den 25000 Mark in dem Briefumschlag könne es sich um das Geld handeln, das Oswald Schramm bei sich hatte.»

«Sehr gut!» urteilte Untersberg. «Zur Identifizierung des Geldes werden wir andere Zeugen hören. Auf Wunsch der Verteidigung!» setzte er patzig hinzu, aber Karin nickte nur ungerührt. «Herr Ziegler, wie ging es dann weiter?»

«Ich fragte Wrozek ein paarmal, was er zu diesen Tatsachen auszusagen habe, doch mein Eindruck war, daß er gar nicht zuhörte. Deswegen riet ich ihm, seinen Rechtsanwalt anzurufen.»

Karin stand auf: «Mein Mandant hat versucht, mich am Abend des 26. Dezember zu erreichen. Ich war außer Haus und habe den Anrufbeantworter erst am nächsten Morgen abgehört.»

Der Vorsitzende sah einen Moment nachdenklich die Protokollführerin an und lächelte erleichtert, als sich Karin nach ihrer kurzen Erklärung wieder setzte. Trotzdem schien ihn etwas zu stören, er schwieg auffällig lange und murmelte endlich:

«Kein Haftbefehl... Nun ja. Noch Fragen an den Zeugen?»

Seine Frage schien an den ganzen Saal gerichtet, Karin schmunzelte breit zu Staatsanwalt Knittel hinüber, der nervös seine Hände faltete und tapfer eine zuversichtliche Miene zeigte; Untersberg strahlte jetzt in der Tat wie ein Honigkuchenpferd und registrierte ganz genau, daß keine Seite die «Erpressungsbilder» erwähnen wollte. «Ja, dann», knurrte er gelangweilt, «vielen Dank, Herr Ziegler. Leider können wir Sie noch nicht entlassen, bitte nehmen Sie Platz!»

Karin beugte sich zu Wrozek: «Untersberg hat gerochen, daß etwas stinkt», flüsterte sie. «Das kann uns nur nutzen.»

«Angeklagter», tönte Untersberg feierlich, «haben Sie etwas zur Aussage des Zeugen Ziegler anzumerken?»

«Nein, Herr Vorsitzender.»

«Sie bleiben also nach wie vor bei Ihrer Aussage?»

«Ja. Ich habe die Pistole am zweiten Weihnachtstag nicht angerührt. Ich hatte weder das Geld noch das Bild je gesehen, bevor Hauptkommissar Ziegler beides in meinem Büroschrank fand.»

«Gut. Sie bleiben also auch bei der – nun, wie soll ich es nennen? –, bei der ‹Ursula-Schulte-Geschichte› der Ereignisse?»

«Ja, unverändert.»

«Gut!» Ob er es wirklich gut fand, schien mehr als zweifelhaft. Knittel nutzte die Pause und nörgelte:

«Angeklagter, Sie könnten sich Ihre Lage erleichtern, wenn Sie endlich gestehen und auf Ihre Phantasiegeschichte verzichten würden.»

«Sie wollen sagen, die Verteidigung möchte bitte der Anklage das Geständnis ersparen, überaus schlampig ermittelt zu haben», fuhr Karin ihn an; Knittel fuhr zurück, und Untersberg mahnte amüsiert: «Wir wollen doch bitte friedlich bleiben, Frau Dr. Hellms.»

Einen Moment herrschte gespanntes Schweigen, dann rief Untersberg den nächsten Zeugen auf.

Norbert Bergen, Bankangestellter, erzählte überaus weitschweifig, wie sich Oswald Schramm am 1. März des vergangenen Jahres die 25000 Mark besorgt hatte und daß er sich aus einem unguten Gefühl heraus die fortlaufenden Seriennummern notiert habe. Am 27. Dezember sei er gebeten worden, 25 Tausender zu kontrollieren und zu identifizieren, jawohl, es sei das Geld in dem braunen Umschlag gewesen; nein, kein Zweifel, eben das Geld, das er Oswald Schramm ausgehändigt habe. Karin verzichtete achselzuckend auf eigene Fragen und die Vereidigung des Zeugen.

Der nächste Zeuge, Gernot Hase, 28 Jahre alt, Kriminalmeister, gab kurz und präzise Auskunft: Am 26. Dezember hatte er gegen 22 Uhr 50 auf dem Hof des Gremser Wegs Nr. 30 nach einer Pistole gesucht und tatsächlich in einer Aschentonne eine Waffe gefunden, eine Neun-Millimeter-Parabellum, belgisches Fabrikat, in einer Plastiktüte verpackt – jawohl, diese Waffe, die der Vorsitzende ihm hinunterreichte.

Knittel fragte nur nach dem Eigentümer.

«Der Angeklagte.»

Karin lächelte den Zeugen an, was Hase unwillkürlich erwiderte, und fragte: «Wie haben Sie die Waffe gefunden?»

«Nun, ich mußte den Abfall, der obenauf lag, herausräumen.»

«Was für Abfall, Herr Zeuge?»

«Ach, alles mögliche. Knochen und Fleischreste, Kartoffelschalen, Büchsen – Haushaltsreste eben.»

«Keine angenehme Räumarbeit?»

«Es gibt Schlimmeres.»

«Sicher. Die Plastiktüte war von außen verschmiert.»

«Und wie.» Hase lachte leise. «Bratensauce, würde ich denken.»

«Sie haben sich also, als Sie die Pistole aus der Tonne holten, die Hände schmutzig machen müssen?»

«Nein, nein», widersprach er gemütlich, «ich hatte natürlich Handschuhe an.»

«Aber Ihre Handschuhe waren hinterher verschmiert?»

«Selbstverständlich.»

«Und jeder, der die Pistole dort versteckte, mußte sich die Hände oder Handschuhe dreckig machen?»

«Ja, sicher.»

«Vielen Dank, Herr Zeuge. Wir werden Hauptkommissar Ziegler später fragen, ob ein solcher – hm – Schmutztest stattgefunden hat.»

«Sehr schön», stimmte Untersberg zu. «Zur Waffe ...»

«Verzeihung, Herr Vorsitzender, wenn ich Sie unterbreche. Mein Mandant erkennt an, daß es sich bei der dem Gericht vorliegenden Waffe um sein Eigentum handelt.»

Rudolf Bock, 47 Jahre alt, mit dem Angeklagten ebenfalls nicht verwandt oder verschwägert, stellte sich als Schußwaffensachverständiger vor, angestellt im Landeskriminalamt. Er hatte eine Neun-Millimeter-Parabellum zum Vergleichsschießen erhalten und seine Testkugeln mit zwei Projektilen verglichen, die ihm ausgehändigt worden waren. Kugel Nummer eins war, nachdem sie ein Bild durchschlagen hatte, in der Wand steckengeblieben und hatte sich dabei so deformiert, daß sie für eine Identifikation – abgesehen von der Kaliberbestimmung – untauglich war. Kugel Nummer zwei hatte das Rückenpolster eines Sessels durchschlagen und genügend Markierungen behalten, um von ihr zweifelsfrei sagen zu können, daß sie aus der dem Gericht vorliegenden Waffe abgefeuert worden war.

«Pedant», flüsterte Karin, bevor sie laut fortfuhr: «Herr Zeuge, so eine Parabellum macht einen ziemlichen Krach?»

«O ja, sie ist so eine Art Zimmerartillerie.»

«Und noch mehr Lärm, wenn sie in einem geschlossenen Raum abgefeuert wird?»

«So kann man sagen.»

«Haben Sie irgendwelche Hinweise entdeckt, daß ein Schalldämpfer benutzt worden ist?»

«Nein.»

«Haben Sie denn danach gesucht?»

«Ja, so lautete mein Auftrag.»

«Schön. Gibt es noch andere Methoden, den Lärm zu dämpfen?»

«Natürlich, man kann zum Beispiel ein dickes Kissen gegen die Mündung pressen.»

«Dieses Kissen hat dann – bei zwei Schüssen – zwei Löcher?»

«Nein, vier.» Er lachte. «Zweimal Eintritt, zweimal Austritt der Kugeln. Außerdem natürlich Brandspuren und Pulverreste auf der Eintrittsseite.»

«Vielen Dank. Wir werden den Zeugen Ziegler später fragen, ob nach einem solchen Kissen gesucht worden ist. Noch eine andere Frage: Wenn die Waffe mit bloßer Hand abgefeuert wird, lassen sich doch Pulverreste, Partikelchen, auf der Haut nachweisen, nicht wahr?»

Man sah förmlich, daß Bock vorsichtig wurde: «Wenn der Schütze keine Gelegenheit hatte, sich nachher die Hände gründlich zu schrubben – in der Regel, ja, schon.»

«Und auf einem Handschuh?»

«Lassen sich normalerweise auch Rückstände nachweisen, ja.»

«Danke. Wir werden den Zeugen Ziegler nachher fragen, ob solche Tests gemacht worden sind und ob nach solchen Handschuhen gesucht worden ist.»

Untersberg kniff die Lippen zusammen und brachte das Kunststück fertig, ein verärgertes, strahlendes Lächeln zu zeigen.

Als nächste Zeugin trat Marianne Vowinckel auf, 29 Jahre jung, Labortechnikerin, die das Blut auf dem Teppichboden der Wohnung Gremser Weg 30, fünfter Stock, untersucht und bestimmt hatte: eindeutig Menschenblut, Gruppe 0, Rhesusfaktor positiv. Karin erkundigte sich sehr vorsichtig, ob auch Hautpartikel gefunden worden seien – nein – oder Blutteilchen an den Geschossen hafteten. Die Antwort lautete ebenfalls ‹nein›.

«Frau Zeugin, läßt sich durch eine Feinuntersuchung des Blutes feststellen, wie und aus welcher Stelle es ausgetreten ist?»

«Ich verstehe, ehrlich gesagt, Ihre Frage nicht.»

«Nun, die Anklage behauptet, das Blut sei die Folge eines Schusses, also eines Treffers – Arm, Kopf, Bein, Körper. Mein Mandant bestreitet, geschossen zu haben; demzufolge muß die Blutung künstlich herbeigeführt worden sein.»

«Ah so, jetzt weiß ich, was Sie meinen. Nein, das läßt sich nicht feststellen.»

«Wenn ich also behaupte, eine Frau habe sich mit einem Messer eine blutende Wunde selbst beigebracht und Blutstropfen über den Boden verteilt, können Sie vom wissenschaftlichen Standpunkt aus nicht widersprechen?»

Die Zeugin sah rasch zum Staatsanwalt hinüber, der aber angestrengt in eine andere Richtung starrte. Untersberg kniff die Mundwinkel ein – solche Intermezzi machten ihm Spaß. Endlich antwortete Marianne Vowinckel vorsichtig:

«In diesem speziellen Fall nicht.»

Karin überlegte einen Moment, bevor sie dankte: «Ich habe keine Fragen mehr.»

«Tja, einen Zeugen schaffen wir wohl noch vor der Mittagspause», verkündete Untersberg optimistisch, und im Saal erhob sich zustimmendes Gemurmel.

Karl-Heinz Winkler, 52 Jahre alt, Kriminalhauptmeister, hinkte leicht. Er hatte im Gremser Weg Fingerabdrücke gesichert, die er in zwei Gruppen einteilen konnte: einmal die des Angeklagten Wrozek – Karin schüttelte gereizt den Kopf über soviel Pingeligkeit – und zweitens die einer weiteren Person. Nein, bisher nicht identifiziert, in den Abdrucksammlungen der Polizei und Sicherheitsbehörden – niemand wollte genau wissen, wer damit gemeint war – nicht vorhanden. Ah so, ja, die Abdrücke auf der Waffe: zwei sehr verwischte Abdrücke des Angeklagten, sonst nur Schmier- und Wischspuren.

«Die beiden Abdrücke meines Mandanten auf der Waffe können vor dem 26. Dezember entstanden sein?»

«Natürlich.»

«Vielen Dank.»

Untersberg räumte seine Akten zusammen, hielt plötzlich inne und meinte halblaut: «Ich bin ja nur ein harmloser Richter und hab auch nur zwanzig Jahre Strafprozeß auf dem Buckel. Aber daß schwerer Diebstahl und Meineid widerlegt werden sollen, indem sich der Angeklagte freiwillig an versuchten Mord, mindestens aber an Körperverletzung heranrobbt, will in meinen armen Kopf nicht hinein, Herr Staatsanwalt.»

Knittel wurde blutrot, schluckte mehrmals und stotterte dann: «Nicht meine Zeugen, Herr Vorsitzender, nicht meine ...»

«Ja, ja, schon gut.» Für einen Moment wich sein Strahlen einem unfreundlichen Ernst, und Wrozek begriff, daß Untersberg hart sein konnte – unerbittlich und autoritär.

Über Mittag legte sich der Wind. Weil sie nach dem Essen noch viel Zeit hatten, bummelten Wrozek und Karin durch die Straßen, aber er nahm nicht viel wahr von dem, was um ihn herum geschah. Manchmal sah sie ihn von der Seite an und schien bedrückt. Keiner wagte dem anderen zu gestehen, daß er die Schlacht verloren gab.

Untersberg blinzelte etwas schläfrig, aber immer noch gut gelaunt in den Saal, als er Ziegler noch einmal nach vorn bat: «Herr Zeuge, wir wollen uns jetzt mit der Behauptung des Angeklagten befassen, das Geld und das bewußte Bild von Irene Schramm seien ihm untergeschoben worden. Oder die – hm, mit Billigung der Verteidigung –, die Ursula-Schulte-Version.»

«Ja, Herr Vorsitzender. Wir haben uns selbstverständlich bemüht, diese Ursula Schulte zu finden. Wro ... der Angeklagte hatte einige Anhaltspunkte gegeben. Zuerst der Wohnort, Gremser Weg ...»

«Dazu werden wir noch den Vermieter hören.»

«Ja.» Ziegler lächelte dünn. «Die Hausbewohner kennen keine Mieterin namens Ursula Schulte, sie können sich auch nicht an eine Mieterin erinnern, die der sehr präzisen Beschreibung entspricht, die der Angeklagte machen konnte.»

«Wollten sie nicht oder konnten sie nicht?» warf Karin ein, und Ziegler drehte sich zu ihr.

«Ich weiß es nicht», gab er offen zu. «Das Haus liegt in einer nicht sehr guten Umgebung, und einige Bewohnerinnen sind –» Er zuckte die Achseln.

«Damen des horizontalen Gewerbes», half Karin trocken aus.

«Unter anderem.»

«Also kein Haus, in dem man auf gute Nachbarschaft Wert legt?»

«Nein, bestimmt nicht.»

«Aber auf dem Klingelschildchen unten standen die Buchstaben U. Sch.», beharrte Karin.

«Das ist richtig. Doch wer sich hinter dieser Abkürzung verbarg, ist allen Mietern unbekannt ... genauer muß ich wohl sagen: ist *angeblich* allen Mietern unbekannt. Es ließ sich nicht einmal feststellen, seit wann dieses Klingelschildchen angebracht war.» Knittel richtete sich auf, als wolle er etwas sagen, aber Ziegler, der die Bewegung bemerkt hatte, fuhr energisch fort: «Ich sollte auch deutlich sagen, daß die meisten Klingeln überhaupt keine Namen haben.»

Erst dann kam Knittel zu Wort, der ärgerlich schien: «Nach den Angaben des Angeklagten ist doch eine Zeichnung dieser Ursula Schulte angefertigt worden. Hat dieses Phantombild etwas gebracht?»

«Nein, keine einzige Spur. Wir hatten als weiteren Anhaltspunkt den Arbeitsplatz, die Kaufhalle an der Remscheider Straße. Dort arbeitet wohl eine Verkäuferin namens Schulte, aber sie ist 53 Jahre alt und heißt mit Vornamen Gertrud. Übrigens ist sie seit elf Jahren in der Wäscheabteilung beschäftigt. Eine Ursula Schulte befindet sich seit vier Jahren nicht mehr unter dem Personal; damals ist eine Angestellte dieses Namens im Alter von 34 Jahren gestorben.»

«Also Fehlanzeige.» Selbst Untersberg runzelte bei dem hämischen Ton des Staatsanwalts die Stirn.

«Ja. An der Remscheider Straße liegt auch eine Kaufhof-Filiale. Weil ein Mißverständnis möglich schien, haben wir auch dort nachgeforscht und tatsächlich eine Ursula Schulte gefunden, 23 Jahre alt und verheiratet. Wro ... der Angeklagte hat sie sehen können und angegeben, daß es sich nicht um die gesuchte Person handelt.»

«Aha. Welche Anhaltspunkte haben Sie noch verfolgt?»

«Die Firma Rinova-Kosmetik ...»

«Dazu lasse ich die Aussage des Rinova-Personalchefs verlesen», unterbrach Untersberg. Jedem mußte auffallen, daß er nicht einmal in Richtung des Staatsanwalts blickte. Der ältere Richter nahm ein Blatt Papier und las monoton vor: Es hatte nie einen Außendienstmitarbeiter namens Harald Kunze gegeben, und es gab keinen Mitarbeiter namens Herbert Kunze. Der Brief, den «Ursula Schulte» vorgelegt hatte, war eine Fälschung.

«Herr Ziegler, bitte.»

«Wir sind mit dem Phantombild von Ursula Schulte im *Moonlight* gewesen. Das ist eine Diskothek am Berliner Tor, in der sie angeblich diesen Harald Kunze getroffen hat. Niemand vom Personal hat sie wiedererkannt.»

«Und die üblichen Quellen? Einwohnermeldeamt? Finanzamt? Straßenverkehrsamt?» Knittel vibrierte vor gespieltem Eifer.

«Alles Nieten. Wir haben keinen Hinweis darauf gefunden, daß die vom Angeklagten beschriebene Ursula Schulte existiert.»

Schwerfällig stand Karin auf und trat zwei Schritte vor: «Herr Ziegler, für uns existiert Ursula Schulte, oder wie immer sie richtig heißen mag. Wir haben Ihnen die Theorie vorgetragen, daß Ursula Schulte – bleiben wir bei diesem Namen – mit ihren Aktivitäten ein Wiederaufnahme-Verfahren im Fall Schramm erzwingen will.»

«Ja, Frau Dr. Hellms. Wenn man die Existenz Ihrer Ursula Schulte akzeptiert, ergibt Ihre Theorie einen Sinn. Freilich nur dann. Es ist uns aber nicht gelungen, eine Verbindung der hier verhandelten Ereignisse zu den Verurteilten Irene Schramm und Manfred Lurwig herzustellen.»

«Sie haben doch mit Lurwig gesprochen.»

«Ja und nein. Er hat jede Aussage verweigert.»

«Mit welcher Begründung?»

«Begründung kann man das überhaupt nicht nennen, er hat ausschließlich mich, die Kripo und die Justiz beschimpft. Und als ich erwähnte, seine Aussage werde in einem Prozeß gegen Ihren Mandanten eine Rolle spielen, begann er zu lachen ... gehässig zu lachen.»

«Verständlich», räumte sie ein. «Man hätte Lurwig auch richterlich vernehmen lassen können.»

«Natürlich. Doch zum Schluß versprach er mir, jeden Meineid zu schwören, um dieses lügende Arsch ... hm, also, um es Ihrem

Mandanten heimzuzahlen. Im Einvernehmen mit der Staatsanwaltschaft haben wir daraufhin diesen Zeugen nicht befragt.»

«Ich verstehe!» sagte sie bedrückt.

Knittel lehnte sich breit zurück und ließ seine Augen wandern. Untersberg wartete einen Moment, bevor er Ziegler zunickte.

«Gab es noch weitere Anhaltspunkte?»

«Praktisch nur noch die Person dieses Harald Kunze, den Wrozek als reisenden Pokerspieler dargestellt hatte. Am zweiten Weihnachtstag abends – so seine Aussage – ist er ...»

«Ja, ja, Herr Ziegler, wir kennen die Aussage.»

«Wir haben Hinweise, aber leider nur Hinweise, daß in dieser Sauna tatsächlich gepokert wird. Der Inhaber will keinen Mann namens Harald Kunze kennen, und die Beschreibung hilft ihm auch nicht weiter – behauptet er jedenfalls.»

«Wie nicht anders zu erwarten war», schaltete sich Karin energisch ein. «Herr Ziegler, Sie haben ausgesagt, Ihnen sei am 26. Dezember, also am zweiten Weihnachtstag, sehr frühzeitig der Verdacht gekommen, die Aussage meines Mandanten sei falsch oder zumindest unvollständig.»

«Ja.» Er war auf der Hut.

«Mir ist aufgefallen, daß Sie Ihrem Verdacht nicht die entsprechenden Taten folgen ließen.»

«Wie meinen Sie das?»

«Haben Sie untersucht oder haben Sie untersuchen lassen, ob sich mein Mandant Hände oder Handschuhe schmutzig gemacht hatte, als er die Pistole in der Aschentonne versteckte?»

«Nein.»

«Haben Sie einen Test gemacht, an den Händen oder den Handschuhen meines Mandanten, um festzustellen, ob er Schüsse abgegeben hat?»

«Nein.»

«Haben Sie nach einem Kissen oder einer Vorrichtung suchen lassen, um das Mündungsgeräusch zu dämpfen?»

«Nein.»

«Also nur nach einem Schalldämpfer?»

«Ja.»

«Haben Sie einen Beweis dafür, daß mein Mandant jemals einen Schalldämpfer für seine Pistole besessen hat?»

«Nein.»

«Nun ja, vielleicht habe ich als Laie falsche Vorstellungen von einer sorgfältigen Ermittlung. Herr Ziegler, hat die Polizei die Frau gefunden, die am zweiten Weihnachtstag die beiden Schüsse der Polizei gemeldet hat?»

«Nein.»

«Können Sie überhaupt nachweisen, daß der Anruf aus dem Haus Gremser Weg Nr. 30 kam?»

«Nein.»

«Theoretisch hätte er also auch aus einer Telefonzelle kommen können?»

«Theoretisch – ja.»

Wrozek wunderte sich, wie gelassen Ziegler Karins Angriff hinnahm, und auch Knittel beobachtete den Hauptkommissar sichtlich verwirrt.

«Ein anderes Thema, Herr Ziegler. Haben Sie sich ein Urteil über die Qualität des Hauses gebildet? Ist es solide gebaut oder billig, also hellhörig?»

«Billig und hellhörig.»

«In der Wohnung hat doch ein Kampf stattgefunden?»

«So sah es aus.»

«Haben Sie Zeugen auftreiben können, die den Lärm der umstürzenden Möbel gehört haben?»

«Nein.»

«Die Nachbarn haben also nichts gehört, weder Lärm noch Schüsse?»

«Nein.» Er lächelte leicht. «Die Tatwohnung liegt außen, nach hinten zum Hof. Neben der Wohnung ist der Treppenschacht mit dem Fahrstuhl. Die Wohnung auf dem Flur gegenüber stand am zweiten Weihnachtstag leer, ebenso die Wohnung darüber im sechsten Stock. In der Wohnung darunter hat der Mieter nichts Auffälliges vernommen.»

«Und wo wohnt die Frau, die die zwei Schüsse gehört hat?»

«Das weiß ich nicht.»

«Seltsam, nicht wahr?»

Er zuckte nur die Achseln und schwieg. Karin griente ihn an und dankte dann knapp: «Vorerst habe ich keine weiteren Fragen.»

Hauptmeister Albert Krumm, 28 Jahre alt, hatte am zweiten Weihnachtstag Dienst in der Zentrale gehabt. Untersberg ließ sich genau erklären, wie die einkommenden Notrufe auf Band genommen und wie über die Anweisungen der Zentrale an die Streifen Buch geführt wurde. Das Tonband existierte noch; der lahmende Justizbeamte schleppte, vorwurfsvoll den Vorsitzenden anstarrend, ein Tonband herein und schloß es an. Unnötig geräuschvoll, wie Wrozek fand, aber Untersberg ließ ihn gewähren.

«Haben Sie eine Möglichkeit festzustellen, woher ein Anruf kommt?»

«Diese Möglichkeit gibt es, wenn wir während des Gespräches eine sogenannte Haltetaste drücken.»

Weil Untersberg die Stirn runzelte, setzte Krumm hinzu: «Zum Beispiel, wenn ein Selbstmörder anruft und behauptet, er habe gerade eine tödliche Dosis Schlaftabletten geschluckt. Seinen Namen will er aber nicht nennen – oder er hört nicht mehr richtig zu –, dann drücken wir die Haltetaste, um mit Hilfe der Post festzustellen, woher der Anruf kommt. Voraussetzung ist allerdings, daß die Schaltung betätigt wird, bevor die Gegenseite auflegt.»

«Das ist am zweiten Weihnachtstag nicht geschehen?»

«Nein.» Krumm schüttelte den Kopf. «Dazu bestand kein Anlaß.»

«Aha. Wenn niemand Einwände erhebt – wunderschön, hören wir uns das Band doch einmal an.»

Krumm drückte gelangweilt auf die Starttaste; alle fuhren zusammen, als einige schrille Pfeiftöne durch den Saal gellten. Dann eine männliche Stimme:

«Polizei, Notruf.»

Eine nervöse, hochgeschraubte Frauenstimme: «Ist dort die Polizei?»

«Ja, hier ist der Notruf der Polizei.»

«Kommen Sie schnell, hier wird geschossen.»

«Wie ist Ihr Name?»

«Müller, Inge Müller, hier hat ...»

«Wo ist geschossen worden?» Um den Beamten aus der Ruhe zu bringen, war mehr als eine solche Nachricht notwendig.

«Hier, im Gremser Weg. Fünfter Stock. Zwei Schüsse ...»

«Welches Haus im Gremser Weg?»

«Nummer 30.»

«Zwei Schüsse im Gremser Weg Nr. 30, fünfter Stock. Wie ist Ihre Anschrift?»

«Auch Nummer 30. Schnell, sonst ...»

«Eine Streife kommt sofort. Bitte bleiben Sie in Ihrer Wohnung und warten Sie auf die Beamten.» Knacken, unverständliche Geräusche, dann wieder Krumms immer noch gelassene Stimme:

«Code 14, Gremser Weg.»

Knacken, Prasseln, eine verzerrte Stimme: «Stephan elf an Zentrale.»

«Zentrale an Stephan elf. Gremser Weg Nr. 30, fünfter Stock. Zwei Schüsse. Alarmiert von Müller, Inge, dieselbe Anschrift.»

«Verstanden, wir übernehmen.»

«Stephan elf, Ihr Standort?»

«Brückenstraße, Höhe Gasometer.»

«Okay, Stephan elf. Und etwas vorsichtig bitte, keine Bescherung.»

«Witzbold. Ende.»

Karin wandte sich Krumm zu: «Was bedeuten diese fürchterlichen Pfiffe zu Beginn des Anrufs?»

«Die Zeitangabe. Ein Computer verschlüsselt die Angaben einer Uhr und gibt sie in Form dieser Töne aufs Band.»

«So daß über den Zeitpunkt kein Zweifel besteht?»

«Nein. Es war Punkt 20 Uhr 25 und 30 Sekunden.»

«Na schön. Ist Ihnen an dem Anruf dieser Inge Müller nichts aufgefallen?»

«Nein, was denn?» Erstaunt sah er Karin an.

«Nun, erst einmal der Name der Anruferin.»

«Ich verstehe nicht, was ...»

«Inge Müller. Mich erinnert er sehr an das berühmte Lieschen Müller.»

«Wirklich?» Falls er schauspielerte, besaß er jedenfalls eine Menge Talent. «Müller ist ein sehr häufiger Name.»

Karin seufzte tief: «Lassen wir das. Mich hat die sehr präzise Ortsangabe verblüfft.»

Diesmal kam er ihr zu Hilfe: «Sie meinen, daß sie den fünften Stock so genau bezeichnet hat?»

«Eben das.»

«Ach, das ist so ungewöhnlich nicht», wehrte er ungerührt ab. «Besonders in Hochhäusern nicht. Die Leute kennen doch nur ihre Nachbarn auf demselben Flur. Da lernt man schnell, sich in Stockwerken auszudrücken.»

«Nun ja, mag sein. Man hat diese Inge Müller aber nie gefunden?»

«Nee, ich weiß», räumte er gelassen ein. «Auch das passiert häufiger. Man will lieber nichts mit der Polizei zu tun haben, deswegen nennt man den erstbesten Namen, der einem gerade einfällt.»

«Aber die Frau hat immerhin die Polizei *alarmiert*.»

«Ja, das schon. Wenn geballert wird, kriegen's viele doch mit der Angst zu tun. Aber ihren Namen zu nennen, wenn sie uns anrufen – nee, dazu langt's nicht.» Vor so viel Treuherzigkeit mußte Karin sich geschlagen geben.

Heinrich Schröder, 42 Jahre alt, Hauptwachtmeister, stämmig und breit wie ein Kleiderschrank, sprach schleppend, als müsse er mit

Worten geizen. Die ganze Verhandlung langweilte ihn; das sagte er nicht, drückte es aber mit seiner Haltung unmißverständlich aus.

Mit seinem Kollegen Werner Albrecht – die Besatzung des Streifenwagens Stephan elf am zweiten Weihnachtstag – war er zum Haus Gremser Weg 30 gefahren. In einer Wohnung im fünften Stock hatten sie den Angeklagten Joachim Wrozek gestellt, als er gerade den Schrank im Schlafzimmer inspizierte. Karin musterte den Riesen neugierig:

«Herr Schröder, wie sind Sie eigentlich in das Haus gekommen?»

«Die Haustür stand weit offen.»

«Zufällig?»

«Nein, sie war hinten in den Schnapphebel gedrückt, der sie offenhält.»

«Aha. Etwas ungewöhnlich, nicht wahr?»

«Darauf haben wir nicht geachtet.»

«Es war doch schon spät. Dunkel und ziemlich kalt.»

«Ja, das ist richtig.»

Mit einem Blick vergewisserte sie sich, daß Untersberg diese Antwort gehört hatte.

«Herr Zeuge, woher wußten Sie denn, in welche Wohnung im fünften Stock Sie gehen mußten?»

«Der Flur war dunkel, aber eine Wohnungstür stand einen Spalt offen.»

«Sie meinen, es fiel Licht durch diesen Spalt?»

«Genau so. Und weil man uns gewarnt hatte ...»

«... das war dieser Code 14?»

«Ja, bewaffneter Täter. Ich hab mir gedacht, vielleicht ist der Knabe in der Zwischenzeit getürmt und hat in der Eile die Tür nicht richtig zugezogen. Deswegen ...» Er zuckte gleichmütig die Achseln.

«Gut. Sie sind also mit der gebotenen Vorsicht hineingegangen?»

«Nee, im Eiltempo. Denn wenn der Kerl doch noch drinstecken sollte, wollten wir ihn überrumpeln.»

Unzufrieden ging sie einen Schritt auf den Zeugen zu, der sie mit unerschütterlichem Gleichmut anstarrte. «Die Tür zum Schlafzimmer war offen?»

«Ja, und der Angeklagte wühlte im Schrank.»

«Hat Sie das nicht verblüfft?»

«Was denn?»

«Haustür offen. Wohnungstür offen. Schlafzimmertür offen. Ein Haus der offenen Türen.»

«Vielleicht.» Das eine Wort verriet, daß er sich Verwunderung längst abgewöhnt hatte. Untersberg mischte sich ein:

«Worauf wollen Sie hinaus, Frau Dr. Hellms?»

«Diese Häufung von merkwürdigen Zufällen. Eine unbekannte Frau, die Schüsse meldet, die sonst niemand gehört hat. Die genaue Angabe: fünfter Stock. Alle Türen offen, damit die Polizei keine Zeit verliert und pünktlich auftaucht.»

«Hm.» Untersberg nickte heftig und lehnte sich zurück, mit einem nachdenklichen Blick auf Staatsanwalt Knittel, dem ein gefrorenes Lächeln rund um den verkniffenen Mund saß.

«Na schön. Herr Zeuge, hat sich der Angeklagte gewehrt, nachdem Sie ihn überrascht hatten?»

«Nein.»

«Konnten Sie Spuren finden, daß der Angeklagte vorher in einen Kampf verwickelt war?»

«Nein.» Schröder antwortete kurz, aber freundlich.

Einen Moment überlegte sie noch, sagte dann aber höflich: «Vielen Dank.»

Andreas Winningen, 51 Jahre alt, gab als Beruf ‹Makler› an. Er hatte eine leise Stimme und betrachtete seine Umgebung mit leichtem Schaudern. Maßgeschneiderter Anzug, dezente Krawatte, Seidenhemd mit Monogramm; die silbergrauen Haare waren zu kunstvoller Unordnung gefönt. Als Untersberg ihn ansprach, lächelte er erleichtert, einen kultivierten Mann vor sich zu haben.

Ja, das Haus Gremser Weg 30 gehöre ihm. Dieses und noch 28 andere, nein, nicht nur hier in der Stadt, sondern auch in der näheren Umgebung. Ja, er verwalte die Wohnungen selbst, in der Tat, als Makler betätige er sich nur noch selten.

«Können Sie sich noch erinnern, an wen Sie die Wohnung im fünften Stock vermietet haben?»

«Ich habe in meinen Unterlagen nachgeschaut.» Nachdrücklich hielt er einen Aktendeckel hoch. «Die Mieterin hieß Christine Mai. Der Mietvertrag ist vor fünf Jahren abgeschlossen worden.»

«Mit Ihnen persönlich?»

«Das nehme ich an.» Etwas ärgerlich runzelte er die Stirn. «Zumindest habe ich unterschrieben.»

«Wären Sie in der Lage, uns diese Christine Mai zu beschreiben?»

«Leider nein.» Sein Bedauern klang sogar echt. «Ich verwalte über 300 Wohnungen, da kann ich nicht jeden Mieter kennen.»

«Soso.» Bevor Untersberg seinen Ärger hinunterschlucken konnte, warf Karin dazwischen:

«Herr Winningen, wenn Sie sich schon an Ihre Mieterin nicht erinnern können – was sagen denn Ihre Unterlagen über Christine Mai?»

Eine halbe Minute befingerte er sein glattrasiertes Kinn, dann akzeptierte er, daß er wohl antworten mußte: «Nun, sie war damals 21 Jahre alt.»

«Prächtig. Hatte sie auch einen festen Beruf?»

«Ja.»

«Und welchen?»

«Mannequin.» Er seufzte tief und noch ein zweites Mal, als im Saal Geraune und Gekicher laut wurde.

«Na dann. Herr Winningen, würden Sie widersprechen, wenn ich behaupte, daß es Ihnen völlig gleichgültig ist, wer in der Wohnung lebt, solange nur jeden Monat die Miete pünktlich eingeht?»

Er antwortete nicht und starrte auf seine Schuhe.

«Wie steht's denn mit der Miete seit dem vergangenen Dezember?»

«Nicht mehr gezahlt!» giftete er, und Karin entrüstete sich: «Wie häßlich von Christine Mai!»

Selbst Staatsanwalt Knittel mußte ein Lachen unterdrücken.

«Bestehen Einwände dagegen, den Zeugen nicht zu vereidigen?» Untersberg brachte das Kunststück fertig, in seine Frage soviel Verachtung zu legen, daß Winningen errötete.

Der letzte Zeuge, Dr. Herbert Eichel, 62 Jahre alt, von Beruf Apotheker, zitterte vor Aufregung, gegen die selbst Untersberg, väterlich beruhigend, nicht ankam. Ob er den Angeklagten schon einmal gesehen habe?

«Nein, ich glaube nicht ... ich weiß nicht, ich bin nicht sicher.»

Ob er sich daran erinnern könne, daß ein Mann Ende November vorigen Jahres in seiner Apotheke ein Medikament gekauft habe? Ein rezeptpflichtiges, krampflösendes Medikament, für das er kein Rezept vorlegen konnte?

«Ich ... ich ... weiß ... leider ...»

Karin verzog verächtlich den Mund und verzichtete auf Fragen. Eichel stolperte wie blind aus dem Saal. Untersberg sah ihm unfreundlich nach, verkniff sich aber jede Bemerkung und blätterte ärgerlich in den Akten. «Weitere Zeugen sind nicht geladen, die Beweisaufnahme ist damit geschlossen. Angesichts der vorgerückten Stunde wollen wir heute auf die Schlußvorträge verzichten. Ich vertage die Sitzung auf morgen 9 Uhr.»

Karin sah schlecht aus, und Wrozek hockte stumm auf seinem Sitz. Viel Hoffnung hatte er nicht gehabt, aber so schlimm hatte er sich die Niederlage auch nicht vorgestellt, nicht einmal hatten sie die Anklage erschüttern können. Bestenfalls Zweifel gesät.

Sie stieß ihn an: «Komm, Jochen. Tut mir leid, mehr war nicht drin.»

Als er aufsah, erhaschte er einen forschenden Blick; der elegante Graue mit der Goldbrille, Lavallers Partner, verließ gerade den Saal, höflich-ausdruckslos lächelnd. «Ja», sagte er müde.

Zwei Stunden saß er in seinem dunklen Wohnzimmer. Das Eis im Whisky schmolz. Eine lähmende Erschöpfung breitete sich in seinem Körper aus. Er hatte Angst, und nur weil er sie nicht zeigen wollte, hatte er Karins Angebot abgelehnt, mit ihr essen zu gehen.

In der Nacht plagten ihn wüste Träume, aus denen er schweißgebadet hochschreckte. Kurz nach 6 Uhr schlich er die Treppe hinunter, um die Zeitung zu holen. Die Schlagzeile traf ihn wie eine Ohrfeige: *«Hauptzeuge hat Meineid geschworen.»* Das Kürzel unter dem Artikel kannte er nur zu gut: *‹wk›* – Willy Kährlich.

> *«Seit gestern muß sich Joachim Wrozek vor der Großen Strafkammer des Landgerichts wegen schweren Diebstahls und Meineids verantworten. Der vierzigjährige Privatdetektiv war im vergangenen Jahr der wichtigste Zeuge im Mordprozeß Schramm ...»*

Beim Lesen packte ihn die eiskalte Wut. Willy Kährlich, sein «Freund» Willy, hatte ihn bereits verurteilt, bevor die Verhandlung abgeschlossen war.

> *«Angeblich arbeitete er für eine gewisse Ursula Schulte, die von der Polizei aber nicht gefunden werden konnte ... Wie er immer wieder beteuerte ... Auch seine Anwältin Dr. Karin Hellms konnte beim besten Willen nicht erklären ... Kein Zeuge war in der Lage, seine phantasievolle Aussage zu stützen ... Vieles spricht dafür, daß Wrozek ganz andere Beziehungen zum Gremser Weg unterhielt ...»*

In seinem Magen bildete sich ein harter Klumpen, der nur noch schmerzhafter wurde, als er sich klarmachte, daß sich viele andere «Freunde» wie Willy verhalten würden, sobald das Urteil gesprochen war. Bevor er die Wohnung verließ, kontrollierte er Fenster, Wasserhähne und Kaffeemaschine besonders sorgfältig. Keine besondere Wohnung, im Gegenteil; Karin würde sich darum kümmern müssen. Aber bis vor einigen Minuten hatte er noch keinen Gedanken darauf verschwendet, daß der Vermieter nicht jahrelang auf seine Miete verzichten würde.

Wie er zum Gericht gekommen war, konnte er hinterher nicht mehr sagen. Hilflos sah er sich um, aber Karin war nirgends zu sehen, auch vor dem Raum 202 nicht. Dafür hatte sich eine Menge Zuschauer eingefunden, von deren schlecht verhohlener Neugier er sich fast körperlich belästigt fühlte. Er schämte sich für sie.

Auf dem Flur roch es feucht. Der Graue mit der Goldbrille las intensiv eine rosafarbene Zeitung, und erst als er die Blätter neu faltete, konnte Wrozek *Financial Times* entziffern. Eine andere Welt, in der man sich aussuchen konnte, wo und wann man mit den Schattenseiten in Berührung kam. Einen Augenblick empfand er Haß und Neid.

Der Alte schlurfte noch müder als am Tag vorher heran. Wrozek ging rasch auf seinen Platz und drehte dem Publikum den Rücken zu. Staatsanwalt Knittel beobachtete ihn aufmerksam, bis sich ihre Blicke begegneten; daraufhin ließ er seine flinken Augen im Saal herumwandern. Die Protokollführerin schien endlos mit der Klemme beschäftigt, die ihren Pferdeschwanz zusammenhielt. Wunderbarerweise war sie in dem Moment fertig, als die drei Richter und zwei Schöffen eintraten.

«Guten Morgen», strahlte Untersberg in die Runde. «Einen schönen guten Morgen. Wir fahren fort ...»

Unvermittelt brach er ab, etwas störte ihn. Knittel deutete heimlich auf die Anklagebank, wie ein Musterschüler, der seinen nachlässigen, aber leider starken Widersacher endlich einmal anschwärzen durfte. Wrozek rührte sich nicht. Warum war Karin nicht gekommen? Voll grimmiger Mißbilligung blickte der Vorsitzende auf ihn herunter: «Wissen Sie, wo Frau Dr. Hellms ist?»

«Nein, Herr Vorsitzender, tut mir leid.»

«Hm.» Schnaubend wandte er sich an die Protokollführerin. «Hat sich Frau Dr. Hellms telefonisch entschuldigt?»

«Bis jetzt noch nicht, aber wenn Sie ...»

Die Tür krachte mit Wucht gegen die Wand, alle fuhren erschrokken zusammen. Karin stürzte in den Saal, im Laufen mit der widerspenstigen Robe kämpfend, die wie ein Segel hinter ihr herflatterte, bremste abrupt, erwischte den zweiten Ärmel und japste nach Luft:

«Ich bitte ... ich bitte ... um ...»

«Das Gericht ist geduldig genug, Ihnen eine Minute Beruhigungszeit zuzubilligen.» Untersberg strahlte zwar schon wieder, aber seine Verärgerung war nicht zu überhören, und sein Blick, mit dem er Karin anstarrte, war ziemlich ungnädig. Sie atmete schwer, bis sie schließlich wieder sprechen konnte:

«Ich bitte das Gericht um Entschuldigung für meine Verspätung.»

«Für die Sie sicherlich eine Erklärung haben.»

«Selbstverständlich. Heute morgen hat sich telefonisch bei mir eine neue Zeugin gemeldet, und was sie zu sagen hatte, schien mir so interessant, daß ich unbedingt vor der heutigen Verhandlung mit ihr sprechen wollte.»

«Eine neue Zeugin?»

«Ja, eine Entlastungszeugin. Ich stelle hiermit den Antrag, noch einmal in die Beweisaufnahme einzutreten und die Zeugin Nadja Rimbach zu hören. Sie wartet draußen.»

Der Name traf ihn wie ein Faustschlag. Wie kam ...

«Frau Dr. Hellms, die Beweisaufnahme ...»

«Entschuldigen Sie, wenn ich Sie unterbreche. Es handelt sich wirklich um eine wichtige Aussage, und die Zeugin wird dem Gericht glaubhaft darlegen können, warum sie sich erst heute gemeldet hat.»

Einen Moment schwankte Untersberg, ob er aufbrausen sollte, weil sie ihn unterbrochen hatte, dann zuckte er die Achseln und sah zum Staatsanwalt hinüber, der ratlos den Kopf schüttelte und versuchte, Hauptkommissar Ziegler auf sich aufmerksam zu machen, der wiederum wie erstarrt auf seinem Platz direkt neben der Tür hockte.

«Nun, Herr Staatsanwalt?»

«Kein Einwand», murmelte Knittel und raschelte nervös mit den Aktendeckeln. Zwei rasche Blicke nach links und rechts, schnelles Geraune. Untersberg konnte seinen Ärger kaum verbergen, endlich schnarrte er: «Beschluß: Wir treten noch einmal in die Beweisaufnahme ein. Die Zeugin – wie war der Name noch?»

«Rimbach, Nadja Rimbach.»

«Na, also die ...» Der Justizwachtmeister schoß aus dem Saal.

Nadja warf nur einen einzigen, flüchtigen Blick in Wrozeks Richtung, ihr Gesicht blieb streng, fast abweisend, auch, als sich im Zuschauerteil ein halb erstauntes, halb ärgerliches Gemurmel erhob. Sie trug Stiefel, ein langes, blaues Wollkleid und hatte ihre Haare zu einem losen Knoten hochfrisiert. Weil er sie kannte, bemerkte er wohl als einziger, daß sie sich an der großen Handtasche festhielt, als könne sie ihren Händen nicht trauen. Untersbergs Miene hellte sich auf, das Äußere der Zeugin fand sichtlich seine Billigung, und mit gewohnter Freundlichkeit stellte er die üblichen Einleitungsfragen: Name, Alter, Anschrift, Beruf, mit dem Angeklagten weder verwandt noch verschwägert – sehr schön; auch wegen Eidesvergehen? – nein, sehr gut. Die vorgeschriebene Ermahnung, sich streng an die Wahrheit zu halten – unter Umständen Vereidigung – gut, alles verstanden ...

«Dieser alte Genießer», zischelte Karin halb amüsiert, halb ärgerlich, aber als Wrozek sich zu ihr beugte, schüttelte sie abwehrend den Kopf.

«Frau Rimbach, was haben Sie uns zu erzählen?»

«Ich habe Jochen vor etwa einem Jahr ...»

«Entschuldigung, wen?»

«Herrn Wrozek. Jochen. Joachim Wrozek.»

«Aha, den Angeklagten.»

«Ja, also, ich habe Jochen ... äh, den Angeklagten ...»

«Nennen Sie ihn ruhig Jochen, wir wissen jetzt ja, wer gemeint ist.»

«Ja, danke. Ich habe Jochen vor etwa einem Jahr kennengelernt. Wir haben beide als Zeugen im Mordprozeß Schramm ausgesagt.»

Für eine erste Überraschung war die Wirkung sehr heftig. Die Richter und Staatsanwalt Knittel zuckten zusammen, als habe sie unversehens eine Pistole gezückt.

«Nach dem Prozeß sind wir häufiger zusammen gewesen.»

«Wie darf ich das verstehen?» Einer gereizten Viper hätte sich Untersberg wahrscheinlich nicht vorsichtiger genähert.

«Wir haben ein Verhältnis miteinander gehabt.»

So viel Ehrlichkeit schien ihm nun auch wieder nicht recht, aber bevor er sich von seiner Überraschung erholen konnte, fuhr sie gleichmütig fort:

«Ich bin also häufiger bei Jochen in der Wohnung und auch im Büro gewesen. Manchmal habe ich ihn nicht angetroffen. Oder mußte auf ihn warten. Oder er hat mich versetzt – bei seinem verrückten Beruf war jede Verabredung so eine Art Lotteriespiel.»

«Ja, ja, aber was hat das ...»

«Das letzte Mal habe ich ihn am Montag, dem 26. November, gesehen.»

«Am Montag, dem 26. November?» In Wahrheit war es keine Frage, Untersberg kannte das Datum so gut wie alle anderen, die jetzt die Luft anhielten.

«Ja, Montag, 26. November. Am Wochenende zuvor hatte ich mit ihm telefonieren wollen, aber Jochen war nicht zu Hause, und auch am Montag kriegte ich nur diesen dämlichen Anrufbeantworter an die Strippe. Deswegen bin ich nach der Arbeit auf gut Glück zu ihm gefahren, ins Büro. Es war verschlossen, und als ich noch in der Halle unten stand und überlegte, ob ich auf ihn warten sollte – es regnete ziemlich scheußlich, und eigentlich hatte ich gar keine Lust, gleich wieder durch die Pfützen zu laufen –, kam er plötzlich herein. In Begleitung eines jungen Mädchens.»

Diesmal hielt auch Wrozek den Atem an. In Begleitung eines jungen Mädchens! Montag, den 26. November! Entweder log sie, daß gleich die Balken brechen mußten, oder er hatte endlich jemanden gefunden, der die Existenz von «Ursula Schulte» bestätigen konnte. Aus dem Zuschauerteil war nicht der geringste Laut zu vernehmen, nur Karin summte leise vor sich hin.

«Die beiden hatten mich nicht gesehen und gingen die Treppe hinauf, in Richtung auf Jochens Büro. Das Mädchen kam vielleicht vier, fünf Minuten später allein zurück. Und weil ...»

«Einen Moment bitte», unterbrach Untersberg, der sich inzwischen von seiner Überraschung erholt hatte. «Wir müssen der Reihe nach vorgehen. Sind Sie sicher, daß es sich um den 26. November handelte?»

«Ja, ganz sicher.»

«Wie kann das angehen? Nach so langer Zeit?»

«Ich habe mir das Datum genau gemerkt. Weil es das letzte Mal war, daß ich Jochen gesehen habe – vor heute natürlich.»

«Ah ja», kommentierte Untersberg, sichtlich und hörbar nicht überzeugt. «Können Sie dieses Mädchen auch beschreiben?»

«Selbstverständlich. 20 bis 25 Jahre alt, etwa 1,59 Meter groß, schlechte Haltung, Watschelgang. Dicklich, mindestens 15 Kilo über Normalgewicht. Lange dunkelblonde Haare. Ein auffallend rundes Gesicht mit Hamsterbäckchen. Helle Augen, eine runde Stahlgestellbrille. Bleich, nicht geschminkt.»

«Nun schlägt's aber dreizehn», knurrte der Vorsitzende aufgebracht. «Sie wollen nicht nur zweifelsfrei das Datum erinnern, sondern auch eine so präzise Beschreibung so lange behalten haben?»

«Ja», lächelte sie schmal. «Wenn ich zu Ende erzählt habe, werden Sie auch begreifen, warum.»

«*Wenn* ... Bis jetzt scheint mir das alles eher ...»

Karin räusperte sich vernehmlich, aber er war bereits eine Zehntelsekunde früher verstummt. Einen Moment kreuzten Verteidigerin und Vorsitzender unfreundliche Blicke, dann befahl er:

«Fahren Sie fort!»

«Das Mädchen war so häßlich, daß mir sofort klar wurde, mit der konnte etwas nicht stimmen.»

«Was heißt das nun schon wieder?»

«Herr Vorsitzender, früher habe ich als Mannequin gearbeitet. Danach bei mehreren Fotografen. In beiden Berufen habe ich gelernt, auf Figuren und Bewegungen zu achten.» Auf Untersbergs verzweifelte Grimasse lächelte sie nur kühl. «Das Mädchen hatte sich bewußt häßlich gemacht. Eine kleine Dicke geht nicht nach vorn gebeugt, mit runden Schultern, damit sie noch rundlicher wirkt. So eine trägt keinen schweren, formlosen, für sie viel zu weiten Wintermantel, der aus einem Pummelchen eine Tonne macht. Zu einem so auffällig runden Gesicht trägt man keine runde Brille, keine runde, formlose Mütze. Vor allem ist mir ihr Gang aufgefallen. Flache Schuhe ohne jeden Absatz, in denen sie auch noch watschelte, die Knie unnatürlich steif durchgedrückt. Ich würde wetten, daß sie nach vorn etwas in die Schuhe geschoben hatte, damit die Sohle höher lag als die Ferse.»

«Wollen Sie damit andeuten, daß ...»

«Natürlich. Das Mädchen hatte sich verkleidet. Sehr geschickt sogar. Das war mir nach Sekunden klar. Deswegen bin ich auch in der Halle stehengeblieben und habe Jochen nicht angesprochen, weil ich mich wunderte, was das sollte. Und dann kommt dieses Mädchen wieder die Treppe heruntergesprungen – gerade aufgerichtet, die Schultern zurückgenommen, kaum noch wiederzuerkennen. Sie hatte mich immer noch nicht gesehen und verschwand in der Telefonzelle, gleich rechts in der Halle, neben den Aufzügen. Ich hab die Tür der Zelle nicht aus den Augen gelassen, und nach wenigen Minuten kam eine ganz andere Frau heraus.»

«Wie bitte?» Untersberg verstand gar nichts mehr, und eine weniger attraktive Zeugin hätte er bestimmt am liebsten an die frische Luft gesetzt, sein Nacken schwoll bereits rot an.

«Eine ganz andere. 25 bis 30 Jahre alt, ungefähr 1,62 Meter groß, schlank. Schmales Gesicht, rote Haare, zu einem kurzen Pony geschnitten.»

«Frau Zeugin.» Nun war Untersberg mit seiner Geduld wirklich am Ende. «Ich habe keine Lust ...»

Doch Nadja ließ sich immer noch nicht einschüchtern: «Ich war genau so verblüfft wie Sie. Vor allem, weil ich diese andere, die rothaarige Frau kannte.»

Selbst Wrozek wußte nicht mehr, was er davon halten sollte, und Nadjas ernsthaftes Gesicht verwirrte ihn restlos. Nur Karin schmunzelte und spitzte die Lippen, als wollte sie pfeifen.

«Genauer gesagt, ich hatte diese Rothaarige schon einmal kurz gesehen und gesprochen. Am Tag, bevor Oswald Schramm ermordet wurde, auf dem Parkplatz gegenüber dem Haus, in dem ich damals wohnte. Oswald Schramm verabschiedete sich von mir und fuhr mit seinem Auto los, da stand sie plötzlich neben mir und erkundigte sich ganz frech: ‹War das nicht Oswald Schramm, der da eben weggefahren ist?›»

Er hatte das Gefühl, als fahre die Bank Achterbahn. Das Verbindungsglied. Die Verknüpfung der beiden Fälle!

«Jetzt fiel mir auch auf – ich mein, am Montag, am 26. November –, daß die Blonde nur eine Reisetasche mit in die Telefonzelle genommen hatte. Aber als die Rote herauskam, hatte sie außer der Reisetasche noch eine prallgefüllte Plastiktüte in der Hand.»

«Was hat denn nun eine Plastiktüte ...»

Nicht nur Untersberg, alle fünf auf der Richterbank hatten die Frage auf den Lippen. Staatsanwalt Knittel hatte die Hände gefaltet, als müsse er inbrünstig für etwas beten. Im Publikum war jenes leichte, undeutliche Raunen laut geworden, das eine wachsende Spannung signalisierte. Nadja schien davon unberührt:

«Nun, eine Plastiktüte. Für die blonde Perücke, die Brille, die Backengummis – ja, Backengummis, so kleine halbrunde Gummis, mit denen sie die Hamsterbäckchen gezaubert hatte. Und natürlich für die Kissen oder die Decke, mit denen sie sich dick gemacht hatte.»

«Natürlich, natürlich», bestätigte Untersberg erschöpft, nervös in seinen Akten blätternd. Karin lächelte, und Wrozek ahnte plötzlich, warum sie zu spät gekommen war. Sie hatte mit Nadja die Aussage proben müssen: Bevor Untersberg die Geduld verlor, sollte die Verbindung zum Fall Schramm hergestellt sein.

«Deswegen bin ich dieser Rothaarigen heimlich nachgegangen.»

Schlagartig wurde es wieder still, Untersberg hielt mit dem Blättern inne, eine Hand albern in die Luft gereckt.

«Sie ging zur Bethmannstraße und wartete dort an der Bushaltestelle vor der Post. Wir sind dann beide in die Linie 115 gestiegen und ins Neuenbergviertel gefahren, bis zur Haltestelle Kiesgrube. Von dort ist sie durch die Grünanlage auf die Hochhäuser an der Frankfurter Straße zugelaufen, genauer gesagt, zum Haus Nr. 172.»

Obwohl sie zögerte, wollte niemand sie unterbrechen. Wrozek war wie betäubt.

«Gerade als sie die Haustür aufschließen wollte, wurde von innen geöffnet, von einem Mann. Mit dem hat sie sich vielleicht eine Minute unterhalten, ganz freundlich, sie kannten sich, und dann ist sie ins Haus gegangen. Ich stand etwa sechs, sieben Meter hinter dem Gehäuse für die Mülltonnen und bin so richtig aufgeregt zu dem Mann hingelaufen: ‹Entschuldigung, war das nicht eben meine Freundin Sybille, Sybille Schmitz?› Der Mann war ganz baff und sagte: ‹Nee, das war Frau Fuchs, Sie müssen sich irren.› Ich hab Theater gespielt, die Verwirrte, und als er abgezogen war, konnte ich mir in Ruhe die Klingelschilder ansehen. Im sechsten Stock wohnt eine Marlene Fuchs.»

Er hatte es erwartet. Dennoch durchfuhr es ihn wie ein elektrischer Schlag.

«Das blonde Mädchen, mit dem Jochen am 26. November zusammen war, heißt also Marlene Fuchs und wohnt in der Frankfurter Straße 172.» Danach verstummte sie, aber ihr Schweigen kam so plötzlich, daß alle sie völlig verwirrt anstaunten. Wrozek seufzte unwillkürlich tief auf, das Geräusch brach den Bann, und Untersberg drehte den Kopf zu ihm, sichtbar erleichtert, das Heft wieder in die Hand nehmen zu können.

«Wollten Sie etwas sagen, Angeklagter?»

«Gerne, ja.» Seine Knie zitterten, als er aufstand. «Im Mordprozeß Schramm habe ich ausgesagt, daß der Mitangeklagte Manfred Lurwig am Tag des Mordes eine Rundfahrt durch die Stadt machte. Eines der dabei aufgesuchten Häuser war das Hochhaus Frankfurter Straße 172. Die Polizei konnte damals allerdings nicht feststellen, wen er dort aufgesucht hatte.»

Untersberg biß die Zähne zusammen: «Sie wollen also immer noch eine Verbindung zum Fall Schramm herstellen?» Seine Backenmuskeln spielten.

«Ja, weil es eine Tatsache ist. Vielleicht erlauben Sie mir noch einen Hinweis: Manfred Lurwig war vorbestraft, unter anderem wegen Unzucht mit Minderjährigen. Das Mädchen hieß auch Marlene, Marlene Jokisch, und war rothaarig.»

Er setzte sich schnell, damit niemand seine weichen Knie bemerkte, und Untersberg holte tief Luft, bevor er sich wieder Nadja zuwandte:

«Diese ganze Geschichte, die Sie eben dem Gericht vorgetragen haben, können Sie auch beeiden?» Er mußte gegen den anschwellenden Lärm immer lauter sprechen.

«Jedes Wort.»

Die prompte Antwort mißfiel ihm, das Strahlen ließ auf sich warten: «Warum haben Sie sich nicht früher gemeldet, Frau Zeugin?»

«Ich wußte doch gar nicht, daß Jochen angeklagt war. Heute morgen habe ich in der Zeitung zum erstenmal von dem Prozeß gelesen, und weil dort stand, er habe ein Lügenmärchen von einer blonden Ursula Schulte konstruiert, die in Wahrheit gar nicht existiere, habe ich zuerst bei ihm angerufen, und dann, weil er sich nicht meldete, bei seiner Anwältin.»

«Sie haben heute durch die Zeitung zum erstenmal erfahren, daß Joachim Wrozek vor Gericht steht?»

«Ja.»

«Soll das heißen, daß Sie den Angeklagten seit dem 26. November vorigen Jahres nicht mehr gesehen haben? Und nicht mehr gesprochen?»

«Ja, genau.»

«Obwohl Sie – so waren doch Ihre eigenen Worte – ein Verhältnis mit ihm gehabt haben?»

«Ja, obwohl.» Sie stöhnte in komischer Verzweiflung, was Untersbergs weiches Herz offensichtlich rührte. «Wir haben uns natürlich oft über den Prozeß Schramm unterhalten. Und über die rothaarige Frau und ihre merkwürdige Rolle, die ja nie geklärt worden ist. Mir hat es, ganz ehrlich gesagt, überhaupt nicht gefallen, daß Jochen mit dieser Frau – ob verkleidet oder nicht – in Beziehung stehen sollte. Und deswegen ...» Sie zuckte die Achseln und schloß nüchtern: «Außerdem enden alle Verhältnisse einmal.»

«Aha.» Untersberg strahlte jetzt wieder, war aber verlegen oder tat zumindest so. «Sie würden diese Frau, als Blondine verkleidet oder im – hm – rothaarigen – hm – Naturzustand wiedererkennen?»

«Ja, jederzeit.»

«Und mit dem Datum 26. November ist kein Irrtum möglich?»

«Nein. Ich führe – nun ja, führen ist wohl etwas übertrieben – jedenfalls schreibe ich ab und zu Tagebuch. Unter Montag, dem 26. November, steht ‹Jochen› und dahinter ein dickes Kreuz.»

«Was Sie natürlich auch nachträglich geschrieben haben können, Frau Zeugin», warf Knittel ein. Ganz plötzlich schien er aufzuwachen, und Wrozek wunderte sich über die Wut auf seinem Gesicht.

«Nein!» erwiderte sie scharf.

«Und wieso nicht?»

«Weil ich nach dem 26. noch andere Eintragungen gemacht habe. Es wäre kein Platz für nachträgliche Einfügungen gewesen. Wollen Sie selbst nachsehen?» Sie öffnete ihre Handtasche, und erst jetzt begann das Publikum deutlich zu raunen und zu tuscheln, als habe es mit Minuten Verzögerung begriffen, welche Wendung der Prozeß zu nehmen versprach.

Knittel lief rot an: «Das werden die Sachverständigen schon tun, Frau Zeugin.»

«Nun reicht's mir aber!» Karin explodierte mit der Heftigkeit einer Tellermine. «Ob die Zeugin hier einen Türken gebaut hat oder nicht, läßt sich wohl am schnellsten durch eine Vernehmung der genannten Marlene Fuchs feststellen. Oder sind Sie anderer Meinung, Herr Staatsanwalt?»

Knittel zog blitzartig den Kopf ein, als sausten ihm die Splitter der Mine um die Ohren. ‹Tapfere Karin›, dachte Wrozek amüsiert. Selbstverständlich war sie nicht die Spur wütend, sondern nagelte nur den armen Knittel kühl ans Kreuz.

«Nein? Dann stelle ich den Antrag, die genannte Marlene Fuchs als Zeugin zu laden und das Verfahren bis dahin zu unterbrechen.»

«Immer der Reihe nach, Frau Verteidigerin», beschwichtigte

Untersberg. So schnell kapitulierte er nun nicht, zornige Anwältinnen hin, verkniffene Staatsanwälte her. «Noch beschäftigen wir uns mit der Zeugin Rimbach. Herr Staatsanwalt?»

«Danke, ich habe keine Fragen.» Knittel war ein schlechter Verlierer, und Wrozek begriff, daß der Staatsanwalt feige kniff.

«Die Verteidigung?»

«Ja, danke. Zwei Fragen. Frau Rimbach, damit es keine Mißverständisse gibt: Zwischen dem 26. November und heute haben keinerlei Kontakte zwischen Ihnen und meinem Mandanten bestanden? Weder schriftlich noch mündlich noch telefonisch?»

«Keinerlei Kontakte, das ist richtig», bestätigte Nadja ruhig.

«Deutet das nicht – um es vorsichtig zu formulieren – auf eine Verstimmung zwischen Ihnen hin? Vor allem, wenn ich daran denke, daß Sie mit ihm intim waren?»

«Verstimmung?» Zum erstenmal schien Nadja verwirrt und zögerte. «Verstimmung? Nein – oder vielleicht doch. Jede Trennung bringt wohl eine Verstimmung, oder wie soll man das ...» Sie brach ab und senkte den Kopf. Im Saal war es totenstill, als Karin sanft dankte: «Ich habe keine Fragen mehr.»

Erst als Untersberg schluckte und seltsam tief Luft holte, begriff Wrozek, daß vor seinen Augen ein wunderschönes Stück Prozeßtheater abgelaufen war, sehr schön und eindrucksvoll, aber leider nicht gut genug für den alten Hasen, der schon wieder strahlte: «Das Gericht zieht sich zur Beratung zurück.»

«Sitzen bleiben!» zischte Karin, als Wrozek sich von seinem Platz schieben wollte. «Nicht jetzt!»

Nadja schien unschlüssig, ging dann zur Zeugenbank und setzte sich, Wrozeks Blicke meidend. Ziegler drängte sich an ihr vorbei und marschierte auf Knittel zu, beide Männer hatten bleiche Gesichter und begannen heftig miteinander zu streiten; der Staatsanwalt pochte immer heftiger mit den Knöcheln der geballten Faust auf die unschuldige Tischplatte. Im Saal brodelte es.

Als die zwei Schöffen und drei Berufsrichter wieder eintraten, verstummte und erstarrte alles wie auf Kommando. Untersberg strahlte über das ganze Gesicht.

«Es ergeht folgender Beschluß. Erstens: Die Zeugin Nadja Rimbach wird nicht entlassen, sie hat sich zur nächsten Sitzung wieder einzufinden. Über ihre Vereidigung entscheidet das Gericht nach der Vernehmung der Marlene Fuchs. Zweitens: Die genannte Marlene Fuchs wird für die nächste Sitzung als Zeugin geladen. Im Interesse aller Beteiligten bestimmt das Gericht den morgigen Tag, 9 Uhr, als nächsten Sitzungstermin. Drittens: Das Gericht beauftragt die Staatsanwaltschaft, alle durch die Aussage der Zeugin

Rimbach aufgeworfenen Fragen, besonders jene, die die Einleitung einer Strafverfolgung nach sich ziehen könnten, unverzüglich klären zu lassen. Ich unterbreche die Verhandlung bis morgen, 9 Uhr.»

«Braves Honigkuchenpferd», flüsterte Karin zärtlich. «Beschlüsse auf Anträge, die keiner gestellt hat. Pferdchen, ich liebe dich.»

Ziegler hatte die ganze Zeit über regungslos neben Staatsanwalt Knittel gestanden, und Wrozek erschrak über die kalte Wut, den verzehrenden Haß, der aus seinen Augen sprühte. Knittel schrieb hastig, und Wrozek ahnte, daß der Staatsanwalt über jeden Vorwand froh war, sich nicht mit dem Hauptkommissar beschäftigen zu müssen. Als er sich umdrehte, war Nadja schon verschwunden.

Karin schleppte ihn zum Mittagessen, dann auf einen langen Spaziergang durch den Stadtwald, anschließend in die Praxis, wo sie und Ehemann Alexander größere Mengen Sherry, Rotwein und Whisky in ihn abfüllten, bis sich die unerträgliche Spannung in seinem Magen lockerte. Nein, er durfte nicht mit Nadja telefonieren. Nein, er hatte jetzt nichts im Haus Frankfurter Straße 172 verloren. Nein, Hänschen Bauer auch nicht. Ach so, Willy Kährlich die Zähne einschlagen, für diesen unverschämten Artikel. Später, alles später, lieber Jochen. Ja, Whisky sei noch da, aber erst, wenn er etwas gegessen habe. Ohne die zwei Meter Alexander im Sessel gegenüber hätte er Karin verhauen können, dieses nachsichtige Lächeln, diese gleichzeitige Hartnäckigkeit, diese Unerbittlichkeit. Irgendwann fluchte er laut und lange auf sie und Alexander. Er hatte völlig die Nerven verloren und begriff überhaupt nicht, daß Freunde ihn gerade vor Dummheiten bewahrten.

Schon früh am Abend schlief er ein.

«Aufstehen, Jochen, 7 Uhr.» Mühsam öffnete er die Augen. Ein hilfreicher Geist hatte ihm die Schuhe ausgezogen, ihn auf die Couch gepackt und zugedeckt.

«Los, trink den Kaffee, dann ab nach Hause, duschen und rasieren. Punkt Viertel vor neun im Gericht.» Karin lachte über das ganze Gesicht, viele Fältchen in den Augenwinkeln.

Die Sonne schien, als habe sie sich im Datum vertan, und als er auf der Fahrt ins Gericht überlegte, wie das Wetter gestern gewesen war, konnte er sich nicht erinnern. In den letzten Tagen hatte er die Welt nicht mehr wahrgenommen, der Horizont war immer enger geworden, wie zwei Wände, die aufeinander zuliefen, und dort, wo sie sich trafen, eine Gefängniszelle bildeten. Während er den Wagen abschloß, gestand er sich ein, daß er nicht nur seinen Fall verloren gegeben hatte, sondern auch sich selbst. Morgen, spätestens übermorgen mußte er das total verdreckte Auto waschen lassen. Erleichtert atmete er tief durch und begann über sich und seine Sorgen zu lachen.

Karin unterhielt sich mit Nadja. Eine kleine Aschblonde in einer glänzend schwarzen Robe und eine große Goldblonde in einem dunkelgrünen Kleid. Hänschen stand einen Schritt abseits und trat vor lauter Begeisterung von einem Fuß auf den anderen. Heute hatten sich viele Zuschauer eingefunden; wahrscheinlich war in der Zeitung erwähnt worden, daß sich im Prozeß Wrozek etwas Sensationelles abzeichnete. Wrozek hatte es nicht über sich gebracht, das *Tageblatt* aufzuschlagen. Willy Kährlich war ein Freund gewesen, schade, aus, vorbei.

Punkt 8 Uhr 55 schlurfte der Beamte über die Fliesen und schloß auf. Drängelnd und schiebend strömten die Zuhörer ins Zimmer 202, und unter die Neugier, mit der man Wrozek musterte, mischte sich freundliche Aufmunterung.

«Tag, Nadja», sagte er leise.

«Tag, Jochen.» Irrte er sich oder zitterte ihre Stimme tatsächlich. Karin knurrte beide an: «Keine Sentimentalitäten, bitte!» Ziegler tauchte an der Treppe auf und marschierte mit langen Schritten an ihnen vorbei. Ein Gesicht wie eine Maske, eine weiße Maske. Hänschen sah ihm nach und fand dann das erlösende Wort: «Wer wird hier eigentlich hingerichtet?»

Untersberg strahlte wie immer und sah so sehnsüchtig durch die Fenster nach draußen, daß auch der Langsamste begriff, wo er sich jetzt lieber aufhalten würde. Die Beisitzer wirkten grau und übermüdet. Staatsanwalt Knittel studierte intensiv die Decke, die Hände über einer dünnen Akte gefaltet.

«Guten Morgen, die Sitzung ist eröffnet.»

Stühlerücken, Gemurmel, leises Gelächter im Saal.

«Wir sind noch in der Beweisaufnahme ... ah, Frau Rimbach, da sind Sie ja. Guten Morgen.»

Wrozek staunte, wie leicht es Untersberg fertigbrachte, sich selbst als ausgemachten Tölpel hinzustellen, aber dann fiel ihm ein, was dieser Mann gestern angeordnet hatte.

«Ihre Aussage hat ja – hm – einige Überraschungen ausgelöst. Vor allem, was diese Marlene Fuchs betrifft, die ja für heute als Zeugin geladen werden sollte. Was, wie ich hörte, nicht gelungen ist, Herr Staatsanwalt.»

Knittel krümmte sich unter diesen Worten regelrecht. Nur mit Mühe schien er sich erheben zu können:

«Die Staatsanwaltschaft hat alles menschenmögliche versucht.

Hauptkommissar Ziegler kann dem Gericht näher erläutern, was unternommen wurde, um dem Beschluß der Kammer Folge zu leisten.»

«Aber, aber, Herr Staatsanwalt, warum so förmlich? Na, dann kommen Sie mal, Herr Ziegler.»

Der Hauptkommissar stellte sich neben dem Zeugenstuhl auf und wartete, bis der Vorsitzende seinen Blick von den sonnig-hellen Fenstern losreißen konnte: «Herr Ziegler, Sie sind ja ein alter Hase. Sie wissen schon, was wir hören wollen. Also – diese Marlene Fuchs war nicht aufzutreiben?»

«Nein. In der Frankfurter Straße Nr. 172, 6. Stock, wohnt tatsächlich eine Marlene Fuchs, die der Beschreibung entspricht, zwischen 25 und 30 Jahren alt, etwa 1,60 Meter groß, rothaarig. Die Wohnung war verschlossen. Wir haben uns bei den Nachbarn umgehört, ob sie vielleicht verreist sei, aber zwei Mieter bestätigten uns, daß sie morgens das Haus ohne Gepäck verlassen habe. Es gelang uns auch nicht herauszufinden, wo sie arbeitet. Gegen 17 Uhr kam dann ein Etagennachbar von der Arbeit heim. Er erzählte uns, daß er mit Frau Fuchs am Abend zuvor kurz gesprochen habe, und dabei habe sie beiläufig erwähnt, daß sie sich einen Prozeß angehört habe ...»

Viele überraschte «Ohs» und «Ahs» waren zu hören; Untersberg stieß hingegen ein kräftiges «Donnerwetter!» hervor.

«Auf Grund dieser Aussage konnte ich nicht ausschließen, daß Marlene Fuchs an diesem Prozeß gegen Joachim Wrozek teilgenommen hatte, unter Umständen also auch die gestrige Aussage der Zeugin Rimbach gehört hatte. Die Behauptungen der Zeugin Rimbach und vor allem die Aufforderung dieses Gerichts, zügig zu arbeiten ...»

«Hm, hm, hm», machte Untersberg und sah aus wie die gekränkte Harmlosigkeit in Person. Staatsanwalt Knittel verbarg sein Gesicht in den Händen, als könne er soviel Schauspielerei keine Sekunde länger ertragen.

«... veranlaßten mich, mir einen Öffnungsbeschluß für die Wohnung zu besorgen. Es gab einige – hm – juristische Probleme –»

«Die Sie als bekannt voraussetzen dürfen», unterbrach Untersberg gereizt. «Ich hatte einen ziemlich unruhigen Abend.»

Ziegler schluckte schnell. «Um 19 Uhr 30 haben wir dann die Wohnung geöffnet. In Gegenwart von Staatsanwalt Knittel und Frau Dr. Hellms.»

«Du Luder!» flüsterte Wrozek seiner Verteidigerin zu, aber sie kicherte nur: «Um diese Zeit hast du schon so schön geschnarcht.»

«Sie machen das richtig spannend», lobte Untersberg. «Was hat diese Aktion denn nun an interessanten Neuigkeiten ergeben?»

«Der erste Eindruck war, daß die Bewohnerin die Wohnung morgens verlassen hatte und in der Zwischenzeit nicht mehr zurückgekehrt war. Das Bett war nicht gemacht, das Frühstücksgeschirr stand noch auf dem Tisch, im Schlafzimmer lag die – hm – Wäsche am Boden. Wir haben dann die Wohnung durchsucht und mehrere Dinge gefunden.»

»Zum Beispiel, Herr Ziegler?»

«Das Wichtigste ist, glaube ich, ein Schlüsselbund mit sechs Schlüsseln.» Knittel schob mit spitzen Fingern eine Plastiktüte an den Tischrand, und Ziegler hielt sie hoch. «Inzwischen sind alle sechs Schlüssel identifiziert. Nummer eins gehört zur Haustür des Gremser Weg Nr. 30, Nummer zwei zur Wohnung im fünften Stock, Nummer drei paßt in das Schloß der Bürotür der Detektei Wrozek, Nummer vier auf den Stahlschrank des Angeklagten, Nummer fünf auf die Stahlkassette, die in diesem Schrank stand. Nummer sechs ist ein Passepartout, mit dem sich auch der Nebeneingang des Gebäudes öffnen läßt, in dem der Angeklagte sein Büro hat.»

Niemand rührte sich.

«Ach ja, nicht zu vergessen: Die Schlüssel drei, vier und fünf – also zum Büro, zum Schrank und zur Kassette des Angeklagten – sind zweifelsfrei keine Originale, sondern nachgearbeitet.»

«Das ist ja prächtig», freute sich Untersberg, und diese alberne Bemerkung brach den Bann. Das Publikum begann zu lachen, applaudierte, redete wild durcheinander, die Richter und Schöffen steckten die Köpfe zusammen, und Wrozek sah zu Nadja hinüber. Ihr Gesicht blieb ernst, doch dann hob sie kurz beide Hände, um ihm zu zeigen, daß sie ihm die Daumen drückte.

«Bitte Ruhe!» mahnte Untersberg, aber es klang nicht sehr streng. «Herr Zeuge, bitte fahren Sie fort!»

«Außerdem haben wir eine Kameraanlage gefunden, Kamera, Motor, Zeitauslöser, der nach unseren ersten Untersuchungen im Gremser Weg benutzt worden sein kann. Jedenfalls passen die dortigen Halterungen auf die gefundene Kamera.»

«Gibt es noch andere Hinweise darauf, daß sich Marlene Fuchs im Gremser Weg aufgehalten hat?»

«Ja, Fingerabdrücke. Wir hatten im Gremser Weg bisher nicht identifizierte Fingerabdrücke sichergestellt, die wir – auf dringenden Wunsch von Frau Dr. Hellms – sofort mit den Abdrücken verglichen haben, die wir überall in der Wohnung Frankfurter Straße 172 gefunden haben.»

«Mit welchem Ergebnis?»

«Sie sind identisch. Marlene Fuchs – wenn die, hm, Dame denn so heißt – hat sich zweifelsfrei auch im Gremser Weg aufgehalten.»

«Na, wundervoll, das ... ja, Frau Verteidigerin?»

Karin schenkte Ziegler ihr betörendstes Lächeln, was den Hauptkommissar überhaupt nicht, Untersberg dagegen sehr beeindruckte:

«Herr Ziegler, ich hatte Sie gebeten, auch noch einen anderen Vergleich durchzuführen. Wenn Sie bitte –»

«Natürlich. Wie dem Gericht bekannt –» demonstrativ kehrte er Karin den Rücken zu – «wurden im Stahlschrank des Angeklagten neben den 25 000 Mark aus dem Besitz von Oswald Schramm noch Fotografien entdeckt, genauer gesagt: mehrere Negative, die in der Voruntersuchung kurz als ‹Erpressungsbilder› bezeichnet wurden.»

«Aber dann im Prozeß wunderbarerweise keine Rolle spielten», bemerkte Untersberg sehr beiläufig und fixierte den Staatsanwalt.

«Nein», bekräftigte Ziegler unbewegt. «Auf diesen Negativen haben wir zwei verwischte Abdrücke sichern können, die sich nur zum Teil zu einem Vergleich eignen. Eine hundertprozentige Identifikation ist nicht möglich, aber unser Fachmann meint, daß mehr für eine Übereinstimmung mit den Abdrücken aus der Frankfurter Straße – beziehungsweise Gremser Weg – spricht als dagegen.»

«Vielen Dank!» sagte Karin laut.

Untersberg feixte, bis Ziegler patzig antwortete: «Bitte, bitte.»

Nachdenklich zog er die Augenbrauen hoch, was Ziegler elegant übersah: «Die Untersuchung der Wohnung und der Fundstücke ist noch nicht abgeschlossen, aber zwei Dinge sollte ich noch erwähnen. Erstens haben wir einen Karton voller Kosmetika der Firma Rinova gefunden – Werbegeschenke, wohlgemerkt. Außerdem Briefpapier der Firma.»

«Was die Einlassung des Angeklagten stützen würde, die unbekannte Ursula Schulte habe ihm ein Schreiben der Firma Rinova gezeigt?»

«Ja. Außerdem hat in der Voruntersuchung ein anonymer Brief eine gewisse Rolle gespielt, in dem der Angeklagte der Erpressung geziehen wird.»

«Ein Schreiben, das die Staatsanwaltschaft nicht ins Verfahren eingeführt hat, nicht wahr?» säuselte Untersberg. Knittel bekam einen Hustenanfall, Ziegler brummte:

«Nein. Dieser Brief war getippt, und das Schriftbild zeigte gewisse Eigentümlichkeiten. Für uns besteht kein Zweifel, daß dieser Brief auf der Schreibmaschine geschrieben wurde, die wir in der Frankfurter Straße gefunden haben.»

«So daß auch dadurch die Einlassung des Angeklagten untermauert wird, die Verdachtsmomente gegen ihn seien von langer Hand vorbereitet?»

«Davon gehen wir aus!»

«Die vorläufigen Ergebnisse Ihrer Untersuchungen belegen also, daß die vom Angeklagten vorgetragene Version – nennen wir sie einmal die ‹Ursula-Schulte-Version› – zutrifft?»

«Ja», sagte Ziegler laut und vernehmlich.

«Gut. Dann müssen wir über das Geld sprechen. Wenn der Angeklagte dem sterbenden Oswald Schramm die 25000 Mark nicht weggenommen hat, können es nur die beiden Verurteilten Irene Schramm und Manfred Lurwig gewesen sein. Ist das richtig?»

«Ja.»

«Haben Sie feststellen können, daß Marlene Fuchs einen oder beide Verurteilte kannte?»

«Sie kannte Manfred Lurwig.»

«Ist das sicher?»

«Ganz sicher. Erstens gibt es Bilder von Marlene Fuchs und Manfred Lurwig, die sogar auf eine enge Beziehung hindeuten. Zweitens Briefe des Verurteilten Lurwig an Marlene Fuchs. Drittens standen Mannis – ahem, Lurwigs – Telefonnummern in einem Verzeichnis, das wir in der Frankfurter Straße sichergestellt haben.» Ziegler seufzte, fuhr aber gleich fort: «Darüber hinaus gibt es Hinweise – die wir aber im einzelnen noch checken müssen –, daß Marlene Fuchs und Manfred Lurwig bei mehreren Gelegenheiten zusammengearbeitet haben – Entschuldigung, Herr Vorsitzender, darüber möchte ich nicht in öffentlicher Verhandlung sprechen, um die Ermittlungen nicht zu erschweren.» Hastig setzte er hinzu: «Oder vielmehr zu gefährden.»

«Moment!» verwahrte sich Untersberg grimmig. «Wir sind ... Na schön: Es handelte sich um eine kriminelle Zusammenarbeit?»

«Ja, ohne jeden Zweifel.»

«Sie fahnden nach Marlene Fuchs?»

«Selbstverständlich. Vorerst nur wegen des dringenden Verdachts der Vortäuschung einer Straftat. Alles Weitere ...» Er schloß nüchtern: «Auch meine Leute müssen einmal schlafen.»

«Natürlich, ich verstehe. Gibt es noch Fragen an den Zeugen? Ja, Frau Dr. Hellms?»

«Herr Ziegler, im Stahlschrank meines Mandanten ist ein Bild – oder genauer: ein Halbakt – von Irene Schramm gefunden worden. Können Sie uns eine Erklärung geben, wie Marlene Fuchs – die ja alle belastenden Unterlagen meinem Mandanten untergeschoben hat – an dieses Bild gekommen ist?»

Ziegler schwieg eine halbe Minute, sein hilfloser Zorn blieb keinem Zuhörer verborgen. Nach einem tiefen Atemzug hob er den Kopf: «Ja, es gibt eine Erklärung. Wir haben noch in der Nacht – da waren Sie schon gegangen – in einem Versteck eine ganze Mappe mit Bildern und Briefen von Irene Schramm entdeckt. Verfängliche Bilder und verfängliche Briefe, an Manfred Lurwig gerichtet.»

«Inwieweit verfänglich?»

«Aus einigen Briefen geht klar hervor, daß Irene Schramm bereit war, sich an der Beseitigung – Entschuldigung: Ermordung – ihres Ehemanns zu beteiligen.»

Ziegler hatte noch nicht ausgesprochen, als es im Saal laut wurde. Da war die wahre Sensation, der Fall, dafür hatte es sich gelohnt, einer anfangs so langweiligen Verhandlung zu folgen.

«Ruhe bitte!» verlangte Untersberg energisch. Knittel schluckte heftig, allmählich kehrte wieder Ruhe ein. Karin lächelte:

«Warum hat Lurwig diese Briefe aufgehoben?»

«Ich konnte ihn noch nicht befragen!» fauchte Ziegler.

«Aber vorstellen können Sie sich's?»

«Natürlich. Erpressung der Schramm.»

«Und weil Lurwig annahm, daß er nach der Ermordung Schramms von der Kripo befragt werden würde, hat er das brisante Material vorübergehend in Sicherheit gebracht!»

«So stelle ich mir das vor», murrte Ziegler.

«Ein riskantes Spiel, nicht wahr, Herr Hauptkommissar?»

«Wie meinen Sie das?»

«Nun, wenn Sie damals die Komplizin von Manni Lurwig aufgestöbert hätten, wäre doch wohl alles aufgeflogen?»

«Ja, wenn!» brüllte Ziegler unbeherrscht. Erstaunt sah Wrozek ihn an. Warum dieser Wutausbruch? Doch dann dämmerte ihm etwas, aber bevor er es klar durchdenken konnte, fuhr Ziegler wieder gleichmütig fort: «Nun ja, Marlene Fuchs hat genau das getan, was Sie und Ihr Mandant die ganze Zeit über behauptet haben: Wrozek einen Meineid unterzuschieben und damit eine Wiederaufnahme des Falles Schramm zu erzwingen.»

«Was sie sehr geschickt und mit einem beachtlichen Aufwand von krimineller Energie betrieben hat. Ich denke da nur an die Rolle der Ursula Schulte.»

Ziegler lächelte schmal, antwortete aber nicht, und etwas enttäuscht fuhr sie fort: «Für einen Anfänger doch etwas ungewöhnlich?»

Jetzt hatte er den Braten gerochen, aber völlig harmlos erkundigte er sich: «Was meinen Sie damit?»

«Ist sie – als Marlene Fuchs oder Marlene Jokisch oder Christine Mai – nicht in einer Ihrer diversen Dateien?»

«Nein – das haben wir bereits nachgeprüft!»

«Und im Zusammenhang mit Manni Lurwig ist ihr Name auch nicht aufgetaucht?»

«Nein.»

«Soweit ich weiß – aber bitte korrigieren Sie mich, wenn ich mich irre –, lassen sich solche Dateien auch nach anderen Kriterien als dem Namen befragen?»

«Sie irren sich nicht.»

«Hat man denn einmal geforscht, ob eine kleine Rothaarige, Mitte Zwanzig etwa, im Zusammenhang mit Manni Lurwig aufgefallen ist?»

Untersberg hatte vor Konzentration das Strahlen vergessen und Ziegler keine Sekunde aus den Augen gelassen; jetzt beugte er sich vor und sagte ruhig:

«Ich glaube, Frau Dr. Hellms, diese Fragen führen vom Thema ab. Das Gericht versteht sehr gut, was Sie ansprechen wollen, aber ich meine, es ist unnötig.»

Karin nickte und sagte freundlich: «Vielen Dank, Herr Ziegler.»

«Ja, dann hätten wir's wohl!» Untersberg rieb sich die Hände, und seine Heiterkeit steckte an. «Von der Vereidigung des Zeugen Ziegler können wir ja wohl absehen ... Ja, recht so. Für die Zeugin Rimbach ... aha, allgemeines Einverständnis ... Danke, Frau Rimbach, Herr Ziegler, Sie sind hiermit entlassen, das Gericht dankt Ihnen, ich würde damit gerne die Beweisaufnahme ... alle einverstanden –» er blinzelte zum Fenster – «kommen wir zu den Schlußvorträgen, Herr Staatsanwalt.»

Knittel erhob sich schwerfällig und vermied es, jemanden anzusehen. Er hielt ein einzelnes Blatt in der Hand, und selbst auf die Entfernung konnte Wrozek erkennen, daß er nur einige wenige Wörter darauf geschrieben hatte.

«Hohes Gericht.» Er mußte sich räuspern. «Nach der Beweisaufnahme, vor allem nach der Aussage der Zeugin Rimbach und der heutigen zweiten Aussage von Hauptkommissar Ziegler, möchte die Staatsanwaltschaft die Anklage wegen Meineids und schweren Diebstahls nicht länger aufrechterhalten. Ich beantrage deshalb Freispruch.»

Zwei, drei Sekunden lang war Untersberg ehrlich verblüfft, so kurz hatte er es nun auch nicht erwartet. Doch dann glitt sein Blick über die sonnenhellen Fenster, sein Strahlen kehrte zurück, breiter denn je:

«Danke, Herr Staatsanwalt. Frau Dr. Hellms?!»

Karin lächelte amüsiert: «Ich schließe mich den lichtvollen Ausführungen des Anklagevertreters an, Herr Vorsitzender.»

«Prächtig. Danke. Angeklagter, Sie haben das letzte Wort ... Sie verzichten?! Dann zieht sich das Gericht zur Beratung zurück. Wir unterbrechen – ja, sagen wir, bis 12 Uhr.»

«Diese würdelose Eile», moserte Karin dem davonschießenden Untersberg nach.

«Ist das ein gutes Zeichen?» Wrozek drehte sich nach Nadja um, die wie die anderen Zuschauer bereits aufgestanden war, um den Saal 202 zu verlassen; einige winkten ihm zu.

«Das bleibt abzuwarten. Deinen Freispruch kriegst du, das steht fest, jetzt hängt alles von der Kostenentscheidung ab.»

«Versteh ich nicht», sagte er ärgerlich.

«Na, wenn die fünf da oben dich wirklich für unschuldig halten, muß Vater Staat alle Kosten übernehmen. Bei einem Freispruch zweiter Klasse, so mangels Beweisen oder in der Preislage, mußt du deinen Teil selbst tragen.»

«Mit anderen Worten, dein Honorar.»

«Keine Angst, ich ruinier dich schon nicht.»

«Ich werd dich daran erinnern.»

Sie hörte nicht mehr zu, sondern beobachtete mit gespannter Aufmerksamkeit die Bank des Staatsanwalts. Ziegler stand neben Knittel, der sich wohl am liebsten unter der Tischplatte verkrochen hätte, und tobte vor Wut, zwar so leise, daß kein Wort zu verstehen war, aber sein Gesichtsausdruck sprach Bände. Ab und zu richtete Knittel sich auf, um sich zu verteidigen, aber der Kommissar ließ ihn nicht zu Wort kommen, paukte mit der Faust auf den Tisch, und Knittel sank jedesmal ein Stück tiefer zurück.

«Die große Abrechnung!» kicherte Karin unvermittelt. «Der arme Ziegler tut mir leid.»

«Ziegler?» staunte Wrozek.

«Na klar doch. An ihm bleibt's doch hängen, daß die Anklage einen totalen Rückzieher machen mußte. Knittel ist eine Beamtenseele und läßt sich beschimpfen, aber Allermann hat ein anderes Kaliber ... Was willst du tun?»

«Mit Ziegler reden.»

«Laß bloß deine Fäuste unten!»

Ziegler fuhr herum und kam Wrozek entgegen, so daß sie sich genau in der Mitte, am Zeugenstuhl, trafen. Beide umklammerten mit einer Hand ihre Seite der Lehne, als sei der unbeteiligte Stuhl der Siegespreis in einem lang aufgeschobenen persönlichen Duell.

«Na, Wrozek, zufrieden?» Ziegler zischte vor Zorn, und Wrozek war ihm fast dankbar, daß er das «Herr» weggelassen hatte. Die Fronten waren nun klar.

«Nein. Das Wichtigste ist nämlich nicht ausgesprochen worden, Ziegler. Warum haben Sie mich reingeritten? Warum ist überhaupt Anklage erhoben worden? Warum haben Sie diese Marlene Fuchs nicht früher gefunden? Warum hassen Sie mich, was habe ich Ihnen getan?»

«Ich soll Sie hassen? Ach, Sie ... Sie sind mir so gleichgültig wie –» Er erstickte fast.

«Dann verraten Sie mir, warum Sie so schlampig gearbeitet haben. Zweimal, im Fall Schramm und in meinem, beide Male beinahe zu meinen Lasten. Warum ist Oswald Schramm am 1. März ins Waldhaus gefahren? Keine Antwort. Warum hatte er sich vorher 25000 Mark besorgt? Keine Antwort. Was hatte Manni Lurwig eigentlich mit Irene Schramm geplant? Keine Antwort. Hatten die beiden ein Verhältnis miteinander? Keine überzeugende Antwort. Wer war die geheimnisvolle Frau, die sich um das Haus der Rimbach herumgetrieben hatte? Wieder keine Antwort. Nicht einmal ein *Motiv* für den Mord an Schramm haben Sie und Ihre Leute herangeschafft, Lavaller hat's doch in seinem Plädoyer klipp und klar gesagt – das war das Gegenteil eines Indizienprozesses, das stand und fiel mit der Aussage eines einzigen Zeugen. Und diesen Zeugen haben Sie hinterher abstinken lassen – Sie haben nicht eine Sekunde an Ursula Schulte geglaubt, Sie haben die Hände in den Schoß gelegt und zugesehen, wie ich hier wegen Meineids über den Jordan zu gehen drohte. Was wollten Sie eigentlich, Ziegler?»

Nicht ein Muskel hatte in Zieglers Gesicht gezuckt, bleich und ausdruckslos hatte er Wrozek angestarrt, seine rechte Hand um die Stuhllehne geklammert. Erst als Wrozek aufgehört hatte, lachte er kurz auf, bitter und verächtlich, wie ein Mensch, dem alles gleichgültig geworden ist:

«Das wirklich Schlimme mit Ihnen ist, Wrozek, daß Sie immer genau wissen, was passiert ist.» Seine sonst so helle nervöse Stimme klang jetzt dunkel, belegt, und er redete bedrohlich langsam. «Alles wissen Sie, nichts ist bei Ihnen unklar – Sie kotzen mich an. Nichts wissen Sie, Sie raten nur herum. Also schlampig habe ich im Fall Schramm recherchiert? Die wichtigsten Fragen nicht geklärt, nicht einmal erkannt? Sie müssen es ja wissen, Sie Klugscheißer. Die 25000 Mark, das Motiv, die unbekannte Frau? Alles nicht in seiner Bedeutung erkannt? Fünf Aussagen hatte ich, daß Manni mit einer Rothaarigen zusammenarbeitet. Fünf Hinweise. Aber was ich nicht hatte, war Zeit zum Recherchieren, Zeit, um Irene Schramm weichzukochen, Zeit und Personal. Sechs Planstellen habe ich im

Ersten Kommissariat, eine ist nicht besetzt, einer laboriert seit Monaten mit Magen- und Darmgeschwüren herum, eine Anfängerin hat man mir zugeteilt, die ich nicht allein auf den Bahnhof zur Auskunft schicken kann. Aber Sie wissen es ja besser, es war böser Wille oder Schlampigkeit oder beides zusammen. Fast wäre ich hingekommen, ich hatte Irene Schramm so weit, daß sie gestehen wollte, aber da kreuzte ein Staranwalt namens Dr. Siegfried Lavaller auf –» diesmal sprach er den Namen korrekt aus – «die schöne Irene verstummte auf seinen Rat, und Allermann bekam glänzende Augen. Da hatte dieser Stinker von Ehrgeizling, was er sich wünschte, einen dicken Fall, einen prominenten Gegner und Publicity. Sie sind ja allwissend, Wrozek, Ihnen muß ich ja nicht erzählen, was beim letzten Haftprüfungstermin passierte. Ein junger, wichtigtuerischer Schnösel von Richter, der im Alleingang den Fall klären wollte. Ein vor Gemeinheit triumphierender Rosen, ein aufgeblasener Allermann, der unbedingt so tun mußte, als habe er die Verurteilung schon in der Tasche, und ein eiskalter Lavaller, der Allermann frontal angriff. O ja, Lavaller hatte sich glänzend vorbereitet, Allermann zitterte vor Wut. Der politische Ehrgeiz habe wohl seinen juristischen Verstand vernebelt? Mit dem bißchen Beweismaterial wolle er ein Urteil kriegen? Profilierung auf Kosten der beiden Beschuldigten? Und dieser Arsch von Richter hat sich auch noch gefreut, daß die Fetzen flogen, statt einzugreifen.» Ziegler atmete tief durch. «Natürlich haben wir die Haftverlängerung gekriegt, daran hatte auch Lavaller nie gezweifelt, aber der schöne Siegfried wollte das Duell eröffnen. Und Allermann, bei seinem Ehrgeiz gepackt, ging darauf ein. Diesem eitlen Laffen von Lavaller würde er es zeigen, und mir hat er deswegen die Zeit genommen. Ich mußte die Akten abgeben, Anweisung vom Direktor, ich hab mich geweigert, Anweisung vom Präsidenten, da mußte ich gehorchen, ungeklärte Fragen interessierten nicht mehr, es mußte sofort angeklagt werden. Lavaller hatte genau das erreicht, was er wollte, ich hab's Allermann immer und immer wieder gesagt, aber was ist schon die Warnung eines kleinen Hauptkommissars gegen den Ehrgeiz eines Leitenden Oberstaatsanwaltes? Okay, daraufhin habe ich mich hinreißen lassen und Allermann prophezeit, er würde noch nicht einmal einen Eröffnungsbeschluß kriegen. War ein Fehler von mir. Sogar sein Urteil hat er gekriegt, aber ganz knapp, nach Lavallers Plädoyer hatten wir auf Freispruch getippt, das Urteil stand und fiel mit Ihrer Aussage, und Allermann, dieses Schwein, hatte nachher die Stirn, mich vor meinen Leuten abzukanzeln, weil die Anklage sehr, sehr jämmerlich dastand.» Zieglers Stimme wurde plötzlich wieder höher, heller. «Gezittert hat er, ob Lavaller die Revision durchkriegen würde. Und dann taucht Mannis Komplizin auf, die es laut Allermann gar nicht geben durfte, und leimt Sie. Legt Sie perfekt aufs Kreuz! Allermanns einziger Zeuge rauscht bachab, und jetzt hab ich mich gefreut, o ja, Wrozek, ich hab mir die Hände gerieben, wie klein Allermann wurde. Plötzlich war Allermann fest von dieser rothaarigen Freundin überzeugt, plötzlich mußte ich auf Anweisung von oben alles stehen und liegen lassen und die Fragen klären, die ich gerne vor dem Schramm-Prozeß geklärt hätte, aber nicht mehr klären durfte.»

«Dann wußten Sie also von Anfang an, daß ...»

«Na klar. Aber die Fuchs hatte acht Monate Zeit gehabt, alle Spuren zu verwischen.»

«Und Sie haben sich auch kein Bein ausgerissen, sie zu finden.»

«Nein», höhnte der Hauptkommissar. «Warum auch?»

«Warum? Weil ich ...»

Er brach ab. Was konnte er Ziegler noch vorwerfen? Ein unwichtiger Privatdetektiv war zwischen die Räder geraten, beinahe Opfer eines Streits zwischen zwei Männern geworden. Politischer Ehrgeiz gegen berufliches Ethos. Allermann hatte gegen die Regeln verstoßen und war Sieger geblieben; Ziegler, der korrekte Beamte, hatte verloren und würde noch einmal einen Anpfiff bekommen, das war eben so. Wortlos drehte er sich um und ging zu Karin zurück.

«Was hat er gesagt, Jochen?»

Mit zusammengekniffenen Lippen hörte sie genau zu und nickte manchmal. Zum Schluß kommentierte sie nur versonnen: «Deswegen.»

«Deswegen was?»

«Deswegen hat Allermann die Wiederaufnahme nicht betrieben.»

«Du meinst, die Wiederaufnahme des Falles Schramm?»

«Natürlich. In dem Moment, wo er den Hauptzeugen wegen Meineids anklagt, hätte ein Leitender Oberstaatsanwalt, der mehr Anstand als politischen Ehrgeiz besitzt, von sich aus die Wiederaufnahme betrieben. Man kann nicht wegen Meineids anklagen und diejenigen, die auf Grund dieses Meineids verurteilt worden sind, einfach schmoren lassen.»

«Vielleicht wollte er das Urteil abwarten.»

«Nehmen wir es zu Allermanns Gunsten an.»

Sie kriegte wieder ihr vor Wut schmales Gesicht und stopfte unnötig heftig die Akten in ihre Tasche. Der Saal hatte sich fast geleert, zwei strickende Frauen steckten die Köpfe zusammen und schnatterten halblaut, ein älterer Mann las Zeitung, der Justizwachtmeister gähnte und kratzte sich anschließend ausgiebig den Kopf.

Unter der Tür erschien der junge Schlanke in dem überkorrekten grauen Anzug. Als er auf sie zukam, fingerte er an der schmalen Goldbrille. Lavallers Partner. Heimlich stieß Wrozek Karin an, sie sah auf und hob die Augenbrauen.

Der Schlanke hatte eine angenehm melodische Stimme und konnte täuschend sanft lächeln.

«Herzlichen Glückwunsch, Frau Kollegin.»

«Danke. Sie glauben also auch, es wird ein glatter Freispruch?»

«Natürlich. Leider kann ich nicht länger warten, mein Flugzeug geht in einer Dreiviertelstunde, aber ich wollte nicht versäumen, Ihnen die Grüße meines Partners Lavaller auszurichten.»

«Grüße?» Sie legte den Kopf schräg. «Obwohl wir Ihnen die Petersilie verhagelt haben?»

«Ob das der Fall ist, steht noch sehr dahin, Frau Kollegin. Guten Tag und alles Gute, auch für Sie, Herr Wrozek.»

Und endlich begriff er, was ihm nach einer Bemerkung von Willy Kährlich schon einmal undeutlich durch den Kopf gegangen war. Welches Spiel Lavaller riskiert hatte. Der Anwalt hatte gewußt – oder zumindest geahnt –, daß seine Mandantin Irene Schramm nicht unschuldig war. Nicht *einmal* hatte er, wie Wrozek erst jetzt aufging, während der Verhandlung erklärt, Irene Schramm sei unschuldig oder zu Unrecht angeklagt oder habe sich nicht an dem Mord beteiligt. Und was tut ein Anwalt, der von der Schuld seiner Mandantin überzeugt ist, der den Regeln seines Standes und vielleicht auch denen seines Gewissens gemäß in diesem Fall nicht die Unschuld seiner Mandantin behaupten darf? Der aber auch seiner Mandantin nicht schaden darf, indem er seine Überzeugung von der Schuld der Vertretenen erkennen läßt? Lavaller hatte einen ebenso genialen wie simplen Trick versucht, nämlich Allermann gereizt und herausgefordert, und der Leitende Oberstaatsanwalt, ehrgeizig und jähzornig, war in die Falle gelaufen. Mit einer Anklage, die mehr Löcher als gesicherte Fakten enthielt, war er in die Verhandlung gestürmt, und Stück für Stück hatte Lavaller ihn demontiert, bis er zum Schluß ein Plädoyer halten konnte, das zwingend auf einen Freispruch hinauslief – früher hätte es geheißen: mangels Beweisen, diese Einschränkung war gestrichen worden, aber das Prinzip war geblieben: im Zweifel für den Angeklagten. Doch bei Gott und den deutschen Gerichten – wer hatte das noch gesagt? Einen Moment grübelte er, dann erinnerte er sich wieder an Ingrid Mercator, die hübsche Richterin. An Keller, nur an Kellers Überzeugung, daß Manni Lurwig und Irene Schramm schuldig seien, war Lavallers Taktik gescheitert. Und wenn er den sanften Schlanken eben richtig verstanden hatte, war Lavaller damit einverstanden, daß dem Recht und der Gerechtigkeit schließlich Genüge geschehen war; Irene Schramm hatte erhalten, was sie verdiente.

Eine Minute vor zwölf knisterte Untersberg unternehmungslustig mit zwei Blättern Papier: «Im Namen des Volkes ergeht folgendes Urteil: Der Angeklagte Joachim Wrozek wird freigesprochen. Die Kosten des Verfahrens fallen der Staatskasse zur Last . . .»

Auf der Treppe bemerkte er, daß sie wieder hinkte und mit der Hand nach dem Geländer tastete. Besorgt sah er sie an, doch sie drehte den Kopf zur Seite, holte dann aber tief Atem und erklärte patzig: «Ja, es schmerzt wieder.»

«Das tut mir leid, Nadja.»

Ungehalten zuckte sie mit den Achseln, aber er wußte, daß ihre Verärgerung nicht ihm galt. Schweigend gingen sie hinunter, in der jetzt menschenleeren Halle warfen ihre Schritte ein schwaches Echo. Er hätte sie gerne getröstet oder sich bei ihr bedankt, doch dann glaubte er wieder zu wissen, daß sie es nicht erwartete. Vor dem Eingang blinzelten sie beide überrascht in die helle Sonne. Zwei vorbeigehende Männer musterten sie anerkennend, und ihm fiel wieder auf, daß sie eine attraktive Frau war. Wann hatte er das zum letztenmal bemerkt?

«Hast du es eilig?»

«Nein, überhaupt nicht.»

«Gehen wir in den Park?»

An jeder Fußgängerampel mußten sie stehenbleiben. Einmal bot er ihr seinen Arm an, sie lehnte wortlos ab, und als sie endlich den Savignyplatz überquert hatten, lief sie schneller. «Park» war eine sanfte Übertreibung für das langgestreckte Viereck hinter dem Zaun des Polizeipräsidiums, aber es gab Schatten unter den alten Platanen, sauber – zu sauber – gestutzte Büsche, Blumen in ordentlichen Reihen und kurzgeschorenen Rasen. Natur nach den Vorstellungen des Gartenbauamtes. Asphaltierte Wege, wahrscheinlich pflegeleichter als die früheren Aschepfade, auf denen bei Regen große Pfützen gestanden hatten. Hinter ihnen brauste pausenlos der Verkehr.

«Ohne dich säße ich jetzt bis zur Unterkante Oberlippe in der Tinte», begann er endlich hilflos.

«Ja, ich weiß», entgegnete sie unbewegt. Bei ihrem Ton seufzte er leise: «Niemand hat mir diese Ursula Schulte geglaubt.»

Nach zehn Schritten lachte sie plötzlich bitter auf: «Ich auch nicht, mein Lieber, und das war dein Glück.»

«Was meinst du damit?»

«Ich hab auf dich gewartet, in der Eingangshalle, und als du mit diesem häßlich-nichtssagenden Mädchen aus dem Auto gestiegen bist, war ich verblüfft, weil ich mir beim besten Willen nicht vorstellen konnte, daß du mit dieser grauen Maus etwas haben solltest.»

«Wieso etwas mit ihr haben?»

Seine Verwunderung war so echt, daß sie ihn kurz ansah, aber gleich wieder auf den Weg schaute.

«Na ja», versetzte sie endlich, «ich dachte ... In der Woche zuvor hatte ich dich einmal spätabends angerufen, weißt du noch?»

Ganz langsam dämmerte ihm etwas: «Spätabends ...»

«Ja, du warst mit einer Frau im Kino gewesen. Und anschließend in einer Weinstube. Als ich dich nach dem Namen der Frau fragte, bist du wütend geworden. Wir seien nicht verheiratet, hast du mich angebrüllt.»

Die hübsche Richterin. *‹Zeugin der Anklage›*. Dann der Rotwein, ja, er erinnerte sich. «Und du hast geglaubt, ich wäre mit *diesem* Mädchen ...»

«Ja, das habe ich», bestätigte sie flach.

«Hast du deswegen auf sie gewartet, unten, in der Halle?»

«Ja.»

«Dann hattest du gar nicht auf den ersten Blick erkannt, daß sie verkleidet war?»

«Nein», erwiderte sie unbewegt. «Erst als sie aus der Telefonzelle kam.»

Etwas legte sich um seine Brust, wie ein eiserner Ring. «Mein Gott, Nadja!» flüsterte er heiser.

«Laß den lieben Gott aus dem Spiel!» befahl sie ungehalten. «Meine Eifersucht hat dich gerettet, das reicht doch.»

Einen Augenblick lang verschwamm alles vor seinen Augen. Ihm schwindelte – vor Erschütterung? Erleichterung? Oder war es der nachträgliche Schrecken darüber, wie knapp er noch einmal davongekommen war? Hätte sie sich damals wütend abgewendet, wäre er verurteilt worden. Eine Sekunde hatte über sein Leben entschieden, nur eine Sekunde. Plötzlich fröstelte er. Ein Zufall, nur ein Zufall, er hatte Glück gehabt. Wenn sie nicht ...

«Warum warst du eifersüchtig?» fragte er laut und blieb stehen. Sie schüttelte den Kopf und ging weiter.

«Warum, Nadja?» Mit drei langen Schritten holte er sie ein.

«Mußt du das wissen?» wehrte sie endlich ab.

«Ja, ich muß. Ich dachte immer, wir wären ...»

«Was wären wir?»

«Nun, Freunde, gute Freunde», vollendete er lahm.

«Sag doch gleich ‹Bettgespielen›!» fauchte sie. «Außerhalb des Bettes hast du nie viel mit mir anfangen können, nicht wahr?»

Darauf antwortete er nicht, weil sie die Wahrheit ausgesprochen hatte. «So war's doch, nicht?» Eine alte Frau schlich an ihnen vorbei, mit glänzenden Augen voll boshafter Neugier, und er funkelte sie so haßerfüllt an, daß sie eilig weiterstolperte. Nadja senkte die Stimme:

«Okay, mein Fehler, ich hätt's besser wissen müssen. Aber ich hatte mich in dich verliebt, ja, tu nicht so erstaunt, du hast es doch gewußt.»

«Nein», protestierte er erschöpft, «nein, Nadja, ich hab's nicht gewußt. Warum hast du mir nie etwas gesagt?»

«Gesagt, gesagt», wiederholte sie gereizt, «muß man immer alles sagen? Außerdem – was hätte es daran geändert, daß du mich nicht liebst?»

Ja, was hätte es geändert? Wenn er ehrlich war – er hätte ihr Verhältnis sofort beendet, er wollte sich nicht binden, und ihre erste Nacht war ihm noch gut im Gedächtnis. An der Balkontür im ersten Morgenlicht. Die Zweifel, ob er ohne den Alkohol mit ihr geschlafen hätte. Außer einer vagen Sympathie hatte er nie ein Gefühl für sie aufgebracht, und daran änderte auch jetzt die Tatsache nichts, daß er ihr dankbar war.

«Fällt dir der Widerspruch nicht auf?» fuhr sie plötzlich fort, und ihr Spott war so falsch, daß er schmerzte.

«Welcher Widerspruch?»

«Zwischen meiner Eifersucht und meiner Einsicht, daß meine Liebe nicht erwidert wurde.»

Er faßte ihren Arm, zwang sie stehenzubleiben und sich ihm zuzuwenden: «Warum hast du auf mich gewartet, an dem Abend, als ich mit Ursula Schulte ... mit Marlene Fuchs zurückkam?»

«Oh, das», hauchte sie und sah ihm direkt in die Augen. «Ich wollte nur erfahren, ob du Wert darauf legst, Vater zu werden.»

Nach langen Minuten befreite sie mit einem leise gejammerten «Au» ihren Ellbogen aus seiner Hand. «Au, du tust mir weh.»

Und während er seine verkrampften Finger streckte und sie sich den schmerzenden Arm rieb, trennten sie sich endgültig. Ihre Augen wurden dunkel, und als sie weiterlief, hinkte sie nicht mehr. Wortlos folgte er ihr, bis sie ihn fast freundlich tröstete:

«Keine Sorgen, Jochen, es gab keine Komplikationen. Keine organischen, meine ich.»

«Ich verstehe», sagte er tonlos.

«Wenn sich dieses häßliche Mädchen nicht als die junge Frau entpuppt hätte, die sich damals so für Owa interessierte – du weißt schon, als ich ihn das letzte Mal sah –, wäre ich zu dir gekommen, weil ich Hilfe brauchte. Aber dann – ach, ganz einfach, ich hatte Angst. Ich hab befürchtet, du würdest mit dieser frechen Rothaarigen unter einer Decke stecken, und deswegen habe ich mich auch nicht mehr bei dir gemeldet.»

«Trotzdem hast du dann ...»

«Na ja, ich hab lange gezögert. Bis gestern in der Zeitung stand, daß du wahrscheinlich verurteilt würdest. Da hab ich mir überlegt, daß diese komische Ursula Schulte und du wohl kaum dicke Freunde sein ... Warum lachst du?»

«Verrückt, alles ist verrückt. Über diesen Artikel von Willy Kährlich habe ich mich maßlos geärgert, weil dieser Schweinepriester mich schon im voraus verurteilt hatte. Ich hätt ihm am liebsten die Zähne eingeschlagen.»

«Ohne diesen Artikel hätte ich deine Rechtsanwältin nicht angerufen.»

Zum erstenmal lachten sie sich offen an.

«An dem Abend, als du mich angerufen hast, war ich mit Ingrid Mercator im Kino gewesen.»

«Ingrid Mercator? Wer ist das?»

«Du kennst sie auch. Die hübsche Richterin aus dem Mordprozeß Schramm, die Irene so unangenehme Fragen gestellt hat.»

Sie schlenderten um den winzigen Teich, während er von den beiden Treffen berichtete, von dem zurückkehrenden Mann, der statt einer Reisetasche mehrere Koffer mitbrachte. Was sie dabei dachte, verriet ihre Miene nicht, aber als er zufällig ihre Hand berührte, zuckte sie nicht zurück.

«Rauchen wir eine?» fragte sie gelassen, als er geendet hatte. Die weiße Holzbank vor ihnen war leer. «Eine Art Friedenspfeife?»

«Wenn du willst!»

In der Sonne war es fast schon zu warm; er spürte, wie die Müdigkeit in ihm hochkroch. Nadja rauchte wortlos. Die beiden dunkelbraunen Enten hatten es ungeheuer wichtig, schwammen aufgeregt umeinander her, als ließe es sich ausschließlich auf diesen zehn Quadratzentimetern Wasser leben, um die sie sich stritten. Er beobachtete sie träge.

«Schlaf nicht ein!» mahnte sie.

«Nein, ich hör dich genau.»

«Hoffentlich. Ich hab nämlich noch eine Überraschung für dich ... Ach Gott, du müßtest jetzt dein Gesicht sehen.»

«Ich reiß mich zusammen.»

«Kannst du dich noch an unsere erste Nacht erinnern? Und an den Morgen danach, in deiner Küche?»

«O ja», brummte er friedlich.

«Damals habe ich dir so einiges gestanden, was ich im Prozeß Schramm nicht ausgesagt hatte. Und damals hatte ich den Eindruck, daß du meinem Geständnis nur sehr mißvergnügt zugehört hast.»

«Ja, das ist richtig.»

«Siehst du, und deswegen habe ich damals nicht alles erzählt. Aber jetzt, bevor wir uns trennen, sollten wir reinen Tisch machen und den Fall Oswald Schramm abschließen. Endgültig abschließen.»

Langsam richtete er sich auf, aber sie weigerte sich, seinen prüfenden Blick zur Kenntnis zu nehmen.

«Am 1. März, am Mordtag, konnte ich erst um 18 Uhr in der Agentur Schluß machen. Um halb sieben war ich zu Hause. So, und in meinem Wohnzimmer hatte jemand meine Reiseschreibmaschine benutzt, das Blatt steckte noch in der Maschine, und die paar Zeilen werde ich nie vergessen. *‹Liebste, ich wollte dich nicht im Büro anrufen, aber ich glaube, heute habe ich Glück, heute abend werde ich Irene mit ihrem Freund im Waldhaus überraschen. Mit ihrem ‹alten› Freund – du weißt, was das heißt. Wartest du auf mich? Ich komme so rasch wie möglich zu dir, wenn ich Irene endgültig ‹ausgezahlt› habe. Oswald.›*»

«Nein, das gibt's doch nicht!» preßte er heraus.

«Hast du noch eine Zigarette für mich? Ich habe vor der Maschine gestanden und die paar Zeilen immer wieder gelesen. Immer wieder, weil ich sie nicht geglaubt habe. Das heißt, ich wollte sie ja glauben, aber ich wurde das Gefühl nicht los, daß etwas nicht stimmte.»

«Nein», stimmte er mit rauher Stimme zu. «Darum ist also Manni bei dir zu Hause gewesen.» Manni hatte also Oswald Schramm angerufen, als der gerade mit seinem Partner Feldner die Sitzung mit dem Betriebsrat vorbereitete. Manni hatte also dafür gesorgt, daß sich Oswald Schramm 25000 Mark besorgte, Manni, der verkannte Freund, der doch nur dafür sorgen wollte, daß Oswald die ungeliebte Ehefrau Irene ohne große Kosten abschieben konnte. Manni, der Allgegenwärtige.

«Schau, Jochen, Owa hätte nie getippt, sondern mit der Hand geschrieben, er hatte einen wuchtigen Füllhalter mit einer überbreiten Feder, auf den er fast lächerlich stolz war. Owa nannte mich nie ‹Liebste›, sondern ‹Nadie›, und er hätte nie mit ‹Oswald›, sondern mit ‹Owa› unterzeichnet. Auf der anderen Seite – ich wollte wirklich glauben, was da stand, du weißt ja, warum. Ich hätt's Owa so sehr gegönnt, wenn er Irene losgeworden wäre, aber ...»

Er sagte nichts. Die Enten hatten beschlossen, sich um ein anderes Stück Wasser zu zanken. Gegenüber hockte ein prächtig gefärbter Erpel auf dem Ufer und putzte sich, ohne den beiden aufgeregten Weibchen einen Blick zu schenken.

«Dann hab ich mir eingeredet, es müßte Owa gewesen sein, weil nur er noch Schlüssel zu meiner Wohnung hatte. Und die Tür war nicht beschädigt, ich hab mich mehr als einmal vergewissert. Den ganzen Abend saß ich wie auf glühenden Kohlen. Aber bevor – zuerst tauchte mein großer Student auf, um seine Miete zu zahlen. Er flirtete immer ganz ungeniert, aber sehr nett, und hat mich rumgekriegt, Tee zu kochen. Das hat wohl der kleine Student gerochen, der auch prompt aufkreuzte. Um 8 Uhr konnte ich sie endlich rausschmeißen, und um 9 Uhr hab ich es nicht mehr ausgehalten und bin zum Waldhaus gefahren.»

Genau nach Mannis Plan. Oder eher wohl nach Marlenes Regie.

«Im Prozeß hab ich nicht die Wahrheit gesagt, ich bin ein paarmal mit Owa im Waldhaus gewesen, an Wochenenden, wenn das Wetter schön war. Ich kannte den Weg. An diesem Montag hatte ich mehr Glück als Verstand, weißt du, schon von weitem sah ich das Blaulicht eines Polizeiwagens, der an der Abzweigung zum Hügel hinauf stand. Und in dieser Sekunde wußte ich, daß etwas nicht stimmte, daß schon die Nachricht in der Schreibmaschine nicht gestimmt hatte, daß mir Gefahr drohte. Deswegen bin ich stur an dem Polizeiauto vorbeigefahren, und die beiden Polizisten haben mich nicht beachtet.»

Das gab's; er selbst hatte schon viel verrücktere Zufälle erlebt. Zwei junge Polizeibeamte schalteten das Blaulicht nicht ab, und ein Plan platzte. Denn natürlich war es ein Plan gewesen, ein teuflisch-raffinierter Plan. Mit der Nachricht in der Schreibmaschine hatte Manni – oder Marlene, das würde sich noch herausstellen – genau kalkuliert. Nadja würde es vor Ungeduld nicht aushalten und endlich zum Waldhaus fahren, um dort den ermordeten Oswald Schramm zu finden. Entweder holte sie sofort die Polizei – dann hatte sie eine Menge zu erklären, ihre Beziehung zu Oswald Schramm, eine merkwürdige Nachricht in ihrer Schreibmaschine, von der überhaupt nicht feststand, wer sie getippt hatte. Oder sie flüchtete Hals über Kopf, doch für diesen zweiten Fall war vorgesorgt. Ein Privatdetektiv namens Joachim Wrozek würde, sobald der Tote entdeckt worden war, die Polizei davon informieren, daß der Ermordete – zu seinen Lebzeiten natürlich – ein Verhältnis mit einer gewissen Nadja Rimbach gehabt habe. Und dann hatte sie noch mehr zu erklären ... Ein genialer Plan; wer immer ihn aufgestellt hatte, beging nur einen Fehler: Er rechnete nicht mit der Neugier des betreffenden Privatdetektivs.

Aber das war auch der einzige Fehler. Jetzt verstand er auch, warum Manni und Irene das Licht nicht ausgeschaltet hatten: In ein dunkles Waldhaus wäre Nadja vielleicht nicht hineingegangen, aber betreten sollte sie es – um Oswald Schramms Leiche zu finden, um Spuren und Fingerabdrücke zu hinterlassen. Deswegen lief auch die Heizung weiter; bei einem kalten Waldhaus hätte die Kripo an einem Rendezvous vielleicht zweifeln können. Oder wenn Nadja in panischer Angst floh und Schramm erst viel später entdeckt wurde – dann hatte die immer noch eingeschaltete Heizung gebrannt, bis das Heizöl aufgebraucht war. Sie sah ihn versonnen von der Seite an: «Weißt du, was ich zu Hause als erstes gemacht habe?»

«Ja!» sagte er flach. «Ja, das weiß ich. Du hast deine Wohnung durchsucht, weil du nach dem Blaulicht gefürchtet hast, Oswald könnte etwas zugestoßen sein.»

«Du bist nicht schlecht», hauchte sie. «Weißt du auch, was ich dabei gefunden habe?»

«Die Pistole, mit der Oswald Schramm erschossen wurde.»

Sie nickte ohne Überraschung. Ein simpler Plan, so simpel, daß er fast genial war. Wenn er sich nicht eingemischt hätte ... Manni tippte die Nachricht, Manni und Irene fuhren zum Waldhaus, erschossen den störenden Ehemann, nahmen das Geld und die Pistole und kehrten in die Stadt zurück. Dort trennten sie sich, Manni traf sich mit der rothaarigen Marlene, übergab ihr Geld und Pistole und eilte nach Hause. Marlene wartete in der Sanddorfer Straße, bis es Nadja vor Ungeduld nicht mehr aushielt und zum Waldhaus fuhr. Mit den Nachschlüsseln, die Manni schon am Nachmittag benutzt hatte, drang sie in das Häuschen ein und versteckte die Pistole in Nadjas Wohnung. Von dem Geld konnte sie nicht hundertprozentig wissen, ob es sich als Oswalds Geld identifizieren ließ, aber von der Pistole wußte sie genau, daß die Polizei die tödlichen Kugeln mit dieser Waffe vergleichen würde.

«Ich hab vor Angst Blut und Wasser geschwitzt. Wenn du den beiden nicht gefolgt wärst, wär ich über Owa gestolpert. Und dann ...»

«Was hast du mit der Pistole gemacht?»

«In den Fluß geworfen. Ich bin in der Nacht noch einmal losgefahren, bis kurz vor Sinderheim.»

Damit hatten sie nicht gerechnet, aber auch nicht rechnen müssen, Manni und Marlene. Trotzdem – ein gefährliches Weib, so intelligent wie kaltschnäuzig. Und unverfroren obendrein. Zweimal hatte sich Marlene persönlich vergewissert, daß alles nach Plan verlief, einmal in der Nacht, als sie mit Hänschen zusammenstieß, das zweite Mal am Sonntag, als sie Nadja zu verstehen gab, daß ihr Verhältnis mit Schramm kein Geheimnis mehr war. Nur ein Satz, aber so präzis, daß er Nadja beunruhigte. Marlene kannte menschliche Schwächen erschreckend gut, und jetzt begriff Wrozek auch, was Manni und Marlene mit Irene Schramm vorgehabt hatten: Sobald Irene über das Vermögen ihres Mannes verfügte, hätte das saubere Pärchen die Daumenschrauben angesetzt. Manni und Marlene, Hand und Handschuh, in der Liebe zum Geld verbundene Erpresser.

Nach einer langen Pause rekelte er sich: «Wir haben noch einmal Glück gehabt.»

«Ja, so kann man wohl sagen», murmelte sie. Der Erpel ruderte jetzt gelassen auf dem Teich herum, noch immer nahm er von den beiden Enten keine Notiz.

«Ja, Glück gehabt», wiederholte sie und stand auf. «Leb wohl, Jochen, und alles Gute für die Zukunft.»

«Danke, Nadja, für dich auch.»

Er sah ihr nach, bis sie hinter der Wegbiegung verschwand. Eine blonde, attraktive Frau mit einem beschwingten Gang.

-ky

Einer von uns beiden (2244)

Von Beileidsbesuchen bitten wir abzusehen (2250)

Stör die feinen Leute nicht (2292)

Ein Toter führt Regie (2312)

Es reicht doch, wenn nur einer stirbt (2344)

Mitunter mörderisch
Kriminalstories (2383)

Einer will's gewesen sein (2441)

Von Mördern und anderen Menschen
Kriminalstories (2466)

Zu einem Mord gehören zwei
3er Band mit Irene Rodrian und Friedhelm Werremeier (2526)

Mit einem Bein im Knast
Kriminalstories (2565)

Kein Reihenhaus für Robin Hood (2575)

-ky & Co
Die Klette (2659)

Feuer für den Großen Drachen
Roman. 192 Seiten. Gebunden und als rororo 2672

thriller rororo

C 971/5